Karen Kliewe

Feuchtes Grab: Ostsee

Zu diesem Buch

Karen Kliewe wurde 1970 in Westfalen geboren, ist verheiratet und Mutter einer Tochter. Nach ihrer Ausbildung zur Fotografin, studierte sie Visuelle Kommunikation, arbeitete als Illustratorin, Grafik-Designerin und Fotografin.

Karen Kliewe

# Feuchtes Grab: Ostsee

Ein Ostsee-Krimi

PIPER

*Mehr über unsere Autoren und Bücher:*
*www.piper.de*

Wenn Ihnen dieser Krimi gefallen hat, schreiben Sie uns unter Nennung des Titels »Feuchtes Grab: Ostsee« an empfehlungen@piper.de, und wir empfehlen Ihnen gerne vergleichbare Bücher.

ISBN 978-3-492-50429-4

Redaktion: Sandra Lode
Satz auf Grundlage eines CSS-Layouts
von digital publishing competence (München)
mit abavo vlow (Buchloe)
Covergestaltung: Traumstoff Buchdesign traumstoff.at
Covermotiv: Bilder unter Lizenzierung von Shutterstock.com genutzt
Printed in Germany

Gewidmet den Opfern des 3. Mai 1945

# Prolog

*Vor den Toren von Neustadt in Holstein*

Die Feuchtigkeit kroch durch Ritzen, drang tief ins Holz ein, ummantelte jedes noch so kleine Steinchen und legte sich wie ein perlenbesticktes Netz über eiskaltes Metall. Die regensatten Wolken hatten sich zu einer dichten Decke zusammengezogen und hingen schwer über dem Land. Nicht einmal das Licht des abnehmenden Mondes drang bis auf die Erde. Es gab keine Laternen, keine Sicherheitsbeleuchtung.

Das halb verhungerte Jungtier schob vorsichtig seine Nase aus dem Dachsbau, in dem es seit einigen Wochen Zuflucht gefunden hatte. Der Fluch der späten Geburt nahm ihm die Chance auf Leben. Der beginnende Winter ließ die Insekten verschwinden, Nüsse und Obst waren rar geworden. Die nächste menschliche Siedlung: unerreichbar für den abgemagerten Waschbären. Und so schlief er die meiste Zeit, wurde mit jedem Tag schwächer. Nun aber hob er unsicher den Kopf. Es roch nach Mensch. Und es kam näher, bahnte sich langsam, aber beharrlich seinen Weg durch den schmalen, gleißend hell erleuchteten Grat.

Außerhalb des Lichtkegels erhob sich die nächtliche Schwärze wie ein undurchdringliches Bollwerk. Dem Mann war das egal.

Vorsichtig trug er den schlaffen Körper den unebenen, schwer zugänglichen Hang hinauf. Er spürte, wie die leblosen Arme immer wieder gegen seinen Rücken schlugen. Ihre noch warme, nackte Hülle hing über seiner linken Schulter.

Er selbst war groß und kräftig und hatte definitiv schon schwerer tragen müssen.

Die starken Scheinwerfer des Mercedes G500 halfen ihm, die richtige Stelle zu finden. An der vordersten Ecke der riesigen Sortieranlage legte er seine Fracht behutsam nieder.

Ein perfekter Platz. Zentral gelegen und von der Hauptachse des Areals aus gut zu sehen. Außerdem würden die Pfeiler des Stahlgerüsts, die sich hoch über ihm mit der monströsen Zunge des Förderbands vereinten, ein Wegkippen der Leiche verhindern. Fast andächtig betrachtete er den Stahlkoloss – so kraftvoll, so kalt. Daneben wirkte ihre Hülle auf süße und zugleich schmerzhafte Art und Weise zart, weich und zerbrechlich.

Mit Bedacht zog er den Körper in eine sitzende Position und lehnte ihn an eben jenen Pfeiler. Dann winkelte er ihre Knie an, indem er ihr die Unterschenkel an den Rumpf schob, und stützte diese ebenso an der Stahlkonstruktion ab. Um ein Wegrutschen zu verhindern, kratzte er einen passenden Haufen Kies zusammen, fixierte so ihre nackten Füße.

Er griff in seine Jackentasche und zog eine Rolle handelsübliches Panzerband und ein scharfes Teppichmesser heraus.

Mit sanftem Druck klebte er den Anfang des Bandes auf ihren rechten Handrücken, winkelte den dazugehörigen Arm an und presste vorsichtig ihre Handinnenfläche auf ihr rechtes Auge. Um sie dort zu fixieren, zog er das Klebeband weiter unter ihrem linken Auge entlang, bis zum linken Ohr. Hier hielt er inne, nahm ihren anderen Arm, winkelte ihn an und legte die Handfläche über das verbleibende Ohr. Er schnappte sich die vor ihrem Gesicht baumelnde Rolle und klebte die Hand am Ohr fest, zog das Band weiter um ihren Hinterkopf, bis er wieder vorn angekommen war. Sicherheitshalber führte er die Rolle noch zwei weitere Male um ihren Kopf, bevor er das Stück abschnitt.

Danach trennte er zwei kurze, in etwa gleichlange Streifen des Panzerbandes ab und strich sie, fast liebevoll, x-förmig über ihren Mund.

Er trat ein Stück zurück und betrachtete in aller Ruhe sein Werk.

Ihre helle, fast weiße Haut bildete einen unglaublich eindrucksvollen Kontrast zum Schwarz des Klebebands. Die irdische Hülle dieses zarten Wesens hatte – und das freute ihn sehr – kaum Schmutz abbekommen, wirkte rein, wie über alle Niedertracht erhaben.

Fast wie eine strahlende Lichtgestalt.

Zufrieden fuhr er die Klinge seines Messers ein und steckte es zusammen mit der Kleberolle in seine Jackentasche.

Er nahm das Handy heraus und machte genau *ein* Foto.

Dann ging er zurück zu seinem Wagen. Obwohl er es kaum für nötig hielt, zog er einen Spaten aus dem Kofferraum, ging zur Leiche und fing an, rückwärts gehend, seine Stiefelspuren zu verwischen, indem er den Kies glatt zog.

Er kletterte in den Geländewagen und betrachtete zum allerletzten Mal die sich ihm darbietende Szene.

Mit der linken Hand hielt sie sich ein Ohr, mit der rechten ein Auge zu und war gleichzeitig auf ewig zum Schweigen verdammt. Ihr zartes, nacktes Antlitz in dieser kalten, rauen, scharfkantigen Kulisse: ein wahres Kunstwerk.

Er lächelte. Genauso hatte er es sich vorgestellt.

Vorsichtig steuerte er den großen Wagen rückwärts bis zur nächsten Einbuchtung, drehte und fuhr langsam die steile Streckenführung entlang, raus aus dem Krater der Kiesgrube.

Er ließ sich Zeit. Um diese Uhrzeit, bei diesem Wetter, wagte sich niemand auf das Abbau-Gelände. Zu groß war die Gefahr, mit dem Auto vom unbefestigten, schmalen Damm abzurutschen und in die Tiefe zu stürzen oder von sich plötzlich lösenden Massen der meterhohen Kiesberge verschüttet zu werden. Auch für ihn lag hier das größte Risiko, das einzige, das seine Mission zum Scheitern bringen konnte. Deswegen – und nur für diesen besonderen Anlass – hatte er sich den monströsen Wagen besorgt. Seine riesigen Räder bahnten sich sicher ihren Weg durch die unwirtliche Gegend.

Er fuhr durch das Absperrgitter, durch das er sich einige Zeit zuvor Zutritt verschafft hatte. Ein paar Meter weiter sah er die Straße, wie zu erwarten dunkel und einsam.

Die kleinen Kiesel, die sich im Profil seiner Reifen verkeilt hatten, flogen nach allen Seiten weg, als er langsam beschleunigte.

Über Reifenabdrücke am Tatort brauchte er sich keine Sorgen zu machen. Der grobe Untergrund würde kaum etwas hergeben. Außerdem: Der Wagen kam nicht aus dieser Gegend und er würde ihn, ein paar Stunden später, viele Kilometer entfernt von hier wieder loswerden. Für die Suche der Ermittler ein hoffnungsloses Unterfangen.

Er schaltete das Radio ein, drückte auf CD und lauschte entspannt den Klängen der Symphonie ›Fantastique‹ von Hector Berlioz.

# Kapitel 1

## *Paderborn*

Ein Tag war wie der andere: grau, trist und feucht. Ann seufzte, löste den Blick vom Schmuddelwetter hinter der Fensterscheibe und sah genervt hinunter auf ihre Fachlektüre. Die Buchstaben wollten einfach keinen Sinn ergeben. Ständig wechselten sie ihre Plätze, tanzten wie wild hin und her. Sie wusste: Das war nicht real. Ihr Kopf weigerte sich lediglich, die Informationen aufzunehmen. Sie las den Abschnitt noch einmal und wurde dabei das Gefühl nicht los, sich in der Endlosschleife eines sinnlosen Unterfangens zu befinden. Entnervt klappte sie das Buch zu.

Alles hatte sich verändert. Obwohl sie sich so bemüht hatte! Sie hatte versucht, in die Normalität abzutauchen, das Geschehene als erledigt abzuhaken und wie Müll zu entsorgen. Trotzdem klebte es an ihr wie eine dicke Schicht Profi-Harz an Handballerhänden. Sie fühlte sie, sobald sie die Augen morgens öffnete: die unterschwellige Bedrohung.

Wie besessen hatte sie versucht, dort anzuknüpfen, wo sie vor einem halben Jahr gestanden hatte. Sie hatte Vorlesungen besucht, sich an eine Facharbeit begeben, für Prüfungen angemeldet – sie wollte ihr gewohntes, ihr sicheres Leben zurück. Doch es war wie verhext, nichts gelang. Die Wut darüber war das zweite, nach der Hilflosigkeit Unerträgliche, mit dem sie von nun an lebte. Was war sie nur für eine jämmerliche Gestalt – nicht in der Lage, am normalen Leben teilzunehmen! Dabei sollte sie glücklich sein, sollte jeden

Tag feiern: Sie hatte überlebt. Stattdessen zuckte sie ständig zusammen, fand enge Räume unerträglich und ließ nachts das Licht brennen. Albträume und Panikattacken waren ihre neuen, treuen Begleiter, bestimmten einen wesentlichen Teil ihres Tagesablaufs. Dazwischen fühlte sie sich erschöpft und ausgelaugt, hatte Schwierigkeiten, sich zu fokussieren.

Der Abschluss in Journalistik rückte in unerreichbare Ferne, war ähnlich wahrscheinlich wie die zeitnahe Landung der Menschheit auf dem Mars.

Ihre Therapeutin meinte, Ann solle sich nicht zu sehr unter Druck setzen, mit der Zeit würde es besser werden. Sie würde lernen, mit den Ängsten umzugehen. Als ob sie das wollte! Wozu hatte diese Frau überhaupt studiert, wenn sie nicht mal in der Lage war, die vollkommen irrationalen, überzogen fehlgeleiteten, chemischen Abläufe eines gestörten Geistes wieder in die richtigen Bahnen zu lenken? Es musste ihn geben, diesen Reset-Knopf der menschlichen Festplatte. Jeder Actionheld hatte ihn. Keiner glaubte, dass ein Tom Cruise an Schlafstörungen litt, nur weil bei einer seiner Rettungsaktionen die halbe Menschheit draufgegangen war!

Ihre Augen folgten den Bahnen der Regentropfen, die sich einen Weg die Fensterscheibe abwärts suchten. Dieses Wetter gab einem echt den Rest!

Sie stand auf und ging in die kleine Küche der WG. Ihre Mitbewohnerin und beste Freundin Marie war arbeiten. Sie versorgte alle Wettergeplagten mit Glückshormonen, indem sie ihnen Sahnetorten und koffeinhaltige Getränke servierte.

Ann füllte den Wasserkocher und schaltete ihn ein. Ein heißer Tee tat es vielleicht auch.

*Wir sollten abhauen – weg aus diesem Grau.*

Wenigstens darauf konnte sie sich verlassen. Auf die Stimme in ihrem Kopf, die sie schon ihr ganzes Leben lang begleitete. Im Kindesalter hatte sie ihr Stärke und Trost gegeben. In der Pubertät und danach war sie zu ihrem größten

Kritiker geworden, war verletzend, oft sogar gemein gewesen. Sie war mit ihr gealtert. Aus dem kindlichen Klang war eine erwachsene, eher männliche Stimme geworden. Vor Kurzem hatte Ann beschlossen, ihr einen Namen zu geben: Eigil. Ein Name, der ihr seit ihrer frühen Kindheit vertraut schien. Keine Ahnung warum. Vielleicht hatte es einen Nachbarsjungen oder einen Kindergartenfreund gegeben, der seine zarten Spuren hinterlassen hatte.

Fest stand: Seitdem aus der Stimme Eigil geworden war, war die Beziehung zwischen ihnen um einiges versöhnlicher.

Ihr Handy brummte. Für jede Ablenkung dankbar, ging sie zurück an den Schreibtisch, auf dem es seinen zuckenden Tanz vollführte.

Im Display leuchtete der Name ›Lotte‹ auf.

Sofort war Anns Laune besser. Wie schön! Es war viel zu lange her, seit sie sich mit ihrer Schulfreundin ausgiebig ausgetauscht hatte.

»Lotte, hey!«

Der Klang der tränenerstickten Stimme ließ Anns Puls schlagartig nach oben schnellen.

»Sie ist tot! Sie ist einfach … tot! Gestern war sie noch da. Und heute? Weg. Einfach weg! Für immer!«

Sie hörte ein verzweifeltes Schluchzen.

Ihr Kopf suchte nach Verknüpfungen. Wen konnte Lotte meinen?

»Lotte? Beruhig dich. Was ist passiert?« Die Innenwände ihres Halses schrien nach Spucke. Ihre Stimme verlor jedwedes Volumen.

»Ich weiß es nicht! Sie sagen einem ja nichts. Kevin geht nicht an sein Handy und bei ihr zu Hause traue ich mich nicht anzurufen. Aber es ist *das* Stadtgespräch«, schniefte Lotte.

*Kevin? Welcher Kevin?* Ann ging panisch sämtliche Bekannten Neustadts durch. Kannte sie einen Kevin?

»Lotte – wer ist gestorben?«

»Denni!« Wieder hörte sie hemmungsloses Weinen.

Der Name traf Ann wie ein harter Schlag ins Gesicht. Nein, das konnte nicht sein.

Denni? Ihre Denni?

Lotte, Denni und Ann – im Amtsdeutsch Charlotte, Denise und Johanna –, das war ihr halbes Leben ein Dream-Team gewesen. Lotte und Ann waren schon während der Grundschulzeit unzertrennlich gewesen, und dann war in der fünften Klasse Denise dazugekommen. Von da an hatte es sie nur noch im Dreierpack gegeben. Alles hatten sie geteilt, sich alles erzählt. Zusammen durch dick und dünn. Allerbeste Freundinnen eben. Nach dem Abi wurde das anders. Ann ging nach Paderborn, Lotte nach Köln und Denise nach Augsburg. Im Studium lernten sie andere Leute kennen, die Telefonate wurden seltener, die Besuche zu Hause auch. Andere beste Freundinnen nahmen ihren Platz ein. Trotzdem blieb eine tiefe Verbundenheit.

*Von der aber, das musst du zugeben, nicht mehr viel zu merken ist.*

Bis vor Kurzem hatten sie versucht, sich wenigstens einmal im Jahr zu sehen, zumeist zum Folklore-Festival.

»Ann? Bist du noch da?«

»Wie? Äh, ich meine wann? Wann ist sie ...?«, flüsterte Ann.

»Gestern.«

»Wo?«

»Ich weiß es nicht. Es kursieren unglaublich viele Gerüchte. Die einen sagen, sie hätte einen Unfall gehabt, die anderen meinen, sie hätte sich ... Aber doch nicht Denni! Wieso sollte sie sich was antun?«

»Woher hast du das? Vielleicht stimmt es gar nicht!«

»Neustadt ist ein Dorf, das weißt du doch. Erst bekam ich ein paar Nachrichten auf mein Handy. Von Matze, Jenna und Co, der alten Schulgang eben. Die haben gefragt, ob ich schon davon gehört hätte, und wollten wissen, ob es stimmt. Dann kamen Kunden in unsere Apotheke. Auch sie haben mir davon erzählt. Ich hab natürlich gleich versucht, Denni zu erreichen. Mehrfach! Fehlanzeige! Dann hab ich Kevin angerufen. Der geht aber auch nicht ran!«

»Wer zum Geier ist Kevin?«

»Dennis Freund. Das weißt du nicht? Die sind bestimmt schon ein halbes Jahr zusammen.«

Anns Gewissen meldete sich. Sicher, Paderborn war gut dreihundertsiebzig Kilometer weit weg, trotzdem hätte sie die Kontakte besser pflegen können. Im Grunde wusste sie nichts vom Leben derer, mit denen sie mal so dick befreundet gewesen war.

*Aus den Augen, aus dem Sinn. Mach dir nichts draus. Da bist du nicht die Einzige.*

»Das heißt noch gar nichts. Es kann sich um einen blöden Irrtum handeln. Pass auf. Gleich klingelt dein Handy und Denni lacht sich kaputt, dass du annehmen konntest, sie sei tot.«

Wieder hörte sie verzweifeltes Schluchzen.

»Nein, es ist so. Ich weiß es. Irgendwann kam der alte Herr Brämer rein. Dennis Opa. Er wollte Medizin für seine Frau abholen. Normalerweise ist der immer gut gelaunt. Aber dieses Mal? Er war ganz in sich zusammengefallen, ließ den Kopf hängen, hat mich nicht mal angeschaut. Schob mir nur das Rezept rüber. Ich hab mir ein Herz genommen und ganz vorsichtig gefragt, was mit Denise ist. Er konnte mir nicht ins Gesicht sehen. Er hatte Tränen in den Augen, schüttelte die ganze Zeit den Kopf. Ich hab noch nie so viel Schmerz in seinem Gesicht gesehen. Ich hab mich nicht getraut, ihn weiter auszufragen. Und noch was: Im E-Paper der *Lübecker Nachrichten* stand, dass sie heute Morgen eine Frauenleiche gefunden haben – im Kieswerk! Eine Siebenundzwanzigjährige aus Neustadt. Das kann nicht sein, oder? Was sollte sie denn da? In der Kiesgrube?«

Ann merkte, wie der Klumpen in ihrer Magengegend größer wurde. Ihre Hände zitterten. Unweigerlich roch sie wieder das Feuchte, Modrige, was ihr seit dem letzten Sommer nicht mehr aus der Nase ging. Für diese Art von emotionalem Stress war sie noch nicht bereit.

»Ann? Was sollen wir denn jetzt machen?«

Es fiel ihr schwer zu antworten. Ihre Stimmbänder streikten, ihre Zunge schien am Gaumen festzukleben. Das hasste sie noch mehr als den widerlich modrigen Geruch.

*Beruhig dich. Es ist alles gut. Es wird sich alles klären. Geh was trinken.*

Sie rannte in die Küche, hielt ihren Mund unter den Strahl des Wasserhahns und trank in gierigen Schlucken. Sie spürte, wie die Flüssigkeit ihre Kehle hinunterlief, doch das Gefühl auszutrocknen wollte einfach nicht vergehen.

Hektisch griff sie nach der Tüte Halsbonbons und steckte sich eins in den Mund. Mit dem Lutschen kam endlich auch der Speichelfluss zurück. Ihr rasender Puls fuhr langsam wieder runter.

»Ann?«

»Lotte, ich weiß auch nicht. Am besten versuchst du weiterhin, diesen Kevin zu erreichen. Ich werd sehen, was ich rauskriegen kann. Ich melde mich wieder bei dir, okay? Kommst du klar?«, krächzte sie.

Als Antwort kam nur ein Schniefen.

»Und Lotte, melde dich, sobald du was erfährst, ja?«

Als die Verbindung unterbrochen war, ließ Ann sich auf einen Küchenstuhl fallen und starrte auf die gegenüberliegende, blau gestrichene Wand.

Minutenlang.

Noch immer zitternd nahm sie ihr Handy und wählte Dennis Nummer.

*Bitte, bitte, geh ran ...*

Sie wählte einmal, zweimal, dreimal – nichts.

Was konnte sie tun?

*Sei nicht albern. Du kannst nichts tun. Du bist doch selbst ein totales Wrack. Lass ein paar Tage verstreichen. Es ist sicher nur ein Irrtum.*

Sie rief die Nummer ihrer Mutter auf.

»Johanna. Wie geht es dir?«, hörte sie zur Begrüßung. Die Stimme kroch eisig aus dem Mikrofon.

*Als ob sie das wirklich interessieren würde. Die ist doch froh, wenn sie nichts von dir hört.*

»Lotte hat mich angerufen. Sie sagt, Denni sei tot. Stimmt das? Habt ihr davon gehört? Habt ihr von der Frauenleiche im Kieswerk gehört?« Wozu lange drumherum reden?

»Was?« Susannes Tonlage wechselte von unterkühlt zu entsetzt. »Du meinst, deine alte Schulfreundin Denise? Was ist passiert?«

»Genau das, hoffte ich, könntet ihr mir erzählen. Lotte weiß nichts Genaues. Sie meinte, die ganze Stadt würde davon sprechen.«

»Also, wir haben nichts mitgekriegt.«

»Könnt ihr euch mal umhören? Kennt ihr jemanden, der zuverlässige Informationen haben könnte? Keinen haltlosen Tratsch. Fakten! Lotte und ich müssen wissen, was mit Denni passiert ist.«

»Und wenn ihr bei ihrer Mama anruft? Ihr seid doch früher ständig bei ihr ein- und ausgegangen«, schaltete sich ihr Vater ein.

*Ah, der Herr Papa hört mit. Und was für tolle Ideen er hat. In etwa so? ›Hallo Renata, wie geht's denn so? Ach, stimmt das eigentlich, dass deine Tochter tot in der Kiesgrube gelegen hat?‹ Wie unglaublich feinfühlig.*

Warum hatte sie überhaupt angerufen? »Könnt ihr?«, wiederholte Ann ungeduldig.

»Gehst du noch zu der Psychologin?«

»Mit mir ist alles okay. Ich muss jetzt los.«

*

*Neustadt in Holstein*

Als sie den Briefumschlag öffnete und ihr das Foto entgegenrutschte, lag zunächst Verwirrung auf ihrem Gesicht.

»Was zum Teufel ...?«

Dann wanderte die Erkenntnis ganz langsam durch die Bahnen ihres Gehirns.

Sie stieß einen spitzen Schrei aus und warf das Kuvert samt Inhalt zu Boden. Zitternd und mit rasendem Puls lehnte sie an der Flurwand und starrte auf das Unfassbare.

Es dauerte Minuten, bevor sie langsam darauf zu kroch, mit spitzen, zitternden Fingern die Nachricht unter dem Foto hervorzog und zu lesen begann.

*Es gibt Dinge, die sollte man besser ruhen lassen, bevor man alle mit in den Abgrund reißt.*

Sie zwang sich, das Foto erneut zu betrachten.

Dann wurde ihr übel.

*

*Paderborn*

Die beiden hatten die halbe Nacht gequatscht. Ann hatte von Denni erzählt, von ihrer Schulzeit und was für ein lustiger Mensch sie gewesen war. Marie hatte zugehört und sie getröstet. Sie solle doch erst mal abwarten, hatte sie gemeint. Vielleicht hätte Lotte das Gehörte ja doch falsch interpretiert.

Nun saßen sie da: total müde und fertig an ihrem kleinen Frühstückstisch.

»Entschuldige, ich hab dich mit meinem Gejammer die ganze Nacht wach gehalten.«

»Red keinen Quatsch! Wofür sind Freunde da?« Marie nahm einen großen Schluck heißen Kaffee. »Du solltest hinfahren.«

»Ich weiß.«

»Es ist wegen deiner Mom, oder?«

Ann konnte es nicht beschreiben. Irgendetwas war da. Irgendetwas verheimlichten ihre Eltern ihr. Je mehr Fragen sie gestellt hatte, desto mehr hatten sie gemauert. Besonders ihre Mutter erschien ihr abweisend und fremd. Ann war auf nie gekannte, aggressive Gegenwehr gestoßen. Seitdem fand sie es einfacher, die beiden auf Distanz zu halten.

*Wir werden das Geheimnis schon noch lüften. Alles zu seiner Zeit.*

»Ich kann sie grad nicht um mich haben. Ich denke, ich werd mich bei Lotte einquartieren.«

Ann nahm die NordWestBahn Richtung Bielefeld Hauptbahnhof, um zwölf Uhr dreizehn. Eine knappe Stunde später stieg sie um in den Intercity Richtung Berlin, den sie in Hannover verließ, um anschließend den zum Hamburger Hauptbahnhof zu nehmen.

Es war Viertel vor drei. Zufrieden blickte sie sich um. Der Zug war so gut wie leer. Sie konnte sich einen Sitzplatz aussuchen. Gedankenverloren beobachtete sie die auf dem Bahnsteig umhereilenden Leute. Ihre Gesichter waren blass, die Augen unbeweglich und ins Nichts gerichtet. Sie marschierten wie an Leinen gezogen, schauten nicht nach links und rechts. Als wären sie leere Hüllen, die der Umgebung bei jedem ihrer Schritte die Farben entzogen und alles in einem trübsinnigen Grau zurückließen.

Als der Zug die Station hinter sich gelassen hatte, kramte Ann ihr Tablet heraus und rief den Zeitungsartikel auf, den Lotte ihr geschickt und den sie sich schon gestern mehrfach durchgelesen hatte. ›Tote im Kieswerk‹ lautete der Titel. Die

Informationen, die der Bericht hergab, waren schnell herausgefiltert.

Am frühen Morgen des 25. Januar hatten Arbeiter eines Kieswerks bei Schichtbeginn die Leiche einer siebenundzwanzigjährigen Frau gefunden. Es wurde genannt, in welcher Grube die Tote entdeckt worden, nicht jedoch, woran sie gestorben war. Ob ein Gewaltverbrechen vorlag oder es sich um einen Unfall handelte, darüber schwieg sich die Polizei aus *ermittlungstaktischen Gründen* aus, schrieb das Redaktionsmitglied mit Namen Werner Jensen. Ann beschloss, Kontakt mit dem Herrn aufzunehmen. Vielleicht wusste er mehr, kannte Details.

Sie schrieb Lotte eine Nachricht: »Gibt's schon was Neues? Hab mich auf den Weg gemacht.«

Während sie auf eine Antwort wartete, rief sie bei Marc an.

Ihr Freund lebte in Rerik. Dort hatten sie sich auch vor einem halben Jahr kennengelernt. Ein ursprünglich harmloser Urlaub, eine Vermisste, die Sorge eines kranken Geists, entdeckt zu werden – all das wäre Ann beinahe zum Verhängnis geworden. In diesen turbulenten acht Wochen waren Marc und sie sich nähergekommen. Seither versuchten sie sich in einer Fernbeziehung.

»Hey«, hörte sie seine Stimme.

»Hey, sitze jetzt im Zug. Hast du schon Nachricht?« Damit meinte sie, ob er schon eine Antwort auf seine Bewerbung beim Kriminaltechnischen Institut des BKA in Wiesbaden hatte.

Ursprünglich war er auf dem Weg gewesen, Kriminalkommissar zu werden. Dann aber, bei einem Einsatz vor zwei Jahren, so schwer verletzt worden, dass er seitdem im Rollstuhl saß. Monatelang hatte er mit seinem Schicksal gehadert, durch Ann nun endlich den Mut gefasst, etwas Neues anzugehen.

»Nein. Immer noch nichts.«

Ann wusste, wie sehr er sich diese neue Perspektive wünschte. Er hatte sogar eine Zusatz-Ausbildung zum Chemielaboranten in Erwägung gezogen. »Keine Antwort ist immer noch besser als eine Absage.«

»Und bei euch? Hat deine Freundin sich gemeldet?«

»Nein, das Letzte kam gestern Nacht. Ging aber über wilde Spekulationen nicht hinaus. Im Moment ist sie arbeiten und wird keine Zeit haben zu schreiben.«

»Was willst du als Erstes machen?«

»Wir werden unseren Mut zusammennehmen und bei Dennis Mutter vorbeifahren. Dann weiß ich wenigstens, dass ich mich keinen wilden Spekulationen hingebe.«

»Gute Idee. Wenn du mich brauchst ...«

»Ich weiß, lieb von dir. Aber ich glaube, das müssen Lotte und ich jetzt zusammen durchstehen. Das sind wir Denni schuldig. Und ich wohn ja für die Zeit bei Lotte, und ich weiß nicht ...?«

»Hey, alles gut. Ich halte es auch für besser, wenn ich nicht dazwischenfunke. Weiß deine Mutter, dass du kommst?«

»Nein.«

Kurze Zeit schwiegen beide.

»Sie erfährt es früh genug.« Ann hatte jetzt echt Besseres zu tun, als sich mit ihrer Mutter zu befassen.

In Hamburg stieg sie in den Anschlusszug Richtung Lübeck, der immerhin fast pünktlich kam und ebenso planmäßig weiterfuhr. Draußen vor der Fensterscheibe verwandelte sich das düstere Grau in ein nasskaltes Schwarz.

*Wir hätten abhauen sollen. Weg von dem ganzen Scheiß hier.*

Gott, war sie froh, wenn die ersten Frühlingsboten auftauchten und die Dunkelheit weniger Raum bekam.

Fast eine Stunde später stand sie vor Lübecks prachtvollem Bahnhofsgebäude und wartete auf den Bus, der sie in ihre alte Heimatstadt, direkt an die Ostsee bringen würde.

Bis zum letzten Sommer waren es Dinge wie die flachen Landstriche, die typischen Backsteinhäuser und der kaum wahrnehmbare Geruch des Meeres gewesen, die ein angenehm beruhigendes Gefühl in ihr ausgelöst hatten. Das war jetzt anders. Sie war nervös. Über das Vertraute hatten sich tiefe Schatten gelegt.

Sie stellte sich an die Bushaltestelle zu drei anderen Wartenden, zog den Kragen ihrer Jacke höher und hoffte, dass es trocken blieb.

Endlich, um zwanzig nach fünf, fuhr der Bus in Neustadt ein.

Ann ergriff ihren Rollkoffer und machte sich auf den Weg, Lotte von ihrem Arbeitsplatz, der alten Stadtapotheke, abzuholen. Sie überquerte das Binnenwasser, ließ den Pagodenspeicher links liegen und stand nach wenigen Minuten am südlichsten Eckpunkt des Marktplatzes. Während sie ihn überquerte, schaute sie nachdenklich auf die umliegenden Häuser, das beige-gelbe Rathaus mit seinen zwei Säulen, die Banken, Apotheken ... Warum gab es ausgerechnet um diesen Platz herum so viele Banken und Apotheken?

Sie passierte das Wasserspiel – jetzt im Januar nur an den trostlosen, runden Ablaufgittern im Boden zu erkennen –, steuerte auf die alte Stadtapotheke zu und trat ein.

Lautlos gab die Schiebetür die Sicht auf die Theke frei. Ann sah Lotte, hörte, wie die einer alten Dame die Anwendung eines Medikaments erklärte. Ihre Blicke trafen sich. Die Freundin kam augenblicklich ins Stocken.

Ann merkte, dass Lotte die Tränen in die Augen schossen, beeilte sich zu sagen: »Entschuldigung. Äh, ich warte auf dich in der *Rösterei*, okay? Bis gleich«, drehte auf dem Absatz um und verließ das Geschäft.

Draußen schaute sie auf die Uhr. Eine knappe halbe Stunde noch, bis zu Lottes Feierabend. Perfekt also, um sich einen Chocolate Chai Elephant Vanille mit weißer Schokolade zu gönnen.

Sie ging die Fußgängerzone entlang in Richtung Kremper Tor und spähte durch das Fenster der *Kaffeerösterei.* Es gab nur wenige Gäste.

Die Wahl fiel auf einen Fenstertisch. Ihr Blick wanderte gedankenverloren über die liebevoll dekorierten Köstlichkeiten.

Eine innere Unruhe packte sie, während sie auf ihren Chai wartete. Sie fand es unerträglich, dazusitzen und nicht zu wissen, was passiert war.

Sie erinnerte sich an ihr letztes Treffen mit Denni.

Das war unglaubliche sechs Monate her. Noch vor den dramatischen Ereignissen des letzten Sommers waren sie auf dem Folklore-Festival gewesen und zusammen durch die Kneipen gezogen, hatten Leute getroffen, zu teils extravaganter Musik getanzt und viel Spaß gehabt. Es war so voll gewesen, dass ein Umfallen unmöglich schien, selbst wenn man die Beine hochgezogen hätte. Um halb vier Uhr morgens hatten sie sich betrunken in den Armen gelegen und geschworen, sich nun häufiger zu treffen. Großes Beste-Freundinnen-für-immer-Ehrenwort.

Und jetzt?

Das sollte es also gewesen sein?

Unfassbar!

Ann musst schlucken, merkte, wie es in ihrem Hals wieder eng wurde.

*Denk nicht an so was. Es ist bestimmt alles ganz anders.*

Drei Minuten nach sechs betrat Lotte das Café. Sie musste ihre Sachen zusammengerafft haben und herübergeeilt sein.

Ann stand auf, um ihre Freundin in die Arme zu schließen. Lotte fing sofort an zu weinen.

Ann schluckte den dicken Kloß hinunter und versuchte, das vor ihr auftauchende schwarze Loch zu ignorieren. Sie wollte Antworten.

»Was gibt's Neues? Bist du sicher, dass sie ...?«

Lotte nickte. »Das mit dem alten Brämer hatte ich dir erzählt, oder? Die Nachbarin von Denni, ein echtes Klatschweib, war mittlerweile auch in unserer Apotheke. Sie erzählt überall rum, wie schlimm es doch für Dennis Mama ist und dass sie nicht wissen möchte, mit wem sich Denni da eingelassen habe. Ich musste mich echt zusammenreißen. Ich hab sie gefragt, ob sie wüsste, was passiert wäre. Sie meinte: ›Natürlich! Sie haben die Kleine in der Kiesgrube gefunden! Und es war kein Unfall! Sie haben sie umgebracht. Erschossen! Und wer weiß, was sie noch alles mit dem armen Ding gemacht haben.‹ Eine schreckliche Frau. Die rennt durch die Stadt und erzählt lauter widerliches Zeug über Denni.«

»Erschossen? Glaubst du das?«

»Nein! Ich weiß nicht – keine Ahnung.«

»Was ist mit Kevin?«

»Geht immer noch nicht an sein Handy. Ist wie vom Erdboden verschluckt.«

# Kapitel 2

Ann fiel es schwer, den Knopf zu drücken.

Dann holte sie tief Luft, gab sich einen Ruck und tat es doch.

Lange passierte nichts.

»Komm, sie ist wahrscheinlich gar nicht da.« Lottes Stimme zitterte.

Noch mal mochte Ann nicht klingeln. Vielleicht wollte Dennis Mutter einfach in Ruhe gelassen werden.

Als sie sich gerade umgedreht hatten, ging die Tür hinter ihnen auf – sehr langsam. Kaum hatte Renata sie erkannt, schrie sie auf und fing laut an zu weinen. Gleichzeitig wedelte sie einladend mit den Armen. »Lotte! Ann! Ihr beide. Oh Gott, kommt doch rein«, schluchzte sie.

Sie sah fürchterlich aus. Sie musste stundenlang geweint haben. Ihre braunen, schulterlangen Haare waren fettig und ungekämmt. Über ihr orange-gelb gemustertes T-Shirt hatte sie sich eine Strickjacke gezogen, die über und über mit roten Rosen bestickt war. Sie war blass, hatte dunkle Ringe unter den rot geweinten Augen und einen fast schon irren Blick. Man erkannte sie kaum wieder.

Während Ann geschockt stehen blieb, ging Lotte an ihr vorbei und nahm Renata in den Arm. Zusammen standen sie schweigend im Türrahmen.

Lotte und Ann waren früher viel bei Renata und Denni gewesen. Renata hatte ihre Tochter allein großgezogen, mit ein wenig Hilfe ihrer Eltern, die im oberen Stockwerk des Hauses wohnten. Dennis Vater hatte sie sitzengelassen. Er war

Monteur gewesen, hatte einen projektbezogenen, zeitlich begrenzten Vertrag in der Region gehabt und war nach ein paar Monaten weitergezogen. Denni hatte ihn nie kennengelernt.

Ihre Mutter war immer froh gewesen, wenn die drei Mädchen Zeit bei ihr verbrachten, bei ihr aßen, übernachteten. Sie versuchte es ihnen, im Rahmen ihrer Möglichkeiten, so angenehm wie möglich zu machen. Auch, wenn sie nie viel Geld gehabt hatte.

Es war eine tolle Zeit gewesen.

Renatas Weinkrampf verebbte schnell. Man merkte ihr an, dass sie schon zu viele Tränen vergossen hatte. Sie konnte einfach nicht mehr. Erschöpft winkte sie ihre Gäste herein.

Als die drei die Küche betraten, war Ann erstaunt, wie ordentlich es aussah. Sie hatte das absolute Chaos erwartet.

Müde setzte Renata sich auf einen Stuhl. »Es ist schön, euch zu sehen. Denise hätte sich gefreut.« Ihr versagte die Stimme.

»Wir wollten sehen, ob wir etwas für dich tun können«, sagte Lotte.

Still warteten die beiden Freundinnen auf eine Antwort. Ann hatte das Gefühl, die Traurigkeit um sie herum würde den Sauerstoff verdrängen und die Luft immer dicker machen. Irgendwann würde die nicht mehr durch die Öffnungen ihrer Nase, ihres Mundes passen. Sie sah sich selbst, wie sie vom Stuhl sank, auf dem kalten Küchenboden auf der Seite liegen blieb und wie ein sterbender Fisch mit glasigem Blick nach Luft schnappte.

*Lass das! Konzentrier dich darauf zu erfahren, was hier los ist.*

»Kannst du uns sagen, was passiert ist?« Anns Stimme zitterte.

Renata drückte ihr die Hand. Dann stand sie auf, schenkte jedem ein Glas Wasser ein und reichte Ann ein paar Taschentücher.

»Wenn wir das nur wüssten«, sagte sie und setzte sich wieder. »Am Mittwoch, gegen Mittag, standen plötzlich zwei Polizisten in unserer Filiale. Sie hielten mir den Ausweis von Denise unter die Nase und fragten, ob das meine Tochter sei. Ich war total erschrocken und wusste gar nicht, was ich sagen sollte. Sie baten mich mitzukommen. Es wäre etwas Schreckliches passiert. Denise wäre tot. Danach war alles wie in einem schlechten Film, als wäre man gefangen in einem Albtraum. Ich warte immer noch darauf aufzuwachen.«

Sie schwieg einen Moment.

»Sie meinten, sie hätten ihre ... ihre Leiche im Kieswerk gefunden. Sie wäre erschossen worden. Da war ich mir sicher: Das muss ein Irrtum sein. Was sollte sie dort? Dann noch zu dieser Jahreszeit, im Dunkeln!«

Wieder hielt Renata ein paar Minuten inne.

»Meine Denise – erschossen! Das kann doch nur ein Albtraum sein, oder?« Sie sah die Freundinnen nicht an, ihre Stimme war leise, klang gebrochen.

Lotte kamen erneut die Tränen.

»Ich musste mit, zur Identifizierung. Und dann lag sie da. So blass! So ganz anders! So war sie doch nie gewesen. Das war nicht meine Denise! Meine Kleine war voller Wärme, hatte leuchtende Augen und dieses süße Lachen. Sie war immer so lebenslustig! Dieses arme Ding da hatte nichts mehr von ihr, und doch ...«, schluchzte Dennis Mutter.

»Und sie hatte da so ein, so ein Loch. Mitten auf ihrer ...!« Renata tippte sich mit ihrem Zeigefinger immer wieder gegen die Stirn. Ihr irrer Blick ließ Ann erschaudern.

Sie hatten Denni in den Kopf geschossen? Geschockt hielt sie den Atem an.

Renata vergrub das Gesicht in ihren Händen und schwieg.

Hinter ihr, im Türrahmen, sah Ann plötzlich Denise stehen. Sie war sich sicher, dass es Denni war, obwohl die Erinnerung einfach keine Gesichtszüge formen wollte. Stattdessen sah sie unter dem Haaransatz einfach nur flache, glatte Haut. Keine Augen, keine Nase, kein Mund – und erst recht kein hässliches Loch. War es das, was es ihr unmöglich machte, Dennis Erscheinung ein Gesicht zu geben? Das Loch in ihrer Stirn? Trotz der fehlenden Attribute hatte sie das Gefühl, die Gestalt schaue sie beklemmend vorwurfsvoll an.

Keine zwei Meter weiter saß Lotte, die richtige, echte Lotte. Ihre Augen waren vor Schreck geweitet.

»Wann hast du sie denn das letzte Mal gesehen?«, unterbrach Ann die Stille.

»An dem Abend. Kevin hatte sich gemeldet. Sie wollte zu ihm.«

»Einen Abend, bevor man sie gefunden hat?«

Renata nickte müde. »Klar, sie war erwachsen. Trotzdem war sie meistens so lieb und gab mir Bescheid, wenn sie abends noch wegging. Oder sie hinterließ mir einen Zettel. Natürlich blieb sie häufig auch einfach bei Kevin. Deshalb hab ich mir auch keine Sorgen gemacht, als sie morgens nicht ...« Wieder versagte ihre Stimme.

»Was sagt Kevin, was passiert ist?«, fragte Lotte.

»Das ist es ja!« Aufgebracht schaute Renata erst Lotte, dann Ann an. »Er sagt, er hätte sich nicht bei Denni gemeldet. Sie hätten gar nicht vorgehabt, sich zu treffen. Sie wäre nicht bei ihm gewesen! Wie kann das sein? Wo sollte sie denn sonst gewesen sein? Warum sollte sie mir was vorschwindeln? Dazu gab es doch gar keinen Grund!«

»Du glaubst, er hat gelogen?«

»So muss es sein. Anders ergibt es keinen Sinn. Das Ganze ergibt sowieso keinen Sinn«, fügte sie dann noch hinzu.

»So etwas lässt sich doch überprüfen, oder?« Lotte schaute fragend zu Ann.

Die nickte. »Weißt du, *wie* er sich mit ihr verabredet hat? Hat er sie auf ihrem Handy angerufen? Ihr ne Nachricht geschickt?«

Renata schüttelte den Kopf. »Ihr Handy hat man nicht gefunden.«

»Fehlte sonst noch irgendwas?«

»Ich glaube nicht. Ihre Handtasche, ihr Portemonnaie, die Papiere, ihre Schlüssel, alles noch da. Nur ihr Handy nicht.«

»Gab es in letzter Zeit neue Freunde? Irgendwen, über den sie sprach, den du nicht kanntest?«

»Das hat mich die Polizei auch schon gefragt. Aber nein, sie hatte auch keinen Kontakt zu ... warte, wie haben die das formuliert? Zu zwielichtigen Kreisen. Sie nahm keine Drogen, hatte keine Geldsorgen. Sie war einfach nur meine Kleine. Sie konnte keinem was zuleide tun, also warum? Warum sie? Ich versteh das nicht!«

»Weißt du schon, wann die Beerdigung sein wird? Wir helfen dir gern. Sag einfach, was wir tun können!«

Lotte nickte zustimmend.

»Das ist lieb von euch. Bis jetzt will die Polizei sie nicht freigeben. Wann das sein wird, wollten oder konnten sie mir nicht sagen. Mir bleibt also nichts weiter, als zu warten und ...« Renata zuckte hilflos mit den Schultern.

»Gründliche Beweissicherung dauert ihre Zeit.«

»Ich weiß, aber es ist so schlimm, sich vorzustellen, dass meine Kleine da ganz allein in diesem kalten, schrecklichen Raum auf einer harten Metallpritsche liegt. Wo sie doch bei mir sein sollte.«

*

Eine Stunde später saßen Ann und Lotte in deren Wohnzimmer, tranken Wein und versuchten, Ordnung in das gedankliche Chaos zu bringen.

»Wir müssen mit Kevin reden«, sagte Ann. »Wo arbeitet er und als was? Weißt du, wo er wohnt? Wie haben sich die beiden eigentlich kennengelernt?«

»Er arbeitet als technischer Zeichner bei der Firma Johannsen. Er hat eine kleine Mietwohnung in der Nähe vom

Südfriedhof. Kennengelernt hat sie ihn im letzten Sommer am Süseler Moor. Denise und ich waren baden, er Wakeboard fahren. Keine zwei Wochen später waren sie ein Paar.«

»An der Wassersportanlage? Wie ist es denn da so?«

»Hat schon was. Du kannst schwimmen gehen, dich auf die Wiese legen oder Wasserski fahren. Außerdem gibt's eine Strand-Bar und ein Restaurant. Eine wirklich coole Location. Einige nutzen sie, um zu zeigen, was sie sich während des Winters in der Mucki-Bude antrainiert haben, und versuchen, im Windschatten der lässigen Wakeboard-Cracks ein bisschen Bewunderung abzustauben. Ein echtes Schaulaufen!«

»Und Kevin? Gehört der auch dazu?«

»Zu den Wakeboard-Cracks oder zu den Muskel-Schnittchen?« Lotte lächelte. »Also, der kann zwar fahren, aber eher durchschnittlich. Und ja, er geht regelmäßig in ein Fitnessstudio. Sieht ganz gut aus – wenn man drauf steht. Als Denni sich auf ihn einließ, hab ich erst gedacht: ›Oh Mann, nur nicht so einer.‹ Es kam schon ziemlich viel doofes, oberflächliches Gelaber. Lag wahrscheinlich auch daran, dass seine Leute dabei waren. Im Nachhinein kann ich sagen: Er ist ganz nett. Nicht, dass ich ihn besonders gut kennen würde, so oft war ich mit den beiden nicht zusammen. Aber Denni hat mir einiges erzählt.«

»Kannst du ihn noch mal anrufen? Wenn das nichts bringt, sollten wir ihn besuchen. Kennst du die genaue Adresse?«

Lotte nickte.

»In welches Fitnessstudio geht er denn?«

»Ich meine, Denni hat mal das in der Werftstraße erwähnt, bin mir aber nicht sicher.«

Beide hingen ein paar Minuten ihren Gedanken nach.

»Ich kann einfach nicht glauben, dass man ihr in den Kopf geschossen haben soll«, sagte Lotte.

*In der Tat, das ist unglaublich,* dachte Ann.

Er sah, wie die Kamera langsam über ihre zarte, weiche Haut fuhr, die sanfte Linie ihres Halses entlang weiter nach unten. Ihre Knie verdeckten die Rundungen ihrer Brüste. Der Standpunkt verlegte sich ein Stück nach rechts und gab den Blick frei. Er zog den Ausschnitt der Vergrößerung noch höher. Beim Anblick ihrer Brustwarzen lief ihm ein angenehmer Schauer über den Körper.

Zu Anfang hatte er sich noch schlecht gefühlt.

Dann hatte er dem Drang nachgegeben. Hatte sich den Film immer und immer wieder ansehen müssen.

Zu wissen, dass er der Einzige war, der Zugang zu diesen Bildern hatte, erzeugte in ihm ein unbeschreibliches Gefühl der Macht und Lust.

Er hielt den Film an, ging zurück zu der bestimmten Stelle. Seine Erregung wuchs schlagartig.

Erstaunlich. Mit jedem Mal steigerte sie sich. Allein die Vorfreude darauf hinterließ ein prickelndes Gefühl auf seiner Haut.

Das hier konnte ihm keiner nehmen. Das war ganz allein seins!

Als Lotte am nächsten Morgen zur Arbeit ging, zog Ann los, um Kevin ausfindig zu machen. Lotte hatte ihr das Fahrrad überlassen.

Sie versuchte es zunächst bei seiner Wohnung.

Ohne Erfolg.

Also strampelte sie vom Friedhof aus in Richtung Hafen, dann über die Brücke, um zum Industriegebiet an der Sierksdorfer Straße zu gelangen. Hier war die metallverarbeitende Firma Johannsen ansässig. Höflich fragte sie den Pförtner, ob sie mit Kevin Tiersch sprechen könne. Nach einem kurzen Telefonat verneinte der, meinte, dass Herr Tiersch krankgemeldet sei.

Ob er doch zu Hause war, in seinem Bett lag und einfach keinen sehen wollte?

Auf dem Rückweg beschloss sie, im Fitnessstudio vorbeizuschauen. Das lag keine zehn Minuten Fahrzeit entfernt.

Lotte hatte ihr ein Foto von Kevin und Denni gezeigt. Ann hoffte, ihn erkennen zu können.

Sie betrat den weitläufigen Bereich mit den Foltermaschinen und stellte mit Erstaunen fest, dass, trotz des Freitagmorgens, etliche Geräte besetzt waren. Das Publikum war bunt gemischt.

Ein Mittfünfziger, am Bauch gut bestückt, saß auf einem Trimm-Rad und strampelte trotz seiner Fülle in einer bemerkenswerten Geschwindigkeit. Sein Shirt war derart verschwitzt, dass man fürchten musste, die Grenze seiner Aufnahmekapazität könnte sekündlich überschritten werden. Als Ann die ersten Rettungsringe an die Wand fantasierte, wandte sie sich ab und entdeckte zwei Frauen um die dreißig, deren Hauptziel zu sein schien, ihre Stimmbänder zu trainieren. Beide waren gekleidet, als wären sie dem neuen Sportswear-Katalog entsprungen. Sie bewegten sich absolut mühelos und synchron auf nebeneinander stehenden Steppaerobic-Geräten. Dabei standen ihre Münder nicht eine Sekunde still. Ob sie überhaupt mitbekamen, was die andere erzählte? Luft holen brauchten sie allem Anschein nach nicht.

Ann ließ ihren Blick weiter durch den Raum gleiten.

Hinten links gab es einen jungen Mann, der unter hohem Kraftaufwand mehrere schwere Gewichte bewegte, indem er mit den Armen zwei gepolsterte Bügel nach außen drückte. Der könnte es sein.

Zögernd ging sie auf ihn zu. Sein Kopf war vor Anstrengung rot, sein Gesicht und die blanken Arme glänzten verschwitzt.

»Kevin? Kevin Tiersch?«

Er hielt kurz inne, schaute sie desinteressiert an und fuhr dann mit seiner Übung fort.

»Ich bin Ann, Johanna Arnold. Denni und ich waren befreundet.«

Sie sah ihm zu, wie er stoisch die Bügel nach außen drückte und sich die Gewichte dabei hoben. Als er die Arme langsam vor der Brust zusammenführte, senkten sie sich wieder.

»Du bist doch Kevin, Dennis Freund, oder?«

Bügel nach außen, Gewichte hoch.

»Und?« Er sah sie nicht einmal an.

Bügel nach innen, Gewichte runter.

»Ich würde mich gern kurz mit dir unterhalten.«

Bügel nach außen, Gewichte hoch.

Keine Antwort.

Bügel nach innen, Gewichte runter.

»Ich weiß, es ist bestimmt nicht leicht, darüber zu sprechen, aber vielleicht kannst du mir helfen, einige Dinge zu verstehen. Das wär echt nett von dir.«

Bügel nach außen, Gewichte hoch.

»Ich hab mit Renata, Dennis Mutter, gesprochen. Sie sagte, Denni wäre an *dem* Abend zu dir gefahren, weil du sie darum gebeten hättest. Du aber hättest der Polizei gesagt, sie wäre gar nicht bei dir gewesen, ihr wärt auch nicht verabredet gewesen. Stimmt das?«

Bügel nach innen, Gewichte runter.

Bügel nach außen, Gewichte hoch.

Bügel nach innen, Gewichte runter.

»Kevin, bitte. Sie war auch meine Freundin.«

Die Gewichte waren gerade wieder auf dem Weg nach oben, als Kevin sie abrupt fallen ließ und Ann ärgerlich anschaute. Er schnappte sich das Handtuch, das über seinen Beinen gelegen hatte, und wischte sich den Schweiß von Armen, Händen und Gesicht.

»Komisch nur, dass ich dich gar nicht kenne.«

Er stand auf und marschierte auf ein anderes Gerät zu. Ann merkte, wie ihr das Blut in den Kopf stieg.

»Wir haben uns nicht mehr so oft gesehen, das stimmt. Ich hatte in den letzten Monaten viel Mist an den Hacken und ...« Sie schnaubte. »Ist auch egal. Du kannst mir glauben, Lotte, Denni und ich waren jahrelang unzertrennlich. Du kannst Renata fragen! Und ich will verdammt noch mal wissen, was mit ihr passiert ist!«, rief sie lauter, als sie eigentlich vorgehabt hatte.

Kevin legte ein paar Gewichte mehr auf, setzte sich und fing an, eine Art lang gezogenen Kleiderbügel vor sich herunterzuziehen. Der Seilzug hinter seinem Rücken hob die Masse an aufeinandergestapelten Barren in die Höhe.

»Wir waren für diesen Abend nicht verabredet. Ich hab sie nicht zu mir bestellt. Sie war nicht bei mir und wollte auch nicht zu mir.«

»Wann hast du sie denn das letzte Mal gesprochen?«

»An dem Abend. Wir haben telefoniert.«

»Hat sie da erwähnt, dass sie noch weg wollte? War sie anders als sonst?«

»Das hab ich alles schon der Polizei erzählt.«

»Als ob die mich in ihren Bericht gucken lassen würden!«

»Nein, sie wollte nirgendwo mehr hin. Sie war auch nicht seltsam oder anders. Sie war wie immer. Wir haben uns über ganz normalen Kram unterhalten. Sie hat sich in der gleichen Art und Weise verabschiedet, wie sie es immer getan hat, wenn wir die Nacht nicht zusammen verbracht haben. Zwischen uns war alles bestens. Wir haben uns nicht gestritten. Es gab keine Trennungsabsichten. Ich hatte keine heimliche Freundin und sie keinen Lover. Es gab keine neuen, mir unbekannten Gesichter in ihrem Umfeld. Sie hatte keinen Stress auf der Arbeit. Ach, und ich besitze *keine* Waffe. – Zufrieden? Verhör beendet? Dann kann ich ja jetzt in Ruhe weiter trainieren und du dich vom Acker machen.«

Energisch stand er auf, ging drei Geräte weiter und stellte alles so ein, wie er es brauchte. Dabei drehte er ihr demonstrativ den Rücken zu.

Ann gab sich geschlagen und ging langsam zum Ausgang. ›In Trauer vereint‹ schien nicht das Lebensmotto von Kevin Tiersch zu sein. Wenn er überhaupt trauerte, machte er das wohl mit sich allein aus.

Denni und er hatten an dem Abend also noch telefoniert. Das zumindest hatte er zugegeben. Mittlerweile wusste jeder, dass man Telefonate über die Verbindungsnachweise belegen konnte. Nicht nur, wer wen angerufen, sondern auch, wie lange das Gespräch gedauert hatte. Nur, *was* gesprochen wurde, ließ sich leider nicht nachvollziehen. Er konnte die Wahrheit gesagt, aber ebenso gelogen haben. Sie konnten ihn als Verdächtigen nicht ausschließen.

Sie musste mehr über ihn und seine Beziehung zu Denni herauskriegen. Wenn er gelogen haben sollte, wenn er Denni umgebracht haben sollte, musste irgendwas vorgefallen sein. Wie war sein Umfeld? Wäre es ihm möglich, an eine Waffe zu kommen? Wäre er vom Typ her überhaupt in der Lage, so etwas durchzuziehen? Jemandem in den Kopf zu schießen, von vorn, während diese Person dem Schützen womöglich noch in die Augen sah – da gehörte schon einiges dazu. Ann würde wetten, dass die Wenigsten das konnten. Ein Mord im Affekt, ein Unglücksfall, das ja, aber so etwas ...?

Als sie das Fitness-Center verließ, fiel ihr Blick auf den blau-weißen Schriftzug *›LN‹*, das Logo der *Lübecker Nachrichten*. Kurzentschlossen öffnete sie die Tür der Zweigstelle.

Der kleine Raum bot einer Theke und zwei Arbeitsstellen Platz. Links war ein Mitarbeiter gerade mit einer telefonischen Beratung beschäftigt. Sein Headset tanzte lustig auf seinem Kopf, während er emsig auf einer Computertastatur herumtippte.

»Kann ich Ihnen helfen?«

Die Dame rechts von ihm, laut Namensschild eine gewisse Frau Brokhinke, lächelte Ann freundlich an.

»Guten Tag. Mein Name ist Johanna Arnold. Ich bin Journalistik-Studentin und schreibe gerade an einer Facharbeit.« Sie zog ihren Studentenausweis heraus. »Dabei sind mir die Artikel Ihres Mitarbeiters Herrn Werner Jensen ins Auge gefallen. Ich würde mich gern mit ihm über seine Arbeit unterhalten. Wäre das möglich?«

»Ah, ein Nachwuchs-Talent. Da wird sich der Werner aber freuen, dass er mit seiner Arbeit überzeugen konnte. Geben Sie mir Ihre Kontaktdaten? Ich leite es gern an ihn weiter.«

»Er ist nicht zufällig da?«

»Nein, wir sind hier nur die Anzeigenannahme. Die Redaktion befindet sich in Oldenburg. Die bekommt die Texte aber auch nur per Datenleitung.«

»Ich muss in absehbarer Zeit zurück nach Paderborn. Wenn er sich zu einem Gespräch bereit erklären würde, worüber ich mich wirklich sehr freuen würde, wäre es schön, wenn es zeitnah stattfinden könnte.«

»Das will ich ihm gern ausrichten.«

Ann hinterließ ihre Handynummer, bedankte sich und ging.

Sie schwang sich auf Lottes Fahrrad und fuhr die Bahnhofsstraße hinunter, bis sie auf die Lienaustraße traf. Das alte Backsteingebäude der Polizeidienststelle von Neustadt war schnell erreicht. Quietschend brachte sie das alte Rad zum Stehen.

Ihre Uhr zeigte zwölf Uhr siebzehn. Für ein Mittagessen mit Lotte noch zu früh.

Zielstrebig stellte sie ihr Rad ab und marschierte hinein. Was hatte sie schon zu verlieren?

Dem Beamten am Empfang stellte sie sich vor und bat darum, den Ermittler im Fall Denise Brämer sprechen zu können. »Sie wissen schon, die Tote aus der Kiesgrube.«

»Worum geht es denn?«

»Ich bin eine enge Freundin der Familie. Sie können sich sicher vorstellen, wie schwer das momentan für uns alle ist, insbesondere natürlich für ihre Mutter. Ich versuche ihr zu helfen, wo ich nur kann. Auch bei den Vorbereitungen für die Beerdigung. Leider haben wir immer noch keine Information, wann sie, also, wann das sein könnte. Das belastet alle sehr. Können Sie mir da vielleicht weiterhelfen?«

»Ich verstehe, einen Moment bitte.« Er griff zum Hörer und schilderte einem Kollegen das Anliegen. Als er auflegte, meinte er: »Es kommt sofort jemand. Einen Moment bitte. Sie dürfen sich gern dort drüben setzen.« Er zeigte auf ein paar Stühle, die aneinandergereiht an der Wand gegenüber angebracht waren.

Einige Minuten später erschien ein Polizist in Uniform und bat sie in ein Büro. So wie Ann die Lage einschätzte, war das nicht der ermittelnde Kommissar. Es wäre auch zu schön gewesen.

Der Beamte stellte sich vor und bat Ann, sich auszuweisen. Er kopierte ihren Pass und setzte sich dann auf den gegenüberstehenden Stuhl.

»In welchem Verhältnis stehen Sie zur Familie der Toten? Sind Sie mit ihr verwandt?«

Ann schüttelte den Kopf. »Nein. Ich bin eine enge Freundin. Wie Sie sicherlich wissen, hatte Denise keinen Kontakt zu ihrem Vater. Renata, ihre Mutter, hat sie allein großgezogen. Oben im Haus wohnen noch Renatas Eltern. Sonst gibt es wenig Verwandtschaft, von denen ich wüsste. Also ist es selbstverständlich, dass wir, meine Freundin Lotte und ich, Renata helfen, wo es nur geht.«

Er nickte. »Und diese Lotte ist wer?«

»Eine ebenso gute Freundin wie ich. Wir waren immer zu dritt. Denise, Lotte und ich.«

»Nennen Sie mir bitte den vollen Namen und die Meldeadresse ihrer Freundin.«

»Lotte Peters, äh, Charlotte Peters, Kleine Marktstraße 15a.«

»Danke.«

Ann sah zu, wie er sich Notizen machte. »Wann werden Sie Denni freigeben? Wann können wir sie beerdigen?«

»Dazu kann ich Ihnen keine Auskunft geben. Ich kann Ihnen versichern, wir arbeiten mit Hochdruck daran. Sobald wir mehr wissen, werden wir uns mit Frau Brämer in Verbindung setzen.«

»Sie sind nicht der ermittelnde Beamte, oder?«

Er grinste sie an. »Nein. Ich gebe Ihre Angaben nur an sie weiter.«

»An sie?«

»An Oberkommissarin Petra Ehrenfeld. Es ist gut möglich, dass sie Sie in den nächsten Tagen kontaktiert und um eine Aussage bittet.«

Ann nickte. »Wenn sie meint. Ich glaube aber nicht, dass ich helfen kann. Ich war zum Todeszeitpunkt nicht mal in der Nähe von Neustadt.«

Sie sah, wie es in seinen Augen blitzte. »Wann war denn der Todeszeitpunkt?«

*Ups ... Fettnapf!*

Was für eine dusselige Äußerung.

»Ich dachte, da sie am fünfundzwanzigsten Januar gefunden wurde, wird es sich wohl um den Vierundzwanzigsten, oder um die Nacht vom Vierundzwanzigsten auf den Fünfundzwanzigsten handeln, richtig? Und ich war schon seit Wochen nicht mehr hier.« Betont selbstsicher fixierten ihre grünen Augen den Beamten.

*Jetzt mach dir mal nicht ins Hemd.*

Wieder notierte er sich einige Zeilen.

»Wissen Sie, was uns am meisten zu schaffen macht? Die Art wie sie ... also dass man ihr in den Kopf geschossen hat. Von vorn in die Stirn! Wer macht denn so was? Wer ist in der Lage, einem Menschen in den Kopf zu schießen? Das bringt doch keiner! Schon gar niemand, der sie gekannt hat, dem sie dabei in die Augen geschaut hat.« Der Typ musste doch aus der Reserve zu locken sein.

Wieder sah sie der Beamte mit seinem wachen, fast schon lauernden Blick an.

»Ja, es erschreckt einen immer wieder, zu was für aberwitzigen Taten Menschen fähig sind.«

Ann schüttelte den Kopf. »Aber nicht hier. Wir befinden uns im kleinen beschaulichen Neustadt, nicht in der Bronx irgendeiner großen Metropole. Denni war in keiner Gang, gehörte keinem dunklen Milieu an. Gibt es so was hier überhaupt? Bandenkriminalität? Hier findet man mit Sicherheit Sachen wie Kleinkriminalität, Beziehungstaten und Steuerhinterziehung! Das, was Denni passiert ist, mutet aber an wie ein Auftragsmord.«

»So, Sie glauben also, es gab im Leben Ihrer Freundin so bedeutende Dinge, dass jemand sich bewogen fühlte, für viel Geld einen Profikiller anzuheuern? Was für Dinge könnten das denn gewesen sein?«

*Das machst du super! Bis gerade war das eine reine Routinebefragung ... aber spätestens jetzt hast du's geschafft, dich interessant zu machen.*

Oh Mann, sie redete sich hier um Kopf und Kragen. Sie holte tief Luft, versuchte ihre Stimme stark und überzeugend klingen zu lassen. »Das habe ich nicht gesagt. Ich weiß von keinen ›bedeutenden Dingen‹. Ich weiß nur, dass normale Menschen das nicht könnten, einem anderen kaltblütig in die Stirn schießen. Gibt es denn irgendwelche Hinweise auf den Mörder?«

»Darüber kann ich Ihnen leider nichts sagen.« Er stand auf. »Wie gesagt, Oberkommissarin Ehrenfeld wird sich sicherlich noch mit Ihnen und Frau Peters unterhalten wollen. Wir melden uns.«

*

Sie hatten das Frühstück gerade beendet, als Anns Handy klingelte. Es war der Redakteur der *Lübecker Nachrichten*, Werner Jensen. Sie einigten sich auf ein Treffen bei ihm zu Hause am frühen Nachmittag. Kaum war das Gespräch beendet, meldete sich Lottes Festnetzanschluss.

»Ja bitte?«, hörte Ann Lotte fragen.

–

»Am Apparat.«

–

»Äh ja, ich denke, das geht.«

–

»Ja, die ist zurzeit bei mir. So lange, bis wir ... also auf jeden Fall bis zur Beerdigung.«

–

»Richte ich ihr aus.«

–

»Okay. Auf Wiederhören.«

Ann schaute Lotte fragend an.

»Das war die Polizei. Sie wollen mit uns reden.«

# Kapitel 3

Pünktlich um elf saßen die beiden Freundinnen im Wartebereich der Polizeiwache.

Lotte wurde als Erste abgeholt. War ja klar, dass sie nicht zusammen befragt wurden.

Zwanzig Minuten ließ man Ann warten. Zwanzig Minuten, die ihr wie eine Ewigkeit vorkamen.

Dann wurde sie in ein leeres Büro geführt. Lotte war nirgends zu sehen.

Als die Tür endlich aufging, hoffte Ann, dass man ihr die Enttäuschung nicht allzu sehr ansehen würde. Die Frau, die den Raum betrat, war Mitte Vierzig und wirkte eher wie ein gelangweiltes Hausmütterchen als wie eine durchsetzungskräftige Kommissarin. Ihre graue Strickjacke hing ausgeleiert über ihrem ebenfalls grauen Schlabberpulli. Ihre Hände schienen gerade noch Kartoffeln geschält zu haben und das auf ihrem Kopf war weit davon entfernt, als Frisur bezeichnet werden zu können. Der Gesichtsausdruck der Kommissarin konnte bestenfalls als gutmütig bezeichnet werden, ihr Blick als das Gegenteil von wach und aufmerksam. Und die sollte den Mord an Denni aufklären?

*Unterschätz sie nicht – denk an Columbo,* dachte Ann. *Wahrscheinlich hat sie ungeahnte Fähigkeiten und ne bombige Aufklärungsquote.*

Leider unterstrich die Dame ihre Wirkung mit einer quälend langsamen und behäbigen Art, Fragen zu stellen, gepaart mit dem Fehlen jeglicher Betonung in ihrer Stimme.

Ann sah sie vor sich: die schrecklichsten Massenmörder, trickreichsten Betrüger und brutalsten Vergewaltiger – alle zu Tode gelangweilt. Geständig nur, um der Monotonie zu entfliehen. Gleichzeitig schämte sie sich für ihre abwertenden Gedanken. Sie kannte die Frau gar nicht und fällte doch schon nach Sekunden ihr Urteil. Dennis Tod brachte in ihr wohl nicht nur Trauer hervor ...

»Guten Tag, Frau Arnold. Nett, dass Sie es einrichten konnten. Mein Name ist Petra Ehrenfeld.«

Ann nickte ihr als Begrüßung zu.

»Sie hätten uns sagen sollen, dass Sie zurzeit bei Frau Peters wohnen.«

»Ich wusste nicht, dass das für Sie von Bedeutung ist.«

»Dann erzählen Sie mal, in welcher Beziehung Sie zu der Toten stehen.«

Ann berichtete ihr von ihrer Jugendzeit und der langjährigen, engen Freundschaft zu Denise.

»Wie haben Sie von ihrem Tod erfahren?«

»Lotte rief mich an.«

»Charlotte Peters?«

Ann nickte.

»Wann war das?«

Ann überlegte kurz. »Am Mittwoch.«

»Seit wann sind Sie in Neustadt?«

»Seit Donnerstagabend.«

»Gestern sagten Sie einem Beamten, dass Sie glauben, Frau Brämer wäre durch einen Auftragsmörder getötet worden. Wie kommen Sie darauf?«

*Erst denken, dann reden.*

Ann merkte, wie ihre Unruhe wuchs.

»Weil sie durch einen Schuss in den Kopf, in die Stirn getötet wurde. Das stimmt doch, oder?«

»Woher stammt diese Information?«

»Renata hat uns davon erzählt, von dem Loch in der Stirn. Sie hat es bei der Identifizierung selbst gesehen.«

»Renata Brämer, die Mutter der Toten?«

Ann nickte.

»Und was könnte jemanden veranlasst haben, einen Profikiller auf Ihre Freundin anzusetzen?«

»Das weiß ich doch nicht!« Ann konnte nicht anders. Die monotone Stimmlage der Ehrenfeld brachte sie zum Kochen. Dieses quälend langsame Aussprechen der Wörter, der gelangweilte Ausdruck in diesem breiigen Gesicht – es grenzte an Folter. Ständig war man kurz davor, der Kommissarin ins Wort zu fallen und ihren, scheinbar mit viel Mühe herausgepressten Satz zu beenden, damit es endlich voranging.

»Sie dürfen uns ruhig alles, was Ihnen durch den Kopf geht, alles, was Sie sich vorstellen können, mitteilen. Wir werden mit diesen Informationen behutsam umgehen und sie gründlich prüfen.«

»Ich weiß aber nichts! Es ist nur eine Vermutung. Was glauben Sie denn, wie das Loch in ihre Stirn gekommen ist?« Anns Stimme war um einiges lauter geworden.

»Och, da gibt es viele Optionen. Was mich verwundert, ist, dass Sie, obwohl Sie Denise Brämer als normale, anständige Frau beschreiben, als Erstes die Möglichkeit eines Auftragsmords in Betracht ziehen. Das wäre für mich, in einem durchschnittlichen, nicht kriminellen Umfeld, der abwegigste Gedanke, das, worauf ich als Letztes käme. Es sei denn, es gäbe außergewöhnliche Umstände, die diese Schlussfolgerung als Möglichkeit zuließen. Gibt es die? Diese außergewöhnlichen Umstände? Gibt es etwas, das Sie uns verschweigen?«

Jetzt verlor Ann endgültig die Fassung. Diese erbärmliche Erscheinung …! Stellte hier lächerliche Anschuldigungen in den Raum. Als ob sie irgendwas verschweigen würde! Als ob Denise sich selbst in was reingeritten, ihren Tod womöglich herausgefordert hätte!

Aufgebracht sprang sie auf. »Ich sage es Ihnen jetzt zum letzten Mal: Ich weiß von gar nichts. Ich bin am vergangenen Donnerstag überstürzt nach Neustadt gereist, weil ich von meiner besten Freundin erfahren habe, dass meine zweite allerbeste Jugendfreundin ermordet wurde! Und es tut mir leid, dass ich mir als normale, naive Durchschnittsbürgerin nicht vorstellen kann, wie ihr jemand in die Stirn geschossen haben kann, während sie demjenigen noch in die Augen gesehen hat. In meiner kleinbürgerlichen Vorstellung passt so was Grausames eben nur zu einem kaltblütigen Killer. Aber Ihnen scheint das ja häufiger unterzukommen. Dann sagen Sie doch mal: Wer war's? Wer hat Denni auf dem Gewissen? Und warum?«

Ohne sich um Anns Gefühlsausbruch zu kümmern, fuhr die Ehrenfeld im gleichen gelangweilten Ton fort. »Wann hatten Sie zum letzten Mal Kontakt zu der Toten?«

Diese Frau machte Ann wahnsinnig. Frustriert setzte sie sich wieder. »Im letzten Jahr beim Folklore-Festival, also vor sechs Monaten haben wir uns das letzte Mal gesehen. Danach nur noch Nachrichten ausgetauscht.«

»Was für Nachrichten waren das?«

»Nichts Besonderes. Meistens nicht mal was Persönliches. Lustige Fotos oder Videos, die man selbst zugeschickt bekommen hat und mit seinen Freunden teilt, so was eben.«

»Hört sich für mich nicht nach einem intensiven Kontakt zu einer besten Freundin an. Woher wollen Sie wissen, was Denise Brämer in den Monaten vor ihrem Tod so getrieben hat? Vielleicht war sie längst in Kreisen unterwegs, von denen Sie keine Ahnung hatten?«

»Und die sollen *wo* gewesen sein? Ach ja, lassen Sie mich raten: die Schwerverbrecherkreise von Neustadt! Das ist doch totaler Unsinn. Das hätten Lotte und Renata mitgekriegt.«

»Warum haben Sie den Kontakt zu ihrer alten Heimatstadt und Ihren guten Freundinnen denn überhaupt abgebrochen?«

Fassungslos starrte Ann die Kommissarin an. »Ich habe nichts abgebrochen. Es kam irgendwie automatisch. Wir lebten in unterschiedlichen Städten, lernten neue Leute kennen, waren mit unserer Ausbildung beschäftigt. Da passiert so was schon mal. Und in den letzten fünf Monaten hatte ich echt andere Probleme ...«

»Ach ja? Welche Probleme waren das?«

»Das tut hier nichts zur Sache.«

Ann senkte ihren Kopf und betrachtete ihre zitternden Hände.

»Gut. Sie halten sich bitte für weitere Befragungen zur Verfügung. Falls Sie vorhaben, bei Ihrer Freundin auszuziehen oder nach Paderborn zurückzukehren, ist uns das mitzuteilen«, sagte das Hausmütterchen, klappte ihr Notizbuch zu und verließ langsam und unaufgeregt den Raum. Körperspannung war für diese Frau definitiv ein Fremdwort.

Ann blieb wie betäubt sitzen. Warum hatte sie nicht professioneller auftreten können? Warum hatte sie dieses Gespräch so aufgewühlt? Sie war sich sicher, dass das vor den Geschehnissen des vergangenen Sommers anders verlaufen wäre. Sie war einfach nicht mehr so belastbar. Kleinste Stresssituationen beantwortete der Körper mit heftigsten Reaktionen, wie erhöhtem Puls und Zittern der Hände. Der Eindruck, den sie hinterließ, wurde vom Gegenüber mit Sicherheit als unglaubwürdig wahrgenommen.

*Na und? Scheiß drauf.*

Die Tür ging auf und ein Beamter steckte seinen Kopf durch den Spalt. »Frau Arnold? Kommen Sie bitte? Sie können jetzt gehen.«

Zusammen mit Lotte, die im Eingangsbereich gewartet hatte, verließ sie die Wache.

»Ich brauch jetzt dringend nen Kaffee«, sagte Ann.

»Konntest du irgendwas Neues erfahren?«, fragte Lotte vorsichtig.

»Außer, dass heute wohl jeder Kommissar werden kann? Nein. Wie war's bei dir? Was haben sie dich gefragt?« Wieder versetzte ihr die übertriebene Wut auf eine ihr vollkommen unbekannte Person, die nur ihren Job machte, einen Stich.

»Eigentlich nichts Besonderes. Sie wollten wissen, wie eng unsere Freundschaft war und ob ich Kevin gut kenne, ob mir was Ungewöhnliches aufgefallen ist ... so was eben. Ich glaube, ich konnte nicht groß helfen.«

»Hast du dich eigentlich noch regelmäßig mit ihr getroffen? Immerhin seid ihr nach dem Studium beide zurück nach Neustadt.«

»Wenn du Abstände von durchschnittlich zwei Monaten als regelmäßig bezeichnen willst, dann ja. Seit sie mit Kevin zusammen war, hatte sie aber anderes im Kopf, zog wohl mit ihm und seinen Leuten um die Häuser. Na ja, zugegeben: Seitdem ich in der Apotheke angefangen habe, hat sich mein Partyleben drastisch minimiert. Unter der Woche, nach der Arbeit, bin ich echt platt. Außerdem gibt's die Samstags-Schichten und dann noch den Wochenend-Notdienst. Ich bin brav, geradezu langweilig geworden!« Entschuldigend lächelte sie zu Ann herüber.

»Und Denni? Hat sie immer noch in diesem Steuerbüro gearbeitet?«

»Ja, obwohl – glücklich, denke ich, war sie da nicht.«

»Ach ja?«

»Außer ihr gab es nur noch eine Frau, die Sekretärin. Denni meinte oft, die Kollegen hielten sich für was Besseres, würden sie nicht ernst nehmen.«

»Hat sie mal von besonderen Vorfällen berichtet? Mobbing, blöde Anmache, irgendjemanden, mit dem sie richtig Ärger hatte?«

»Wüsste ich nicht.«

»Hm, trotzdem sollten wir uns die Kollegen genauer anschauen.«

»Meinst du nicht, dass die Polizei das machen wird?«

Ann schnaubte ungehalten. »Bei *der* Kommissarin? Also wenn du mich fragst, ich hab da keine große Erwartungshaltung.«

Sie musste immer wieder an die Art und Weise denken, wie Denni umgebracht worden war: fast wie bei einer Hinrichtung. Wem war sie im Weg gewesen? Und warum hatte man sie ausgerechnet in einer Kiesgrube abgelegt? So weit draußen? Die Zeitungen gaben als Informationsquelle nicht viel her. Die neuesten Meldungen der heutigen Samstagsausgabe wiesen einzig und allein darauf hin, dass es sich um ein Gewaltverbrechen handelte, die Polizei allen Hinweisen nachginge, bisher noch keine heiße Spur habe, eine Beziehungstat aber nicht ausschließen könne.

»Und wenn es was mit ihrer Arbeit zu tun hatte? Also, ich meine nicht mit ihrer Beziehung zu den Kollegen, sondern mit den Steuerfällen, an denen sie arbeitete ...« Ann sah Lotte vielsagend an.

»Du meinst, sie war dabei, einen Steuerbetrug aufzudecken?«

»Zum Beispiel. Da gibt es mannigfaltige Möglichkeiten. Wirtschaftskriminalität wäre ein starkes Motiv. Bei Steuerhinterziehung geht es oft um irrsinnige Summen. Genug Geld, um einen Auftragsmord als lohnende Investition anzusehen. Unterliegen Steuer- und Finanzberater eigentlich einer Schweigepflicht? Und was wäre, wenn sie Kenntnis von krummen Geschäften hätten? Müssten sie dann schweigen oder sind sie vielleicht sogar verpflichtet, ihre Mandanten anzuzeigen?«

Lotte zuckte hilflos mit den Schultern. »Keine Ahnung.«

Anns To-do-Liste wurde immer länger. Sie musste die Arbeitskollegen durchleuchten und versuchen, mehr über die Fälle herauszubekommen, an denen Denni gearbeitet hatte – was sicherlich das schwierigste Unterfangen werden würde.

Sie musste das mit der Schweigepflicht recherchieren und mehr über die Clique von Kevin erfahren.

Ein Einblick in den pathologischen Bericht wäre eine echte Hilfe. Bislang hatte sie nur die Info von Renata, die von dem Loch in Dennis Stirn gesprochen hatte, die wusste, dass ihre Tochter erschossen worden war. War es ein aufgesetzter Schuss gewesen? Ein Schuss aus nächster Nähe? Gerade von vorn, oder doch von hinten und Renata hatte nur die Austrittswunde gesehen? Gab es sonst irgendwelche Verletzungen? Wie genau war sie gefunden worden? War der Fundort auch der Ort, an dem sie getötet worden war?

Ann seufzte. Im letzten Sommer, in Rerik, bei der Suche nach dem vermissten Mädchen, hatte sie einen direkten Draht zur Polizei gehabt. Aber hier? Es würde ungemein schwer werden, an brauchbare Informationen ranzukommen.

Vielleicht erwies sich der Journalist Werner Jensen als hilfreiche Quelle.

*

Es war vierzehn Uhr, als Ann bei ihm klingelte. Die Erscheinung, die ihr die Tür öffnete, war recht imposant. Der Mann, an die zwei Meter groß, hatte hellgraues, leicht welliges Haar und strahlend grau-blaue Augen. Die vielen Lachfältchen in seinem Gesicht wurden durch das offene, herzliche Lächeln angenehm betont. Ann schätzte ihn auf Mitte fünfzig und fand ihn auf Anhieb sympathisch.

»Hallo! Kommen Sie doch rein«, meinte er und ließ sie eintreten. »Darf ich Ihnen was zu trinken anbieten?«

»Ein Wasser, wenn's keine Umstände macht.«

Er ging in die Küche, bot Ann einen Platz an und goss ihr und sich selbst Wasser ein.

Dann setzte er sich ihr gegenüber.

»So, Sie studieren also Journalismus? Wo denn, wenn ich fragen darf?«

»An der Universität für Medienwissenschaften in Paderborn.«

»Aha. Na dann, schießen Sie mal los! Was möchten Sie gern wissen?«

»Im Grunde geht es um die Thematik, wie Journalisten der Tagespresse heutzutage an ihre Informationen gelangen. Kommen die hauptsächlich von Pressestellen? Inwiefern wird überhaupt noch recherchiert? Hat eine solche Vorgehensweise Einfluss auf die Pressefreiheit? Denn: Wenn alle Informationen aus einer einzigen Quelle, nämlich der zuständigen Pressestelle, stammen, ist diese *eine* Institution in der Lage, die Nachricht ganz nach ihren Bedürfnissen zu steuern, manipulativ tätig zu werden. Kann man hier also noch von unabhängiger und freier Berichterstattung sprechen? Und: Was ist mit dem ethischen Gesichtspunkt? Wie viel darf ein Journalist schreiben, wie weit darf er gehen, ohne auf die Folgen für die genannten Personen Rücksicht zu nehmen? Denn wir wissen alle, was das geschriebene Wort in der Öffentlichkeit anrichten kann.«

Ann hatte mit Begeisterung gesprochen, was ihr nicht schwerfiel, da sie die genannten Punkte für brisanten Diskussionsstoff hielt.

Mit jedem Aspekt war das Lächeln ihres Gegenübers breiter geworden. Man sah ihm an, dass ihm das Engagement der jungen Studentin gefiel.

»Da haben Sie sich aber ein breites und vielschichtiges Themengebiet ausgesucht. In vielen Grenzsituationen gibt es tatsächlich kein Richtig oder Falsch. Wir Journalisten bewegen uns ständig auf einem schmalen Grat, manchmal sogar mit einem Bein im Gefängnis. Der eine mehr, der andere weniger.«

»Es geht mir nicht um die großen Fälle, die die ganze Nation bewegen, sondern um das banale Tagesgeschäft. Vielleicht darf ich das Ganze an einem aktuellen Fall verdeutlichen? Ich habe gesehen, dass Sie sowohl bei Unfällen als auch bei Todesfällen mit Fremdeinwirkung als Berichterstatter in Erscheinung getreten sind. Am Anfang der Woche haben die *Lübecker Nachrichten* Ihren Bericht ›Tote im Kieswerk‹ veröffentlicht. Wie sind Sie an die Informationen für diesen Artikel gelangt? Waren Sie vor Ort? Haben Sie die Arbeiter befragen können oder kamen die Fakten ausschließlich von der Pressestelle der Polizei?«

»Ah, das junge Mädchen aus dem Abbaugebiet. Bei Todesfällen, besonders solchen, hinter denen ein Verbrechen vermutet wird, arbeiten wir generell eng mit der Polizei zusammen. In manchen Fällen ist das tatsächlich so banal: Die gibt uns die freigegebenen Fakten und wir schreiben sie um. Bei mir kommt es allerdings häufig vor, dass ich angerufen und zu einem Tatort zitiert werde, denn auch die Polizei profitiert von dem engen Arbeitsverhältnis.«

»Weil sie so Einfluss auf die Art der Berichterstattung nehmen kann. War das in diesem Fall so? Wurden Sie angerufen?«

»Ja.« Er trank einen Schluck Wasser.

»Benachrichtigt man Sie sofort, also unmittelbar nach Eingang des Notrufs, oder erst nachdem die Polizei den Tatort begutachtet hat?«

»Wenn ich dazustoße, ist längst alles abgesperrt und in Augenschein genommen. Der Polizeifotograf hat die Bilder in der Regel im Kasten und für mich ein paar geeignete zusammengestellt.«

»Dürfen Sie direkt an den Tatort heran?«

»Das ist von Fall zu Fall unterschiedlich. Das entscheidet die Polizei. Bei der Toten aus der Kiesgrube durfte ich nicht in die Nähe der Leiche. Sie hatten alles mit Tüchern abgehängt. Ich habe ein paar Fotos von der Gesamtsituation gemacht. Hier habe ich darauf zu achten, dass die Gesichter der Ermittler und der Kriminaltechniker nicht zu erkennen sind – eine Schutzmaßnahme. Alle weiteren Fotos habe ich von der Polizei erhalten.«

»Die darauf achtet, dass Sie nur Material bekommen, das möglichst nichtssagend ist.«

Jensen zuckte mit den Schultern. »Es wäre fatal, wenn Bilder abgedruckt würden, die die Ermittlungsarbeit der Polizei stören oder gar das Ergreifen des Täters verhindern würden. Außerdem haben Sie hier den von Ihnen angesprochenen Aspekt der Ethik. Keine Mutter möchte auch nur Teile ihrer toten Tochter in der Tagespresse sehen.«

Ann musste schlucken. Bislang war es ihr nicht schwergefallen, den persönlichen Bezug auszublenden und wie eine unbeteiligte Journalistikstudentin zu wirken. Aber es war Denni, über die sie hier sprachen.

*Der du, mit dem, was du hier tust, nur hilfst. Mach weiter! Du bist gut!*

Sie schob die aufkommenden Gefühle beiseite.

»Haben die Beamten Ihre Fotos kontrolliert? Brauchten Sie eine offizielle Freigabe dafür?«

»Nein. Mittlerweile besteht da ein enges Vertrauensverhältnis. Ich weiß, in welchen Grenzen ich mich bewegen darf, und die Polizei weiß, dass ich mich daran halte. Es würde für mich keinen Sinn machen, das aufs Spiel zu setzen.«

»Darf ich die Fotos sehen?«

»Warum?«

»Ich würde mir gern ein Bild davon machen, wie nah man Sie an den Tatort herangelassen hat.«

»Ich schätze etwa zwanzig Meter.«

Mist, das hatte nicht geklappt. Ann überlegte. »Und dann? Haben Sie gewartet, bis Ihnen ein Polizeisprecher die Fakten genannt hat, oder durften Sie die Arbeiter befragen?«

»Während ich auf den Sprecher gewartet habe, konnte ich mit einigen der Arbeiter ein paar Worte wechseln. Zwei wurden noch von den Beamten befragt und abgeschirmt. Dann trat der Polizeisprecher vor die Arbeiter und bat alle inständig darum, die Details, die sie, falls geschehen, am

Tatort wahrgenommen hatten, nicht herumzuerzählen. Sei es, wie genau die Leichenstellung gewesen ist oder andere Besonderheiten, da das die Ermittlungen extrem erschweren würde. Er verwies noch auf den sozialen Dienst und die psychologische Betreuung, die man bitte in Anspruch nehmen solle, mit der man natürlich über alles reden dürfe, und kam dann zu mir. Es gab die üblichen Informationen: Alter, Geschlecht und Nationalität des Opfers. Wo war ihr Wohnort? Wann wurde sie von wem gefunden?«

»In Ihrem ersten Bericht stand, es sei noch nicht klar, ob es Tod durch Fremdeinwirkung oder durch Unfall sei. Im zweiten schrieben Sie, sie sei erschossen worden. Seit wann wussten Sie davon?«

»Das hatten sie mir schon am Tatort erzählt, mit der Bitte, diese Information erst zu veröffentlichen, wenn ich die Freigabe dazu bekäme. Sie wollten den Bericht des Gerichtsmediziners abwarten.«

»Die Polizei hat Ihnen also verboten, mit Fakten an die Öffentlichkeit zu gehen. Ist das nicht eine Beschneidung der Pressefreiheit?«

Er lächelte nachsichtig. »Kein Verbot. Die Bitte, mit der Bekanntmachung noch ein wenig zu warten. Wenn es den Ermittlungen, der Wahrheitsfindung dient, ein legitimes Mittel. Es war nicht zu meinem Nachteil. Im Gegenteil: So hatte ich Material für einen weiteren Bericht. An dieser Stelle macht es sicherlich einen Unterschied, ob man, wie ich, für die regionale Tagespresse schreibt, die überproportional von ihren Abonnenten lebt, oder für eine Boulevard-Presse, die deutschlandweit vertrieben wird und von jeder Schlagzeile zehrt. Unsere Verkaufszahlen würden sich nicht erhöhen, nur weil ich mit Material an die Öffentlichkeit gehe, das noch als geheim eingestuft wird. Die Blätter, die im Volksmund als ›reißerisch‹ bezeichnet werden, hingegen leben davon, mit allem als Erste aufwarten zu können. Am besten noch mit Dingen, die sich auf eine eher wackelige

Faktenlage stützen. Hauptsache der Leser wird zum Kauf der Zeitung animiert. Damit will ich nicht sagen, dass die Kollegen ihren Job schlecht machen oder schlampig recherchieren. Es sind einfach ganz andere Anforderungen.«

»Haben Sie von den Arbeitern des Kieswerks noch was Interessantes erfahren können?«

Werner Jensen lächelte spitzbübisch.

»Ich frage nur, weil, juckt es Sie nicht in den Fingern, bei so tragischen Geschichten die Hintergründe herauszufinden und die Geschichte dieses jungen Mädchens zu erzählen?«

»Ich verstehe, was Sie meinen. Der Ursprung jeglicher Journalistentätigkeit: der Drang, hinter das große Ganze zu blicken und die Öffentlichkeit an dem eigenen Wissen teilhaben zu lassen. Und Sie haben recht. Dieser Drang verlässt einen nie so ganz. Die Neugier treibt einen voran.«

»Also, haben Sie noch was herausgefunden?«

»Ja, und ich habe mit der örtlichen Polizei lange darüber diskutiert. Letztendlich konnte die mich überzeugen, dass eine Veröffentlichung den Ermittlungserfolg gefährden würde. Journalismus bedeutet immer auch Verantwortung.«

»Was war es?«

Wieder blitzte es in den Augen des Redakteurs auf. »Ich wäre schlecht beraten, wenn ich einer Kollegin brisantes Material anvertrauen würde, es sei denn, ich wollte unbedingt, dass es veröffentlicht würde.«

Ann lachte. »Sie haben natürlich recht. Andererseits schreibe ich für niemanden und würde Ihnen versprechen, die Informationen für mich zu behalten.«

»Worauf ich vertrauen müsste. Und Vertrauen ist in der Informationsbranche ein sehr hohes Gut. Das Vertrauen, das meine Informanten, in diesem Fall die Polizei, in mich setzen ist mir wichtiger.«

»Glauben Sie wirklich, dass sich alle Arbeiter an das Redeverbot halten werden? Wie viele waren es?«

»Es waren sieben.«

»Sieben. Sieben Zeugen. Befragen Sie mal sieben Personen, was sie gesehen haben. Sie bekommen sieben unterschiedliche Schilderungen. Und ich möchte wetten, dass mehr als die Hälfte weich wird, wenn Freunde und Angehörige fragen, was da passiert ist. Sie werden es ihnen erzählen, da bin ich mir sicher.«

Wieder dieses hintergründige Lächeln. »Mag sein. Es steht Ihnen frei, die Arbeiter zu einem Interview zu bitten.«

Ann versuchte noch ein paar Mal, mit versteckten Fragen an Informationen zu gelangen, die Herr Jensen dann aber doch lieber für sich behalten wollte. Auch die Namen der Arbeiter – soweit sie ihm überhaupt bekannt waren – gab er nicht preis.

So begnügte sie sich damit, eine weitere halbe Stunde mit ihm über das Geschäft mit den Nachrichten und seine ethisch-moralischen Grundsätze zu diskutieren, bevor sie sich verabschiedete.

Sie musste herausfinden, welche Arbeiter an dem Morgen des Leichenfundes Dienst gehabt hatten.

Was war das Besondere, über das der Redakteur nicht sprechen wollte?

# Kapitel 4

Jetzt war es also so weit. Lotte stellte das Telefon zurück auf die Station. Renata hatte ihnen soeben mitgeteilt, dass die Leiche von Denni freigegeben worden war. Die Beerdigung war für nächsten Mittwoch angesetzt.

»Ich fass es nicht, dass die Polizei immer noch keine neuen Hinweise hat«, sagte Lotte.

»Sie werden Renata nicht alles erzählt haben.«

»Aber sie ist ihre Mutter!«

»Darauf können sie keine Rücksicht nehmen. Um fünfzehn Uhr sollen wir bei ihr sein, richtig? Dann ist noch Zeit, Kevin zu kontaktieren, um ihn zu fragen, ob er sich an den Vorbereitungen für Dennis Beerdigung beteiligen will. Ruf ihn mal an.«

Lotte nahm ihr Handy und tippte Kevins Nummer an.

Nach ein paar Sekunden schüttelte sie den Kopf.

»Er geht nicht dran.«

Ann schnaubte ungehalten. »Mit reicht's jetzt. Dieses ›Totstellen‹ geht mir langsam auf den Senkel. Er ist nicht der Einzige, der leidet. Wenn das überhaupt der Fall ist. War er schon *ein* Mal bei Renata? Nein! Der tut so, als hätte es Denni und ihre Familie nie gegeben.«

»Vielleicht weiß er einfach nicht, wie er sich verhalten soll? Manche Menschen laufen vor schwierigen Situationen davon.«

»Mag sein. Er hatte jetzt fast eine Woche Zeit, sich zu verkriechen – das muss reichen. Schreib ihm ne Nachricht.«

Lotte tippte gehorsam.

»Ist raus. Aber ich denke nicht, dass er darauf reagieren wird.«

Nach ein paar Minuten schien diese Befürchtung bestätigt. Das Handy zeigte an, dass er die Nachricht gelesen hatte, eine Antwort blieb jedoch aus.

»Komm, wir fahren hin!«

»Zu Kevin?« Lottes Blick sah man den Zweifel an.

»Zu Kevin.«

Minutenlang hatten sie geschellt und gewartet. Entweder war er nicht da oder er wollte ihnen die Tür nicht aufmachen.

Ratlos standen sie auf dem Bürgersteig und schauten die Fassade hoch, zu den Fenstern, hinter denen sie Kevins Wohnung vermuteten. Es hatte angefangen zu regnen. Das Grau dieses nasskalten Januartags schien überallhin zu kriechen.

»Kommt der Typ aus Neustadt? Weißt du, wo sein Elternhaus steht?«, fragte Ann und zog die Kordel der Kapuze ihrer Winterjacke enger.

»Äh ja … warum? Meinst du, er ist dort? Wie kommst du darauf? Der kann doch überall sein.«

»Ist mir egal, wo der ist. Vielleicht kann man seinen Eltern ja ins Gewissen reden, dass er sich wenigstens minimal beteiligen sollte. Das ist er Denni schuldig. Renata würde es nicht guttun, wenn er sich komplett raushielte oder vielleicht nicht mal erscheinen würde. Sie hat es schwer genug. Sie soll sehen, dass ihre Tochter geliebt wurde.«

Lotte schluckte und flüsterte: »Das wurde sie.«

»Lotte, wir müssen es schaffen, dass möglichst viele zu Dennis Trauerfeier kommen. Du weißt, dass es außer Renata nur noch ihre Großeltern gibt. Die Anzahl der Verwandten ist damit sehr übersichtlich. Wenn wir es nicht hinbekommen, die Arbeitskollegen und Freunde zusammenzutrommeln, stehen wir am Ende mit ner mickrigen Anzahl an Trauernden da. Das würde Renata das Herz brechen.«

Lotte nickte und Ann dachte, dass es so oder so schon gebrochen war.

Als sie vor Kevins Elternhaus standen und klingelten, fand Ann die Idee gar nicht mehr so sinnig. Was taten sie hier eigentlich? Stellten einem Mann nach, der augenscheinlich nichts mit ihnen zu tun haben wollte.

Ihre Gedanken wurden jäh unterbrochen, als sich die Tür öffnete. Erschrocken starrte sie auf die Frau, die im Rahmen stehen blieb und sie fragend ansah.

»Ja?«

Als Ann nichts sagte, schob sich Lotte etwas in den Vordergrund. »Frau Tiersch? Guten Tag. Mein Name ist Charlotte Peters, das hier ist Johanna Arnold. Wir sind Freundinnen von Denise Brämer.«

Der fragende Gesichtsausdruck der Frau veränderte sich schlagartig. Ihre Augen wurden groß und wirkten erschrocken, fast schon geschockt. Die blasse Winterhaut nahm einen fahlen Ton an. Ihr Mund sprang auf – während der rechte Mundwinkel mit minimalen, scheinbar unkontrollierten Zuckungen begann, als wisse er nicht, ob und was er formulieren solle.

Auch Lotte bemerkte die Unsicherheit.

»Entschuldigen Sie die Störung, aber wir unterstützen Dennis Mutter bei den Beerdigungsvorbereitungen und wollten Kevin dabei nicht übergehen. Nun ist es so, dass wir ihn nicht erreichen können und da haben wir uns gefragt …«

Die Frau nestelte nervös an ihren Pulloverärmeln herum.

»Ach so ja, ähm, also, ich weiß nicht«, stotterte sie endlich.

»Wir möchten Sie auch gar nicht weiter bedrängen. Vielleicht richten Sie Ihrem Sohn einfach aus, dass wir seine

Ideen gern mit in die Zeremonie einbinden. Wenn er Wünsche hat: Er kann sich jederzeit bei mir melden. Meine Nummer hat er ja.«

Dann fügte sie noch hinzu: »Renata würde sich sicherlich sehr freuen. Die Beerdigung ist am kommenden Mittwoch.«

Lotte und Ann drehten sich um und wollten gehen.

»Also eigentlich waren sie gar nicht mehr zusammen.«

Die Stimme war leise, beinahe weinerlich.

»Bitte?«, fragte Ann.

»Mein Sohn und Denise. Das war schon lange aus!« Dieses Mal klang der Ton deutlich entschiedener, fast schon trotzig. »Also erwarten Sie nicht zu viel.«

Dann fiel die Tür ins Schloss.

Erstaunt schauten die beiden Freundinnen einander an.

»Was sollte das denn?«, fragte Ann.

Lotte zog hilflos die Schultern hoch. »Keine Ahnung, aber lass uns vor dem Besuch bei Renata noch mal zu mir fahren. Ich bin pitschnass.«

Sie stieg auf ihr Fahrrad, Ann sprang hinten auf den Gepäckträger und Lotte fing an, wie wild in die Pedale zu treten.

Während Ann sich eine trockene Hose anzog, rubbelte Lotte ihre Haare mit einem Handtuch ab.

»Sag mal, was war denn das eben für eine seltsame Reaktion?«, presste Ann zwischen ihren Lippen hervor. Die neue, trockene Hose ließ sich denkbar schlecht an den feuchten Beinen hochziehen. »Wie ich's drehe oder wende, es ergibt einfach keinen Sinn. Versetz dich mal in ihre Lage. Stell dir vor, die Freundin deines Sohnes wurde umgebracht und es stehen plötzlich zwei ihrer Freundinnen vor deiner Tür und wollen die Beerdigung organisieren. Was tust du? Würdest du sie nicht reinbitten? Wenigstens so was sagen wie: ›Es tut mir so leid. Wir waren ganz geschockt, als wir davon erfahren haben. Können wir etwas tun? Ich werde es meinem

Sohn gern ausrichten.‹ Etwas in der Art? Selbst wenn sie Denise nicht näher kannte – vielleicht hat er sie ja selten mit zu seinen Eltern genommen – aber selbst dann! Man zeigt doch irgendeine Mitleidsregung, oder?«

»Wir haben sie völlig überrumpelt.«

»Und was sollte das mit der Behauptung, dass die beiden schon lange kein Paar mehr gewesen seien? Als ich bei Kevin im Fitnessstudio war, hat der mir einen langen Vortrag gehalten, der auch beinhaltete, dass in ihrer Beziehung alles in Ordnung gewesen sei und dass sie nicht die Absicht gehabt hätten, sich zu trennen! Das würde er ja wohl so nicht sagen, wenn er mit Denni nicht mehr zusammen gewesen wäre, oder?«

»Vielleicht hatten seine Eltern was gegen die Beziehung, haben genervt und er hat sie außen vorgehalten.«

»Wir sind keine sechzehn mehr. Wir gehen auf die dreißig zu. Da stellt man Eltern vor vollendete Tatsachen und die haben sich damit abzufinden.«

»Oder sie wollen nicht mit einem Mord in Verbindung gebracht werden. Vielleicht haben sie Angst um ihren guten Ruf. Schließlich gehört Kevin, als Freund von Denni, zu den Hauptverdächtigen. Es wird bestimmt ne Menge getratscht. Die Nachbarschaft guckt komisch, man wird nicht mehr zum Kaffee eingeladen. Da wäre es doch praktisch, wenn das Söhnchen schon gar nicht mehr mit dieser Person zusammen gewesen wäre. Dann könnte er nichts damit zu tun haben!«

»Hm, kann sein. Trotzdem seltsam, das Verhalten von der Tiersch.«

Dennis Mutter hielt sich tapfer. Sie sprachen zunächst die zeitliche Abfolge und den Ablauf der Zeremonie durch. Am nächsten Morgen sollte ein Gespräch mit Pastor Sebastian Thomsen stattfinden. Lotte versprach, dabei zu sein.

»Ich hätte ja gern Pastor Benedikt gehabt«, seufzte Renata. »Er hat Denni getauft, hat sie während der Konfirmation begleitet. Sie mochte ihn. Er hätte gewusst, was zu sagen ist. Aber den haben sie ja auch umgebracht. Was ist nur aus unserem beschaulichen Örtchen geworden?« Verzweifelt rieb sie sich die Stirn.

»Der Pastor wurde umgebracht?« Ann guckte verdutzt erst zu Renata, dann zu Lotte. Davon hatte sie gar nichts mitbekommen. Auch sie war von Pastor Benedikt getauft und kirchlich begleitet worden. Nicht so intensiv, wie es sich die Kirche gewünscht hätte, aber eben so, wie bei den meisten ›U-Boot-Christen‹, die nur zu Weihnachten oder anderen besonderen Gelegenheiten aus der Versenkung auftauchten. Er war sehr nett und, trotz seines fortgeschrittenen Alters, aufgeschlossen und zugänglich gewesen.

»Wann? Und warum?«

»Wann war das ...? Gefunden haben sie ihn, glaube ich, Anfang des Monats. Davor galt er aber schon wochenlang als vermisst. Jemand hat ihn erschossen und im Wald verscharrt. Hätte es Anfang des Jahres nicht tagelang so heftig geregnet, hätte man seine Leiche vermutlich nie gefunden«, sagte Lotte.

»Unglaublich. Ich weiß noch, wie geschockt alle waren. Keiner hätte sich im Traum vorstellen können, dass in unserem Ort so was passieren könnte. Und nun? Erschießt hier einer wahllos unschuldige Leute, oder was? Warum passiert das alles?« Renata fing an zu weinen.

Lotte war sofort bei ihr und nahm sie tröstend in den Arm.

»Ich werde morgen früh Dennis Arbeitgeber aufsuchen. Er wird sicherlich etwas beitragen wollen«, meinte Ann.

Renata schaute beide dankbar an.

»Kennst du eigentlich jemanden, der bei dieser Abbau-Firma arbeitet – also, die vom Kieswerk?«, fragte Ann und rührte in ihrem Kaffee herum.

Dennis Mutter schüttelte den Kopf.

»Der Sohn von Beate ist Lkw-Fahrer. Ich meine, der war mal für eine Firma tätig, die das Zeug aus den Kieswerken holt. Aber ob der noch da ist?«

»Wer ist denn Beate?«

»Eine Nachbarin, unten von der Straße. Warum willst du das wissen?«

»Ach, nicht weiter wichtig.« Ann lächelte Renata an.

»Beate Mönnken?«, mischte sich Lotte ein.

Renata nickte und Lotte warf Ann einen bedeutungsschwangeren Blick zu, der bei ihr nur Ratlosigkeit auslöste.

Drei Stunden später saßen die beiden Freundinnen bei Lotte auf dem Wohnzimmerteppich, tranken Wein und machten es sich zwischen Decken und Kissen gemütlich.

»Das ist alles so surreal.« Lotte zog die Decke enger um ihre Beine.

»Wem sagst du das. Einerseits möchte ich die Beerdigung so schnell wie möglich hinter mich bringen, andererseits soll sie genauso werden, wie Denni sie gewollt hätte.«

»Ich hab Clarissa Bescheid gegeben. Sie war damals im Abi-Orga-Team und hat die Adressen der Ehemaligen. Sie sorgt dafür, dass der Termin der Beerdigung allen bekannt ist. Die, die im Umkreis sind und Denni näher kannten, werden sicherlich kommen.«

»Gut, wie gesagt, ich werde morgen bei den Kollegen im Steuerbüro auf den Busch klopfen. Ach, sag mal, wie war das mit dieser Beate? Kennst du die?«

Lotte zog die Augenbrauen hoch und holte tief Luft. »Die ist Kundin unserer Apotheke. Ich hab dir doch von ihr erzählt. Sie ist noch am gleichen Tag rumgezogen und hat überall erzählt, dass Denni erschossen wurde. Ein erbärmliches Klatschweib!«

»Jetzt wissen wir auch, warum die Dame so unglaublich gut informiert war. Möchte wetten, dass sie das von ihrem Sohn hatte.«

»Du meinst, er arbeitet für die Abbau-Firma? Glaubst du, er hat Denni gefunden?«

»Das vielleicht nicht. Aber mit ein bisschen Glück fährt er für die Spedition, die das Zeug abtransportiert. Über den könnten wir an die Arbeiter rankommen, die an dem Morgen Dienst hatten. Und wenn die gute Frau Mönnken so ein Redebedürfnis hat, dann hören wir ihr gern ein wenig zu. Dich kennt sie doch. Kannst du nicht rauskriegen, was sie so weiß und wie man an ihren Sohn rankommt?«

»Ich kann's versuchen. Du weißt aber, ich bin nicht gut in solchen Dingen. Du bist die Journalistin unter uns.«

»Das kriegst du hin. Und Pastor Benedikt? Ich fass es nicht, dass ich nichts davon mitgekriegt habe.«

»Ich glaube, du hattest genug damit zu tun, selbst wieder auf die Beine zu kommen.«

Ann nickte. Das stimmte natürlich.

»Ich versuche das Ganze mal wiederzugeben. Für die Richtigkeit, insbesondere die der zeitlichen Angaben, übernehme ich keine Gewähr. Ich glaube, es war im Spätsommer letztes Jahr, da hieß es, der Pastor wäre verschwunden. Er hätte die Abendmesse noch gelesen, wäre danach zu ein paar Bettlägerigen nach Hause gegangen, um mit ihnen zu beten, und am nächsten Morgen zum ersten Termin im Gemeindebüro nicht erschienen. Daraufhin ging man zu ihm nach Hause, telefonierte alle erdenklichen Stellen ab, aber er blieb verschwunden. Es soll vorher keine Anzeichen gegeben haben, keinen Abschiedsbrief und auch sonst nichts Ungewöhnliches. Sein Kleiderschrank soll, laut Haushaltshilfe, so ausgesehen haben wie immer. Keiner konnte sich das plötzliche Verschwinden erklären. Ich nehme mal an, dass die Polizei ermittelt haben wird, von irgendwelchen Erfolgen oder Hinweisen ist mir nichts bekannt. Er blieb wie vom

Erdboden verschluckt. Dann kamen diese unsäglichen Regenfälle Anfang Januar. Tagelang hat es geschüttet. Etliche Keller sind vollgelaufen, die Felder standen unter Wasser. Irgendein Förster oder Waldarbeiter ist über die Leiche des Pastors gestolpert. Sie war freigespült worden. Man hatte ihn erschossen und im Wald vergraben. Es hieß, er hätte schon monatelang dort gelegen. Das war's. Mehr weiß ich nicht.«

»Keine Gerüchte, was passiert sein könnte?«

Lotte schüttelte den Kopf. »Jeder kannte Pastor Benedikt. Er war schon lange in Neustadt. Selbst die Schlimmsten unter den Tratsch-Bürgern konnten sich keinen Grund vorstellen. Irgendwann stand die Befürchtung im Raum, er könnte was mit den Missbrauchsskandalen der Kirche zu tun gehabt und sich deswegen umgebracht haben. Aber das war so ungeheuerlich und in keiner Weise belegbar, dass dieses Gerücht ziemlich schnell wieder verschwand.«

»Wenn er sich umgebracht hätte, wer sollte ihn dann im Wald vergraben haben?«

»Eben. Nein, von offizieller Seite hieß es auch immer, er sei erschossen worden.«

»Wirklich seltsam.«

»Aber du glaubst jetzt nicht, dass der Tod von Pastor Benedikt irgendwas mit dem Mord an Denni zu tun hat, oder?«

Energisch schüttelte Ann den Kopf. »Nein. Wie sollte das eine mit dem anderen in Verbindung stehen? War Denni gläubig? Hatte sie häufiger Kontakt zum Pastor?«

»Nee, garantiert nicht mehr als wir.«

»Außerdem liegen zwischen beiden Morden Monate. In dieser Stadt leben fast sechzehntausend Menschen. Nur weil zwei von ihnen erschossen wurden, wäre es absurd zu behaupten, dass die Taten zusammenhängen.«

»Gut. Einen Serienmörder in Neustadt, der Geistliche und junge Frauen umbringt, fände ich definitiv nicht witzig.«

Interessiert schaute Ann sich im Eingangsbereich des Steuerbüros um. Schlecht schienen die Geschäfte nicht zu laufen. Die Räumlichkeiten waren großzügig geschnitten, lichtdurchflutet und sehr modern eingerichtet. Die Dame am Empfang hatte das typische Etui-Kleidchen an, war dezent geschminkt und lächelte permanent.

*Wie die Grinsekatze in Alice im Wunderland.*

Ann sah auf die Uhr. Fünfundzwanzig Minuten waren vergangen, seit sie vom Etui-Kleid im Wartebereich geparkt worden war.

*Du riechst nicht nach Geld. Sonst ginge es schneller …*

Links von ihr wurde eine Tür geöffnet. Ein junger Mann im perfekt sitzenden Anzug, mit perfekter Frisur und ebenso perfekten Zähnen, schritt galant lächelnd neben einer älteren, scheinbar gut situierten Dame her und begleitete diese mit zahlreichen positiv behafteten Wortkreationen durch den Empfangsbereich. Seine Stimme war gedämpft und wohlklingend.

Ann war beeindruckt, wie perfekt dieser perfekte Mitarbeiter in diese perfekte Umgebung passte. Vielleicht hatte man ihn als Bausatz bestellen können?

›Wie möchten Sie Ihren voll automatisierten Mitarbeiter?‹

›Jung, schlank, mit einem strahlend weißen, ebenmäßigen Gebiss. Die Haut glatt, die Frisur perfekt, der Anzug maßgeschneidert. Bitte mit einem Dauerlächeln. Die Stimme sollte sich unbewusst ins Gehirn des Kunden einschleichen können, vertrauenerweckend wie ein schleimiges, klebriges Band, dessen man sich nicht erwehren kann, das den Kunden auf ewig bindet.‹

*Der androide Berater-Ken aus dem Katalog.*

*Du machst es schon wieder,* rügte sie sich. *Du urteilst über Menschen, die zugegebenermaßen erschreckend genau einem längst überholten Klischee entsprechen, ohne sie auch nur gesprochen zu haben. Was ist nur los mit dir?*

Sie versuchte sich Denni vorzustellen, wie sie die Kundin durch den Empfang geleitete. Schwierig. Sie hatte ihre Freundin nie in einem solchen Business-Outfit gesehen.

Der junge Mann kam zurück. Er würdigte Ann keines Blickes, sondern verschwand gleich hinter der Tür, aus der er zuvor getreten war.

Nach weiteren zehn Minuten stand das lächelnden Etui-Kleid auf und bat Ann, ihr zu folgen. Herr Plaunberg hätte nun Zeit für sie.

*Wie schön.*

Sie folgte dem Kleid in ein riesiges Büro. Die Möbel waren groß und augenscheinlich schwer. Der wuchtige Schreibtisch stand so, dass man automatisch vor Ehrfurcht ein paar Zentimeter schrumpfte, wenn man auf die Stühle zuging, die dem Chefsessel gegenüber platziert waren.

Auch Herr Plaunberg war eine raumgreifende Erscheinung. Er wirkte, wie man sich einen Senior-Chef vorstellt. Während das Kleid Ann bedeutete, sich dem Herrn gegenüber hinzusetzen, schrieb Herr P. ein paar Anmerkungen an den Rand eines Dokuments.

Ann wartete geduldig.

Als sich der Kopf des Mannes hob, merkte sie, wie sie von zwei kritischen, aber durchaus freundlichen Augen gemustert wurde.

»Eine schlimme Sache, das mit der Frau Brämer«, sagte er. Seine Stimme war tief, dunkel und knarzte ein wenig. »Und Sie sind …?« Seine Frage unterstrich er mit einem durchdringenden Blick über den Rand seiner Brille.

»Johanna Arnold, Freundin der Familie.«

»Was kann ich für Sie tun, Frau Arnold?«

*Du kannst uns sagen, in welche illegalen Geschäfte du und deine aalglatten Lackaffen verwickelt seid. An euren Händen klebt Blut.*

Manchmal wünschte Ann sich, Eigil hätte weniger Sinn für Dramatik und würde in Situationen wie dieser die Klappe halten.

»Am Mittwochmorgen um elf Uhr wird die Beerdigung stattfinden. Ich unterstütze die Mutter von Denise bei den Vorbereitungen. Im Moment sind wir mit dem Pastor im Gespräch, der in seiner Rede die wichtigsten Stationen ihres Lebens ansprechen möchte. Dazu gehören natürlich auch ihre Arbeit und die Kollegen. Es wäre sehr freundlich, wenn Sie mir hierzu ein paar Stichpunkte nennen könnten. Wie gab sie sich hier? War sie beliebt bei den Klienten und Arbeitskollegen? War sie fröhlich oder eher verschlossen?«

»Wir werden Frau Brämer immer als eine sehr freundliche, kompetente junge Frau in Erinnerung behalten. Bei ihren Mandanten war sie äußerst beliebt, es kamen nie Klagen.«

»Hatte sie eher mit Privatleuten oder mit Geschäftskunden zu tun?«

»Ich weiß zwar nicht, inwiefern diese Information hilfreich sein könnte, aber sie hatte einige Privatpersonen und ein paar kleinere Betriebe unter ihren Mandanten.«

»Oh, ich denke schon, dass dieser Umstand etwas aussagt. Nämlich über die Art der Wertschätzung innerhalb der Firma. Je mehr Kompetenz man dem Mitarbeiter zuschreibt, desto wichtiger, desto größer der Mandant, ist es nicht so? Ihr Vertrauen in Frau Brämer war demnach wohl eher ... begrenzt.«

*Boom, das hat gesessen!*

Herr P. bedachte sie mit einem missbilligenden Blick und zog die rechte Augenbraue hoch. »Ich mag die Art Ihrer Andeutung nicht, junge Dame. Frau Brämer war eine zuverlässige Mitarbeiterin, hat sich unser Vertrauen und unseren Respekt hart erarbeitet. Dass sie noch nicht an die ganz großen Mandanten herangelassen wurde, hatte wohl eher mit mangelnder Erfahrung zu tun. Sie war noch jung, erst ein paar

Jahre dabei. In manche Schuhe muss man hineinwachsen. Und jetzt entschuldigen Sie mich. Ich habe wichtige Termine.«

Er nahm sich eine Akte, schlug sie auf und schien augenblicklich darin vertieft. Ann würdigte er keines Blickes mehr.

»Auf Wiedersehen und danke für Ihre Zeit«, meinte Ann, bevor sie das Büro verließ. Eine Antwort blieb aus.

*Arrogantes Arschloch.*

Als sie die Tür leise von außen schloss, sprang das Etui-Kleid auf und eilte ihr entgegen.

*Grinsekatze im Anflug!*

In diesen Räumlichkeiten durfte scheinbar kein Außenstehender unbegleitet herumlaufen.

»Sagen Sie, Sie kannten Denise doch auch? Hat sie die Mittagspausen hier mit Ihnen verbracht, oder ging sie nach Hause? War sie mit einem der Kollegen enger befreundet?«

Ann fand, dass das Lächeln augenblicklich ein wenig schmaler wurde. Unruhig tanzten die Augen des Kleides von einer Bürotür zur anderen.

*Bleib dran, Kleines. Der sieht man das schlechte Gewissen förmlich an.*

»Meistens hat sie zu Hause gegessen, glaube ich. Sie kam ja als Einzige aus Neustadt.«

»Hat sie sich mit einem Ihrer Kollegen besonders gut verstanden?«

»Weshalb wollen Sie das wissen?«

»Ich sammle Informationen, damit sich der Pastor ein besseres Bild von ihrem Leben machen kann – für die Grabrede.«

»Ach so!« Irgendwie schien sie erleichtert. »Na ja, wissen Sie, es ist nicht ganz leicht als Frau unter so vielen Männern«, seufzte sie. »Ich glaube, mit dem Herrn Maas hat sie sich ganz gut verstanden.«

*Dem schleimigen Katalog-Berater?*

»Ausgekommen ist sie natürlich mit jedem«, beeilte sie sich noch hinzuzufügen.

»Kann ich Herrn Maas einen Augenblick sprechen? Es dauert bestimmt nicht lange.«

Das Kleid sagte: »Augenblick, bitte«, und huschte lautlos über die feine Auslegeware, hin zu einer der Bürotüren, klopfte leise und unaufdringlich, horchte, wartete, bis das »Ja, bitte?« ertönte, und öffnete die Tür.

*Hast du gesehen? Ihre Beine haben den Boden nicht berührt. Schwebend – wie die Grinsekatze.*

»Entschuldigung, haben Sie einen Moment Zeit? Hier steht eine junge Dame, die Sie kurz sprechen möchte. Es geht um die Beerdigung von Frau Brämer.«

Das Kleid machte die Tür weiter auf und trat höflich einen Schritt zur Seite.

Der Mann, der Ann entgegeneilte, war ungefähr in ihrem Alter, hatte blonde Haare und ein leicht gerötetes Gesicht. Sein Hemd steckte ein wenig schief in der Hose. An seinem Hinterkopf sorgte ein Wirbel dafür, dass ein paar Strähnen schräg abstanden, während die anderen wohlsortiert, die von ihrem Träger verordnete Frisur ergaben. Ann musste schmunzeln. Endlich mal einer, der auch so seine Probleme mit äußerlicher Perfektion hatte. Was sein Chef wohl davon hielt?

»Fiete Maas«, stellte er sich vor und streckte ihr die Hand entgegen.

»Johanna Arnold, hallo.«

»Es geht um die Beerdigung?«

»Ja, der Pastor schreibt an seiner Rede und hat mich gebeten, einige Informationen zu sammeln, von Leuten, die mit Denise Zeit verbracht haben.«

Er schielte zur Tür des Chefs. »Gut, kommen Sie bitte rein. Ich habe aber nur einen kurzen Moment.«

»Danke.« Sie folgte Kollege Fiete in sein Büro und setzte sich.

»So, für die Rede also. Man kann es immer noch nicht fassen, oder? Letzte Woche lief sie hier noch rum, saß im Büro gleich nebenan und jetzt …« Er starrte auf den Schreibtisch und schüttelte leicht den Kopf. »Weiß man mittlerweile, was passiert ist?«

»Nein. Die Polizei ermittelt noch. Wie war Ihr Verhältnis zu Denise? Kannten Sie sich gut?«

»Gut ist übertrieben. Wir waren eben Arbeitskollegen. Ich fand sie sehr nett. Sie war so ein bisschen mehr wie ich.«

Anns fragender Ausdruck ließ ihn fortfahren.

»Man legt hier sehr viel Wert auf Äußerlichkeiten, das perfekte Auftreten, gelebte Kompetenz. Man merkte, dass das nicht so ganz ihrer Welt entsprach, meiner ehrlich gesagt auch nicht.« Er lächelte schief.

»Ganz im Gegensatz zu den anderen Herrschaften, die hier arbeiten …«

»Es ist ja auch ganz richtig. Viele Menschen lassen sich davon beeindrucken und man bleibt positiv in Erinnerung. Insofern: Alles in Ordnung. Nur muss man eben auch der Typ dafür sein. Fachlich gesehen war sie echt gut.«

»Und trotzdem wurde sie nicht richtig ernst genommen«, ergänzte Ann.

Er zuckte mit den Schultern.

»Haben Sie beide mal was privat unternommen?«

Er lachte. »Ja, einmal waren wir zusammen auf nem Hosen-Konzert. Das war echt Klasse! Darüber haben wir noch wochenlang gesprochen.«

Ann erinnerte sich. Denni war schon immer ein totaler ›Tote Hosen‹-Fan gewesen.

»Das kann der Pastor bestimmt mit einbauen.« Sie lächelte. »Hatte sie sich irgendwie verändert in letzter Zeit?«

Unruhig sah er auf seine Uhr. »Verändert? Wie meinen Sie das?«

»Na, verhielt sie sich anders? War sie verschlossener, traurig, unglücklich, wirkte sie nervöser oder gestresster als sonst?«

»Ich glaube nicht. Warum sollte sie?«

»Ich weiß nicht. Vielleicht ist auf der Arbeit irgendwas vorgefallen? Hatte sie mit einem der anderen Kollegen Streit?«

»Nicht dass ich wüsste.« Hektisch tippte er auf seiner Computermaus herum und sprang dann auf. »Entschuldigung, aber jetzt muss ich Sie bitten zu gehen. Ich habe in ein paar Minuten den nächsten Termin und noch einiges vorzubereiten.« Er rannte an ihr vorbei und hielt ihr die Tür weit auf.

# Kapitel 5

»Wie war das Gespräch mit dem Pastor?« Ann schob sich ein etwas zu großes Stück Pizza in den Mund.

»Renata steht vollkommen neben sich. Sie funktioniert nur noch. Ich hab dem Pastor versprochen, dass du noch ein paar Infos der Arbeitskollegen nachreichst«, sagte Lotte.

»Wann sind die Einladungen fertig?«

»Können wir um zwei abholen. Ich hab Renata gesagt, dass wir uns darum kümmern, dass sie verschickt, gegebenenfalls verteilt werden.«

»Wie viele sind es?«

»Zwölf.«

»Das ist übersichtlich.«

»Wir haben schon alle bedacht, die uns irgendwie eingefallen sind, von denen wir die Kontaktdaten hatten: Ex-Kommilitonen, Arbeitskollegen, eine Tante in Potsdam, deine Familie, meine Familie, Kevin inklusive Familie und die Organisation ›Frauen contra Gewalt‹.«

Ann blickte erstaunt hoch. »Wieso ›Frauen contra Gewalt‹?«

»Da hat sich Denni wohl in letzter Zeit engagiert.«

»Wie kam es dazu?«

»Keine Ahnung. Wusste ich auch nicht. Hab ich von Renata.«

»Hm, was machen die denn so?«

»Ich denke, der Name ist Programm. Sie werden unkonventionelle Hilfe für Frauen in Notsituationen anbieten. In Neustadt gibt es den Verein schon ziemlich lange. Man hört immer wieder von Aktionen, in denen sie auf die hohe Zahl der sexuellen und gewalttätigen Übergriffe auf Mädchen und Frauen aufmerksam machen. Ihren Sitz haben sie direkt in der Innenstadt.«

»Wie geht's jetzt weiter? Was hat Renata noch geplant?«

»Heute Nachmittag ist sie zunächst im Gasthof, um mit denen den ... also den Beerdigungs-Kaffee durchzusprechen. Dann wollte sie zum Floristen wegen des Blumenschmucks. Da hatte ich das Gefühl, sie wäre dankbar, wenn wir dabei wären. Ich kann das machen. Morgen musst du übernehmen. Ich muss arbeiten.«

»Kein Problem. Das meiste dürfte dann eh gelaufen sein. Ich würde nur zu gern dieser Klatschtante aus Renatas Nachbarschaft auf den Zahn fühlen. Wie kriegen wir das hin, ohne das es seltsam rüberkommt? Sind die Nachbarn auch zur Trauerfeier eingeladen?«

»Ja.«

»Beate Mönnken auch?«

»Die auch. Obwohl ich finde, die hätte sie auch weglassen können. Die wohnt ganz unten an der Straße und hat, außer blödes Gerede, nie was für Denni übrig gehabt.«

»Wie wär's, wenn wir der Mönnken einen Besuch abstatten und sie fragen, ob sie nicht jemanden kennt, der ... der ...«

»Du willst diese schreckliche Person jetzt keine Ansprache in der Kirche halten lassen, oder? Das hätte Denni nicht verdient!«

»Nein. Irgendwas Unverfängliches, was, wodurch sie keinen Schaden anrichten kann. Wir brauchen das nur als Türöffner!«

»Wie wär's mit musikalischer Begleitung?«

»Lotte, du bist ein Genie. Wir fragen sie, ob sie jemanden kennt, der Querflöte spielen kann und die Zeremonie musikalisch unterstützen könnte.«

»Im Prinzip wäre das wirklich keine schlechte Idee.«

Eine Stunde später saßen die beiden im Wohnzimmer der Mönnkens und tranken Kaffee aus lila geblümten Tassen. Die Hausherrin war hocherfreut gewesen und hatte sie sofort hereingebeten.

»Ich finde es so rührend, wie sehr ihr der armen Renata beisteht. Ich selbst habe meine Hilfe mehrfach angeboten, aber die war bislang wohl nicht erwünscht.« Sie setzte einen beleidigten Gesichtsausdruck auf, der binnen einer Sekunde wieder verschwand. »Es ist wirklich eine Schande! Man traut sich kaum noch vor die Tür. So viel Gewalt! Das hat es früher nicht gegeben! Ein Törtchen?« Süßlich lächelnd hielt sie ihnen einen Teller mit Mini-Windbeuteln hin, die sie zuvor aus dem Gefrierschrank geholt, in den Backofen geschoben, aufgetaut und warm gemacht hatte.

Ann und Lotte schüttelten den Kopf.

»Es ist wirklich nett von Ihnen, dass Sie sich die Zeit nehmen. Wir sind sofort auf Sie gekommen. Sie kennen doch so viele Leute. Vielleicht auch jemanden, der das Können und die Zeit hätte, die Zeremonie musikalisch zu begleiten?« Ann konnte spüren, wie angewidert Lotte war. Aber egal, man sah sofort, dass es funktionierte.

Stolz und sichtbar geschmeichelt strahlte Beate Mönnken sie an.

»Ach, man tut halt, was man kann. Ich schaue eben nicht weg, wenn Menschen in meiner Umgebung Hilfe und Zuspruch brauchen.«

*Widerliche, falsche Schlange.*

Von Lotte kam ein leises Schnaufen, das sie mit einem Hustenanfall tarnte.

Ann schaute sie beschwörend an.

»Sie waren eine der Wenigen, die keine haltlosen Gerüchte in die Welt gesetzt haben. Sie wussten, wovon Sie sprachen. Sie wussten, dass Denise erschossen worden war.

Das hat mich sehr beeindruckt.« Ann versuchte einen bewundernden Blick in Beates Richtung.

»Das stimmt. Erst wollte mir keiner glauben. Aber dann ... Ich weiß eben, wovon ich rede! Schließlich sitzt mein André direkt an der Quelle. Der kennt die doch alle.«

»Das war bestimmt schlimm für ihn. Er war aber nicht dort, als man Denni gefunden hat? Er musste das alles nicht mit ansehen, oder?«

»Gütiger Gott – nein! Mein armer Junge. Das hätte seine empfindsame Seele nicht überstanden.«

Lotte sprang auf. Ann konnte sehen, wie es in ihr brodelte. »Darf ich mal Ihre Toilette benutzen?«

»Sicher. Dort drüben und dann links.« Beate Mönnken zeigte in Richtung Haustür. »Er kennt die Arbeiter, die sie gefunden haben, sehr gut«, erzählte sie weiter. »Er fährt zwar nicht mehr für die Leute vom Kieswerk, aber man kennt sich und wenn man von so einer schrecklichen Tragödie hört, dann steht man sich doch bei.«

Ann nickte anerkennend, dachte gleichzeitig, dass es wahrscheinlich Beate war, die ihren Sohn losgeschickt hatte, um die neusten Sensationsnachrichten aus erster Hand zu erfahren.

*Klar war sie das! Geifernde Alte.*

»Und wie geht es den Männern? Das war sicher ein großer Schock. Werden sie wenigstens psychologisch betreut?«

»Ach, das ist ganz tragisch. Der Willi, der hätte sich bestimmt nicht vorstellen können, dass ihm kurz vor der Rente noch so was passiert. Der soll immer noch krank geschrieben sein.«

Ann überlegte sich blitzschnell irgendeinen Namen. »Meinen Sie Willi Striethorst?«

Irritiert schaute Beate sie an. »Nein, Sumpmann. André sprach von einem Willi Sumpmann. Er war wohl der Erste, der die Leiche entdeckt hat. Sie soll ganz nackt gewesen sein. Das arme Ding. Das war doch garantiert so ein Perverser. Angeblich soll sie ja nicht vergewaltigt worden sein. Ich weiß nicht, ob ich das glauben soll.«

*Nackt?* Davon hörte Ann zum ersten Mal. Ob Renata davon wusste? Sie hatte doch erwähnt, dass nichts gefehlt hatte, bis auf Denises Handy. Also müsste die Kleidung da gewesen sein.

»Gab es noch etwas Außergewöhnliches, außer dass sie nackt war?«

Beate fand Anns Fragerei nicht im Geringsten seltsam. Sie war froh, mit ihrem Wissen prahlen zu können, das sah man ihr an.

»André meinte, da wäre noch was. Willi wollte aber nicht drüber reden. Ein anderer hat berichtet, die Kleine wäre zu einem Paket verschnürt gewesen. Alle waren sich einig, dass es ein fürchterlicher Anblick gewesen sei: sie, so blass, mit diesem hässlichen Loch in der Stirn. Wie sie so dagesessen hätte, angestrahlt von den Flutlichtern des Kieswerks.«

»Sie hat gesessen? Wie das?«

Die Mönnken zuckte mit den Schultern.

»Hat Ihr Sohn erwähnt, wer noch dabei gewesen ist?«

»Kalle Venker, Malte Johann, Fjodor Wladislaw, Ekrem Özel, Bolesław Krawczyk und Piotr Dąbrowski.« Nicht ohne Stolz lehnte sie sich zurück und nahm einen Schluck Kaffee. »Ich habe ein exzellentes Namensgedächtnis. Die Mutter von Malte kenne ich. Die arbeitet beim Bäcker auf der Rosenstraße. Und die Dąbrowski ist sonntags immer in der Kirche. Ich werd mich mit beiden unterhalten, bei nächster Gelegenheit. Also nur, um zu hören, ob es ihren Söhnen auch gut geht. Von Mutter zu Mutter. Schließlich muss man als Betroffene zusammenhalten.«

*Ich muss gleich kotzen! Können wir gehen?*

»Natürlich. Ich finde Ihr Engagement bewundernswert.«

Da erschien Lotte wieder auf der Bildfläche.

»Was die musikalische Begleitung angeht, fällt mir allerdings spontan niemand ein. Ich kann mich aber gern umhören.«

Ann stand auf. »Das ist wirklich sehr freundlich von Ihnen, vielen Dank.«

*

Sie hatte es ihm gezeigt – das Foto mit der Nachricht.

Er war genauso geschockt gewesen wie sie.

Dann hatten sie lange geschwiegen. Hatten versucht, das Ausmaß dessen zu begreifen, was sie losgetreten hatten.

Er war über zwei Stunden ruhelos auf und ab gegangen. Sie hatte nichts getan, außer ihn dabei zu beobachten. Sie konnte sehen, wie sehr er sich quälte, wie die Stimmen in seinem Kopf miteinander rangen, versuchten, einen Ausweg zu finden.

Ihr Kopf dagegen war leer. Sie fühlte sich nicht in der Lage, auch nur einen einzigen vernünftigen Gedanken zu fassen.

Plötzlich drehte er sich um, in der Hand eine große Vase mit künstlichen Blumen, und schleuderte diese mit großer Wucht und einem markerschütternden Schrei an die gegenüberliegende Wand.

Schützend hielt sich Tatjana Tiersch die Hände vors Gesicht. Die Vase zerbarst in lauter kleine Splitter.

Ihr Mann stand da und starrte auf den Scherbenhaufen.

Seine Stimme klang fremd und ausdruckslos.

»Wir müssen ihn schützen. Was anderes bleibt uns nicht.«

Ann und Lotte hatten die kleine, mit Häkelgardinen und Porzellanfigürchen vollgestopfte Wohnung verlassen und schlenderten den Bürgersteig entlang. Der Wind hatte aufgefrischt. Die Luft roch nach Schnee.

»Entschuldigung, ich habe es einfach nicht mehr ausgehalten. So eine falsche Schlange. Dass du so ruhig bleiben konntest ...« Lottes angewiderter Blick sprach Bände. »Und ihr ach so empfindsamer Sohn André! Kennst du den? Stell dir eine grobschlächtige Schrankwand ohne Grips vor. Der ist so empfindsam wie ein Sack Mehl.« Sie verdrehte die Augen.

Ann nahm ihr Handy und drückte auf ›Sprachnachricht aufnehmen‹. »Warte mal eben. Willi, oder Wilhelm Sumpmann, Malte Johann, Kalle ... Mist, ich hab vergessen, wie der weiter heißt. Dann noch ein Piotre Dabrowski und irgendwas mit Wladimir oder so. Dann gab's noch einen türkischen Namen: Özil?« Sie nahm den Daumen vom Display, worauf die Aufnahme stoppte. »Hätte ich doch nur das Namensgedächtnis von der Mönnken. Aber ich konnte ja schlecht mitschreiben.«

»Was hast du vor?«

»Ich muss rauskriegen, was die Arbeiter gesehen haben.«

»Glaubst du, sie sprechen mit dir?«

»Ich muss es irgendwie hinkriegen. Die Chance, von denen was zu erfahren, ist auf jeden Fall größer als von der Polizei. Komm, wir schauen, ob Renata vom Gasthof zurück ist.«

Das war sie. Sie sah müde aus. Wenigstens hatte sie geduscht und ein paar dem Umstand angemessene Kleidungsstücke angezogen.

»Hast du heute schon was gegessen?«

»Ja, ihr müsst keine Angst um mich haben, mein Vater steht ständig hinter mir und passt auf, dass es mir gut geht.« Sie lächelte gequält.

»Wie geht es deiner Mutter?« Lotte wusste, dass es der alten Frau Brämer schon vor Dennis Tod nicht gut gegangen war. Das würde sich nicht verbessert haben.

»Ich weiß nicht, ob sie morgen mitgehen kann. Sie liegt seit Tagen im Bett, ist ganz eingefallen. Der Arzt war schon zweimal da. Er glaubt, dass die Trauer ihren Lebenswillen gebrochen hat. Das war einfach zu viel für sie – für uns alle.«

Arme Renata. Erst Denni und jetzt ihre Mutter. Als ob es nicht schon schwer genug wäre.

»Ich fahre gleich die Karten abholen und bring sie rum. Die an die Tante aus Potsdam wird aber nicht mehr rechtzeitig ankommen ...«, gab Ann zu bedenken.

»Das macht nichts. Sie weiß Bescheid und macht sich morgen früh auf den Weg. Sie wird bei uns übernachten.«

»Dann begleite ich dich zum Floristen«, schlug Lotte vor.

»Ihr seid zwei echte Schätze. Ich bin so froh, dass Denni euch als Freundinnen hatte.« Renata kämpfte mit den Tränen.

*Wäre ich wirklich ihre Freundin gewesen, hätte ich für sie da sein müssen, hätte vielleicht gemerkt, dass was nicht stimmt,* dachte Ann und schaute verlegen auf ihre Hände.

*Hör auf, dir Vorwürfe zu machen. Denni hat sich auch nicht bei dir gemeldet – obwohl es dir so dreckig ging.*

Laut sagte sie: »Hättest du eigentlich was dagegen, wenn ein paar Arbeiter, die, die Denni gefunden haben, auch zu der Beerdigung kämen?«

Erschrocken guckte Lotte sie an.

Renatas Augen fuhren unruhig erst über Anns Gesicht, dann über die Wand ihr gegenüber, dann über den Tisch, an dem sie saßen. Ratlosigkeit lag in ihrem Blick.

»Ich meine nur, ich habe gehört, dass es einigen von ihnen nicht gut geht, dass sie darunter leiden. Vielleicht tröstet es euch gegenseitig ein wenig, wenn ihr darüber sprecht. Nicht jetzt, nicht bei der Beerdigung, aber vielleicht später. Die Trauerfeier wäre ein Anfang. Du hast doch bestimmt noch Fragen, die dir auf der Seele brennen. Mag sein, dass sie auf einige eine Antwort haben. Und sie wären froh, wenn sie dir ihre Bestürzung und ihr Beileid ausdrücken könnten.«

Während Renata immer noch unsicher und zweifelnd im Zimmer umherschaute, änderte sich Lottes Gesichtsausdruck von erschrocken zu verärgert.

»Ich weiß nicht, zur Messe, zum letzten Geleit bis zur Grabstätte vielleicht, aber nicht zum Kaffee danach«, sagte Dennis Mutter nach ein paar Minuten des Schweigens.

»Klar, an mehr hatte ich auch gar nicht gedacht.« Ann lächelte versöhnlich und erntete ein paar bitterböse Blicke ihrer Freundin.

»Sag mal, spinnst du eigentlich?«

Kaum hatten sie Renatas Wohnung verlassen, entlud sich Lottes Unmut über Ann. Dicke Schneeflocken tanzten vor ihrem erzürnten Gesicht. Der nächste Windstoß ließ sie davonwirbeln. Auf den Autos hatte sich eine dünne Schicht des weißen Kristalls gebildet, der Boden aber war noch zu warm, um die Flocken halten zu können.

»Ich kann ja verstehen, dass du wissen willst, wer Denni das angetan hat – das will ich auch –, aber in erster Linie sind wir hier, um Renata zu helfen!«

»Das weiß ich doch. Ich mache nichts anderes!«

»Ach komm, Ann. Wie hast du das eben bei der Mönnken genannt? Einen Türöffner? Du brauchst doch nur einen Grund, um bei dem Sumpmann und seinen Kollegen vorstellig werden zu können. Dabei ist dir völlig egal, wie es Renata damit geht. Vielleicht will sie die fremden Männer gar nicht dort haben? Vielleicht findet sie das ganz unerträglich?« Energisch zog Lotte sich die Mütze tiefer ins Gesicht.

»Das ist doch totaler Quatsch! Im Gegenteil: Ich versuche alles, um ihr zu helfen, um für Denni eine schöne Zeremonie zu organisieren. Gleichzeitig habe ich die Ermittlungen im Blick. Was spricht dagegen? Glaubst du, Renata will nicht wissen, was mit ihrer Tochter geschehen ist? Außerdem kannst du davon ausgehen, dass es einige Menschen geben wird, die an der Zeremonie teilnehmen werden, obwohl sie nicht eingeladen sind. Sei's aus Anteilnahme oder aus Neugier. Im Grunde hätte ich Renata gar nicht fragen brauchen.«

»Red dir das Ganze nur schön. Ich fand's unangebracht. Renata konnte man deutlich ansehen, dass sie das auch so sah. Aber wenn's um deine Recherchen geht, sind dir anscheinend alle Mittel recht, Frau Journalistin.«

Die dicke Luft war geblieben. Lotte hatte sich mit Renata zum Floristen aufgemacht und Ann die Adresse des krankgeschriebenen Wilhelm Sumpmann herausbekommen. Es war später Nachmittag, als sie an der Tür der kleinen Doppelhaushälfte klingelte. Die Schneewolken hatten sich verzogen und einem dunklen, deprimierenden Grau Platz gemacht. Ein Hund bellte.

Es kostete Ann einige Minuten und ein hohes Maß an Überredungskunst, bis der Arbeiter sie hineinließ.

Nun saß sie in seinem Wohnzimmer, einem dunklen Raum mit schäbigen Möbeln und ekelerregend vergilbten Tapeten. Auf dem Couchtisch stand ein übervoller Aschenbecher. Der Hund, eine mittelgroße Promenadenmischung, kläffte ohrenbetäubend und rannte vor Anns Beinen wild im Kreis herum. Die nestelte am Rollkragen ihres dicken Wollpullovers. Es war unerträglich heiß und stickig in der Wohnung.

»Die Beerdigung ist übermorgen um elf. Sie müssen natürlich nicht kommen. Es gibt da keinerlei Erwartungshaltung. Frau Brämer, die Mutter der Toten, wollte Sie nur wissen lassen, dass sie nichts dagegen hat, falls Ihnen danach ist. Schließlich wird das auch für Sie eine schwierige Erfahrung gewesen sein.«

Willi Sumpmann zündete sich die Zigarette an, die er zuvor mit zitternden Händen aus einer zerknautschten Packung gezogen hatte.

»Man ist nicht vorbereitet auf so was. Nachts schreck ich immer noch hoch, seh ihre Leiche vor mir. Ein echter Albtraum.« Er nahm einen tiefen Zug, starrte an seinem Gast vorbei.

»Vielleicht, wenn Sie sie beerdigen. Vielleicht hören die Albträume dann auf? Waren Sie denn ganz allein?«

»Ich hab sie als Erster entdeckt. Wladi war ins Kabuff gegangen und hatte die Strahler angeschaltet, die Flutlichtanlage, die den Hauptteil des Gebiets ausleuchtet. Morgens um halb sechs ist's ja momentan noch stockduster. Kalle saß in seinem Bagger und kramte da rum. Die anderen holten noch ihr Zeug aus dem Bauwagen. Als das Licht anging, sah ich hinten an der Sortieranlage was Seltsames. Ich weiß noch, dass ich mich gefragt hab, was das wohl ist. Es leuchtete hell, fast weiß. Es hob sich ab, von dem nassen, dreckigen Stahl und Geröll drumherum. Ich bin dann hin – nichts ahnend. Und dann das!«

Er stockte. Die Glut seiner Zigarette war zu einem langen Stab heruntergebrannt. Ein Teil fiel auf den Teppichboden, zwischen seine Füße. Es schien ihn nicht zu stören. Immer noch starrte er an Ann vorbei ins Leere. Es war, als hätte er vergessen, wer ihm gegenüber saß.

»War sie schlimm zugerichtet?«

Sein glasiger Blick wandte sich ihr langsam zu. »Schlimm? Nein. Sie wirkte wie ein Engel, ganz zart und hell. Ihr Auge war friedlich geschlossen. Wie sie da saß, das war wie in einem Traum, so unwirklich. Deswegen wusste ich auch erst gar nicht, was ich machen sollte. Kennen Sie das, wenn man Dinge sieht, die eigentlich gar nicht sein können? So muss es sein, wenn man ein UFO sieht. Man steht nur da und starrt es an. Dann waren plötzlich Piotr und Wladi neben mir. Keiner von uns hat sich getraut, sie anzufassen.«

»Sie haben nicht überprüft, ob sie noch lebt?«

»Liebchen, die lebte schon lange nicht mehr. Sie hatte ein großes Loch in ihrer Stirn und war so blutleer, so blass, da war kein Fünkchen Leben mehr drin.«

»Sie sagten eben, sie hätte ihr Auge friedlich geschlossen gehabt. Hatte sie nur ein Auge geschlossen oder hab ich mich bloß verhört?«

»Nein, sie hatte doch überall dieses schwarze Band …« Erschrocken brach er ab und schaute Ann irritiert an.

Jetzt kam es drauf an. Sie merkte, wie nah sie dem war, was keiner aussprechen durfte. Sie musste es wissen. Sie durfte es jetzt nicht vermasseln.

»Hören Sie, ich weiß, die Polizei hat Sie gebeten, nicht über die Einzelheiten zu sprechen, aber mit mir können sie ruhig über alles reden. Das meiste ist uns mitgeteilt worden, schließlich gehören wir zum engsten Familienkreis. Es liegt gewiss nicht in unserem Interesse, schreckliche Details über Denises Tod weiterzutratschen, das können Sie uns glauben. Und wer sollte mehr daran interessiert sein, dass der Täter gefasst wird, als die eigene Mutter, als ihre Familie? Es schmerzt Renata, also Frau Brämer, sehr, dass sie in den letzten Stunden ihrer Tochter nicht bei ihr sein konnte. Deshalb ist es ihr so wichtig, jede Einzelheit zu erfahren. Dass sie meinten, sie hätte friedlich ausgesehen, wie ein Engel, das wird sie sicher ein wenig trösten.« Ermunternd schaute Ann ihm in die Augen.

»Ja, es muss schlimm sein, nicht zu wissen, was mit seinem eigen Fleisch und Blut passiert ist.«

Er drückte den Stummel, der bis in den Filter hinein abgebrannt war, aus und griff erneut nach der Schachtel.

»Und sie war komplett nackt? Wo war denn ihre Kleidung?«

Er seufzte. »Ja. Ihre Haut schimmerte weiß wie Elfenbein. Sie saß gegen einen der großen Pfeiler gelehnt. Ihre Kleidung hatte man sauber gefaltet und übereinandergestapelt.«

Ann lief ein kalter Schauer über den Rücken. *Welcher Freak tötet eine junge Frau, zieht sie nackt aus, setzt sie an einen Pfosten gelehnt in ein Abbau-Gebiet und faltet dann noch fein säuberlich ihre Kleidung zu einem Wäschestapel?*

»Sie sagten eben etwas von einem schwarzen Band ...«

»Die haben ihr das eine Auge zugeklebt. Mit schwarzem Panzerband. Und den Mund. Ich frag mich immer noch, was das sollte. Das Ganze wirkte fast wie ein Bild von einer dieser abgedrehten Theaterinszenierungen, die man manchmal in der Presse sieht. Ich guck mir so 'n Quatsch nicht an, ich versteh da nix von, aber ... wissen Sie, was ich meine? Wenn die junge Frau plötzlich aufgestanden und davongegangen wäre, hätte mich das auch nicht gewundert. Mit Theaterschminke ist ja heute so einiges möglich.«

Ann nickte. In der Tat, den Beschreibungen zufolge wirkte das alles inszeniert. Sie hätte nur zu gern die Tatortfotos gesehen, um auszumachen, wo genau das schwarze Band geklebt, wie genau sie dagesessen hatte.

»Was sagen Ihre Kollegen? Gibt es Vermutungen darüber, was es mit dem Paketband auf sich hat? Wurde sie damit vielleicht an dieser Maschine fixiert?«

Er schüttelte den Kopf. »Nee, der Kleber war nur an ihr dran, nicht am Träger. Kalle hat alles auf'm Handy. Ich könnte das nicht. Aber die jungen Leute, die sind es ja gewohnt, alles mit ihren Handys aufzunehmen.«

»Er hat die Leiche und den Tatort gefilmt?«

»Ja, aber sagen Sie das nicht der Polizei. Ich hab ihm gesagt, er soll den Scheißfilm löschen und seine Klappe halten. Das gibt nur Ärger. Ich brauch keinen Film. Ich krieg die Bilder sowie so nicht mehr aus'm Kopf.«

»Hat er? Den Film gelöscht?«

»Weiß ich nicht. So wie ich ihn einschätze, hat er das verdammte Ding noch.«

»Ist Ihnen sonst noch irgendwas Seltsames aufgefallen?«

Verdutzt schaute er Ann an. »Also mir hat's gereicht. Ich für meinen Teil hab genug Seltsames für mein ganzes restliches Leben gesehen.«

Es war kalt. Das Thermometer zeigte 2,6 Grad Celsius. Vom Meer aus wehte ein ungemütlich schneidender Wind. Die Wolken fegten über den Himmel, ließen ab und zu ein wenig Blau durchblitzen. Möwen kreischten in der Ferne.

Ann stand vor der kleinen Kapelle und pumpte verzweifelt Luft in ihre Lungen. Drinnen stimmten die Trauernden das letzte Lied an. Zu Beginn der Feier hatte sie sich noch ablenken können, hatte unauffällig versucht, die Gäste zu beobachten. Doch dann hatte sie gemerkt, wie sie langsam und unaufhaltsam auf sie zurollte: die Panik-Welle.

Die Augen ihrer Freundin hatten sie unentwegt angeblickt. Von dem großen Foto aus, das auf der Staffelei vor dem Sarg platziert worden war. Ann hatte nicht wegsehen können, stellte sich vor, was Denni in den Minuten vor ihrem Tod durchgemacht haben musste. Bilder einer nackten, blassen Denni vermischten sich mit den Gerüchen und Bildern ihres eigenen Todeskampfes. Die Stimme des Pastors hatte dumpf geklungen, war kaum noch zu verstehen gewesen. Ihre Knie waren weich geworden, ihr Herz hatte angefangen zu rasen. Sie hatte einfach keine Luft bekommen. Sie hatte da raus gemusst!

Sie atmete tief ein und aus. Ihre Lunge schmerzte bei jedem Zug. Die Beklemmung hockte wie ein zentnerschwerer Gesteinsbrocken auf ihrem Brustkorb.

*Denk an was anderes, an was Schönes,* befahl sie sich. *Du weißt, es ist nur die Angst. Dir geht es gut. Du wirst nicht ersticken. Warte einfach, bis es vorbei ist.*

Es dauerte nur ein paar Minuten. Minuten, die wie Stunden schmeckten. Quälend langsam kehrte ihr Puls in den

Normalbereich zurück. Der kalte Schweiß, die zittrigen Hände – sie war vollkommen fertig.

Als sich die Pforten öffneten, schaffte sie immerhin ein leichtes Lächeln.

Lotte, die Gute! Tapfer stützte sie Renata. Ann reihte sich ein und zusammen mit Dennis Großvater führten sie den Trauermarsch an. Vor ihnen Dennis Sarg, hinter ihnen eine große Traube Menschen. Auf der Hälfte des Weges wagte Ann einen Blick zurück. Es war eine überwältigende Prozession. Die konnten unmöglich alle in der kleinen Kapelle gewesen sein.

Im Gegensatz zu den Reden, die während des Gottesdienstes gehalten worden und vollkommen an Ann vorbeigegangen waren, verfingen sich die Worte des Pastors am offenen Grab Silbe für Silbe in ihrem Kopf und brannten sich regelrecht ein. Vor nicht einmal einem halben Jahr hätte sie dort unten liegen können, hätten alle um sie geweint.

Sie hatte überlebt, Denni nicht. War das Schicksal? Einfach nur Glück? Hätte nicht irgendjemand etwas tun müssen, um das hier zu verhindern?

Renata und Lotte traten vor und ließen jede eine weiße Rose auf den versenkten Sarg fallen. Dennis Mutter konnte sich kaum auf den Beinen halten. Dann warf der alte Herr Brämer eine kleine Schaufel Erde hinterher. Sein Rücken war krumm, sein Kopf gesenkt.

Als Ann vortrat, eine Rose in ihrer Hand, liefen ihr die Tränen die Wangen hinunter.

*Ich finde dieses Drecksschwein. Das verspreche ich dir. Nichts kann mich davon abhalten. Denni, es tut mir so leid! Ich hätte da sein müssen. Ich hab mich viel zu selten blicken lassen.* Die Worte hallten laut im Innern ihres Kopfes, von ihren Lippen kam kein Ton.

Dann trat sie zur Seite, stellte sich rechts neben Renata und erwartete die Aufwartung der Trauergemeinde. Sie hatten Dennis Mutter davon abgeraten, wollten sie überreden, von Beileidsbekundungen am Grab abzusehen, doch Renata meinte, das wäre das Mindeste, was sie für Denni noch tun könne. Ihre Tochter hätte ganz anderes erleiden müssen.

Und so standen sie hier: links Lotte, daneben Renata, dann Ann und ganz rechts der alte Herr Brämer. Einer nach dem anderen flanierte an ihnen vorüber, murmelte Beileidsworte oder nahm sie tröstend in den Arm.

Ann hatte längst abgeschaltet, achtete nur darauf, dass Renata nicht zusammenbrach.

Dann sah sie Kevin, wie er mit verschlossenem Blick eine Rose auf den Sarg warf, kurz hinterherschaute, sich wegdrehte und in Richtung Friedhofsausgang verschwand.

»Kevin!« Sie hörte eine Stimme, die halb verzweifelt, halb entrüstet hinter ihm herrief. Es war seine Mutter, die zusammen mit ihrem Mann wartete, bis sie an der Reihe waren. Sie sah eingefallen aus, wirkte nervös, knetete die ganze Zeit ihre Finger.

Ann entdeckte Wilhelm Sumpmann und nickte ihm aufmunternd zu. Hinter ihm ein paar Männer, unter denen sie die anderen Arbeiter des Kieswerks vermutete.

»Liebe Frau Brämer, es tut uns so leid. Denise war eine so tolle und mutige Frau. Sie hat sich sehr für andere eingesetzt. Wir vom Verein ›Frauen contra Gewalt‹ haben großen Respekt vor ihr. Sie wird uns fehlen.«

Die Frau, die vor sie getreten war, war groß, hatte rote Haare und unglaublich viele Sommersprossen in ihrem hellhäutigen Gesicht. Renata murmelte ein paar Dankesworte, schien von den Personen, die vor ihr standen, und deren Beileidsbekundungen jedoch wenig mitzukriegen.

*Mit der Dame sollte ich mich dringend unterhalten,* dachte Ann.

Dann waren die Nachbarn dran, Lottes Eltern, ein paar der alten Schulfreunde und einige, die Ann nicht kannte. Als ihre eigenen Eltern vor ihr standen, fand Ann es schwer, den

Blick ihrer Mutter einzuordnen. Irgendetwas zwischen vorwurfsvoll, enttäuscht und abweisend. Ihre Umarmung wirkte mechanisch, Worte fand sie nur bei Renata. Im Blick ihres Vaters sah sie ausschließlich Trauer.

Als die Arbeiter des Steinbruchs vor ihnen standen, ihnen einer nach dem anderen die Hand gaben, sagte Ann leise: »Wie schön, dass Sie sich dazu entschlossen haben zu kommen«, sah erst Willi Sumpmann an und ließ den Blick dann über die anderen sechs gleiten. »Das war bestimmt kein leichter Schritt, Herr ...?« Fragend schaute sie einen der unbekannten Männer an.

»Krawczyk, Bolesław Krawczyk.« Dann zeigte er auf die zwei neben sich. »Das sind Malte Johann und Ekrem Özel. Es tut uns aufrichtig leid.«

»Vielleicht haben sie gleich noch einen Moment? Ich würde Sie gern kurz sprechen, wenn das geht?«, flüsterte sie leise.

Unsicher schaute Krawczyk die anderen an, nickte dann aber vorsichtig.

Die Nächsten in der Reihe waren die Eheleute Tiersch. Während Kevins Vater einen verschlossenen, in sich gekehrten Eindruck machte, sah Mama Tiersch aus wie ein misshandeltes, geschundenes Tier.

Sie stammelte ein paar Beileidsworte, entschuldigte sich für Kevin, meinte, dass die persönliche Beileidsbekundung wohl zu viel für ihn gewesen sei. Ihr Atem roch nach Schnaps. Nahm sie das Ganze wirklich so mit? Oder hatte sie nur Angst vor den Blicken der anderen?

Ann löste ihren Blick von den Kondolierenden, ließ ihn über den Friedhof gleiten. Unglaublich, wie viele ganz unterschiedliche Menschen Denni ihre letzte Aufwartung machten.

»Liebe Frau Brämer, lassen Sie mich Ihnen, im Namen meiner Firma und allen Mitarbeitern, unser tiefes Mitgefühl ausdrücken«. Die tiefe, knarzige Stimme kannte sie. Sie drehte ihren Kopf nach vorn. Aber sicher, Herr Plaunberg vom Steuerbüro war persönlich gekommen. Er hatte sich nicht lumpen lassen. Neben der geöffneten Grabstelle lag ein riesiger Kranz seines Unternehmens.

Hinter ihm standen, brav aufgereiht, drei seiner männlichen Angestellten: Fiete Maas und zwei androide Bausätze. Zum Mimik-Repertoire von Mr. Perfection gehörte augenscheinlich auch: ausdruckslos ignorant. Sie glichen einander derart, dass Ann nicht einmal sagen konnte, wem von beiden sie im Büro begegnet war. Fiete war der Einzige, dem man eine gewisse Betroffenheit ansah.

Als die Schlange der Kondolierenden endlich ein Ende genommen hatte, versuchten Lotte und Ann, Renata heil in Richtung Parkplatz zu schaffen. Sie kam immer wieder ins straucheln. Am Auto angekommen, half Ann ihr einzusteigen. Lotte setzte sich ans Steuer.

Der alte Herr Brämer nahm hinten Platz.

»Fahrt schon mal los. Ich komm zu Fuß nach, ist ja nicht weit.«

In einiger Entfernung zu ihr standen Willi Sumpmann und seine Kollegen, unterhielten sich und schielten ab und zu verstohlen zu ihr rüber.

Mit schnellen Schritten ging sie auf die Gruppe zu.

»Danke, dass Sie so lange gewartet haben«, sagte sie.

»Wir können Ihnen nichts sagen«, meinte ein kleiner Mann mit beginnender Glatze und enormem Bierbauch. »Die Polizei hat uns verboten, darüber zu reden.«

»Ich weiß. Aber vielleicht hat Herr Sumpmann Ihnen schon berichtet: Das meiste ist uns bekannt. Dass sie gesessen hat, an den Träger angelehnt. Dass sie nackt war, dass man ihr schwarzes Packband über Auge und Mund geklebt hat ...! Sie verraten also keine Geheimnisse, machen sich nicht strafbar.«

»Und was wollen Sie dann von uns?« Die Frage kam von einem großen Kerl mit dunklen Haaren und Händen wie Baggerschaufeln.

»Wer von Ihnen ist Kalle?«

Alle Männer schauten instinktiv zu einem kleinen, ziemlich schlaksigen Typen mit dunkelblondem Haar. Ann schätzte sein Alter auf Anfang zwanzig.

»Ich habe gehört, Sie hätten den Tatort gefilmt, bevor die Polizei eingetroffen ist, stimmt das? Haben Sie das Video noch?«

»Ja, also ... äh nein, ich weiß nicht ...«, stammelte er und schaute seine Kollegen hilfesuchend an.

»So'n Bullshit. Ich hab's doch gesagt, das gibt nur Ärger«, murmelte der Hüne mit den riesigen Händen.

»Bitte, ich werde der Polizei kein Sterbenswörtchen verraten. Keiner wird davon erfahren. Ich muss es sehen! Es ist so schwer zu verstehen. Vielleicht, wenn ich gesehen hätte, was Sie gesehen haben ...«

»Das wollen Sie gar nicht, junge Lady. Glauben Sie mir, das wollen Sie nicht.«

»Ich muss. Es lässt mich sonst nicht los. Ich kann es einfach nicht glauben! Ich muss es mit eigenen Augen gesehen haben – bitte!«

»Danach wird es Sie erst recht nicht mehr loslassen. Sind Sie sich sicher, dass Sie heute, hier, in der Lage sind, sich solche Bilder anzuschauen? Wollen Sie sie nicht lieber so in Erinnerung behalten, wie sie war?«, mischte sich Willi Sumpmann ein.

»Ich hab es nicht mehr. Ich hab's gelöscht!«, presste Kalle da hervor.

Ungläubig guckten die Männer ihn an.

Ann seufzte enttäuscht. Dann ging sie nahe an ihn heran und sagte leise: »Falls doch, schicken Sie es mir zu. Bitte! Ich werd es keinem anderen zeigen.« Sie hielt ihm eine Karte mit ihrer Telefonnummer hin.

# Kapitel 6

Elf Uhr dreiundvierzig. Ihr Kopf dröhnte. Der aberwitzige Traum, in dem sie irgendwie immer noch festsaß, hallte nach. Verwirrt schaute Ann sich um. Lotte war längst arbeiten gegangen.

Stöhnend schälte sie sich aus den Bettdecken und schlurfte in die Küche. Der Kaffee in der Thermoskanne war mäßig warm. Egal – der musste reichen. Matt ließ sie sich auf einen Stuhl sinken.

Was war das gestern für ein Tag gewesen! Sie fühlte sich vollkommen ausgelaugt.

Mit der Dame von der Hilfsorganisation hatte sie nicht mehr sprechen können. Die war zu schnell weg gewesen. Auch die Arbeitskollegen hatten den Friedhof eiligst verlassen.

*Ich sag dir, der Typ hat das Video noch! Hast du seinen Blick gesehen?*

*Was nutzt mir das, wenn ich nicht drankomme?*, dachte Ann.

Lotte meinte, ihr wäre ein Mann mittleren Alters aufgefallen, der aus der Ferne Fotos oder Filmaufnahmen mit dem Handy gemacht hätte. Dumm nur, dass sie ihr das nicht auf dem Friedhof gesagt hatte. So konnte Ann nur spekulieren. Vielleicht jemand von der Polizei, der im Zuge der Ermittlungen prüfen wollte, wer sich auf der Beerdigung herumtrieb – vielleicht auch jemand von der Presse, oder einfach nur ein Spanner.

»Oder der Mörder?«, hatte Lotte ängstlich gefragt.

Was für ein Quatsch! Viel zu auffällig.

Ann klappte ihr Notebook auf, machte einen Doppelklick auf die Datei »Denni_Recherchen« und schaute ihr beim Öffnen zu.

Sie musste unbedingt mit den Arbeitskollegen reden und folgende Fragen klären:

- Gab es jemanden, der Denni das Leben im Steuerbüro Plaunberg schwer gemacht hatte?
- Hatte sie mitbekommen, dass einer ihrer Kollegen krumme Geschäfte machte?

Sie beschloss, sich Fiete Maas noch mal vorzuknöpfen, und begann, ihre Gedanken festzuhalten, indem sie sie in den Computer eingab.

Außerdem musste sie der Organisation ›Frauen contra Gewalt‹ einen Besuch abstatten. Hier wollte sie erfahren:

- Seit wann war Denni für den Verein tätig?
- Gab es einen bestimmten Grund oder Auslöser dafür?
- Was hatte sie für eine Rolle? Welche Aufgaben hat sie dort übernommen?
- Gab es aufgrund ihres Engagements Drohungen?

Des Weiteren sollte sie mit Kevin sprechen und klären, ob Denni und er bis zum Schluss ein Paar gewesen waren. Und wenn ja, warum log seine Mutter?

Ann nahm einen Schluck der nun fast kalten Plörre namens Kaffee und verzog das Gesicht.

Wenn sie doch nur an die Filmaufnahmen von Kalle aus der Tatnacht herankäme.

*Besorg sie dir! Finde seine Adresse raus und tritt ihm so lange auf die Füße, bis er sie rausrückt.*

Was die Polizei wohl bisher rausgefunden hatte?

Sie überlegte. Kannte sie wirklich niemanden aus ihrer Stufe, der zur Polizei gegangen war und jetzt seinen Dienst in der Neustädter Wache verrichtete? Ein Insider wäre so was von praktisch!

Zwei Stunden später saß sie Renata gegenüber.

»Es waren so viele Leute da. So viele! Glaubst du, ihr hätte die Zeremonie gefallen?« Dennis Mutter sah sie flehend an.

»Da bin ich mir sicher. Wo ist Petra?« Die Tante aus Potsdam wollte noch ein paar Tage bleiben, ein wenig nach Renata sehen.

»Einkaufen.«

»Du wolltest nicht mit?«

Renata schüttelte den Kopf. »Ich muss doch hierbleiben, falls ... also, es gibt noch so viel zu tun. Ich muss doch noch ...« Verzweifelt schaute sie sich um.

»Ist schon gut. Du hast alle Zeit der Welt. Was immer du meinst, tun zu müssen, das kann warten. Hat sich die Polizei eigentlich mal wieder gemeldet?«

»Ja, heute Morgen.«

»Haben sie was rausgefunden? Was sagen sie?«

Renata schüttelte hilflos den Kopf.

»Ich weiß nicht. Sie haben irgendwas von Spuren gefaselt. Ich hab's nicht verstanden. Ich kann mich momentan so schlecht konzentrieren.«

Dennis Mutter sank noch mehr in sich zusammen. Ann nahm sie tröstend in den Arm. »Ist doch nicht schlimm. Ich mach das schon. Brauchst dich um nichts zu kümmern.« Sie überlegte. »Vielleicht wäre es gut, wenn du mir eine Art Vollmacht ausstellen würdest.«

Renata nickte.

»Sag mal, hättest du was dagegen, wenn ich mich ein wenig in Dennis Zimmer setze?«

Renata lächelte. »Nein, mach du nur. Sie fehlt uns allen, nicht wahr?«

Ann verließ die Küche und betrat den kleinen quadratischen Flur. Sie ließ die Haustür links liegen und ging die Treppe hoch. Vor der Wohnungstür der Großeltern gab es noch ein einzelnes Zimmer. Dennis Reich. Optisch getrennt von den Wohnungen ihrer Mutter und Großeltern, war sie hier einigermaßen ungestört gewesen. Wenn man nicht wollte, brauchte man sich nicht über den Weg laufen, konnte das Haus betreten oder verlassen, ohne durch die Räume der anderen zu müssen.

Sie öffnete die Tür und blieb erschrocken stehen.

Alles war so vertraut, als müsse Denni jeden Moment auftauchen.

Sie schluckte und betrat mit weichen Knien den Raum.

Ihr Blick blieb an Bildern hängen, die an den Wänden angebracht waren oder auf Regalen standen. Bilder, auf denen Denni glücklich aussah. Welche mit Kevin, mit Lotte und Ann und ein paar ältere mit anderen Schulfreunden drauf.

Vorsichtig öffnete sie die erste Schublade. Ann wollte nicht nur in Erinnerungen eintauchen, sie war aus einem ganz bestimmten Grund in Dennis Zimmer gegangen: das Tagebuch. Soweit sie zurückdenken konnte, hatte Denni Tagebuch geschrieben.

Die Zeit verging, und Ann suchte sich Zentimeter für Zentimeter durch Dennis Leben. Als sie bei dem Schrank mit den Fotoalben und -kisten angekommen war, ließ es sich nicht mehr aufhalten. Sie saß in der Mitte des Raums und verschwand in alten Geschichten. Sie musste lachen, nur um danach ein ganzes Paket Taschentücher nass zu heulen.

Erschöpft und traurig legte sie alles sorgsam wieder zurück an seinen Platz.

Endlich! Ganz hinten im großen Kleiderschrank stand er: ein Schuhkarton mit vier dünnen Tagebücher darin. Aufgeregt durchstöberte sie die Kladden, las die kleinen, eng geschriebenen Zeilen, schaute nach den zeitlichen Angaben. Schnell wurde klar – es fehlte ein Buch! Enttäuscht blätterte sie durch das jüngste Werk. Der letzte Eintrag stammte noch aus Studienzeiten. Das war fast drei Jahre her.

Wo war das Neueste? Im Zimmer jedenfalls nicht. Gut – wenn sie regelmäßig darin geschrieben hatte, würde sie es nicht bei den anderen in den Untiefen ihres Schranks aufbewahrt haben. Das wäre zu umständlich. Im Nachtschrank war es nicht, in der Schreibtischschublade auch nicht, ebenso wenig wie in den Taschen, die an der Garderobe neben der Tür hingen.

Ob es bei Kevin in der Bude lag? Sie müsste sowieso schauen, was Denni dort alles zurückgelassen hatte.

Ann ging in die Hocke und lehnte sich an die Wand. Auf dem gegenüberliegenden Regal stand ein Bild, auf dem die drei Freundinnen lachend in die Kamera blickten.

Gott, war das lange her. Kurz bevor sie ihre Studiengänge angefangen hatten, waren sie auf diesem Festival gewesen. Es war heiß, es gab Unmengen an Alkohol und extrem geile Musik. Und dann kamen die Hitzegewitter, brachten wolkenbruchartige Regenfälle und ließen viele der Zelte absaufen. Das Festivalgelände glich einer Matschwüste. Trotzdem hatten alle einen Mordsspaß gehabt. Es gab die lustigsten Schlammschlachten.

*Schalt deinen analytischen Verstand ein,* befahl sie sich. Wenn Denni irgendetwas von einer Bedrohung geahnt hätte, was hätte sie gemacht?

Sich Renata anvertraut? Nicht, wenn sie ihr keine Sorgen bereiten wollte.

Wäre sie zur Polizei gegangen? Nicht ohne konkrete Beweise.

Aber mit Kevin hätte sie doch sprechen können.

Ann würde Marc sofort einbeziehen, wenn sie Angst vor irgendetwas oder irgendjemandem hätte. – Und wenn Kevin der Grund für diese Angst gewesen war?

»Oh Mann, Denni! Warum hast du dich nicht bei mir gemeldet?«, sagte sie leise.

*Weil hier alle wussten, dass du genug eigene Scheiße an den Hacken hattest?*

Aber Lotte, bei der hätte sie sich doch melden können?

Ann stand auf. Es half nichts. Sie musste mit der Polizei sprechen und erfahren, was die zu Renata gesagt hatte. Hier kam sie nicht weiter. Die Türklinke schon in der Hand, drehte sie sich noch einmal um, ließ ihren Blick durch den Raum gleiten und blieb erneut an dem Festival-Foto hängen.

Der Gedanke schoss wie ein Blitz durch ihren Kopf.

Konnte das sein? Hatte sie womöglich ...? Aber das war viel zu lange her. Sie waren noch Kinder gewesen.

Aufgeregt ging sie auf das Foto zu.

Als sie gerade auf der weiterführenden Schule gewesen waren, als Denni gerade ein paar Monate zu ihren Freundinnen zählte, hatten sie eine Art geheimen Nachrichtenaustausch begonnen – eine kindliche Spielerei.

Zunächst waren es nur lustige Sätzchen gewesen, da sie nicht wirklich etwas Geheimes zu berichten wussten. Aber es hatte diesen Nervenkitzel: etwas, von dem nur sie drei wussten. Etwas, was sie vor den Erwachsenen geheim halten konnten.

Sie hatten ein Foto genommen, auf dem sie drei zu sehen waren, und hatten es dreimal abziehen lassen. Dieses gerahmte Bild stand bei allen dreien im Kinderzimmer. Wenn man eine geheime Botschaft austauschen wollte, schrieb man die auf einen kleinen Zettel, entfernte beim nächsten Besuch bei der Freundin den Papprücken des Bilderrahmens, legte das Schreiben hinter das Foto und schloss die Rückwand wieder – das alles möglichst so, dass die Adressatin es nicht unmittelbar mitbekam.

Damals ein Riesenspaß.

Irgendwann wurde die Spielerei zu einer Art Kummerkasten. Mitschüler waren gemein gewesen, die Eltern hatten null Verständnis, dem ersten Liebeskummer wurde Luft gemacht.

Spätestens im Laufe der achten Klasse schlief diese Art der Kommunikation ein. Sie waren jetzt groß, geheime Briefchen austauschen albern. Sie hatten Handys und schickten sich die Botschaften auf digitalem Wege.

Ann nahm das Foto in die Hand, drehte den Rahmen langsam um, schüttelte dann den Kopf. Was für ein Quatsch. Warum sollte Denni das tun? Sie wusste doch, dass weder Lotte noch Ann danach schauen würden.

Trotzdem löste sie die Befestigungshaken und hob die Rückwand an.

Als die den Blick auf das gefaltete DIN-A4-Blatt freigab, war es, als zöge ihr jemand die Beine unter ihrem Körper weg. Sie sank auf den Fußboden und starrte auf den Zettel.

»Ann? Trinkst du mit uns Kaffee?«

Die Stimme kam von unten, vom Treppensockel. Es war Petra, die Tante aus Potsdam.

Schnell steckte Ann die Nachricht in ihre Umhängetasche, schloss den Bilderrahmen wieder und stellte ihn zurück ins Regal.

Als sie zu Renata und Petra in die Küche kam und die ihr vom Weinen verquollenes Gesicht sahen, wurde ihr direkt ein Stuhl zugeschoben.

»Komm, setz dich! Du siehst aus, als ob du einen Kaffee vertragen könntest«, sagte Petra und kramte im Küchenschrank nach einer Tasse.

»Seid mir nicht böse, aber ich würde gern nach Hause fahren. Ich melde mich bei dir.«

Sie drückte Renata zum Abschied und verließ eiligst die Wohnung.

Sie warf ihre Jacke und Schuhe in den kleinen Flur, griff nach ihrer Umhängetasche und hockte sich vor Lottes kleinen Couchtisch.

Als das gefaltete Papier vor ihr lag, zögerte sie.

*Warum wartest du? Na los, mach ihn auf!*

Nervös biss sie sich auf die Unterlippe. Der Drang, sofort wissen zu wollen, was drin stand, mischte sich mit einer diffusen Angst.

Wenn Denni die Nachricht wirklich geschrieben hatte, in der Hoffnung, Ann oder Lotte würden sie rechtzeitig finden ...! Hätten sie sie retten können? Aber wie hätten sie das ahnen sollen? Das war alles so lange her!

Sie atmete tief durch.

Mit zittrigen Fingern entfaltete sie den Bogen und strich ihn glatt.

Ja, das war Dennis Handschrift. Die Nachricht war sogar datiert. Sie stammte vom 21. Dezember des vergangenen Jahres.

Ann begann zu lesen:

*Ihr Süßen,*
*ich weiß, dieser Brief wird euch nie erreichen. Ich muss ihn trotzdem schreiben. Es muss einfach raus.*
*Ich weiß nicht mehr, was ich tun soll. Ich kann doch nicht weitermachen, als ob nichts passiert wäre?*
*Es war auf der Weihnachtsfeier. Ich hab noch überlegt, ob ich überhaupt hingehen soll, aber ich bin doch eh schon der totale Außenseiter. Wenn ich jetzt noch nein gesagt hätte, wäre ich bei allen unten durch gewesen. Zuerst haben sie sich nur ihre tollen Egos um die Ohren gehauen, haben sich auf die Schultern geklopft, sich gegenseitig bestätigt, was für Wahnsinns-Typen sie sind. Dann waren sie immer besoffener. Ich wollte nach Hause. Aber Gregor und Till haben mich nicht gelassen. Es war Gregor, Gregor Dreiwers. Er hat mich gegen die Bar gedrückt, hatte seine ekeligen Hände überall, hat versucht, seinen sabbernden Mund an mein Gesicht zu pressen. Ich habe mich mit aller Macht gewehrt. Die anderen haben nur gelacht und gegrölt, ich solle mich nicht so anstellen. Das gehöre schließ-*

*lich zu einem guten Betriebsklima. Wofür sonst hätte man mich eingestellt? Ich bin mir sicher, der Chef hat es gesehen. Er saß ja nur ein paar Meter entfernt.*
*Er hat nichts unternommen.*
*Und Fiete? Hat nur den Kopf eingezogen.*
*Es war so demütigend!*
*Hab mich zwei Tage krankschreiben lassen. Als ich zurück war, haben alle so getan, als ob nie was gewesen wäre. Fiete geht mir aus dem Weg.*
*Jetzt kommt erst mal der Weihnachtsurlaub. Aber dann? Was soll ich machen?*
*Wenn ich Gregor anzeige, was passiert dann?*
*Es glaubt mir doch eh keiner. Die anderen werden zusammenhalten. Sie werden behaupten, dass nichts passiert ist. Der Chef wird nicht wollen, dass seine Firma in Misskredit gerät und alles abwiegeln. Vielleicht bekomme ich sogar noch eine Verleumdungsklage an den Hals. Die Kündigung wäre mir ebenfalls sicher.*
*Oder bin ich die, die alles falsch sieht? Stell ich mich nur an? Ist das normal, wenn man als einzige Frau unter Männern arbeitet? Gehört das zur Kategorie: Spaß haben? Bin ich einfach zu prüde?*
*Ich weiß nur, ich kann so nicht mehr. Ich krieg nen Brechreiz, wenn ich den Dreiwers nur sehe. Bei den anderen kommt mir vor Wut und Scham die Galle hoch. Ich werd mir was Neues suchen, ich werde kündigen.*
*Ich muss da weg.*

Ann starrte auf die Zeilen. Dieses Drecksschwein von Sakkoträger war ihr an die Wäsche gegangen und alle anderen hatten sich an ihrer Hilflosigkeit ergötzt.

Sie stand auf und ging unruhig im Zimmer hin und her.

Was, wenn sie wirklich vorhatte zu gehen? Was, wenn sie gedroht hatte, die Sache publik zu machen? Das wäre bei den Mandanten des Herrn Plaunberg sicher nicht gut angekommen. Würde man dafür morden?

Andererseits konnte Ann Dennis Gedankengänge gut nachvollziehen. Hätte ihr überhaupt jemand geglaubt? Wenn alle anderen das Gegenteil ausgesagt hätten? Denise hätte als hysterische Lügnerin dagestanden, hätte sich gegen das perfekte Saubermann-Image der seriösen Anzugträger behaupten müssen.

Schwierig. Denn auch der bloße Verdacht konnte dem Ruf einer Firma erheblichen Schaden zufügen. Und eine weiße Weste war in dieser Branche Gold wert.

Ann setzte sich wieder hin, las den Brief erneut.

»Was hast du danach getan, Denni?«, murmelte sie.

*Ihnen gedroht. Und daraufhin haben sie sie kaltblütig erschossen.*

Sie sprang auf, faltete das Papier und steckte es zurück in ihre Umhängetasche.

Der Brief musste zur Polizei.

Ann stürmte in die Apotheke.

»Dürfte ich bitte kurz mit Charlotte Peters sprechen?«, bat sie japsend die leicht irritiert wirkende Frau hinter dem Tresen.

»Einen Moment.«

Ein paar Sekunden später tauchte Lotte auf.

»Na, du Langschläferin, auch schon aufgestanden?«

»Mal nicht so schnippisch, Frau Peters. Schließlich war ich den ganzen Nachmittag bei Renata.«

»Und, wie hält sie sich?«

»Es geht. Petra ist noch da und kümmert sich um sie. Kannst du das hier bitte kopieren?« Sie reichte Lotte das Papier. »Ist nur eine Seite.«

»Was ist das?«

In diesem Moment war die Kollegin zurück im Verkaufsraum und guckte Charlotte fragend an.

»Sag ich dir später. Kannst du eben schnell? Gib mir dann einfach beides wieder.«

Lotte verschwand nach hinten. Während Ann ihrem plötzlichen Interesse für Blasentee nachging, in regelmäßigen Abständen hochsah und der Apothekerin freundlich zulächelte, sortierte die stirnrunzelnd Arzneimittelverpackungen.

Ann war froh, als die Glocke erklang, hinter ihr ein älteres Ehepaar hereinkam und der fragenden Stille ein Ende bereitete.

Ein paar Sekunden später war Lotte wieder da. Sie war blass und sah Ann verwirrt an. Sicherlich hatte sie Dennis Handschrift erkannt.

»Danke. Wir sehen uns nachher.« Ann nahm die beiden Blätter entgegen und eilte aus der Apotheke.

Die Kopie verstaute sie in einem Innenfach ihrer Tasche, das Original ließ sie ins große Fach gleiten.

Sie ließ den Marktplatz und die Stadtkirche hinter sich, registrierte kurz das trostlose Grau des Binnenwassers und blieb vor der Polizeiwache stehen. Die alte braun gestrichene Kassettentür knarrte leise, als sie eintrat.

Wenig später saß sie wieder in einem der Büros, oder waren das Verhörräume? Ungeduldig trommelte sie mit den Fingern auf der Tischplatte herum.

»Frau Arnold. Was verschafft mir die Ehre? Ist Ihnen noch etwas eingefallen?«

Allein beim Anblick der Kommissarin und dem Hören ihrer monotonen Stimme wäre Ann am liebsten sofort wieder gegangen. Aber was hatte sie schon für eine Wahl.

»Bevor ich Ihnen darauf antworte, wäre es sehr nett, wenn Sie wiederholen könnten, was Sie heute Morgen zu Frau Brämer gesagt haben. Wissen Sie, Renata steht momentan total neben sich. Die Beerdigung hat ihr sehr zugesetzt. Sie hat mich gebeten, mit Ihnen zu sprechen.« Ann schob ihr die unterschriebene Vollmacht rüber. »Sie hat nichts von dem, was Sie ihr heute Morgen mitgeteilt haben, aufnehmen können, kann sich nur noch erinnern, dass sie anriefen.«

Kommissarin Ehrenfeld studierte das Schriftstück und nickte. »Aber gern. Ich kann mir vorstellen, wie schwer das für Frau Brämer sein muss.

Also – wir haben einige Fortschritte machen können. Wir haben Hinweise, dass es innerhalb des Kollegenkreises einen Vorfall gegeben haben muss. Was genau passiert ist und wen dieser Vorfall betrifft, entzieht sich noch unserer Kenntnis. Die Herren sind zum Teil bereits verhört worden, es wird weitere Vorladungen geben. Ich bin zuversichtlich, dass sich das Ganze bald aufklären wird.«

So, die Polizei war also schon auf der richtigen Spur. So viel zum Urteilen nach dem ersten, äußerlichen Eindruck. Sie sollte definitiv an ihrer Einstellung arbeiten.

»Durch wen sind Sie zu den Hinweisen gekommen?«

»Durch die Tote selbst. Wir haben ihr Tagebuch. Leider deutet sie vieles nur an, nennt keine Namen. Wissen Sie da vielleicht mehr? So als Freundin?«

Das Tagebuch. Die Polizei hatte es also.

Ann kramte den Brief raus und legte ihn vor der Kommissarin auf den Tisch.

»Den hab ich heute Nachmittag gefunden.«

Sie schaute der Ehrenfeld beim Lesen zu. Unglaublich wie wenig Mimik dieses Gesicht in Anspruch nahm. Dann aber verzog es sich doch zu einem leichten Grinsen.

»Sehr aufschlussreich. Wo haben Sie den her?«

»Aus ihrem Zimmer.«

»Ist das die Handschrift von Denise Brämer?«

»Ja, eindeutig.«

»Einen Moment.« Sie stand auf, öffnete die Tür und rief nach einem Beamten. Als der eingetroffen war, sagte sie: »Wir nehmen Ihre Aussage zu Protokoll. Bitte schildern Sie uns genau, wie und wann Sie an diesen Brief gelangt sind. Wissen Sie, wer mit ›Ihr Süßen ...‹ gemeint ist?«

»Ja, das sind Lotte und ich.« Dann schilderte sie, wie sie auf das Versteck gekommen war und wo sie den Brief gefunden hatte.

Petra Ehrenfeld nickte zufrieden. »Sehr schön. Herr Maastjohann wird das Protokoll noch fertigstellen, das Sie uns bitte unterschreiben.« Sie erhob sich.

»Geht aus dem Tagebuch hervor, ob Denni Herrn Plaunberg, den Chef des Steuerbüros, zur Rede gestellt hat? Hatten ihre Pläne zu kündigen konkretere Form angenommen?«

»Die Kündigung lag Herrn Plaunberg, laut eines Eintrags Ihrer Freundin, seit einer Woche vor. Sie muss auch schon etwas Neues gehabt haben. Sie sah es als einen Neuanfang.«

»Wollte sie Plaunberg verklagen? Hat sie dazu was geschrieben?«

»Im Wissen um diesen Brief könnte man einige Passagen durchaus so deuten. Noch wissen wir nicht, was sie in die Tat umgesetzt hat. Aber das lässt sich ermitteln. Ich danke Ihnen, dass Sie sofort zu uns gekommen sind. Sie sollten jetzt zur Ruhe kommen und ein wenig Abstand gewinnen. Fahren Sie zurück nach Paderborn. Nach Ihrem Martyrium im letzten Sommer ist die Aufregung um ihre Freundin bestimmt nicht das beste Mittel, um gesund zu werden.«

Erstaunt blickte Ann der Kommissarin hinterher, als diese den Raum verließ.

Was wunderte sie sich? Es war doch klar, dass sie Bescheid wussten. Ein Klick in die polizeiliche Datenbank und schon lagen die Ereignisse von Rerik auf dem Neustädter Präsentierteller.

Sie stand im Discounter vor der Kühltheke, überlegte gerade, ob sie den Beutel mit gemischtem Gemüse einpacken oder doch lieber Paprika, Pilze und Möhren von der Frische-Theke kaufen sollte, als ein ›Ping‹ in ihrer Jackentasche eine eintreffende Nachricht ankündigte. Den Beutel noch in der Hand, schaute Ann kurz auf das Display. Nur eben sehen, von wem da was kam.

Eine unbekannte Nummer hatte ihr ein Video geschickt. Unsicher sah sie auf die Zeilen, die hinzugefügt worden waren: »Ich will keinen Ärger. Also behalt's für dich.«

Es dauerte ein paar Sekunden, bis der Film geladen und abrufbar war.

Das Erste, was sie sah, war eine Nahaufnahme von Dennis totem Gesicht.

Instinktiv drückte sie auf Pause, verließ den Social-Media-Dienst und starrte ungläubig auf den dunklen Bildschirm.

Kalles Film!

# Kapitel 7

Sie sah auf die Uhr. Viertel nach sieben. Lotte war garantiert schon zu Hause.

Ann wollte sich den Film nicht mit ihr zusammen anschauen. Sie musste ihn allein sehen. Erst dann würde sie entscheiden, ob sie ihn Lotte überhaupt zeigte.

*Also, wohin gehen wir?*

Sie brauchte absolute Ruhe, wollte keine Menschen um sich herum. Im Sommer hätte sie sich irgendwo ein stilles Eckchen suchen können. Jetzt aber war es draußen zu kalt und zu nass.

Unentschlossen drehte sie sich im Kreis.

Dann griff sie nach ihrem Handy und rief die Nummer ihres Vaters auf. Früher waren ihre Eltern am Donnerstagabend immer tanzen gegangen.

Sie ließ die Hand wieder sinken. Sie hatte gerade einfach keine Nerven für dieses Gespräch.

Der Zylinder des Schlosses der Tür ihres Elternhauses ließ sich zweimal nach links drehen. Gut, das hieß, dass sie weg waren. Trotzdem horchte sie vorsichtig, schlüpfte hinein und versuchte, die schwere Holztür so leise wie möglich zu schließen. Sie entledigte sich ihrer nassen Schuhe.

Vom Flur aus ging sie nach links ins Wohnzimmer, dann durch das Esszimmer bis in die Küche und checkte die Lage. Alles war ruhig. Sie folgte der Marmortreppe in den ersten Stock und betrat ihr Jugendzimmer, oder besser das, was davon übrig geblieben war.

Angespannt ließ sie sich auf den runden Teppich in der Mitte des Raumes sinken, streifte ihre Jacke ab und kramte das Handy raus.

*Mach schon. Je eher du es dir anguckst, desto eher hast du's hinter dir.*

Sie atmete ein paarmal tief durch und rief das Video auf.

Wieder erschien Dennis blasses Antlitz als Nahaufnahme.

Ann versuchte, sich auf die kriminaltechnischen Details zu konzentrieren, den Menschen dahinter außer Acht zu lassen. Die Reaktionen ihres Körpers zeigten, dass das nur bedingt von Erfolg gekrönt war.

Die nassen Haare klebten Denni am Kopf, teilweise im Gesicht. Das eine Auge geschlossen, das andere ...

Moment.

Ann stutzte. Das Kameraauge verließ den Telebereich und gab den Blick frei auf Kopf und Rumpf der Toten.

Ann stoppte den Film.

Das andere Auge war nicht einfach nur zugeklebt worden. Man hatte ihr die rechte Handfläche darauf gedrückt, die Hand mit dem schwarzen Panzerband am Kopf befestigt. Mit etwas Fantasie, wenn man sich die Fixierung durch das Klebeband wegdachte, sah es aus, als hielte Denni sich das Auge zu.

Und die andere Hand tat das Gleiche mit dem linken Ohr!

Ann starrte auf das Standbild.

»Was zum Henker ...«, murmelte sie.

Ihr Blick wanderte zu dem X, das Dennis Mund verschloss. Die beiden schwarzen Streifen bildeten einen harten Kontrast zu ihrer hellen Haut.

Was sollte das?

*Ganz ehrlich? Das macht doch keiner einfach nur so!*

Willi Sumpmann hatte vollkommen recht. Es wirkte wie die Szene aus einem skurrilen Theaterstück: inszeniert!

Aber wozu? Derart aufwendige Ausführungen hatten immer eine Botschaft. Sie sollten gesehen, am besten noch verstanden werden.

*Von wem denn bitte?*

Ann schüttelte den Kopf. Das ergab alles keinen Sinn.

Wozu eine Botschaft, wenn man das Opfer einfach nur beseitigen wollte? Und an wen war sie gerichtet?

Auge zu, Ohr zu, Mund zu.

*Wie bei den drei Affen! Nichts sehen, nichts hören, nichts sagen.*

»Wegschauen, weghören, schweigen. Die Botschaft ist ja wohl eindeutig. Und wenn sie nicht befolgt wird, wird dafür gesorgt, dass der Adressat nie wieder etwas sehen, hören oder sagen kann. Das ist ganz klar eine Drohung!« Ann sprach ihre Gedanken laut aus.

Wenn dieser Gregor, das Ekelpaket von der Weihnachtsfeier, verhindern wollte, dass Denise seine sexuellen Übergriffe publik machte, reichte es doch wohl vollkommen aus, sie zum Schweigen zu bringen. Wozu eine derart aufwändig platzierte Botschaft?

*Und für wen?*

Dasselbe galt für diesen Plaunberg. Der hätte mit Sicherheit das Geld, um einen Killer anzuheuern. Angenommen, er wollte verhindern, dass Denni zu einer Gefahr für seine Firma wurde und ließ sie beseitigen. Wäre es da nicht besser gewesen, sie in einer dunklen Gasse umbringen zu lassen, es wie einen Raubmord oder eine versuchte Vergewaltigung aussehen zu lassen? Und auch hier: Für wen war die Botschaft?

Wer hatte die überhaupt sehen können? Doch nur die Arbeiter und die Polizei.

Vielleicht dachte der Mörder, ein Bild der Toten ginge durch die Presse? Nein, ihm oder ihr musste eigentlich klar gewesen sein, dass derart schlimme Fotos nicht abgedruckt würden.

Warum also auf diese Art und Weise?

»Der Ansatz muss ein anderer sein!«

*Richtig! Wechsel den Standpunkt – betrachte alles aus einer anderen Perspektive!*

Wenn Denni zum Schweigen gebracht werden musste und das gleichzeitig als eine Warnung für einen oder mehrere andere zu verstehen war, dann mussten sowohl Denni als auch der oder die, an die die Botschaft gerichtet war, über gefährliches Wissen verfügen.

*Und was sollte das sein?*

Irgendwie konnte Ann sich nicht vorstellen, dass der Senior-Chef des Steuerbüros eine derart gruselige Inszenierung in Auftrag gegeben hatte, nur um seinen restlichen Mitarbeitern zu signalisieren: ›Seht her! Sollte jemals einer von euch den Vorfall auf der Weihnachtsfeier erwähnen, geht's euch wie Denise Brämer.‹

»Es geht gar nicht darum. Es kann gar nicht darum gehen!«

*Worum dann?*

Um Wirtschaftskriminalität? War der Grund doch Steuerhinterziehung? Denni wusste etwas, wollte damit an die Öffentlichkeit gehen und wurde ermordet. Sie wurde instrumentalisiert, um andere davon abzuhalten, dasselbe zu versuchen. Das schien sicher.

Was wäre, wenn die Bedrohung nicht vom Steuerbüro ausginge, sondern umgekehrt, an die Mitarbeiter des Herrn Plaunberg gerichtet war?

Ein großer Mandant mit nicht ganz sauberen Geschäften, merkt, dass die Angestellten des Steuerbüros nicht hinter ihm stehen, und droht aufzufliegen. Er lässt sich ein wirksames Mittel einfallen, um sie wieder auf Spur zu bringen. Vielleicht hatte der Mörder die grausame Kiesgruben-Szene fotografiert und seine Botschaft an die dementsprechenden Adressaten übermittelt?

Eine ziemlich gewagte These, aber anhand der Bilder schien sie immer noch wahrscheinlicher, als die Geschichte mit der Weihnachtsfeier.

*Toll, und wie willst du das beweisen? Willst du ins Büro Plaunberg stapfen und Akteneinsicht verlangen? Selbst wenn du die bekämst, würdest du nicht mal erkennen, wenn da was nicht stimmen würde, du Steuerfachgenie!*

Das schwächste Glied war auf jeden Fall Fiete Maas. Der würde am ehesten einknicken. Den müsste sie zum Reden bringen.

Ann schaute auf das schwarze Display ihres Handys. Ihr Herz hämmerte wie wild. Ihr Magen krampfte. Es ging nicht anders, sie musste den Rest auch noch sehen.

Kalle zoomte weiter raus. Nun konnte Ann Denni im Ganzen sehen, wie sie da hockte, nackt und schutzlos.

Mit einem Mal schaffte sie es nicht mehr, sich auf die technischen Details zu konzentrieren. Ihre Augen wanderten ab – weg von dem Film, weg vom Display des Telefons, an der Innenseite ihres eigenen Arms entlang – und blieben an der roten, hässlichen Narbe hängen. Da, wo der Kabelbinder sich tief in ihr Fleisch geschnitten hatte. Bilder blitzten auf. Der verhasste modrige Geruch breitete sich aus, wurde immer intensiver. Der ganze Raum schien damit gefüllt zu sein.

*Ann? Lass das! Du musst damit aufhören!*

In ihrer Brust wurde es eng.

*Denk an das Hier und Jetzt. An Denni. Du willst den Mord in ihr aufklären. Konzentrier dich auf deine Recherche. Hörst du?*

Ihr Blick fand den Weg zurück auf das Display. Kalle zoomte wieder näher ran. Denni – das Loch in ihrer Stirn.

Schlecht, ihr war so schlecht. Das Zimmer drehte sich. Die Raumdecke schien auf sie zuzukommen, sie erdrücken zu wollen.

Sie fing an, immer schneller nach Luft zu schnappen. Ihr Puls raste. Die Bilder vor ihren Augen verschwammen.

»Eigil? Hilf mir!«, murmelte sie.

Sie hörte seine Stimme, dumpf und leise. Viel zu leise. Sie konnte nichts verstehen. Stattdessen setzte sich ein allzu bekannter, angsteinflößender Klang durch, wurde immer klarer: »Oh mein Gott, Ann! Du musst total ausgetrocknet sein. Hier, trink!«, säuselte er. Eine verschwommene, dunkel wabernde Gestalt tauchte vor ihrem geistigen Auge auf. Ihr hässliches Grinsen wurde immer breiter und bedrohlicher. Unabwendbar legte sie ihre Hände um Anns Hals und drückte zu. Sie fühlte, wie sie erstickte.

Dann wurde es dunkel.

Als Ann langsam wieder zu sich kam, lag sie bäuchlings auf dem Teppich. Das Handy war ihr aus der Hand gerutscht. Verwirrt blickte sie um sich. Es dauerte einen Moment, bevor sie wusste, wo sie war, und noch einen weiteren, bis ihr einfiel, was passiert war. Sie fühlte sich vollkommen erschlagen, war nassgeschwitzt.

Wie lange hatte sie hier gelegen? Was, wenn ihre Eltern sie so gefunden hätten? Sie lauschte. Aus dem Haus kam kein Laut. Hastig ergriff sie das Handy.

Zwanzig Uhr fünfundvierzig. Erleichtert atmete sie tief aus. Sie musste sehen, dass sie hier rauskam.

»Wo zum Teufel bist du gewesen? Kannst du mal auf meine Nachrichten antworten?«, tönte es aus der Küche, als Ann die Wohnung betrat.

Dann kam Lotte um die Ecke und stockte.

»Alles in Ordnung? Du siehst schlimm aus!«

Ann versuchte ein Lächeln.

»Danke, du bist wie immer sehr charmant. Mir geht es gut. Ich brauch nur eine heiße Dusche.«

Danach setzte sie sich noch kurz zu Lotte, gab ihr die Kopie des Briefes, den sie bei Denni im Zimmer gefunden hatte, und erzählte ihr von dem Besuch auf der Wache.

»Dann glaubst du also, dass dieser Gregor Dreiwers Denni umgebracht hat, damit sie nichts sagt?« Lotte drehte das Papier immer wieder ungläubig hin und her. »Wegen so einem Scheiß hat er ihr Leben ausgelöscht?« Ihre Augen bekamen einen verdächtigen Schimmer.

Ann zuckte müde mit den Achseln.

»Ich weiß es nicht. Sei mir nicht böse, aber ich brauche unbedingt etwas Schlaf. Ich bin total erledigt.«

In dieser Nacht sollte sie unruhig, aber traumlos schlafen. Zumindest blieb ihr keine Erinnerung.

Die Neustädter Wache wurde langsam zu ihrem zweiten Zuhause. Man hatte Dennis Mutter zu einem Gespräch gebeten, die wiederum wollte Ann dabeihaben.

Sie hatte es bislang nicht übers Herz gebracht, Renata von Dennis Brief zu erzählen. Das schlechte Gewissen vermischte sich mit der Neugier über den Grund der Einladung.

Frau Ehrenfeld und der schon bekannte Polizeibeamte Maastjohann betraten den Raum.

Nach einer kurzen Begrüßung kam die Kommissarin zur Sache.

»Da wir wissen, wie schwer der Verlust einer so nahen Angehörigen wie der Ihrer Tochter wiegt, sind wir bestrebt, unsere Ermittlungsergebnisse, soweit möglich, zeitnah mit Ihnen zu teilen.«

Ihr Blick blieb kurz bei Ann hängen.

»Ich weiß nicht, ob Sie schon vom Fund des Briefes unterrichtet wurden …?«

Ann schüttelte den Kopf, biss sich auf die Unterlippe.

»In den Unterlagen Ihrer Tochter wurde folgender Brief gefunden.«

Sie hielt das eingetütete Schriftstück kurz hoch – ließ es dann aber sofort wieder in einer Mappe verschwinden.

»Er diente wohl eher dazu, sich etwas von der Seele zu schreiben, als dass sie wirklich vorhatte, ihn abzuschicken. Ihre Tochter beschreibt hier einen Vorfall aus dem Dezember letzten Jahres, auf der Weihnachtsfeier ihres Arbeitgebers. Ein Angestellter, der allem Anschein nach zu viel getrunken hatte, näherte sich Ihrer Tochter in nicht angemessener Weise.«

Renatas Gesichtsausdruck verriet Erschrecken und Verwirrung zugleich. »Was heißt das? Ich verstehe nicht.«

»Sie wollen damit sagen, dass einer von Dennis Arbeitskollegen im Suff versucht hat, ihr näherzukommen«, mischte Ann sich ein.

»Hat er sie …?«

»Nein, nein, keine Angst. Ihre Tochter konnte die sexuelle Nötigung erfolgreich abwehren. Sie wurde weder damals noch zum Zeitpunkt ihres Todes vergewaltigt. Aber aufgrund der geschilderten Ereignisse sind wir der Sache natürlich nachgegangen. Vor allen Dingen, da die anderen auch anwesenden männlichen Kollegen nicht eingeschritten sind, ihr nicht halfen. Anscheinend hat sogar der Chef weggesehen. Wussten Sie, dass Ihre Tochter beim Steuerbüro Plaunberg gekündigt hatte?«

Immer noch total verwirrt schüttelte Renata den Kopf.

»Die Kündigung lag der Firma seit einer Woche vor. Außerdem haben wir herausgefunden, dass Ihre Tochter bei einem Arbeitgeber in Süddeutschland, in Reutlingen, das liegt in der Nähe von Stuttgart, unterschrieben hatte. Sie wollte weg von hier. Hat sie das Ihnen gegenüber nie erwähnt?«

Renata kamen die Tränen. Wieder schüttelte sie stumm den Kopf.

»Laut des Briefes mochte sie mit diesen Männern nicht mehr zusammenarbeiten.«

»Und Sie meinen, die Arbeitskollegen hätten was mit ihrem Tod zu tun? Und zwar weil ...?« Ann sah die Beamtin fragend an.

Die Polizistin schaute weiterhin zu Renata. »Eine Theorie von uns war, dass der besagte Kollege verhindern wollte, dass Ihre Tochter von dem Vorfall berichtete, ihn vielleicht sogar anzeigte. Vielleicht hatte sie ihm gedroht – jetzt, wo sie die Gegend verlassen würde? Unsere Ermittlungen diesbezüglich haben jedoch nichts Verwertbares ergeben. Der Verdächtige leugnet sowohl den Mord an sich, als auch, dass Ihre Tochter ihm wegen der Nötigung mit einer Klage gedroht haben soll. Auch den anderen Mitarbeitern ist nichts Derartiges bekannt. Der Chef, Herr Plaunberg, bestreitet, etwas so Unglaubliches gesehen zu haben, meint, er hätte so etwas nie geduldet.«

Ann schnaufte entrüstet. »Und das glauben Sie denen? Die schützen sich doch gegenseitig!«

»Das ist keine Frage des Glaubens. Ich sehe mir die Beweislage an. Fakt ist: Der Beschuldigte hat für die Zeit des Mordes ein Alibi, und zwar ein sehr gutes.«

»Und das wäre?«

»Es reicht, wenn Sie wissen, dass wir es sorgfältig auf seine Richtigkeit überprüft haben.«

»Und wenn er jemanden beauftragt hat?«

»Ein Auftragsmord ist nicht billig. Es gab keine auffälligen Kontobewegungen, keine Barabhebungen, die diesen Schluss zuließen. Auch der Telefonnachweis ist unauffällig.«

»Und was ist mit Plaunberg? Vielleicht wollte der den guten Ruf seines Unternehmens schützen?«

»Auch daran haben wir gedacht. Hier gilt dasselbe. Keine verdächtigen Geldtransfers, keine Telefonate oder Mails, die nicht dem normalen geschäftlichen Leben zuzuordnen wären. Wir haben keine Anhaltspunkte, die den Anfangsverdacht bestätigt hätten.«

»Und jetzt? War's das? Wird Denni zu den Akten gelegt? Sie sollten diesen Steuer-Typen mal gründlich auf die Finger schauen! Die haben bestimmt ein paar krumme Geschäfte laufen. Und weil Denni davon wusste und da nicht mitziehen wollte, musste sie sterben.«

»Natürlich ermitteln wir weiter. Die Spur, die uns am wahrscheinlichsten vorkommt, ist momentan eine, die zu Kevin Tiersch, dem Freund des Opfers führt.«

Ann wurde hellhörig.

»Kevin? Warum der?«

»Da Beziehungstaten zu den häufigsten Motiven gehören, zählte Herr Tiersch von Anfang an zu den Hauptverdächtigen. Hinzu kommt, dass er kein Alibi vorweisen kann. Das Motiv war das, was uns bislang fehlte.«

»Und das haben Sie jetzt?« Ann blickte die Kommissarin fragend an. Diese richtete ihre Antwort nach wie vor an Dennis Mutter.

»Wenn Ihre Tochter vorhatte, nach Reutlingen zu ziehen, und das wäre spätestens in drei Monaten, im Mai, so weit gewesen, hätte sie sich von Kevin trennen müssen. Bestenfalls wäre es eine schwer aufrecht zu haltende Beziehung über fast achthundert Kilometer gewesen. Vielleicht ist er damit nicht klargekommen, wollte sie nicht gehen lassen?«

*Und wenn er von Dreiwers Angriff auf Denni gewusst hat, hatte er bestimmt ordentlich Wut im Bauch,* dachte Ann.

*Aber hätte er dann nicht eher den Sakkoträger um die Ecke gebracht?*

»Woher sollte er das Geld und die Kontakte für einen Mordauftrag haben?« Anns Tonlage war fordernd.

»Wer sagt, dass er es nicht selbst war?«

»Und die Waffe? Was war das überhaupt für eine?«

»Eine Waffe kann man sich heutzutage ganz leicht übers Internet besorgen. Unsere Techniker untersuchen momentan seinen Computer. Wenn er schlau war, hat er die Bestellung über einen anderen Rechner vorgenommen, aus einem

Internet-Café heraus oder von einem seiner Bekannten. Und loswerden? Mein Gott, es gibt so viele Möglichkeiten, eine Waffe verschwinden zu lassen.«

Renata war dem Gespräch mit fassungslosem Blick gefolgt, hatte ihren Kopf erst der Kommissarin, dann Ann und wieder der Kommissarin zugewandt.

Nun sagte sie leise: »Was passiert jetzt mit ihm? Wo ist er?«

»Wir haben ihn heute Morgen in Untersuchungshaft genommen. Die ersten Vernehmungen sind gelaufen. Noch leugnet er. Die Technik überprüft sein digitales Leben. Wenn es dort Spuren gibt, werden wir sie finden. Zunächst hat er bestritten, von den Umzugsabsichten seiner Freundin nach Reutlingen gewusst zu haben. Das konnten wir jedoch widerlegen. Wir haben ihm eine Internetsuche nachweisen können, in der er sich nach Verkehrsverbindungen zwischen Neustadt und Reutlingen, den dortigen Mietpreisen und Ähnlichem erkundigt hat. Aufgrund der Beweislage ist er diesbezüglich eingeknickt. Dennoch behauptet er, nichts mit ihrem Tod zu tun zu haben.«

»Und warum sollte er sich so viel Mühe mit der Leiche geben? Wozu das alles?« Ann schüttelte ungläubig den Kopf.

Renata guckte verständnislos.

Die Kommissarin aber schien zum ersten Mal in Anwesenheit von Ann hellwach. Sogar ihre Stimme schaffte den Sprung von der totalen Monotonie in etwas, das man als durchaus energisch bezeichnen konnte. »Was meinen Sie damit? Können Sie mir bitte die Grundlage Ihrer Frage näher erklären?«

*Oh Mann, Ann!*

Ann bemühte sich um Schadensbegrenzung. Selbstbewusst schaute sie der Kommissarin in die Augen.

»Warum sollte er sich die Mühe machen und … und sie in die Kiesgrube locken? Oder hat er sie woanders umgebracht und dann dort abgelegt? Wie hat er sie transportiert? Gibt es keine DNA-Spuren in seinem Wagen? Hat er am Tatort nichts Verwertbares hinterlassen?« Mit jedem Satz entspannte sich ihr Körper mehr.

*Na, da haben wir aber gerade noch mal die Kurve gekriegt!*

»Das alles ist Teil unserer Ermittlungen. Wir werden Ihnen die Ergebnisse mitteilen, sobald sie uns im Zusammenhang vorliegen.«

»Was ist mit dem Grapscher? Gibt es eine Möglichkeit, ihn und seine arroganten Kollegen zur Rechenschaft zu ziehen?«

»Da die mögliche Klägerin tot ist, wird sich der Tatbestand der sexuellen Nötigung wohl nicht mehr nachweisen lassen. Es tut mir leid.«

Die Kommissarin erhob sich.

»Wir melden uns, sobald es etwas Neues gibt.«

Sie wartete, bis Renata den Raum verlassen hatte, und Ann auf ihrer Höhe war.

»Frau Arnold, sollten Sie von irgendwelchen Gerüchten gehört haben, die mit detaillierten Beschreibungen der Leiche am Tatort zu tun haben, sollten Sie dem nicht zu viel Bedeutung beimessen. Das ist nicht unser erster Mordfall. Wir werden alle relevanten Fakten einbeziehen und den Täter sicherlich bald überführen können.«

Mit einer eindeutigen Bewegung ihres Arms signalisierte sie Ann, dass sie nun gehen durfte.

»Warum bitte sollte Kevin Dennis Leiche so auffällig inszenieren? Wenn ich verhindern wollte, dass du in eine achthundert Kilometer entfernte Stadt abhaust – vorausgesetzt, ich bin emotional gestört und neige zu Gewalt –, was sollte mich dazu bewegen, dich zu erschießen, dich nackt auszuziehen und derart symbolträchtig in einer Kiesgrube zu platzieren, statt dir einfach nur den Hals umzudrehen?«

Seit mehr als einer Stunde telefonierte Ann mit Marc, erzählte detailliert von den neuen Wendungen.

»Vielleicht spekuliert er genau darauf. Im Zweifel für den Angeklagten. Er lässt es nicht nach einer normalen Beziehungstat aussehen, sondern nach etwas, das eine tiefe Botschaft vermittelt, nach einem psychopathischen Täter. Das lenkt von ihm ab. Wenn sie es nicht schaffen, ihm den Erwerb oder Besitz einer entsprechenden Waffe nachzuweisen, hat er gute Chancen davonzukommen. Es scheint keinerlei Beweise dafür zu geben, dass er im Kieswerk gewesen ist. Es gibt keine verwertbaren Spuren an der Leiche. Das fehlende Alibi ist nichts Besonderes. Er wohnt allein, die Tatzeit liegt irgendwann am späten Abend oder in der Nacht, einer Zeit, zu der jeder normale Bürger brav in seinem Bettchen liegt und schläft. Gar nicht so doof. Ich würde mal sagen, seine Chancen stehen nicht schlecht!«

Das stimmte. Es war Ann noch gar nicht in den Sinn gekommen, dass das alles ein großes Ablenkungsmanöver sein könnte, um die Polizei auf eine falsche Spur zu locken.

»Möglich wär's. Aber, es wirkt so ... so kompliziert! Er müsste es von langer Hand vorbereitet haben. Er müsste sich die Waffe besorgt haben, er müsste sich einen Plan zurechtgelegt haben, wie und wo er es tut, wie und womit er die Leiche dorthin transportiert. Er müsste penibel darauf geachtet haben, keine verwertbaren Spuren zu hinterlassen ...! Ganz schön viel für einen wie Kevin.«

»Meinst du, er ist nicht intelligent genug dafür?«

»Ganz ehrlich? Ich weiß es nicht. Ich kann den nur schwer einschätzen.«

»Du glaubst nicht, dass sie in der Kiesgrube getötet wurde?«

»Mit welchem Argument sollte er sie dorthin gelockt haben? Im nasskalten Januar, an einem Dienstag, mitten in der Nacht? ›Du Schatz, komm, ich zeig dir meinen lauschigsten Platz: eine zugige, matschige, graue, dunkle Kieswüste, nass und kalt, ideal für ein romantisches Candle-Light-Dinner‹? Ich halte das für unwahrscheinlich.«

Er lachte. »So, du würdest mir also nicht in eine Kiesgrube folgen, mitten in einer kalten, nassen Januarnacht? Und ich dachte, du gehst überall hin mit mir.«

»Das hatte ich mir anders vorgestellt: Ich sage, wo's langgeht und du folgst mir«, schmunzelte sie.

Kurz schwiegen beide.

»Hey, die Polizei kriegt das auch ohne dich hin. Du könntest zu mir nach Rerik kommen, oder noch besser – mich nach Wiesbaden begleiten!«

»Wie, nach Wiesbaden? Hast du etwa ...? Wurdest du genommen?«

»Halt! Stopp, nicht so schnell. Sie haben mich eingeladen. Ich soll mich vorstellen. Noch ist nichts entschieden.«

»Wie geil ist das denn? Natürlich werden sie dich nehmen. Es gibt keinen Besseren! Die Chance lassen sie sich nicht entgehen.«

»Kommst du mit?«

»Wann soll's losgehen?«

»Ich würde Montagmorgen den Zug nehmen. Dienstag ist das Vorstellungsgespräch. Ich bleib ne Nacht im Hotel. Zu zweit wäre das eindeutig reizvoller.«

»Montag schon?«

Sie zögerte. Eigentlich hätte sie gar nicht darüber nachdenken dürfen, jubelnd ja sagen und die Koffer packen müssen. Er fehlte ihr sehr und nichts hätte sie lieber, als dass er bei ihr wäre.

Trotzdem war es, als hielte sie irgendetwas in Neustadt fest, als wäre es ihr unmöglich, jetzt abzureisen.

Sie hatte es Denni versprochen. An ihrem offenen Grab. Sie würde denjenigen finden, der ihr das angetan hatte.

Marc deutete ihr Zögern als Absage.

»Ann, bei allem Verständnis für deine Trauer. Findest du nicht, dass du dich schon wieder viel zu tief in diesen Fall reinhängst? Das tut dir nicht gut, und uns auch nicht. Das hier ist wichtig für mich. Es kann alles verändern! Du bist wichtig für mich! Und ich hätte dich gern dabei.«

»Ich weiß. Und es tut mir leid. Du hast sicher recht und ich würde auch fürchterlich gern mitfahren.«

»Was ist dann so schwierig? Deine Freundin ist beerdigt. Du kannst nichts mehr für sie tun. Pack deine Koffer und kümmere dich ausnahmsweise mal um dich – um uns.«

Ann brummte der Kopf. Sie fühlte sich unter Druck gesetzt. Es stimmte ja alles, was er sagte. Trotzdem konnte sie jetzt nicht abreisen. Es ging einfach nicht!

»Irgendwas stimmt hier nicht. Ich glaube einfach nicht, dass es Kevin … dass es eine Beziehungstat war. Hätte er uns was vorspielen wollen, warum hat er das nicht auch im Bezug auf die Beerdigung getan? Er hätte den Trauernden mimen können, sich mit gebrochenem Herzen an den Beerdigungsvorbereitungen beteiligen können. Stattdessen gab er sich kalt und gefühllos. Er …«

»Ann, verdammte Scheiße! Was ist nur los mit dir? Ist dir dieser Fall wirklich so viel wichtiger?«

»Es tut mir leid. Bitte! Gib mir ein, zwei Stunden. Ich muss ein paar Gedanken klar kriegen. Ja? Ich meld mich bei dir.«

Sie hatte seine Enttäuschung spüren können, kurz bevor sie das Gespräch beendete.

»Sie brauchen sich keine Sorgen machen. Es wird zu keiner Verurteilung kommen. Wir haben die besten Anwälte«, sagte die Stimme. Ihr Klang war ruhig, fast schon gelangweilt.

Tatjana Tiersch tigerte nervös mit dem Telefon am Ohr durch die Wohnung.

»Er wird nicht ins Gefängnis gehen. Hören Sie? Mein Sohn geht *nicht* dafür ins Gefängnis! Wenn Sie das nicht verhindern, werde ich das tun.« Verzweiflung brachte ihre Stimme zum Kippen.

»Sie sollten vorsichtig sein, mit dem, was Sie sagen«, warnte ihr Gesprächspartner und legte auf.

Verzweifelt rutschte Tatjana mit dem Rücken die Wand hinunter, bis sie auf dem Boden hockte. Tränen liefen über ihr Gesicht. »Wir werden da nie wieder rauskommen«, schniefte sie.

# Kapitel 8

*Wiesbaden*

Ann war beeindruckt von dem großen weißen Gebäude.

»Und das ist nur einer von sechs Standorten allein in Wiesbaden«, begeisterte sich Marc. »In einem davon befindet sich die Hochschule. Dann gibt es noch Liegenschaften in Berlin und Meckenheim.«

Langsam schob er seinen Rollstuhl die lang gestreckte Fassade entlang.

Wie glücklich er aussah. Seitdem sie gestern losgefahren waren, sprühte er nur so vor Energie. Er fütterte sie ständig mit neuen Fakten: wie viele Mitarbeiter beim BKA beschäftigt waren, wie viele unterschiedliche Berufe es auszuüben gab. Er erzählte ihr von der Entstehung und der Geschichte der Behörde. Die ganze Zugfahrt lang hatte er geredet und sie mit zumeist regem Interesse zugehört. Auch wenn ihre Gedanken ab und zu in Richtung Heimat abgewandert waren, hatte sie sich von seiner Euphorie anstecken lassen. Sie fand ihn noch attraktiver, wenn seine Augen vor Begeisterung leuchteten. Er wirkte so zielstrebig und lebenshungrig.

Über Kevin Tiersch und den Mord an Denni hatten sie kein Wort verloren.

Doch gleich nach ihrem Trip zum BKA wollte sie wieder zurück nach Neustadt. Ihr Bauchgefühl sagte ihr, dass mehr hinter dem Mord stecken musste als ein verprellter Freund.

Sie wusste, dass das Stress geben würde. Marc fand, es belaste sie unnötig. Sie solle Abstand gewinnen, aufhören, auf eigene Faust zu ermitteln.

Doch sie konnte nicht anders. Die ständig schwelende Unruhe in ihr würde erst nachlassen, wenn sie wusste, warum Denni sterben musste und wer dafür verantwortlich war.

Als sie den Eingangsbereich der weitläufigen Behörde betraten, spürte Ann, wie die Stimmung bei Marc kippte. Er wurde still und schaute sich mit nachdenklicher Miene um.

»Du schaffst das. Lass es einfach auf dich zukommen. Du hast die besten beruflichen Voraussetzungen. Sie werden glücklich sein, jemanden wie dich bekommen zu können.«

Dankbar lächelte er sie an. Die Zweifel aber blieben. Ann konnte es in seinen Augen sehen.

Man hatte sie nur kurz warten lassen, dann war Marc von einem jungen Mann abgeholt worden.

Ann durfte sich in eine Art Lounge setzen, hatte Zugriff auf einen Kaffeeautomaten und Informationsbroschüren des BKA.

Letztere waren schnell durchgeblättert. Der Inhalt glich dem, was Marc ihr in den letzten achtundvierzig Stunden vorgetragen hatte.

Sie nahm ihr Handy raus.

Keine Nachrichten.

»Alles gut bei euch?«, tippte sie und schickte die Botschaft an Lotte.

Wenn Marc wirklich nach Wiesbaden ginge, wäre das sogar hundertfünfzig Kilometer näher als von Paderborn nach Rerik. Eigentlich also ein Plus für ihre Beziehung.

Nur seine Zeit wäre von da an begrenzt. Höchstwahrscheinlich extrem begrenzt. Er würde sich in eine vollkommen neue Materie einarbeiten müssen, würde jede freie Minute investieren, um zu zeigen, dass er dorthin gehört, da war sie sich sicher.

*Wir könnten mit nach Wiesbaden gehen.*

Warum sollte das nicht auch eine Option für Denni und Kevin gewesen sein? Warum hatte er keine Vorkehrungen getroffen, mit nach Reutlingen zu gehen? Technische Zeichner brauchten sie sicherlich auch dort.

*Vielleicht hat Denni das ja nicht gewollt? Vielleicht war ihre Liebe nicht groß genug und sie hat ihn abserviert.* Das würde erklären, warum seine Mutter ihnen erzählt hatte, Kevin und Denni seien schon länger kein Paar mehr gewesen.

Und warum wusste Renata nichts von der Trennung?

*Renata wusste auch nichts davon, dass Denni nach Reutlingen gehen wollte ...!*

Das aber fand Ann nachvollziehbar. Renata und Denni hatten eine sehr innige Beziehung. Sicher fiel es ihr schwer, ihrer Mutter zu beichten, dass sie nun fast achthundert Kilometer weit wegziehen würde. Sie hatte Renata nicht wehtun wollen. Sie hatte gewusst, wie klein das soziale Umfeld ihrer Mutter war. Sie hatte das Gespräch vor sich hergeschoben. Es waren noch drei Monate Zeit gewesen. Ann war sich sicher, dass Denni nur auf den richtigen Moment gewartet hatte, um es ihrer Mutter schonend beizubringen.

Aber die Sache mit Kevin? Warum sollte sie das Aus der Beziehung verschweigen?

*Weil Renata dann nach dem Grund gefragt hätte?*

Reutlingen hin oder her, der wahre Grund wäre doch gewesen, dass es mit der Liebe nicht gereicht hatte. Nein, es gab keinen vernünftigen Grund für Denni, ihre Mutter im Bezug auf Kevin im Ungewissen zu lassen.

Gedankenverloren stand Ann auf und zog sich einen Kaffee.

Wenn sie nur einen Blick in das Tagebuch ihrer Freundin werfen könnte. Hätte Denni dort nicht hineingeschrieben, wenn sie sich von Kevin getrennt hätte?

Sie versuchte, sich an das Gespräch mit der Kommissarin zu erinnern. Hatte es sich nach reiner Spekulation angehört, oder waren sich die Ermittler sicher gewesen, dass Denise sich von ihm hatte trennen wollen?

Für Ann hatte es sich mehr nach einer Vermutung angehört. Bei der Sache mit Reutlingen dagegen waren sie sich sicher gewesen, denn das hatte Denni dokumentiert.

Ann hätte gern noch mal mit Kevin gesprochen. Aber der saß auf unbestimmte Zeit in Untersuchungshaft. An den war nicht ranzukommen.

Ob seine Mutter mit ihr reden würde? Fraglich war, ob Kevin zu Hause irgendwas erzählte. Mit Sicherheit hatten die Tierschs versucht, ihn nach seiner Rolle im Bezug auf Dennis Tod auszufragen. Sie mussten wissen, wo sie als Eltern standen.

Ann schaute auf die Uhr. Marc war nun schon eine Dreiviertelstunde weg. War das gut? Wenn er erst noch eine Führung bekommen hatte, hatten sie mit dem Gespräch wahrscheinlich noch nicht mal angefangen – so groß, wie hier alles war.

Schnaufend ließ sie sich in die Rückenlehne fallen.

*

*Neustadt in Holstein*

Zweiundsiebzig Stunden!

Unglaubliche zweiundsiebzig Stunden hatten sie ihn festgehalten! Und dabei war er vollkommen unvorbereitet gewesen. Als Kevin das Justizgebäude verließ, war er noch immer total benommen.

Es war am frühen Samstagmorgen gewesen, als es an seiner Tür geschellt hatte. Er hatte geschlafen, war vom Dauerklingeln wach geworden. Zunächst hatte er nicht aufmachen wollen. Welcher Idiot klingelte morgens um halb sieben die Leute aus dem Bett? Und das am Wochenende?

Dann hatte er die Polizisten rufen hören, ihre Aufforderung, sofort die Tür zu öffnen, bevor sie sich gewaltsam Zutritt verschaffen würden.

Nur mit einer Boxer-Shorts bekleidet war er zum Eingang seiner Wohnung getaumelt, hatte den Summer gedrückt.

Keine zwei Minuten später hatten sie in seinem Flur gestanden, hatten ihn an die Wand gedrückt, ihm Handschellen angelegt.

»Kevin Tiersch? Ich verhafte Sie unter dem dringenden Tatverdacht, Denise Brämer getötet zu haben«, hatte der eine gerufen, während ein anderer ihm den Lauf seiner Waffe ins Gesicht gehalten hatte. Was sie dann noch alles gesagt hatten, hatte er nicht mehr mitbekommen. Er hatte sich reflexartig gewehrt. Er wollte nicht, dass diese Typen ihn anfassten, schon gar nicht mit ihnen mitgehen. Er hatte sie angeschrien, sie sollten sich verpissen. Zu alldem hätten sie kein Recht.

Er war bestens trainiert, hatte die Kraft und Masse sich zu widersetzen, ihnen das Leben ordentlich schwer zu machen.

Doch die Beamten waren gut ausgebildet, hatten den wütenden jungen Mann binnen Sekunden unter Kontrolle. Die Samthandschuhe hatten sie abgelegt.

Dann war er in ein Verhörzimmer auf die Neustädter Wache gebracht worden. Stundenlang hatten sie ihn befragt, ihm alle möglichen Dinge unterstellt. Zwischendurch hatte er kurz mit seiner Mutter sprechen dürfen.

»Sag nichts«, hatte sie gesagt. »Wir besorgen dir einen Anwalt.«

Irgendwann hatten sie ihn dann in eine Zelle gesperrt.

Die erste Nacht war schrecklich gewesen. Die zweite fast noch schlimmer. Er hatte angefangen zu pumpen, Liegestütz zu machen. So lange, bis er vor Erschöpfung auf dem kalten Betonboden eingeschlafen war.

Zwischendurch hatten sie ihn immer wieder zu Verhören abgeholt.

»Wo bleibt mein Anwalt? Dürfen Sie das überhaupt?«, hatte er sie angebrüllt.

»Sie haben einen Pflichtverteidiger abgelehnt«, hatte er die abgewrackte Kommissarinnenschlampe sagen hören.

Was hatte er?

»Was hab ich?« Sein Gesicht war rot angelaufen.

»Im Beisein Ihrer Mutter haben sie auf einen Pflichtverteidiger verzichtet. Erinnern Sie sich nicht? Sie waren sich einig, dass Sie von Ihrem Familienanwalt vertreten werden wollen.«

Kevin wusste gar nicht, dass sie so etwas hatten. Wofür auch?

»Und wo bleibt der?«

Die Beamtin hatte hilflos mit den Schultern gezuckt.

»Er scheint wichtigere Dinge zu tun zu haben. Telefonisch hat er uns immer wieder vertröstet. Obwohl wir ihm angekündigt haben, dann ohne sein Beisein mit den Befragungen anzufangen. Sie sollten sich das mit dem Rechtsbeistand noch mal überlegen«, hatte sie ihm geraten.

Und dann war er da gewesen. Hatte ein paar Dokumente auf den Tisch gelegt, mittels zehnminütigem Monolog auf die Ehrenfeld eingeredet und schlussendlich gesagt: »Anhand dieser Beweisführung ist mein Mandant binnen kürzester Zeit auf freien Fuß zu setzen. Sollte dies nicht geschehen, dürfen Sie sich auf ein kostspieliges Verfahren einstellen.«

Die Kommissarin war rot angelaufen.

»Zunächst müssen wir Ihre Anträge prüfen. Dann werden wir sehen«, hatte sie gesagt.

Er war zurück in die U-Haft gebracht worden.

Keine halbe Stunde später war er entlassen worden.

Der Anwalt hatte ihn in Empfang genommen. »Kommen Sie, ich fahre Sie nach Hause.«

Zunächst saß Kevin einfach nur da, schaute aus dem Beifahrerfenster und versuchte, seine Gedanken zu ordnen.

»Wo, verdammte Scheiße, waren Sie die letzten drei Tage? Was hat so lange gedauert?«, blaffte er dann los.

»Keine Ursache. Ich habe nur meinen Job gemacht. Bei der dürftigen Beweislage hätte man Sie nicht einmal verhaften dürfen. Ich kann Ihnen versprechen, dass es zu keiner Anklage kommen wird. Es ist also überstanden.«

Er hielt vor Kevins Wohnung und wies ihn mit einer unmissverständlichen Geste an auszusteigen. »Leben Sie wohl, Herr Tiersch.«

Vollkommen verdutzt über so viel Arroganz und Selbstgerechtigkeit blickte Kevin den sich entfernenden Rückleuchten des alten Jaguars hinterher.

Aber wo der Typ recht hatte, hatte er recht. Sie hatten keine Beweise gegen ihn. Er war safe!

*

*Wiesbaden*

Die junge Frau, die die Lounge des BKA betrat, lächelte sie freundlich an. »Frau Arnold? Würden Sie mir bitte folgen?«

Ann sah sie verdutzt an. »Wohin?«

»Die Herren haben mich geschickt. Sie warten schon so lange, da war die Frage, ob Sie bei der Führung nicht dabei sein möchten?«

Das stimmte. Sie saß nun seit anderthalb Stunden in der Lounge. Hätte sie das geahnt, hätte sie sich so lange Wiesbaden angeschaut.

Sie stand auf. »Das ist aber nett. Gern.«

Sie folgte der Mitarbeiterin durch den Empfangsbereich in einen der Fahrstühle. Nach ihrem Ausstieg liefen sie einen der schier endlosen Flure entlang.

Ann las mit Erstaunen die vielfältigen Bezeichnungen auf den Schildern an den Türen.

Als sie auf Marc trafen, der sich mitten in einem angeregten Gespräch mit einem älteren Herrn befand, sah sie es ihm gleich an.

Er strahlte vor Glück. »Ann! Du glaubst gar nicht, was hier alles unter einem Dach stattfindet.«

»Frau Arnold? Freut mich, Sie kennenzulernen.« Der Angestellte des BKA gab ihr die Hand.

Und dann gewährte er ihnen einen kleinen Einblick in die Welt der organisierten Verbrechensbekämpfung. Sie kamen durch verschiedene Laboratorien, sahen Räume gespickt mit Rechnern und besichtigten Werkstätten für die unterschiedlichsten Bereiche, wie Schusswaffen-, Werkstoff- oder Elektrotechnik.

Der Beamte öffnete die Tür zu einem Großraumbüro.

»Hier sitzen unsere Analysten.«

Ann drückte Marc aufmunternd den Oberarm. Der hatte ihn auch schon entdeckt. An einem der Computerplätze saß ein Mann im Rollstuhl und schaute hoch konzentriert auf seinen Bildschirm.

*

*Neustadt in Holstein*

Er hatte geduscht. Mindestens zwanzig Minuten lang. Einfach nur unter dem Strahl gestanden und sich darauf konzentriert, wie das Wasser seinen Körper hinunterlief.

Während er sich die Haare föhnte, begutachteten seine Augen, was ihm sein Spiegelbild bot. So sah man also aus, wenn man eine Zeit lang im Knast gewesen war.

Er versuchte, Veränderungen an sich zu entdecken. Die weichen dunkelblonden Haare schmiegten sich in Form einer kleinen Welle an die linke Kopfhälfte. Oberhalb der Ohren und im Nacken trug er sie kurz rasiert.

Er bewegte die Brust- und Oberarmmuskeln. Vielleicht sollte er sich noch ein Tattoo stechen lassen. Seinen linken

Oberarm zierte bereits ein blutendes Herz, seinen rechten ein Schwert.

Es müsste irgendwas sein, was dem Sieg über die Scheißbullen gerecht wurde.

Er fühlte sich stark. Gleichzeitig brodelte Wut in ihm. Wieso konnten die ihn einfach so wegsperren? Was bildeten die sich eigentlich ein?

Kevin zog sich an, schnappte sich seine Schlüssel und verließ das Haus. Es war an der Zeit, einige Dinge zu klären.

*

*Wiesbaden*

Sie hatten sich beeilen müssen, um den Zug noch zu bekommen. Eigentlich hatten sie vorgehabt, nach dem Vorstellungsgespräch gemütlich Essen zu gehen. Dass alles so lange dauern würde, damit hatten sie nicht gerechnet.

Jetzt saßen Ann und Marc in der dahingleitenden Bahn und ließen ihre Eindrücke Revue passieren.

»Unglaublich, oder?« Marc strahlte sie an.

»Ja, hat schon was.«

»Er hat gesagt, es gäbe mehrere Möglichkeiten. Er sähe mich bei den Analysten, könnte sich aber auch vorstellen, dass ich mich in der Toxikologie oder bei den Biologen und Chemikern gut machen würde – mit der entsprechenden Zusatzqualifikation natürlich.«

Ann lachte. »Ich hab doch gesagt, die sind scharf auf dich! Und? Weißt du schon, was du favorisierst?«

»Eigentlich hatte ich mich ja auf den chemischen Bereich eingestellt. Aber jetzt? Da gibt es so viel anderes Spannendes.«

»Wie seid ihr verblieben?«

»Die haben mir vorgeschlagen, ich könnte zunächst ein dreimonatiges Praktikum machen, würde dabei durch die relevanten Abteilungen gehen und ein paar Tage in die verschiedenen Berufe und Tätigkeiten reinschnuppern. Wenn ich mich entschieden habe, schauen wir, was an Zusatzqualifikationen notwendig ist. Vieles davon könnte ich sogar an ihrer eigenen Hochschule absolvieren, als duales Studium.«

»Hört sich super an. Oder ...?« Ann versuchte, in seinem Gesicht zu lesen.

»Ja, hört sich perfekt an.«

»Wann soll das Praktikum losgehen?«

»Wir haben den ersten März angepeilt. Sie wollen versuchen, mir bis dahin eine behindertengerechte Wohnung zu organisieren. Irgendwas, wo ich für drei Monate unterkommen kann. Muss ja nichts Dolles sein. Ich selbst werde auch mal gucken, was das Internet so hergibt.«

Ann schmiegte sich ganz dicht an ihn.

»Na dann ist es ja jetzt wohl vorbei mit deinem Lotterleben.«

»Sieht ganz so aus.«

Sie schauten aus dem Fenster, sahen im Wechsel dunkle Umrisse und grelle Lichter vorbeifliegen und hingen ihren Gedanken nach.

Spätestens morgen früh sollte sie ihm beichten, dass sie zügig weiterreisen würde – zurück nach Neustadt.

*

*Neustadt in Holstein*

Er fand seine Mutter in der Küche. Sie sprang auf, rannte auf ihn zu und umklammerte ihn.

»Kevin! Endlich. Warum hast du nicht angerufen? Wir hätten dich abholen können.«

Angewidert drehte er sich weg. Sie stank nach billigem Schnaps. »Wo ist er?«

Verstört guckte sie ihn an. »Wer denn?«

»Mein Vater.«

»Du weißt doch. Er braucht das ... für sich allein zu sein.«

Kevin schnaufte verächtlich.

Na klar, sein Sohn saß im Knast und der Alte ging wie gewohnt angeln. War nicht sogar gerade Schonzeit? Durfte der das überhaupt? *Den* sollte man einsperren!

Aber das war schon immer so gewesen. Sein Dad war gelernter Maurer, arbeitete von früh morgens an auf den unterschiedlichsten Baustellen. Wenn es als Maurer nichts zu tun gab, war er Anstreicher, Tapezierer, Fliesenleger oder nahm, was ihm sonst geboten wurde. Auch nach Feierabend. Mit Schwarzarbeit konnte man sich ordentlich was dazuverdienen.

Wenn er nicht malochen war, ging er angeln. Samstag- oder sonntagmorgens oder unter der Woche abends. Selbst jetzt, Anfang Februar. Die Flüsse und Seen waren zwar nicht zugefroren, aber gab es da überhaupt was zu holen?

Kevin fragte sich oft, wie seine Eltern es geschafft hatten, ihn und seine beiden Brüder zu zeugen. Letztere waren lange aus dem Haus und um einiges älter als er.

Auch Kevin war froh gewesen, endlich ausziehen zu können.

Er sah seine Mutter an. Ihre Augen waren glasig, ihre Finger zitterten leicht – eine erbärmliche Gestalt. Es war mal besser, mal schlimmer. Das emotionalen Tief, das sie heute auslebte, gehörte zu der Kategorie abartig. Sein Vorrat an Mitleid war längst aufgebraucht.

»Wo hattest du den her, den Anwalt? Der war gut. Wusste gar nicht, dass wir solche Kontakte haben.«

Sie antwortete mit einem schiefen Lächeln, nestelte nervös an der Wachstischdecke.

»Hab dir doch gesagt, ich besorg einen – einen guten.«

»Gib mir seine Nummer.«

Erschrocken sah sie ihn an.

»Was? Warum? Was willst du denn ...?«

»Die mach ich fertig. Das lass ich mir nicht gefallen! Die meinen wohl, die können machen, was sie wollen? Nicht mit mir. Dafür dürfen die zahlen. Lang und schmutzig!«

Tatjana Tiersch schnappte nach Luft. Ihre Augen waren vor Angst geweitet. Ihre Gedanken stolperten durch ihr vernebeltes Gehirn. Sie wusste nicht, was sie sagen sollte. Sie musste diesen Wahnsinnigen stoppen.

»Was? Wieso? Was hat er dir erzählt?« Sie taumelte durch die Küche, rang nach den richtigen Worten. Der Schnaps erschwerte die sprachliche Umsetzung ihrer konfusen Gedanken.

Erstaunt und verständnislos beobachtete Kevin die Reaktion seiner Mutter. *Jetzt ist sie total durchgeknallt,* dachte er. *Wie konnte man so ne Scheißangst vor den Bullen haben?*

Plötzlich drehte sie sich um, mit einer Geschwindigkeit, die er ihr in ihrem Zustand gar nicht zugetraut hätte, und packte ihn an den Oberarmen. Wie eine Wilde schüttelte sie ihn durch. Zumindest versuchte sie es.

Dabei schrie sie: »Du wirst gar nichts tun, hörst du? Du wirst einfach deine verdammte Klappe halten. Vergiss das alles! Vergiss das Mädchen. Sei froh, dass du da raus bist! Halt einfach deine Füße still, leb dein Leben und sei glücklich. Versprich es mir!«

Ihr irrer Blick machte ihm Angst, zugleich empfand er ihren Auftritt als unerträglich. »Sag mal, spinnst du? Du hast ja nicht mehr alle Tassen im Schrank!« Brutal stieß er sie von sich weg. Sie konnte sich gerade noch am Küchentisch abfangen, ließ sich schluchzend auf einen Stuhl sinken.

»Reicht der Schnaps nicht mehr? Was schmeißt du dir sonst noch ein? Du machst mich krank! Wenn du mir seine Nummer nicht geben willst, besorg ich sie mir eben selbst.«

Resigniert schüttelte sie den Kopf und murmelte: »Was hab ich nur getan? Mit Geld hatten wir noch nie Glück. Was hab ich mir nur dabei gedacht?«

Als sie den Kopf hob und ihn ansah, war er erstaunt, wie klar ihr Blick war. Mit ernstem Gesichtsausdruck und vollkommen ruhig sagte sie mit leiser Stimme: »Wenn du nur ein Fünkchen Verstand in deinem Kopf hast, lässt du es auf sich beruhen. Mit diesen Leuten legt man sich nicht an.«

Er runzelte die Stirn, unsicher, was er darauf antworten sollte. Dann machte er eine abwertende Bewegung mit der Hand.

»Du leidest ja unter Verfolgungswahn. Was bitte soll schon passieren, wenn ich mir das auszahlen lasse, was mir zusteht?«

Kreischend und völlig überraschend rannte sie auf ihn zu. Ihre Fäuste prasselten auf ihn nieder, auf seine Brust, auf seine Arme, auf all die Stellen an die sie spontan rankam.

»Du hast doch keine Ahnung. Du wirst uns alle umbringen.«

Er floh aus der Küche, über den Flur in Richtung Ausgang. Er hörte, wie sie hinter ihm her schrie.

»Das lässt du sein. Hörst du? Ich verbiete es dir!«

Draußen vor der Tür holte er tief Luft. Die war ja vollkommen irre! Er sollte seine Brüder anrufen.

Das alles änderte nichts daran, dass er versuchen würde, an sein Geld zu kommen. Die Telefonnummer des Anwalts bekam er sicherlich auch von der Polizei.

Es war ein wenig schwieriger gewesen, als gedacht. Nicht, die Kontaktdaten der Kanzlei zu erhalten – das nicht. Wie vermutet, hatte er die problemlos von der Polizei bekommen.

Die Kanzlei aber verweigerte ihm partout die Auskunft über die Telefonnummer des Anwalts.

Also hatte er sich zwei ganze Tage in der Nähe des Kanzleigebäudes herumgetrieben, bis der Jaguar des Typen endlich auftauchte.

Als der arrogante Anzugträger aussteigen wollte, versperrte Kevin ihm den Weg.

»Was ist das Ganze wert? Wie viel kann ich rausschlagen?«

Man konnte nicht behaupten, dass der kleine, hagere, blasse Mann erschrocken wirkte, als Kevin sich vor seiner Autotür aufbaute. Allein eine seiner Augenbrauen zeigte eine Reaktion der Überraschung, indem er sie nach oben zog.

»Herr Tiersch. Wie ich sehe, haben Sie sich ein wenig erholen können.« Seine Stimme war dünn, wirkte irgendwie bedrohlich.

Unbeirrt stand der Anwalt auf, unbewusst machte Kevin einen Schritt zurück. Ihm war der seltsame Kerl nicht geheuer.

»Ich will Geld! Und Sie helfen mir dranzukommen.«

Der kleine Mann hatte sich seinem Wagen zugewandt, um eine, auf dem Beifahrersitz liegende Aktentasche herauszuziehen.

Er wirkte nicht sehr interessiert.

Er schloss die Autotür, drehte sich um und ging ein paar Schritte in Richtung Kanzlei.

Dann blieb er stehen, blickte zurück und sah Kevin direkt in die Augen. »Sind Sie sich sicher, Herr Tiersch, dass Sie das wirklich wollen?«

Sein Blick ließ Kevin schaudern. Mann, der Typ hatte bei den Attributen sympathisch, warmherzig und menschlich echt nicht hier geschrien.

»Sind Sie sich wirklich bewusst, was Ihr Handeln für Konsequenzen hätte?«

»Was ... was soll schon passieren? Meinen Sie, die buchten mich wieder ein oder was?« Kevin wollte nicht stottern. Trotzdem war sein fester Entschluss Unsicherheit gewichen.

Kurze Zeit meinte er, eine Art überraschte Nachdenklichkeit im Gesicht des Anwalts ausmachen zu können.

»Ich habe Ihnen doch gesagt, gesetzt den Fall, dass Sie keine Dummheiten begehen, hat die Polizei keine Handhabe gegen Sie.«

Erleichtert atmete Kevin tief ein. »Eben. Und Sie haben dieser dümmlichen Kommissarin doch gesagt, dass es teuer werden könnte, wenn die mich noch länger festhalten würden. Und Sie haben außerdem gesagt, dass die mich wegen der dürftigen Beweise gar nicht so lange hätten einbuchten dürfen! Das ist doch ... Freiheitsberaubung! Da lässt sich doch was machen, oder? Sie sind doch mein Anwalt! Lassen Sie uns die verklagen. Die Scheiß-Bullen! Für Sie springt bestimmt auch was dabei raus.«

Die Gesichtszüge des Anzugträgers hatten sich längst wieder in die gewohnt teilnahmslos arroganten gewandelt. Oder war die Überraschung, die Kevin wahrgenommen haben wollte, nur Einbildung gewesen?

Der Anwalt drehte sich von ihm weg und ging mit festem Schritt auf das Gebäude zu.

»Ich bin nicht Ihr Anwalt. Lassen Sie's gut sein. Seien Sie froh, dass man Ihnen nichts nachweisen konnte.«

*

*Rerik*

Ann hatte angefangen zu packen. Die Tage mit Marc waren wie ein kurzes, erholsames Durchschnaufen gewesen, wie einmal Energie tanken. Lotte hatte sie auf dem Laufenden gehalten, hatte ihr gleich erzählt, dass Kevin aus der Untersuchungshaft entlassen worden war.

Ihre Freundin verstand die Welt nicht mehr. Klar – sie wusste ja auch nichts von dem Video. Ann dagegen sah sich bestätigt. Sie konnte sich einfach nicht vorstellen, dass Kevin in der Lage gewesen wäre, Denni in den Kopf zu schießen, kaltblütig und geplant, um es dann aussehen zu lassen, als ob ein Psycho-Freak sein Unwesen getrieben hätte.

Sie stopfte gerade ihren Kulturbeutel in den Koffer, als ihr Handy sich meldete.

»Du musst sofort kommen«, hörte sie Lotte sagen. »Renata liegt im Krankenhaus. Kevin hat sie niedergeschlagen!«

# Kapitel 9

*Neustadt in Holstein*

Stunden später saßen sie im Flur der Neustädter Klinik und hofften auf positive Neuigkeiten. Bislang wussten sie nur, dass Renata eine Kopfverletzung erlitten hatte und nicht ansprechbar war.

»Erzähl mir noch mal alles, was du weißt«, sagte Ann leise.

Lotte seufzte. »Sie sind sich zufällig begegnet – denke ich. Auf dem Parkplatz des Supermarkts. Was dann passiert ist, kriege ich selbst nicht zusammen. Fest steht, dass sie irgendwie aneinandergeraten sind. Ob er sie angegriffen hat? Ich weiß es nicht. Am Ende hatte sie diese Kopfverletzung. Sie soll gegen eine Laterne geknallt sein.«

»Wo ist Kevin jetzt?«

»Den soll die Polizei mitgenommen haben.«

»Woher hast du das alles? Wer hat dich benachrichtigt?«

»Der alte Herr Brämer. Er ist fix und fertig. Er wusste sich nicht zu helfen. Und da wir uns so gekümmert hatten … Er hat doch auch noch seine kranke Frau! Er ist der Meinung, Kevin wäre absichtlich auf seine Tochter losgegangen. Mittlerweile ist der alte Herr nicht mehr davon abzubringen, dass Kevin seine Enkelin auf dem Gewissen hat. Brämer fragt sich, warum Kevin überhaupt freigelassen wurde. Ich mich ehrlich gesagt auch.«

»Gab es Zeugen?«

»Bestimmt. Zumindest kursieren Gerüchte, wonach nicht Kevin Renata angegriffen haben, sondern sie auf ihn zugestürzt sein soll. Sie soll wie wild rumgeschrien haben. Andere wiederum behaupten, er hätte sie brutal gepackt und gegen die Laterne gestoßen – ohne ersichtlichen Grund. Ich hoffe, die Polizei kann das klären und ihn endlich drankriegen.«

Ann konnte verstehen, dass Renata verzweifelt war. Sie hatte ihr einziges Kind verloren, und dann noch auf eine so brutale Weise. Der einzige Verdächtige wird nach ein paar Tagen wieder freigelassen. Wie musste sich das anfühlen?

Und plötzlich läuft Kevin ihr über den Weg. Vielleicht noch gut gelaunt, mit den Leckereien fürs Wochenende in den Tüten. Wer würde da nicht durchdrehen? Ob es von ihm nur eine ungeschickte Abwehrreaktion gewesen war? Warum sollte er sie mit Absicht verletzen wollen? Vor den Augen aller Leute? Damit konnte er sich doch nur Ärger einhandeln.

Die Tür öffnete sich und der alte Brämer und ein Arzt traten aus dem Zimmer.

»Bislang können wir keine organischen Ursachen dafür feststellen. Es stehen zwar noch ein paar Ergebnisse aus, ich bin aber überzeugt, dass auch die keine nennenswerten Schäden zeigen werden«, hörten sie den Arzt sagen. Er verabschiedete sich und eilte den Flur entlang.

Ann und Lotte standen auf und schauten Dennis Opa fragend an.

»Sie spricht nicht. Sie reagiert kaum noch«, wandte der sich verzweifelt den beiden zu. »Sie starrt einfach vor sich hin. Sie will nichts essen, trinkt nicht. Ich weiß nicht, was wir mit ihr machen sollen. Der Arzt meint, es wäre nichts Organisches. Die Kopfwunde sei nicht so schlimm, von der leichten Gehirnerschütterung könne das nicht kommen. Er meint, es wäre psychosomatisch und rät zu einer Therapie. Vielleicht könnt ihr ...? Vielleicht reagiert sie ja auf euch?«

Doch leider erwies sich diese Hoffnung als falsch. Trotz intensiver Bemühungen der beiden Freundinnen änderte sich an Renatas Zustand nichts. Sie schien in eine andere Welt abgetaucht zu sein, in der sie nichts und niemand mehr erreichen konnte.

Deprimiert traten Ann und Lotte wenig später den Heimweg an.

Es verbreitete sich wie ein Lauffeuer: Sie hatten Kevin freigelassen – zum zweiten Mal! Die ganze Stadt nahm Anteil an Dennis und Renatas Schicksal. Es war *das* Gesprächsthema. Viele hielten ihn für den Täter und empörten sich über seine Entlassung.

Ann tigerte unruhig in Lottes Wohnzimmer umher.

»Wir sollten uns mehr auf das Steuerbüro Plaunberg konzentrieren.«

Entsetzt sah Lotte von ihrem Frühstück hoch.

»Sag nicht, du hältst Kevin immer noch für unschuldig?«

»Sagen wir's mal so: Ich finde es etwas früh, ihn zu verurteilen und alle anderen Spuren zu ignorieren.«

Ann musste daran denken, dass Lotte nach wie vor nichts von dem Video wusste. Irgendwann würde sie ihr davon erzählen müssen.

Lotte schnaubte abwertend. »Ich halte das für Zeitverschwendung.«

»Dann gib mir mal seine Handynummer.«

»Welche Handynummer?«

»Die von Kevin.«

»Warum das denn?«

»Ich werd mich mit ihm treffen.«

»Ha! Na dann, viel Erfolg. Der trifft sich eh nicht mit uns. Der wird nicht mal ans Telefon gehen. Das Spielchen kennen wir doch schon.«

»Wir werden sehen. Gib schon her.«

Lotte kramte ihr Handy aus der Tasche und schickte Ann die Nummer. Dann ging sie in den kleinen Flur, zog sich Mantel und Schuhe an und öffnete die Wohnungstür. Im Rahmen drehte sie sich noch einmal um.

»Mach keine Dummheiten, Ann. Der Typ ist gemeingefährlich.«

Als Lotte sich auf den Weg zur Arbeit gemacht hatte, tippte Ann die Nachricht an Kevin in ihr Handy. Nach dem zehnten Versuch, überzeugende Zeilen zu verfassen, und dem zehnten Löschen schrieb sie: »Wir müssen reden«, und drückte auf ›senden‹.

Sie hatte das Gerät noch nicht auf der Tischplatte abgelegt, als der Ton eine eintreffende Nachricht verkündete.

Überrascht las sie: »Um zehn bei mir.«

Damit hatte sie nun wirklich nicht gerechnet.

Jetzt stand sie schon zum zweiten Mal innerhalb kürzester Zeit vor seiner Wohnungstür. Es war ein frostiger Morgen. Der Himmel zeigte ein tristes Grau und schien einiges an Niederschlägen bereitzuhalten. Ann hoffte auf Schnee, statt auf den prophezeiten Eisregen. Sie klingelte.

Nervös rieb sie sich die kalten Hände. Ihre Finger waren trotz der Handschuhe wie abgestorben.

Als sie den Knopf der Klingel erneut drücken wollte, ertönte der Summer und sie schlüpfte hinein.

Langsam stieg sie erst den einen, dann den zweiten Treppenabsatz hinauf. Als sie den Kopf hob, sah sie ihn. Er stand im Türrahmen. Sie verlangsamte ihre Schritte, blieb ein paar Meter vor ihm stehen.

Ohne einen Ton zu sagen, drehte Kevin sich um und ging in das Appartement. Zögerlich folgte sie ihm.

Seine Wohnung war klein, die Inneneinrichtung nur zu erahnen. Es herrschte das absolute Chaos. Überall lagen Kleidungsstücke, Pizzaschachteln, dreckiges Geschirr, Papiere, dazwischen ein paar Elektrogeräte, ein Tablet, Handys, eine Powerbank, mehrere Ladekabel. Ann konnte durch eine weitere Tür in das Schlafzimmer sehen. Hier war es nicht anders. Das Bett ungemacht, Berge von dreckiger Wäsche auf dem Boden. Man konnte fasst meinen, er wäre überfallen, seine Wohnung durch Unbekannte verwüstet worden.

Er selbst sah fertig aus, stand mittendrin, ließ die Schultern hängen, wirkte hilflos. Das ignorante, selbstsichere Auftreten von dem Kerl aus der Mucki-Bude war verschwunden.

*Was nichts heißt. Sei auf der Hut!*

Ann stand unschlüssig da, eingepackt in ihrer dicken Winterdaunenjacke und den Boots, mit Handschuhen und Mütze. Ihr wurde allmählich warm.

»Ich wollte das nicht«, stieß er unerwartet hervor. »Sie kam plötzlich auf mich zu. Hat mich beschimpft, auf mich eingeschlagen. Alle haben geguckt. Was sollte ich denn machen?«

*Was er anderes hätte machen sollen, als ihr den Kopf einzuschlagen? Das fragt er jetzt nicht wirklich, oder?*

Er ließ sich nach hinten auf sein Sofa fallen, ungeachtet der Tatsache, dass dort, neben einigem anderen Gerümpel, ein alter, zugeklappter Pizzakarton lag. Ann verdrängte das Bild von schmierigen, grün bepilzten Essensresten.

»Du meinst Renata?« Sie streifte sich Handschuhe und Mütze ab und fing an, ihre Jacke aufzuknöpfen.

Er nickte. »Ich wollte sie doch nicht verletzen. Gott sei Dank hat das mein Anwalt auch so gesehen. Die Bullen würden mich nur zu gern wegsperren! Verdammte Scheiße! Was ist nur los?« Verzweifelt rieb er sich mit seinen Händen das Gesicht.

Ann legte ihre Sachen auf die Spitze eines Bergs aus Kleidungsstücken, der auf einem Stuhl entstanden war, schob auf dem Zweisitzer diverses Zeug zur Seite und setzte sich ihm gegenüber.

Sie seufzte. »Sie ist nicht schlimm verletzt. Zumindest nicht äußerlich. Der Tod von Denni macht sie krank. Nicht zu wissen, wer das getan hat und warum, bringt sie um. Du kannst ihr helfen. Was ist mit Denni passiert?«

Erschöpft blickte Kevin ihr in die Augen.

»Ich weiß es nicht. Es ist alles ein einziger Albtraum.«

»Hat sie dir von der Weihnachtsfeier erzählt?«

Er schüttelte den Kopf. »Nicht, was da wirklich passiert ist. Aber sie war komisch danach. Sie hat sich eingeigelt, wollte mich tagelang nicht sehen, meinte, sie hätte viel zu tun. Erst dachte ich, sie wär sauer auf mich. Dann schien alles wieder okay.«

»Wann hast du erfahren, dass sie weg wollte?«

»Ich weiß nicht mehr genau. Vor drei Wochen ungefähr? Sie kam an und fragte, ob ich nicht mal raus wollte, weg von hier. Zunächst war ich echt überrascht. Ich dachte immer, sie wäre diejenige von uns beiden, die nie von zu Hause weggehen würde – allein schon wegen ihrer Ma.«

»Ihr habt also nicht gestritten? Auch nicht, als du erfahren hast, dass sie woanders einen Arbeitsvertrag unterschrieben hatte?«

»Als sie mir von Reutlingen erzählt hat, dass sie einen neuen Job hätte, dort im Mai anfangen würde, hat's mich schon umgehauen. Ich dachte: Fuck, was soll das denn jetzt? Hab ich auch noch was zu sagen, oder ist ihr meine Meinung egal? Für sie schien das alles ganz easy. Es müsste doch nicht für immer sein. Wir könnten gucken, ob es uns da gefällt. Und wenn nicht, dann ziehen wir eben weiter, bis wir irgendwo sind, wo's richtig cool ist, meinte sie. Irgendwann war dann klar, dass sie erst mal allein runtergehen würde. Wenn alles passt, würde ich nachkommen – vielleicht.«

»Vielleicht?«

»Hey, Mann! Klar war ich gern mit ihr zusammen, aber nach nem halben Jahr zusammenziehen? Wegen ihr hier alles hinschmeißen, den Job aufgeben ...? Und was, wenn es nicht geklappt hätte? Ich war mir da nicht so sicher. Und sie? Sie machte nicht den Eindruck, als ob meine Entscheidung für sie sonderlich zählte! Das Wichtigste schien zu sein, von hier wegzukommen – mit mir oder ohne mich.«

»Was schon ziemlich egoistisch und verletzend war.«

»Tja, so ist das nun mal. Wie sagt man so schön? Das Leben ist kein Ponyhof. Aber sie deswegen umbringen? Für wie bekloppt halten mich hier eigentlich alle? Was sollte ich denn davon haben?«

*Das gute Gefühl, ihr gezeigt zu haben, dass man so was mit dir nicht ungestraft macht.*

»Hat es dich gar nicht gewundert, dass das so plötzlich kam? Dass sie vorher nie darüber gesprochen hat, wegziehen zu wollen? Oder hat sie?«

»Nee, kein Wort. Das kam urplötzlich. Sie meinte, sie hätte gekündigt. Sie hätte die Schnauze voll von den aufgeblasenen Lackaffen in ihrer Firma. Und wenn sie schon vor einem Wechsel stünde, warum nicht gleich ganz woanders neu anfangen? Ich wusste, dass sie nicht glücklich war in ihrem Büro, insbesondere was die Kollegen anging. Jetzt weiß ich auch warum. Diese Scheiß-Wichser. Hätte sie nur einen Ton gesagt. Denen hätte ich die Fresse poliert!«

*Deswegen hat sie es wohl nicht getan,* dachte Ann. »Hat sie irgendwann mal erwähnt, dass das Steuerbüro, sagen wir mal, dass die Geschäfte nicht ganz sauber sind? Dass dort irgendjemand krumme Dinger dreht?«

Kevin schien angestrengt nachzudenken und zuckte dann mit den Schultern. »Kann mich nicht erinnern. Aber das hätte Denni nie mitgemacht.«

Ann schwieg und überlegte, was der nächste sinnvolle Schritt sein könnte.

Seine Augen weiteten sich. »Du meinst, *die* waren das? Die haben sie zum Schweigen gebracht, weil sie Dreck am Stecken haben? Ich werd verrückt. Hast du nur so ein Gefühl oder nen konkreten Verdacht? Wir müssen mit der Polizei reden …!«

»Die Polizei meint, da gibt's nichts. Es gäbe keine auffälligen Geldtransfers, also sieht sie auch keinen Grund zu ermitteln.«

Wieder schwieg sie nachdenklich.

Ihr Gefühl sagte ihr, dass Kevin unschuldig war. Aber was zählte schon ihr Gefühl? Das letzte Mal, als sie sich darauf verlassen hatte, hätte sie das beinahe mit dem Leben bezahlt.

*Richtig! Und deswegen sind wir dieses Mal vorsichtiger. Vertrau ihm nicht, hörst du?*

Unauffällig musterte sie ihr Gegenüber. Der starrte auf seine Hände und schien seinen eigenen Gedanken nachzuhängen. Sie versuchte, sich vorzustellen, wie Kevin vor Denni stand: die Waffe in der Hand, kaltblütig abdrückte, die Leiche auszog, verlud, im Kieswerk drapierte, alles mit dem schwarzen Klebeband in Szene setzte. Nein, irgendwie passte das nicht.

*Bei der Sache in Rerik hättest du dir auch nicht vorstellen können, dass sie eine so grausame Wendung nehmen würde. Aus Fehlern lernen, kann Leben retten …*

*Lass mich. Ich weiß, was ich tue,* dachte sie und versuchte gleichzeitig, die Erinnerungen an den letzten Sommer zu verdrängen. »Wieso haben sie dich so lange dabehalten?«

»Was?«

»Du warst drei Tage in U-Haft. Wieso hat die Polizei dich so lange festhalten können, wenn sie nichts gegen dich in der Hand hatte?«

»Gute Frage. Glaub mir, die hab ich mir spätestens nach achtundvierzig Stunden auch gestellt. Sie hatten aber nichts. Anscheinend war ich einfach ihre einzige Option. Für die reichte, dass ich Denni am Abend vor ihrem Tod angerufen hatte, und der Umstand, dass sie Neustadt verlassen wollte. Beste Voraussetzungen für eine Beziehungstat. Sie wollten mich weichklopfen, haben gehofft, auf meinem Computer Beweise zu entdecken, dass ich mir ne Waffe besorgt habe. Weitergebracht hat sie das nicht. Ich aber bin jetzt abgestempelt. Oder glaubst du, irgendeiner aus diesem Kaff hält mich noch für unschuldig – nach drei Tagen Knast? Selbst die Jungs fangen an zu zweifeln. Ich merk das doch.«

Er tat ihr leid. Sie konnte kaum verhindern, dass die Habenseite der Sympathiepunkte für ihn ständig wuchs.

*Du tust es schon wieder! Wider besseren Wissens lässt du dich einlullen. Hätte er kein Gewaltpotenzial, würde Renata nicht im Krankenhaus liegen!*

»Was hat die Polizei dir erzählt, wie Denni gestorben ist?«

Ann sah die Verwirrung in seinem Blick.

»Was meinst du? Sie ist erschossen worden.«

»Und sonst?«

*Ann, was soll das? Du wirst ihn nicht mit dem Video oder Details daraus konfrontieren! Verdammt noch mal. Du bist allein hier! Keiner wird dir helfen.*

»Was, und sonst? Hör zu, ich weiß nicht, worauf du hinaus willst. Sie haben meine Bude auf den Kopf gestellt, nach einer Waffe gesucht, meinen Computer gecheckt, um nachzuweisen, dass ich mir eine besorgt habe. Sie haben mein Auto nach Blut- und Geweberückständen untersucht, haben meinen Müll auf links gedreht, haben jede Quittung durchgelesen, insbesondere Belege aus dem Baumarkt fanden sie höchst interessant –, als ob man Schusswaffen im Baumarkt kaufen könnte. Nichts!«

Ann zögerte, fasste dann einen Entschluss, von dem sie hoffte, ihn nicht bereuen zu müssen.

*Ich fass es nicht! Natürlich wirst du das bereuen. Das Muskelschnittchen wird dir das Handy wegnehmen und dir den Schädel einschlagen.*

»Sie haben dich nicht über die ... Art und Weise befragt, *wie* Denni aufgefunden wurde?«

Das Unverständnis in seinem Blick wurde immer größer. »Art und Weise? Tot. Erschossen. Von Arbeitern im Kieswerk gefunden. Das ist das, was man mir erzählt hat. Mehr kann ich dir nicht sagen, ich war ja nicht dabei. Ich glaube, ich war überhaupt noch nie in so einer verdammten Kiesgrube!« Nachdenklich beobachtete er sie. »Was ist los? Du weißt doch was!«

Unschlüssig drehte sie ihr Handy zwischen den Fingern hin und her.

*Tu's nicht. Das wäre glatter Selbstmord!*

»Kevin, das, was ich dir jetzt zeige – du musst mir schwören, es für dich zu behalten. Ich bin eine der wenigen, die von diesem Material Kenntnis hat. Und die Polizei hält die Infos nicht ohne Grund zurück. Wer diese Details kennt, war am Tatort. Frag mich nicht, wie ich da drangekommen bin. Ich bin angehende Journalistin, penetrant und notorisch neugierig.«

Sie aktivierte ihr Telefon, rief den Film auf.

*Ich versteh's nicht. Dir muss doch klar sein, wie gefährlich das hier für uns werden könnte ...*

»Ich muss dich vorwarnen. Es wird schwer sein hinzusehen.«

Dann hielt sie ihm das Gerät hin und drückte auf ›Abspielen‹.

Sie saß ihm gegenüber und beobachtete jede seiner Regungen, jedes noch so kleine Zucken in seinem Gesicht.

In den ersten Sekunden sah sie Ratlosigkeit und Verunsicherung. Er runzelte die Stirn. Dann konnte sie sehen, wie die Erkenntnis einschlug, wie er begriff, was die Bilder ihm offenbarten. Seine Muskeln fingen an zu zucken, seine Bewegungen wurden fahrig. Er fuhr sich immer wieder mit der linken Hand durch das volle Deckhaar. Ann hörte seine Atemzüge, schwer und immer schneller. Sein Gesicht verriet unglaubliche Fassungslosigkeit, Schock, dann Schmerz. Je länger der Film lief, desto unruhiger wurde er. Er schien kurz davor, das Handy wegzuwerfen, konnte seinen Blick jedoch nicht abwenden.

Als das Video stoppte, starrte er auf das Standbild. Es zeigte Dennis blasses Gesicht in Nahaufnahme, das ausgefranste Loch in ihrer Stirn, die vor Nässe klebrigen Haare und das schwarze, um ihren Kopf gewickelte Panzerband.

Er ließ das Handy auf den Tisch gleiten, sein Oberkörper wippte minimal vor und zurück. Ann sah, wie seine Kiefermuskeln arbeiteten.

*Zugegeben: eine reife Schauspielleistung.*

Beide sagten eine gefühlte Ewigkeit lang nichts.

Als er urplötzlich und ohne Vorwarnung aufsprang, laut brüllend, die Hände zu Fäusten geballt, und durch die Gegend lief, fuhr der Schreck durch ihren Körper, dass ihr Herz schmerzte.

Er rannte aus dem Zimmer.

Sie hörte ihn schreien, mit den Fäusten gegen die Wände schlagen.

Gedanklich ging sie seine Reaktionen noch mal durch. Konnte das alles gespielt sein? Wenn ja, war er verdammt überzeugend. Sie wollte das einfach nicht glauben. Sie musste sich entscheiden. Entweder hielt sie ihn für unschuldig, dann hätte sie einen wertvollen Mitstreiter bei der Suche nach dem Täter, oder sie misstraute ihm, dann sollte sie jetzt gehen.

*Gehen! Du solltest jetzt gehen!*

*Hör auf dein Bauchgefühl. Die Indizien sprechen für seine Unschuld. Du hättest einen wichtigen Verbündeten. Keiner war enger mit Denni zusammen im letzten halben Jahr,* konterte der Teil in ihr, der ihm vertrauen wollte. Sie spürte, wie es eng wurde in ihrer Brust. Sie fühlte die Angst. Was, wenn sie genau den gleichen Fehler wieder beging? Der falschen Person vertraute? Wenn sich alles wiederholte?

Ihr gesunder Menschenverstand war damals gestorben, in dem Erdloch, an der Steilküste, in Rerik.

Sie horchte. Das Schreien und Schlagen hatte aufgehört.

Sekunden später erschien er im Türrahmen. Seine Hände zitterten, seine Augen waren gerötet. »Von wem?«

Ann sah ihn verständnislos an.

»Wer hat diese verschissenen Aufnahmen von ihr gemacht?«

»Illegal besorgt. Von der Polizei«, log sie.

»Ich versteh das alles nicht. Wozu? Warum haben sie das mit ihr gemacht? Was soll der ganze Scheiß denn?«

»Hast du das schwarze Panzerband gesehen?«

Er nickte. »Sie war total zugeklebt damit. Einfach nur krank!«

»Sie war nicht wahllos zugeklebt. Man hat ihr ganz bewusst eine Hand auf das Auge, eine Hand auf das Ohr geklebt und dann ihren Mund mit einem X aus zwei Streifen Panzerband verschlossen.«

Irritiert schaute Kevin erst in Anns Gesicht, dann auf das Handy. Er zögerte. Man sah, dass er überlegte, ob er sich den Film noch mal anschauen sollte.

»Du darfst mir glauben. Das war kein Irrer. Das war nicht im Affekt. Das war von langer Hand geplant und als Botschaft, als Warnung an irgendjemanden gedacht.«

Ihr Herz raste. Jetzt war es raus. Sie hatte sich entschieden. Sie würde ihm vertrauen, ihn mit einbeziehen.

*Ein Fehler. Das war definitiv ein extrem dämlicher, lebensgefährlicher Fehler!*

Sie hustete. Ihr Hals war so trocken! Sie konnte kaum schlucken.

Nein, nur das nicht. Jetzt keine Panikattacke. Bitte nicht.

Obwohl sie saß, merkte sie, wie ihre Beine nachgaben. Sie zitterte am ganzen Körper. Das Zimmer verschwamm vor ihren Augen. Ihr wurde schwindelig.

»Oh mein Gott, Ann! Du musst total ausgetrocknet sein. Hier, trink«, hörte sie die ekelig süßliche Stimme sagen – ganz leise hallten die Worte durch ihr Gehirn und doch waren sie so grausam präsent.

*Das ist nicht real,* dachte sie. *Das ist alles nur in deinem Kopf. Du bist in Sicherheit.*

Sie hatte Mühe, aufrecht sitzen zu bleiben, fing an, nach Luft zu schnappen.

»Eine Botschaft? Das ist doch irre. Was sollte denn das ...? He, alles in Ordnung?« Kevins Stimme kämpfte sich den schweren Weg in ihr Bewusstsein.

Verschwommen sah sie, wie jemand auf sie zukam und sich neben sie hockte.

Dann umhüllte sie grenzenlose Dunkelheit.

Etwas nasses, kaltes lag auf ihrer Stirn. Irritiert griff danach. Es war ein triefendes, mit Wasser getränktes Geschirrtuch. Vorsichtig drehte sie den Kopf. Um sie herum herrschte das absolute Chaos.

»Mann, hast du mich erschreckt! Passiert dir so was öfter? Ich war kurz davor die Rot-Weißen zu rufen. Hast du heute überhaupt schon was gegessen?«

Kevin hockte sich neben sie. Er hatte ihr die Beine hochgelegt, indem er einfach einiges von dem herumliegenden Gerümpel zu einem Berg zusammengeschoben und ihre Füße darauf abgelegt hatte.

Vorsichtig setzte sie sich auf. Sie fühlte sich matt und kraftlos.

»Ich bin froh, dass du wieder unter den Lebenden weilst. Ich weiß nicht, was passiert wäre, wenn sie ausgerechnet bei mir eine bewusstlose Frau gefunden hätten. Ich wär wahrscheinlich direkt wieder eingefahren. Hier, vielleicht trinkst du erst mal was.« Unsicher lächelnd hielt er ihr ein Glas hin.

Sie starrte auf seine Hand, auf das Glas darin – unfähig, es anzunehmen. *Das ist doch verrückt,* dachte sie. *Du bist doch paranoid! Jetzt nimm dieses Glas!* Aber ihr Arm wollte einfach nicht gehorchen.

*Es geht nichts über eine gesunde Portion Selbstschutz.*

»Wie lange war ich weg?«, fragte sie stattdessen.

»Nicht lang. Ein, zwei Minuten – wenn überhaupt.« Er stellte das Glas ab und ließ sich neben ihr auf den Boden sinken. »Also, was glaubst du, hat das alles zu bedeuten? Warum hat man Denni umgebracht und so seltsam hergerichtet? Was meintest du eben mit dieser Botschaft?«

»Du hast den Film gesehen. Wer, glaubst du, ist in der Lage, einem Menschen von vorn in die Stirn zu schießen, die Leiche dorthin zu transportieren, sie auszuziehen, die Kleidung fein säuberlich zu einem Stapel zusammenzulegen, die symbolträchtigen Fixierungen der Hände vorzunehmen und zu verschwinden, ohne verwertbare Spuren zu hinterlassen?«

Kevins Blick verriet Ratlosigkeit.

»Ich glaube, wir sind uns einig, dass das kein Mord im Affekt war, oder? Hierzu brauchte es einen Plan und einiges an Vorbereitung.«

Er nickte.

»Und auch wenn man sich auf die Tat noch so vorbereitet hat, glaube ich, würde man es vermeiden, dem Opfer dabei ins Gesicht zu sehen. Warum sollte man sich das auch antun? Es ist doch viel einfacher, es von hinten zu erschießen. Vor allen Dingen, wenn man das Opfer kennt. Da gäbe es Skrupel, Zweifel, Ängste ... Was also sagt uns das über den Täter?«

Kevin schien nun extrem konzentriert. »Das er besonders grausam ist? Kaltblütig, gefühllos?«

»Wenn man persönlich involviert ist, und Mord ist im Allgemeinen eine sehr persönliche Sache – er geschieht aus Eifersucht, Rache, Verzweiflung, also aus hochemotionalen Gründen –, dann ist der Tötungsakt an sich nur schwer von diesen Gefühlen zu trennen.«

Kevin konnte nicht folgen. »Äh, ja. Und das heißt?«

»Ich glaube nicht, dass der Mörder Denni persönlich kannte.«

»Du meinst, der große Unbekannte war's? So was wie ein Serienmörder auf der Durchreise, und Denni war sein Zufallsopfer? Dann können wir das Büro Plaunberg ausklammern«

»Wohl kaum. Denni war auch kein Zufallsopfer. Denk daran, dass man sie, unter dem Vorwand, du wolltest dich mit ihr treffen, aus dem Haus gelockt hat. Nein, ich glaube, der Mörder kannte sie nicht, aber der, der den Mord in Auftrag gegeben hat! Es muss jemand sein, der über genügend Mittel verfügt, um einen Profikiller bezahlen zu können. Der Auftraggeber muss zudem in der Lage sein, so jemanden überhaupt ausfindig zu machen. Also, ich wüsste jetzt nicht auf Anhieb, wo man einen Killer herbekommt. Auf ›Handwerker.de‹ stehen die wohl eher nicht.«

Kevin ließ sie reden, hing gespannt an ihren Lippen.

»Und wenn wir dann noch davon ausgehen, dass der Einsatz des Panzerbandes nicht dem Fetisch eines durchgeknallten Auftragsmörders geschuldet ist, sondern eine Botschaft darstellt, dann wird folgendes klar: Es gibt noch jemanden, der zum Opfer werden könnte, jemand, der besser schweigen sollte, bevor er der Nächste auf der Liste des Killers wird. Außerdem heißt das, dass sowohl Denni als auch das potenziell nächste Opfer über Wissen verfügen. Wissen, das dem Auftraggeber gefährlich werden könnte.«

Triumphierend sah Ann Kevin an. »Jetzt müssen wir nur noch rausfinden, auf wen diese Attribute zutreffen, dann haben wir ihn!«

Ann stocherte in ihrem Kartoffelpüree herum. Das Tablet stand aufgestellt vor ihr auf dem Tisch. Ihre Paderborner

Mitbewohnerin Marie war via Skype zugeschaltet, Lotte nach wie vor arbeiten.

Mit Marie konnte Ann über alles reden. Ihr hatte sie von dem Video erzählt – und auch von den Panikattacken.

»Wenn du mit deiner These über den Auftragsmord recht hättest, wäre das echt nicht ohne! Du solltest ab jetzt extrem vorsichtig sein, Ann. Deine Recherchen könnten dich der Wahrheit« – das ›wieder mal‹ dachte sie sich – »näher bringen, als dir lieb ist.«

»Jetzt komm mir nicht damit, ich solle alles der Polizei überlassen. Dieses *Powerpaket* von Kommissarin hat mich angeschaut, als sei ich von einem anderen Stern, als ich ihr meine Theorie erläutert habe.«

»Was willst du also tun?«

»Erst mal ein bisschen analytisch denken. Das ist vollkommen ungefährlich, das geht bequem vom Küchentisch aus«, sagte sie grinsend.

»Na dann: Ich bin ganz Ohr!«

»Über wen könnte Denni, und mindestens noch *eine* weitere Person, so viel brisantes Wissen angehäuft haben, dass derjenige zu derart unglaublichen Maßnahmen greift? Wer hat das Geld und die Möglichkeit, einen Profi zu engagieren? Das sind die beiden Fragen, die wir uns stellen sollten.«

»Okay, gehen wir alle nacheinander durch. Erstens: die Familie.«

»Extrem unwahrscheinlich. Kein Geld, weder bei den Großeltern, noch bei Renata. Außerdem könnte die tausend Leichen im Keller haben, Denni hätte nie etwas getan, was ihrer Mutter geschadet hätte. Und umgekehrt auch nicht.«

»Zweitens: Kevin.«

»Die Polizei konnte ihm nichts nachweisen. Weder die Anschaffung einer Waffe, noch die Kontaktaufnahme mit einem Auftragsmörder. Woher sollte er auch das Geld haben? Und nicht zu vergessen: An wen wäre die Warnung gerichtet?«

»Er könnte die Panzerband-Aktion als Täuschungsmanöver initiiert haben, um von sich abzulenken. Und wer weiß, ob er dir die Wahrheit über Reutlingen erzählt hat. Bislang kennst du dazu nur seine Version. Möglich wäre doch, dass Denni ihm längst den Laufpass gegeben hatte. Das konnte er nicht ertragen, schmiedete einen grausamen Plan und führte ihn eiskalt aus: Wenn er sie nicht haben kann, dann auch kein anderer.«

»Stimmt. Bleiben die fehlenden Spuren und die Frage, wie er es gemacht hat. Außerdem glaube ich immer weniger, dass er in der Lage wäre, Denni von vorn in die Stirn zu schießen. Dazu ist er nicht der Typ.«

Ann merkte, dass Marie darauf etwas erwidern wollte, es dann aber sein ließ. Sie wusste auch so, was es war. Sie hatte schon einmal daneben gelegen, für ihre Gutgläubigkeit bezahlen müssen.

»Weiter: Wie wäre es mit dem Büro Plaunberg. Der Chef persönlich? Oder einer seiner Mandanten? Hast du inzwischen was über die beruflichen Konditionen rausfinden können? Unterliegen Steuerberater einer Schweigepflicht?«

»Definitiv! Alle Steuerberater und sogenannte Steuerbevollmächtigte sind an die berufliche Schweigepflicht gebunden. Laut der Strafprozessordnung gilt für sie diesbezüglich sogar ein besonderes Aussage-Verweigerungsrecht.«

»Und was ist, wenn man als Steuerberater mitbekommt, dass der eigene Mandant krumme Dinger dreht, den Staat betrügt? Muss man das melden?«

»Nein, im Gegenteil. Der Steuerberater ist dem Mandanten verpflichtet, nicht dem Finanzamt. Er ist angehalten, seinen Mandanten immer bestmöglich zu beraten, das heißt unter Umständen, dass er ihm fallbedingt sogar von einer Selbstanzeige abraten müsste. Ein Beispiel: Bekäme der Steuerberater Kenntnis von nicht versteuerten Einnahmen auf Schweizer Bankkonten seines Klienten, müsste er, aufgrund des Schweizer Bankgeheimnisses, seinem Mandanten abraten sich anzuzeigen, da das sogenannte Entdeckungsrisiko extrem gering wäre. Würde der Berater trotzdem zur Selbstanzeige raten, könnte er sogar auf Schadensersatz verklagt werden. Andersherum sollte der Bevollmächtigte seinen Mandanten natürlich über die Folgen und das zu erwartenden Strafmaß aufklären, falls eine *erhöhte* Entdeckungsgefahr gegeben ist – der Mandant eine Selbstanzeige aber ablehnt. Einfacher gesagt: Es kommt immer darauf an, wie hoch die Wahrscheinlichkeit ist, erwischt zu werden.«

»Das heißt, der Steuerberater kann strafrechtlich nicht verfolgt werden, wenn sein Mandant den Staat bescheißt? Obwohl er quasi Mitwisser ist?«

»Richtig. Der, dem das Vermögen gehört, der, der die Steuererklärung unterschreibt, der ist letztendlich verantwortlich und kann zur Rechenschaft gezogen werden.«

»Und was ist, wenn du da als Steuerberater nicht mitmachen, nicht weggucken *willst*? *Darfst* du den Mandanten anzeigen?«

»Nö. Du unterliegst der Schweigepflicht. Sollte der Berater dagegen verstoßen und gegen den Willen seines Mandanten eine Anzeige erstatten, würde er sich nicht nur regresspflichtig, sondern auch strafbar machen. Eine Ausnahme gäbe es nur, wenn der Steuerberater an den Geschäften persönlich beteiligt wäre, für seinen Mandanten die Erklärung unterschriebe. Dann gilt er nicht mehr als Berater, sondern als persönlich involviert.«

»Puh, das heißt: Für Denni wäre es gar nicht so einfach gewesen, Steuerhinterzieher anzuschwärzen.«

»Richtig. Es gibt natürlich den Weg der anonymen Anzeige. Man stupst die Steuerfahndung unauffällig drauf, ohne selbst in Erscheinung zu treten. Die gucken sich das an, und ...?! Aber das ist schwierig. Heutzutage lässt sich alles nachvollziehen: E-Mails, Telefonate. Das Risiko aufzufliegen und selbst belangt zu werden wäre ziemlich hoch.«

»Es gibt ja immer noch die altmodische Methode: Zettel in Briefkasten.« Marie grinste verwegen. »So, wie du sie mir beschrieben hast, denke ich, Denni hätte bestimmt etwas unternommen, oder? Ihr Gewissen hätte sie nicht schlafen lassen.«

»Das würde sicherlich noch mehr zutreffen, wenn sie herausbekommen hätte, dass die Mitarbeiter der Firma Plaunberg von höchster Stelle dazu angehalten würden, ihre Mandanten dahingehend zu beraten, dass die möglichst viel Geld an Vater Staat vorbeischaffen können – abseits der legalen Wege. Und das ist mit Sicherheit gesetzwidrig. Ich glaube nämlich nicht, dass es ihnen erlaubt ist, aktive Hilfe zur Steuerhinterziehung zu leisten.«

»Das mag sein. Aber, wie willst du das beweisen? Wie hätte Denni das beweisen sollen? Der, der die Steuererklärung unterschreibt, ist verantwortlich und kann haftbar gemacht werden. Kein anderer. Klar, kannst du den Steuerfuzzi verklagen, wenn er dich falsch beraten hat. Aber dann steht Aussage gegen Aussage. Und die Mandanten, die Dreck am Stecken haben, werden nicht so dämlich sein und ihre Berater an den Pranger stellen – das käme einem wirtschaftlichen Suizid gleich.«

»Du hast recht. Außerdem sind die vom Büro Plaunberg garantiert nicht so doof und bieten illegale Geschäftsmodelle schriftlich an. Das passiert im vertraulichen Gespräch, im stillen Kämmerlein. Dennis Aussage hätte gegen die der anderen gestanden. Sie hätte keinerlei Beweise gehabt. Ein sinnloses Unterfangen.«

Beide schwiegen einen Moment.

Mist! Dabei würde es einfach zu gut passen. Es ginge um Wirtschaftskriminalität. Es wäre ausreichend Geld da, um einen Auftragsmord abzuwickeln. Es gäbe die anderen Kollegen, an die die Warnung gerichtet sein könnte.

»Es sei denn, sie hätte Handymitschnitte von internen Gesprächen – Audioaufnahmen, die belegen, dass der Senior-

Chef sie zu illegalen Geschäftspraktiken auffordert.« Maries Konterfei blickte sie triumphierend vom Monitor aus an.

Anns Augen fingen an zu leuchten! Ja, das konnte es sein!

»Und wenn man bedenkt, dass das Handy von Denni der einzige Gegenstand ist, der fehlt und von dem es immer noch keine Spur gibt!«

»Ich glaube, ich muss mich dringend in Steuerangelegenheiten beraten lassen. Am Besten von Kollege Maas.«

# Kapitel 10

Ann hatte mehrfach versucht, Fiete Maas zu erreichen. Telefonisch – über den Empfang des Steuerbüros. Doch die freundliche Stimme des Etuikleids hatte sie immer wieder vertröstet. Herr Maas sei in Terminen, in Besprechungen, außer Haus. Sie habe ihm aber ausgerichtet, dass Ann ihn sprechen wolle, und er würde sich melden, sobald es ihm möglich wäre.

*Blablabla ...*

Sie konnte den perfekt geschminkten, dauerlächelnden Mund lautlos an sich vorüberschweben sehen.

Seufzend wandte sie sich ihrem Notebook zu, ließ sich im Internet die Nummer der Hilfsorganisation ›Frauen contra Gewalt‹ anzeigen. Eine Spur, die sie nicht vollkommen außer Acht lassen wollte.

Dieses Mal hatte sie Glück und konnte noch für den gleichen Tag einen Gesprächstermin vereinbaren.

Drei Stunden später saß sie der Frau gegenüber, die ihr schon auf dem Friedhof aufgefallen war.

Mit Ruhe und aus der Nähe betrachtet, sah ihre fast weiße Haut aus, als sei sie aus Porzellan, ebenmäßig und edel – ein Meisterwerk Meißner Handwerkskunst.

»Es ist wirklich schrecklich. Wir haben so oft mit Gewalt gegen Frauen zu tun, aber das?« Der streng gezeichnete Mund der Figur seufzte. »Was kann ich für Sie tun, Frau ...?«

»Arnold, Johanna Arnold. Denni und ich, also Frau Brämer und ich, waren eng befreundet. Erst in letzter Zeit, durch Studium und Beruf, haben wir uns ein wenig aus den Augen verloren. Vieles aus dem letzten Jahr ihres Lebens war überraschend neu für mich. Ich würde gern nachvollziehen können, was sie umtrieb. Verstehen Sie?«

Trotz ihrer steifen, porzellanartigen Struktur wippten die roten Haare ihrer Gesprächspartnerin, als diese nickte. Um ihrer ausufernden Fantasie keinen Raum mehr zu geben, senkte Ann den Blick auf ihre Hände.

*Gut so. Konzentrier dich auf dein Anliegen,* hörte sie Eigils Stimme.

*Du hast gut reden. Hast du sie dir mal angeschaut? Als wäre sie einem Gemälde entsprungen.*

Laut sagte sie: »Ich wusste nicht, dass Denni sich in Ihrer Organisation engagiert hat. Seit wann war sie denn bei Ihnen? Und was hat sie so gemacht?«

Vorsichtig riskierte sie einen Blick. Das Prozellanartige war zwar immer noch da, die Mutation zu einem wirklich merkwürdigen Ding aber schien gestoppt.

Die Frau lächelte. »Seit wann? So ganz genau kann ich Ihnen das gar nicht sagen. Es war ein eher schleichender Prozess. Es ist schon ein paar Jahre her, da hat sie ab und zu geholfen, wenn wir beim alljährlichen Fischereifest Kuchen verkauft haben. Auch durch wen sie den Kontakt zu uns gefunden hat, ist mir momentan nicht präsent. Häufig passiert so etwas durch Freunde oder Verwandte. Wie dem auch sei: Im letzten Jahr wurden ihre Besuche häufiger, sie packte mit an, wenn sie Zeit hatte, kümmerte sich um einige organisatorische Dinge hinter den Kulissen. Dann, es muss ein gutes halbes Jahr her sein, wollte sie sich mehr einbringen, suchte Kontakt zu den Opfern, also den Frauen, denen wir zu helfen versuchen. Uns hat das sehr gefreut. Sie hatte ein besonderes Gespür, konnte sich gut in die komplexen Problematiken hineinversetzen.«

»Wie muss ich mir so etwas vorstellen?«

»Manchmal reicht ein Gespräch, manchmal braucht es praktische Dinge: die Vermittlung von Rechtsberatern, Psychologen, bis hin zur Unterbringung in einem Frauenhaus.«

»Was hat Denni genau gemacht? Sie war ja nicht speziell geschult, oder?«

»Nun, sie war sehr jung und nein, sie war nicht dementsprechend ausgebildet. Ihre Aufgaben lagen mehr im Bereich der vertrauensbildenden Maßnahmen. Es gibt unglaublich viele Regeln und Gesetze, die man zu beachten hat. Man möchte die Situation der Geschädigten ja verbessern und nicht noch komplizierter machen. Sie hatte Kontakt zu zwei, drei jungen Frauen. Sie haben sich getroffen, haben über die Lebenssituation der Hilfesuchenden gesprochen. Es braucht ein hohes Maß an Vertrauen. Denise hat das gut gemacht. Natürlich haben wir nach jedem Treffen besprochen, ob und welche Maßnahmen eingeleitet werden sollten. Oft ging es aber nur darum, für die Frauen da zu sein, ihnen zuzuhören.«

Die glänzenden, kobaltblauen Porzellanaugen beäugten Ann wie zwei polierte Murmeln.

»Gibt es da nicht häufig Ärger, oder besser ausgedrückt: Probleme mit wütenden Ehemännern? Ich kann mir nicht vorstellen, dass die Gewalttäter den Kontakt zu Ihrer Organisation gut heißen.«

»Das kommt immer auf den Einzelfall an. Manchmal sind die Beteiligten sogar froh, dass wir uns eingeschaltet haben, wenn mithilfe eines Psychologen oder anderer Maßnahmen die allgemeinen Bedingungen für alle verbessert werden können. Aber – ich gebe Ihnen recht. Häufig, bei Gewalt in der Partnerschaft, sieht es der dominante Mann als Affront an, wenn seine Frau über diese Dinge spricht, sich uns anvertraut. Deshalb wägen wir hier auch ganz besonders ab, ob und wann es Sinn macht, den Gefährder einzubeziehen, und wann es besser ist, diesen Kontakt geheim zu halten. Opferschutz hat oberste Priorität.«

»Aber es gibt sie, die Zwischenfälle mit wütenden Partnern?«

»Sicher. Auch das passiert. Bisher waren es eher Verbalattacken oder Drohungen. Die schmerzhaften Konsequenzen hat, wie so oft, die betroffene Frau zu tragen.«

»Und gegenüber Denni? Gab es dort auch mal so was – eine Verbalattacke?«

Die Rothaarige schwieg. Ihren Blick konnte Ann nur schwer deuten, aber sah sie das richtig, bekam die feine Porzellanhaut etwa Risse?

*Bleib dran. Lass dich nicht abspeisen.*

»Kommen Sie, das wurden Sie von der Polizei sicherlich auch gefragt, oder? Was haben Sie denen gesagt?«

Der faszinierende Glanz der Puppenaugen trübte mehr und mehr ein. Fast milchig starrten sie Ann ins Gesicht.

Nach weiteren Sekunden des Schweigens war die Antwort zurechtgelegt: »Wie ich eben ausgeführt habe: Bei den Hilfesuchenden, die mit Denise direkten Kontakt hatten, handelte es sich um junge Frauen, die lediglich das Gespräch zu einem Unbeteiligten suchten. Die Bedingungen, aus denen diese Mädchen kommen, sind sicherlich nicht einfach, geschweige denn schön, aber auch nicht lebensbedrohlich. Hätten die Gespräche eine Gefahr für Frau Brämer oder aber das Opfer dargestellt, hätten wir sofort Maßnahmen ergriffen und beide aus der Schusslinie gebracht.«

Die Rothaarige stockte, als sie merkte, dass ihre Wortwahl nicht unglücklicher hätte sein können.

»Haben Sie der Polizei die Namen verraten? Von den Frauen, mit denen Denni in Kontakt stand?«

Ihre Gesprächspartnerin stand auf. Ihre Größe war wirklich imponierend. »Hören Sie, diese drei Frauen haben absolut nichts mit dem Tod von Denise zu tun. Das kann ich Ihnen versichern. Die Tat steht in keiner Beziehung zu den

Vorkommnissen im Hause der Geschädigten. Gott sei Dank sieht die Polizei das ebenso. Denn Ermittlungen in Umfeld der Frauen hätten verheerende Konsequenzen. Alles, was sie bislang mühsam erreicht haben, wäre in Gefahr. Und das, ohne dass es dem Fall von Frau Brämer irgendwie nutzen würde.«

Ann stand zögernd auf. »Ich verstehe. Trotzdem vielen Dank, dass Sie sich die Zeit genommen haben«, war alles, was sie noch sagen konnte, bevor sie sich verabschiedete. Mehr würde sie hier wohl nicht erfahren.

Draußen zog sie sich die Kapuze über ihre Wollmütze. Es war dunkel, die Tage waren ungnädig kurz zu dieser Jahreszeit. Der gerade einsetzende Graupelschauer machte den Untergrund glitschig. Sie stellte sich Schutz suchend in einen Hauseingang, holte ihr Handy hervor und rief Kevin an.

»Sag mal, hat Denni mal was davon erzählt, dass es Ärger gab, mit dem wütenden Ehemann einer jungen Frau, zu der sie durch ›Frauen contra Gewalt‹ Kontakt hatte?«

»Ja. Aber das ist Wochen her. Hatte ich total vergessen.«

»Was ist genau passiert?«

»Irgendwie hat der Typ rausgekriegt, dass Denni sich mit seiner Frau getroffen hat. Muss ihr wohl nachgegangen sein. Er ist auf die beiden zu und hat lautstark rumgebrüllt. Denni meinte noch, sie hätte eine Scheiß-Angst gehabt. Irgendwie konnten sie ihn dann beruhigen. Sie erzählte, sie hätte ihm vorgeflunkert, seine Frau durch Zufall kennengelernt und sich mit ihr angefreundet zu haben. Ich weiß noch, wie nervös sie in den Folgetagen war, weil sie Repressalien für die junge Frau befürchtet hat.«

»Und?«

»Keine Ahnung.«

»Hat sie sich noch mal mit ihr getroffen?«

»Ich denke schon. Sie hat nie viel von den Gesprächen erzählt.«

»Das heißt, du weißt keine Namen?«

»Nein. Glaubst du, einer der Schläger war's?«

»Puh, keine Ahnung. Möglich wär's. Ich weiß nur nicht, ob die Ausführung der Tat ins Profil passt. Ich stelle mir häusliche Gewalt eher im Affekt vor: Ihm passt was nicht, er muss Dampf ablassen, also prügelt er auf sie ein. Selbst wenn es einer von denen gewesen sein sollte, und er, statt Denni totzuprügeln, eine Schusswaffe benutzt hätte, um sie aus seinem Leben zu entfernen ... wozu der Aufwand mit dem Klebeband?«

»Er macht ein Foto, zeigt es seiner Frau und verhindert so, dass sie weitere Freundschaften schließt. Nichts sehen, nichts hören und schon gar nichts ausquatschen.«

»Hätte zur Einschüchterung nicht auch ein Foto der Toten, ohne die aufwendige Inszenierung gereicht? Nach dem Motto: Hier, so enden alle, zu denen du Kontakt aufnimmst.«

»Vielleicht ein gewalttätiger Ehemann mit einem besonderen Fetisch.«

»Vielleicht.« Möglich war vieles. Die Frage war: Wie kamen sie an die Namen der betroffenen Frauen heran?

Kevin fuhr wie von Sinnen. Er hatte gesehen, was das Feuer angerichtet hatte. In ihm gab es nur den einen Gedanken: Er musste seinen Vater finden! Hinter Oevelgönne bog er in die schmale, kurvige Straße ein, die ihn zum Süseler See führen würde. Nach dem Fischereihof, vor der Neunziggradkurve, bremste er den Wagen abrupt runter. Der fing an zu schlingern. Temperaturen um den Gefrierpunkt hatten die Straßen glatt werden lassen. Hier in der Senke ganz besonders. Als aufmerksamer Autofahrer hätte er das verdächtige Glitzern bemerken können. Aber er war nicht aufmerksam – er war wie versteinert. Der Wagen brach aus, rutschte mit den Hinterreifen auf den Grünstreifen und beinahe wäre er von der schmalen Straße abgekommen. Doch er bekam das Gefährt wieder unter Kontrolle.

Er fuhr viel zu schnell in den Seeweg, zum Gewässer, zum Süseler See hinunter und kam nach ein paar Metern des unkontrollierten Rutschens mitten auf dem kleinen, matschigen Platz zum stehen. Der Wagen seines Vaters stand ordentlich geparkt am hinteren Ende. Er schaltete den Motor aus, blieb sitzen und starrte, ohne etwas zu sehen, geradeaus. In seinem Kopf toste es. Er hatte Angst vor dem Moment, in dem er seinem Vater gegenüberstehen würde. Er brachte die grausame Nachricht. Mit ihm kam der Tod.

Ann hatte lange geschlafen. Nachdem die Albträume sie in der Nacht davon abgehalten hatten, war sie in den Morgenstunden erschöpft in einen komaähnlichen Zustand verfallen. Mittlerweile war es später Samstagnachmittag, Lotte hatte bis mittags Dienst gehabt und war danach gleich zum Geburtstagskaffee ihrer Mutter gefahren.

Bislang hatte Ann vergeblich auf den Rückruf von Fiete Maas gewartet. Der wollte oder konnte sich scheinbar nicht bei ihr melden, seine Privatnummer hatte sie nicht. Ihn ausfindig zu machen, ohne zu wissen, in welcher Stadt er zu Hause war, wäre zeitraubend und wahrscheinlich zum Scheitern verurteilt. Also ließ sie es. Sie würde sich bis Montag gedulden.

So erschlagen, wie sie sich auch fühlte, untätig herumsitzen gehörte nicht zu ihrer Lieblingsdisziplin. Wenn es mit der Spur ›Steuerbüro‹ schon nicht weiterging, wollte sie wenigstens in der Sache ›wütende Ehemänner‹ vorankommen.

Seit gestern Abend zermarterte sie sich den Kopf, wie sie an die Namen der drei Frauen herankommen könnte, die bei Denni Hilfe gesucht hatten. Von der Organisation bekam sie die nicht, so viel war klar. Zumindest nicht freiwillig.

Sie müsste einen unbeaufsichtigten Blick in deren Computer werfen können. Nur ganz kurz …

Da klingelte es an der Wohnungstür.

Sie öffnete und sah sich zwei uniformierten Polizisten gegenüber.

»Charlotte Peters?«

»Nein, die ist nicht da. Kann *ich* Ihnen vielleicht helfen?«

»Frau Peters befindet sich wo?«

»Bei ihren Eltern. Ihre Mutter hat Geburtstag.«

»Und Sie sind?«

»Johanna Arnold. Frau Peters und ich sind befreundet. Ich bin auf Besuch. Ist was passiert?«

Der Polizist sah kurz und fragend zu seinem Kollegen, der die Notizen auf dem Display seines Handys studierte, dann hochsah und bestätigend nickte.

»Befindet sich ein gewisser Kevin Tiersch bei Ihnen? Oder haben Sie Kenntnis davon, wo er sich aufhalten könnte?«

»Nein. Warum? Was ist denn los?«

»Wir dürfen uns sicherlich kurz selbst davon überzeugen«, sagte der eine, schob Ann energisch zur Seite und betrat die Wohnung.

Vollkommen verdutzt sah sie dabei zu, wie die beiden Beamten die Räume inspizierten.

»Weshalb suchen Sie nach ihm?«

»Wann haben Sie ihn das letzte Mal gesehen, und wo?«

»Gestern, bei ihm zu Hause.«

»Wie hat er da auf Sie gewirkt?«

»Äh, also etwas müde und geschafft, denke ich. Er schien sich große Vorwürfe zu machen, wegen der Sache mit Renata, also Frau Brämer. Außerdem belastet ihn der Tod seiner Freundin und dass man ihn verdächtigt, sie umgebracht zu haben. Alles in allem schien er schon bessere Tage gehabt zu haben. Warum?«

»Hat er während Ihres Zusammenseins in irgendeiner Art und Weise über seine Eltern gesprochen?«

»Seine Eltern? Nein.«

»Und heute hatten Sie noch keinerlei Kontakt? Telefonisch, per Social Media, Mail oder Ähnlichem?«

»Nein. Könnte ich bitte mal erfahren, warum Sie das alles wissen wollen?«

»Herr Tiersch steht im dringenden Verdacht, seine Eltern getötet zu haben. Sollten Sie also wissentlich verschweigen, wo er sich aufhält, machen Sie sich strafbar.«

»Seine Eltern ... sind tot? Das kann doch nicht sein. Wie? Wann?«

»Sollten Sie Kenntnis zum Aufenthaltsort von Herrn Tiersch erhalten, melden Sie das bitte unverzüglich. Wir wissen nicht, was gerade in ihm vorgeht und wer noch alles in Gefahr schwebt. In Ihrem eigenen Interesse!«

»Wie meinen Sie das? Wie sind seine Eltern denn ums Leben gekommen?« Verstört blickte Ann von einem zum anderen. »Wie kommen Sie überhaupt darauf, er könnte hier sein?«

»Durch Ihren doch sehr regen telefonischen Kontakt der letzten Tage.« Er hielt Ann eine Visitenkarte hin. »Und halten Sie sich für weitere Befragungen zur Verfügung.«

Dann drehten sich die beiden Beamten um und verließen die Wohnung.

Ann stand völlig perplex in der Mitte des Raums.

Kevins Eltern tot? Verwirrt versuchte Ann, sich den Vater vor Augen zu führen. Sie hatte ihn nur einmal kurz gesehen, auf der Beerdigung. An sein Aussehen konnte sie sich, so sehr sie sich anstrengte, nicht erinnern.

Und Kevin sollte sie getötet haben?

Gestern hatte er nicht gewirkt, als hätte er vor, seine Familie auszulöschen. Was war passiert? Hatte sie sich wirklich so getäuscht? War Kevin doch der gestörte Killer und brachte, warum auch immer, nach und nach die ihm nahestehenden Menschen um?

*Du bist einfach viel zu gutgläubig.*

Sie nahm ihr Handy zur Hand, suchte nach seiner Nummer und starrte auf die Zahlen.

*

*Bremen*

Den Wagen hatte er stehen lassen. Kevin wusste nicht einmal mehr genau wo. Er hatte das Gefühl, jemand anderes hätte von seinem Körper Besitz ergriffen, würde ihn steuern. Er selbst hatte sich in eine dunkle Höhle, tief im Innern seines Unterbewusstseins zurückgezogen. Erst war er Kilometer um Kilometer zu Fuß gelaufen, dann in einen Bus eingestiegen. Im Bahnhof von Lübeck hatte er ein Ticket gekauft und sich in den Zug nach Bremen gesetzt. Dort angekommen saß er nun schon seit Stunden auf einer der Hartschalenbänke des Bahnhofs und wartete darauf, dass sein Geist die Kontrolle über seinen Körper wiedererlangen würde.

*

*Neustadt in Holstein*

Den Gedanken, Kevin anzurufen, hatte Ann sofort wieder verworfen. Stattdessen wählte sie Lottes Nummer.

»Hast du doch noch Lust auf Torte? Komm vorbei, es ist genug da.« Sie klang vergnügt.

»Die Polizei war eben hier.«

»Ach ja? Was wollten sie? Haben sie Dennis Mörder?«

»Sie suchen Kevin. Seine Eltern wurden umgebracht. Sie verdächtigen ihn.«

Einen kurzen Moment war es still in der Leitung.

»Was?« Lotte hauchte die Frage mehr, als dass sie sie aussprach. »Das gibt's doch nicht.«

»Ich kann's auch nicht glauben.«

»Wie sind sie denn ...?«

»Keine Ahnung. Wollte die Polizei mir nicht sagen.«

»Und jetzt? Hast du versucht, ihn zu erreichen?«

»Nein.«

»Ist vielleicht auch besser.«

»Kennst du jemanden von seinen Leuten? Hat er einen guten Freund, einen besten Kumpel?«

»Jonas.«

»Jonas wer?«

»Nachname weiß ich nicht. War auf unserer Schule. Ich glaub eine Stufe über uns. Ich kann mal rumfragen.«

»Mach das.«

»Die Polizei wird ihn sicherlich schon kontaktiert haben.«

»Mag sein. Kannst du mir deinen Log-in für die *Lübecker Nachrichten* geben? Ich guck mal, ob die schon was über die beiden Morde gebracht haben.«

»Klar.«

*

*Bremen*

Es dämmerte, als Kevin bei Noah vor der Tür stand. Sein Kopf war wieder einigermaßen klar, die Geschichte bereitgelegt. Als sein Kumpel die Tür öffnete und ihn erstaunt ansah, brachte Kevin sogar ein Lächeln zustande.

»Alter! Was bringt dich denn her?«, fragte Noah sichtlich überrascht.

»Hab Stress zu Hause. Brauchte mal ne Luftveränderung. Hab mir spontan ein paar Tage Urlaub genommen. Hast du ne Sofaritze für'n alten Kumpel, Bro?«

»Ja sichi. Schwing deinen Arsch rein.« Lachend klopfte Noah ihm auf die Schulter. »Kein Gepäck?«

»War ne echt spontane Sache.«

»Ich leih dir was von meinem Zeug.«

Ein paar Stunden später hatte Kevin alle Erinnerungen an das Geschehene in einem großen See aus Wodka und Kräuterschnaps versenkt.

*

*Neustadt in Holstein*

Ann loggte sich ins E-Paper der *Lübecker Nachrichten* ein und durchforstete die aktuellen Meldungen der Ostholsteinischen Region.

Sie brauchte nicht lange zu suchen.

›Familientragödie – Täter flüchtig‹ las sie. Daneben war das Foto eines völlig heruntergebrannten Einfamilienhauses abgebildet – das der Familie Tiersch.

Hastig überflog sie den Text: »... Mutter des Verdächtigen tot im ausgebrannten Haus aufgefunden ... Brandstiftung sehr wahrscheinlich ... Leiche des Vaters am Ufer des Süseler Sees ... beliebte Stelle für Angler ... Polizei konnte diverses belastendes Beweismaterial in der Wohnung des Verdächtigen, des jüngsten Sohns der Familie sicherstellen, darunter auch Brandbeschleuniger ... mutmaßlicher Täter auf der Flucht ...«

Sie las den Artikel immer und immer wieder. Laut Bericht hatte Kevin zunächst seine Mutter umgebracht und dann das Haus angezündet. Seinen Vater habe er durch gewaltsam herbeigeführtes Ertrinken getötet.

»Unfassbar«, murmelte sie.

*Total durchgeknallt.*

*Warum? Was bringt einen Menschen dazu, so was zu tun?*, dachte sie. Gestern, bei ihrem Treffen mit Kevin, hatte sie nichts davon kommen sehen.

*Der ist Amok gelaufen. Vollkommen krank.*

Abends um halb acht saßen Lotte und Ann vor dem Fernseher und sahen sich die Zusammenfassung der Ereignisse im regionalen Nachrichtensender an. Das Moderatoren-Pärchen gab sich tief betroffen, erzählte im Grunde das, was Ann schon aus dem Zeitungsartikel wusste. Sie zeigten ein Foto von Kevin samt Fahndungsaufruf. Seinen Wagen – darin auch sein Handy – hatte man, ein paar Kilometer vom Fundort der Leiche des Vaters entfernt, verlassen aufgefunden. Wer sachdienliche Hinweise zum Hergang der Taten oder zum Verbleib des Verdächtigen machen könne, möge sich bei der zuständigen Dienststelle – die Telefonnummer wurde eingeblendet – oder dem Sender melden.

»Warum und wie auch immer – damit wäre ja wohl klar, dass er auch Denni umgebracht hat«, sagte Lotte. »Ich hätte nie gedacht, dass der so gestört ist.«

Ann schwieg. Sie fühlte eine wahnsinnig große Ratlosigkeit in sich.

*

Der Sonntag verlief unspektakulär. Lotte und Ann waren zu Renata ins Krankenhaus gefahren, hatten ihr gut zugeredet, ihre Hand gehalten, einfach nur dagesessen. Dennis Mutter schien sie nicht wahrzunehmen, starrte an ihnen vorbei ins Leere und schwieg.

Danach hatten sie sich zum Haus der Familie Tiersch aufgemacht, oder zu dem, was davon übrig war. Absperrband und Warnschilder sollten Neugierige daran hindern, die Ruine zu betreten. Zunächst hatten sie ratlos davor gestanden, dann versucht, Kontakt mit den Nachbarn aufzunehmen. Von denen wollte jedoch keiner mit ihnen reden. Die meisten öffneten nicht einmal die Tür. Zu viel Presse, zu viele Sensationslüsterne hatten sie schon belästigt.

Lotte hatte den besten Freund von Kevin ausfindig machen können – Jonas –, der ihnen, auch schon ziemlich genervt und extrem wortkarg, mitteilte, er wisse nicht, wo Kevin stecke.

Also hatten es sich die beiden Freundinnen vor Lottes Fernseher gemütlich gemacht und eine Serie nach der anderen geschaut, sich mit Chips vollgefuttert und diese mit einer großen Menge Zuckerlimonade heruntergespült: Hauptsache Ablenkung. Lotte war es leid, sich ständig mit Mord und Todesfällen zu beschäftigen, Ann dagegen versuchte ihr Gehirn vom analytischen Denken abzuhalten. Ohne detailliertes Wissen, ohne Kevin befragt zu haben, ohne alle Fakten über die drei Morde zu kennen, würde sie sich nur im Kreis drehen. Sie würde zulassen, dass ihr Gefühl die Oberhand bekäme. Und ihr Gefühl, die Morde und Kevin – das ging einfach nicht zusammen. Also lieber gar nicht denken.

Nach sechs Stunden Serienmarathon konnte Ann nicht mehr. Ihr Gehirn war kurz davor, sich zu verflüssigen. In ihrem Magen befand sich ein zementähnlicher Klumpen in Medizinballgröße und ihre Nerven zeigten erste Anzeichen eines Zuckerschocks.

»Ich roll ein wenig spazieren«, stöhnte sie und schälte sich aus den Decken.

»Mental bin ich voll bei dir – allein das Fleisch ist schwach.« Lotte gähnte demonstrativ laut. »Ich denke, ich werd es heute nur noch bis ins Bett schaffen.«

Als Ann vor die Tür trat, blies ihr ein unangenehmer, eiskalter Wind entgegen. Sie zog die Mütze tiefer über die Ohren, schob sich den Schal über den Mund und stapfte trotzig los. Große Lust verspürte sie nicht, wusste aber, dass der Sauerstoffschub und die Bewegung die beste Strategie darstellten, um in der Nacht Schlaf zu finden.

Außerdem konnte sie so ihren Denkapparat wieder in Gang setzen.

Sie lief Richtung Rundhafen, wandte sich nach links und steuerte auf das Strandbad zu. Das feine Sand-Kiesgemisch knirschte unter ihren dahineilenden Schuhen. Kahles Geäst von blattlosen Baumalleen begleitete sie, bis die dunklen Umrisse des Gebäudes vor ihr auftauchten. Als sie das DLRG-Häuschen hinter sich wusste, entfaltete der Wind seine ganze Kraft, drückte sie zurück und zerrte an ihrer Jacke. Verbissen kämpfte sie sich voran. Der Strand, menschenleer und nur spärlich beleuchtet, zeigte sich kalt und abweisend. Doch genau das war es, was sie jetzt brauchte. Es spiegelte das wider, was in ihr rumorte: nagender Zweifel, Hilflosigkeit ob der wenigen Mittel, die ihr zur Verfügung standen, und das beschissene Gefühl, dass hier etwas übelst in die falsche Richtung lief.

*Ich muss Kevin ausfindig machen. Er muss mir erzählen, was passiert ist.*

Nur, wie sollte sie das anstellen? Wenn schon die Polizei mit all ihren Möglichkeiten scheiterte.

Ihr Blick folgte den blau-schwarzen Wellen. Trotz der schützenden Bucht gab sich die Ostsee aufgewühlt, spuckte Schaumkronen. Die kleinen Boote, die schon ein paar Hundert Meter hinter ihr lagen, tänzelten unruhig auf dem Wasser und begleiteten sie mit hell klingenden, metallischen Tönen von Ösen, Leinen und Karabinern, die hektisch an Masten schlugen. Ein tiefes, unregelmäßig wiederkehrendes Brummen reihte sich in die beängstigende Geräuschkulisse ein. Ann vermutete, dass es der an den Masten entlangstreichende Luftzug war, der sie durch seine gewaltige Kraft zum Singen brachte.

Je weiter sie sich vom Hafen entfernte, desto mehr musste sie gegen den Wind ankämpfen. Ihre Augen tränten und ihre Hände waren taub vor Kälte.

Früher hatte sie stundenlang so weiterlaufen können. Die Dunkelheit, die Einsamkeit, die Geräusche des Windes, der Dinge in Bewegung oder zum Klingen brachte – all das hatte auf beruhigende Weise zu ihrem Leben gehört. Doch jetzt ertappte sie sich dabei, wie sie bei jedem zweiten Schritt über ihre Schulter blickte, wie ihre Augen die Dunkelheit abtasteten. Es schien, als verlören ihre Beine mit jedem Meter an Kraft, stattdessen wurden sie schwer wie Blei. Sie musste stehen bleiben, sah sich hektisch nach allen Seiten um.

»Hör auf damit. Los, geh einfach weiter! Hier ist keiner, nichts, was dich bedroht«, murmelte sie.

*Was willst du dir damit beweisen?* Der Klang der Stimme war sanft, fast schon einfühlsam.

*Dass ich nicht bei jeder Kleinigkeit durchdrehe? Dass ich nicht vor Schreck wie gelähmt bin, nur weil es dunkel ist und außer mir niemand zu sehen? Es kann doch nicht so schwer sein, einfach ruhig weiterzugehen.*

Sie spürte ihren immer schneller werdenden Puls. Der Drang umzudrehen, sich in Sicherheit zu bringen – *bevor es zu spät ist* – wurde einfach zu stark. Ruckartig machte sie kehrt und ging mit schnellem Schritt zurück Richtung Hafen, zurück Richtung Licht und Sicherheit. Rastlos tanzten ihre Augen hin und her, versuchten, alle noch so winzigen Veränderungen ihrer Umgebung wahrzunehmen. Mit jedem Schritt wurde sie schneller, bis sie anfing zu rennen. Trotz der wachsenden Angst fühlte sie Wut in sich. Wut über die Kapitulation vor sich selbst. Wieder ein Kampf, den sie verloren hatte. Sollte das jetzt ewig so weitergehen?

Als sie die ersten beleuchteten Straßenzüge erreicht hatte, war sie völlig außer Atem, konnte dennoch nicht anhalten. Immer wieder drehte sie sich um, beobachtete die undurchdringlichen Schatten, die sich in Hauseingängen, Garageneinfahrten oder Parkanlagen gebildet hatten. Während des Laufens kramten ihre Hände nach dem Wohnungsschlüssel und erst, als die Tür hinter ihr ins Schloss fiel und Ann drinnen japsend zu Boden glitt, stellte sich das Gefühl von Sicherheit ein.

# Kapitel 11

»Tja, und jetzt ist er auf der Flucht. Ich weiß echt nicht, was ich davon halten soll«, beendete Ann ihren Bericht.

Auf dem Bildschirm ihres Tablets schauten Fredde und Marc sie aufmerksam an. Ann hatte, vor allen Dingen für Fredde, der eigentlich Frederik Steinmann hieß und in Rerik als Polizist arbeitete, alle Geschehnisse seit Dennis Tod zusammengefasst, alle Vermutungen geäußert. Für Marc war das Meiste bekannt. »Was sagst du dazu, Fredde?«

Der rieb sich nachdenklich das Kinn. »Schwer zu sagen, so aus der Ferne.«

»Man müsste mehr Details kennen«, bemerkte Marc.

Ann sah Fredde hoffnungsvoll an.

»Hey, Leute, das ist nicht so einfach. An Akten laufender Ermittlungen kommt man nicht so leicht ran. Und ich glaube, die Neustädter Kollegen würden zu recht den Sinn anzweifeln, wenn ich Einsicht verlangen würde. Das ist nicht mein Zuständigkeitsgebiet – nicht im Entferntesten. Ich bin ja nicht mal bei der Mordkommission.«

Ann setzte ihr ›Du-kannst-mich-doch-nicht-hängen-lassen-Gesicht‹ auf, während Marc ihm in die Seite boxte. »Da wird dir schon was einfallen.«

Fredde schnaufte. »Also gut. Ihr wisst zwar nicht, was ihr da von mir verlangt, aber ich hab einen Kollegen, der schiebt mittlerweile Dienst beim Lübecker Verein. Ich war eigentlich froh, ihn los zu sein. Der freut sich mit Sicherheit ’n Loch in den Bauch, wenn ich mich bei ihm melde.«

»Du bist der Beste!« Ann warf ihm via Skype eine Kusshand zu. Dann musste sie gähnen. Ein Uhr fünfundvierzig! Oh Mann, Zeit, es wie Lotte zu machen und schlafen zu gehen.

Fiete Maas bog um die Ecke. Als er Ann entdeckte, wurde er langsamer. Er wirkte, als wolle er umdrehen und sich zurück in die Büroräume retten. Doch dann ging er zögernd weiter.

»Es tut mir leid, aber ich hatte versucht, Sie zu erreichen.«

Ann ging freundlich lächelnd auf ihn zu. Den ganzen Montag über hatte man sie abgewiesen. Also hatte sie sich dazu entschlossen, Kollege Maas an seinem Auto abzupassen.

»Es gab viel zu tun.« Mit gesenktem Kopf ging er an ihr vorbei, hoffte, dass sie Platz machen würde, damit er einsteigen könnte.

*Guck ihn dir an. Kein Arsch in der Hose …*

Sie blieb stur stehen. Genau vor der Fahrertür. Dabei fixierte sie ihn mit ihren klaren, grünen Augen. Irgendwann würde er auf- und ihr ins Gesicht schauen müssen. Er hob den Kopf ein wenig. Sein Blick flackerte zwischen ihr und dem Autoschlüssel in seinen Händen hin und her.

»Was wollen Sie noch von mir?« Er seufzte. »Hören Sie, das mit Ihrer Freundin tut mir wirklich leid. Aber ich kann die Uhr nicht zurückdrehen.«

Meinte er den Mord oder die Vorkommnisse auf der Weihnachtsfeier?

»Sie hätten ihr helfen, sich für sie einsetzen können, statt einfach dabei zuzusehen, wie sie von Ihren widerlichen Kollegen begrapscht wird.«

»Mag sein. Damit werde ich wohl leben müssen. Aber mit ihrem Tod habe ich nichts zu tun. Der Dreiwers auch nicht. Der ist zwar ein arrogantes Arschloch, aber kein Mörder.«

»Gab es Drohungen?«

»Bitte?« Nun schaute er ihr doch direkt in die Augen. Sein Blick verriet Verwirrung.

»Wurden Sie oder einer Ihrer Kollegen bedroht?«

Unsicher runzelte er die Stirn. »Nein, warum sollten wir?«

»Hätte Denise an sensible Daten herankommen können, die einem Ihrer Mandanten oder aber Ihrer Firma schaden könnten?«

»Was soll diese Fragerei? Ich denke, Denise wurde von diesem Irren, diesem Amok-Läufer getötet?«

»Weist Herr Plaunberg Sie und Ihre Kollegen an, illegale Praktiken anzuwenden, damit Ihre Mandanten Geld am Fiskus vorbeischleusen können? Wurde sie deshalb umgebracht?«

Seine Augen glotzten sie an wie die eines Husarenfischs, kurz bevor er gefressen wird. »Jetzt reicht's aber. Sie spinnen ja!« Mit hochrotem Kopf packte Maas sie an beiden Oberarmen, schob sie von der Autotür weg, stieg ein und ließ ungeschickt den Motor aufheulen.

Ann trat einen Schritt beiseite. Sie spürte ihren Puls aufgeregt hämmern, das Adrenalin durch ihre Venen fließen.

Sollte sie recht haben und sollte Kollege Maas darin verwickelt sein, hatte sie soeben die Büchse der Pandora geöffnet und sich zum Abschuss freigegeben.

*Hattest du keinen besseren Plan?*

Lotte war kaum weg gewesen, da erreichte Ann die Nachricht, Kevin sei gefasst worden. Es verbreitete sich wie ein Lauffeuer. Sie solle den Regionalsender, das Frühstücksfernsehen einschalten, da liefe der Bericht in Dauerschleife.

»... wurde der Neunundzwanzigjährige am frühen Morgen in einer Bremer Wohnung festgenommen.« Die Moderatorin wurde ausgeblendet, dafür erschien ein uniformierter Polizist, der draußen vor einer Polizeiwache stand und versuchte, sich der Kamera möglichst professionell zu präsentieren.

»Der Mieter selbst hat uns benachrichtigt, dass sich Kevin Tiersch in besagter Wohnung befinden soll. Dort haben wir den wegen dreifachen Mordes Gesuchten vorgefunden und widerstandslos festnehmen können. Der Verdächtige wurde den Lübecker Kollegen überstellt. Er wird voraussichtlich noch heute dem Haftrichter vorgeführt«, wusste der Beamte zu berichten.

Wieder erschien die Moderatorin auf dem Bildschirm.

»Bei mir im Studio begrüße ich Mario Ruge, Polizeisprecher aus Lübeck. Guten Morgen, Herr Ruge.«

»Guten Morgen, Frau von Hagensdorf.«

»Herr Ruge, die Menschen aus der Umgebung sind tief bewegt. Insbesondere Neustadt wird in den vergangenen Tagen kein Auge zugemacht haben. Zu groß war die Angst vor einem bewaffneten, amoklaufenden Gewaltverbrecher. Wie gefährlich waren die letzten zweiundsiebzig Stunden für die Bevölkerung? Wurde bei dem Verdächtigen eine Waffe gefunden?«

»Wir gehen davon aus, dass es sich hier um persönlich motivierte Taten im engsten familiären Kreis handelt. Der mutmaßliche Täter hat sich seine Opfer nicht wahllos ausgesucht. Mit Ausnahme derer, die sich dem Verdächtigen in den Weg gestellt hätten, ihn also an der Flucht hätten hindern wollen, war die Gefahrenlage für die Allgemeinheit als niedrig einzustufen. Sich einem Gewalttäter in den Weg zu stellen, davon ist generell dringend abzuraten. Stattdessen gilt: beobachten, nicht eingreifen, sondern die Polizei verständigen. So wie es der junge Mann aus Bremen getan hat.«

»In welcher Beziehung stehen die beiden Männer zueinander? Weshalb hielt sich Kevin Tiersch ausgerechnet dort versteckt? Hat der Mieter der Bremer Wohnung irgendetwas mit den Taten zu tun?«

»Ersten Vernehmungen zur Folge scheint das unwahrscheinlich. Der Mieter, ein entfernter Bekannter, will aus Quellen Dritter von den Taten erfahren und umgehend die Polizei verständigt haben.«

»Weiß man irgendetwas über das Motiv?«

»Nein. Das werden die Befragungen der nächsten Tage klären.«

Während die Moderatorin die einzelnen Taten für den Zuschauer noch einmal medienwirksam zusammenfasste, fingen Anns Gedanken an abzuschweifen.

Nun wusste sie, wo sie Kevin finden konnte. Ihre Ausgangslage, um an Informationen zu kommen, hatte sich jedoch keinen Deut verbessert. Wie sollte sie an ihn rankommen? Ob man ihr ohne Weiteres eine Besuchserlaubnis für den in Untersuchungshaft Sitzenden ausstellen würde? Selbst wenn dem so wäre, wäre ein ungestörter Austausch unmöglich.

*Die werden dich nie zu ihm lassen. Was willst du überhaupt da? Händchen halten?*

Sie nahm ihr Handy, suchte Freddes Nummer raus und tippte: »Hey, konntest du schon was in Erfahrung bringen?«

Keine zwei Minuten später traf die Antwort ein: »Melde mich heute Abend.«

»Daran könnte ich mich gewöhnen.« Lotte lehnte sich seufzend zurück, nahm das Glasschälchen in die eine Hand und schob mit dem Zeigefinger der anderen genüsslich die Reste des Puddings zusammen.

»So weit kommt das noch. Das hier ist eine einmalige Sache, als Entschädigung dafür, dass ich für lau bei dir wohnen darf.« Ann leckte ihren Löffel ab und ließ ihn klirrend in ihr Schälchen fallen.

»Schade. Mittags was Warmes, Selbstgekochtes statt einer alten Knifte – das hat was. Überleg's dir. Ich zahle gut. Sagen wir zwei Euro fünfzig pro Tag? Im Gegenzug: kostenloses Wohnen. Der Abwasch, Hausputz und saubere Fenster sollten allerdings mit inbegriffen sein.« Lotte grinste süffisant.

»Wie großzügig. Es fällt mir schwer abzulehnen.« Ann fuhr nachdenklich mit dem Ringfinger über den Rand der Dessertschale. »Sag mal, du kennst nicht zufällig jemanden, der es schaffen würde, sich in ein Computersystem zu hacken?«

Ann dachte an die Organisation ›Frauen contra Gewalt‹.

*Das fragst du ausgerechnet Lotte? Die hat bestimmt super Beziehungen zur kriminellen Nerd-Szene ...*

Lotte runzelte die Stirn. »Du meinst so richtig? Wie in einem dieser Agentenfilme?«

»Nicht so dramatisch. Ich denke eher an einen Informatiker, der sich gut mit den gängigen Sicherheitssystemen auskennt.«

»Und den brauchst du *wofür*?«

»Ich würd gern was überprüfen.«

»Und das wäre?« Lotte zog entnervt die Augenbrauen hoch. »Ann?«

»Ist doch egal. Ist gar nicht wichtig. Ist nur für mich zur Beruhigung. Du weißt doch, dass es in mir arbeitet, wenn noch unbeantwortete Fragen im Raum stehen – auch wenn es sich dabei nur um Kleinigkeiten handelt.«

*Du hättest nicht fragen sollen. Ladys and Gentlemen: die Standpauke!*

»Und für diese *Kleinigkeiten* willst du, dass sich jemand unerlaubt in das System anderer hackt? Nur zu deiner Beruhigung?« Lotte schnaubte. »Na klar! Willst du mich für blöd verkaufen?« Ihre Augen funkelten aufgebracht. »Los, rück schon raus! Willst du dich in den Polizeirechner hacken? Du glaubst noch immer nicht, dass Kevin schuldig ist, oder? Was stimmt nicht mit dir? Alle rennen in die eine, nur du, du rennst immer in die andere Richtung – egal, wie eindeutig die Zeichen auch sind.«

»So'n Quatsch! Jetzt übertreib mal nicht. Ich will mich weder in den Polizeirechner hacken, noch ne Bank überfallen. Im Grunde genommen ist es ganz harmlos. Eine belanglose, kleine Information, die, nur weil ich sie kenne, keinem Schaden zufügen wird.«

»Du könntest nett darum bitten. Bei so belanglosem Zeug wird man dir sicher gern Auskunft erteilen. Dafür brauchst du keinen Nerd.« Lotte stand auf und fing an, das Geschirr zusammenzustellen.

»Hab ich schon. Die Antwort war nicht zufriedenstellend.«

»Das wird wohl seine Gründe haben, zum Beispiel, dass es dich nichts angeht.«

»Lotte, komm schon. Ich weiß, für dich ist das alles abgehakt. Aber ich hätte gern noch ein, zwei Antworten. Also, weißt du jemanden?«

Ihre Freundin stellte das Geschirr auf die Küchenablage und drehte sich zu ihr um. Ihr Blick verriet Unbehagen.

»Ich will das hier nicht bereuen müssen, okay? Sein Name ist David. Ob er dir helfen kann, oder will, weiß ich nicht. Ich schick dir seinen Kontakt.«

*Schau an, schau an, die unscheinbare, vernünftige Lotte besitzt ungeahnte Verbindungen zu Darknet-Boys.*

»Danke, du bist ein Schatz. Es ist auch wirklich nichts Dramatisches. Ich wollte nur …«

Lotte hob abwehrend die Hände. »Ich will's gar nicht wissen. Behalt's einfach für dich und sieh zu, dass daraus keine Katastrophe erwächst, dann ist alles gut. Ich muss jetzt zurück zur Arbeit.

Sie hatte David am späten Nachmittag erreicht und ihm ihr Anliegen geschildert. Er war nicht sehr gesprächig gewesen.

Ann hatte ihm einen plausiblen, harmlosen Grund geliefert, der ihn hoffentlich davon überzeugt hatte, ihr zu helfen. Als er das Telefonat mit den Worten »Ich melde mich« beendete, konnte sie nicht sagen, was das im Bezug auf ihre Bitte bedeutete.

Freddes Anruf erreichte sie im *Waterkant*, gleichzeitig Cafébar, Restaurant und Kneipe, direkt hinter *Klüvers Brauhaus* gelegen. Im Sommer bekam man in beiden keinen Fuß auf den Boden. Die Touristen liebten es. Von ihrem Platz aus konnte sie einen kleinen Teil des alten Hafengeländes einsehen. Tatsächlich gab es nach wie vor Frachter, die sich durch den immer enger werdenden ›Wurmfortsatz‹ des langen, zumeist von Segel- und Motorjachten gesäumten Hafenbeckens arbeiteten, um ihre Ladung zu löschen. Gerade aber war alles ruhig. Die Laternen der Flanierpromenade, hier und da ein winziges Leuchten, das auf menschliche Anwesenheit hindeutete – an einem düsteren Februarabend wie diesem gab es wenig Heimeliges. Trotzdem hatte Ann die Wintermonate in Neustadt immer gemocht. Die Touristenströme waren versiegt und die Stadt gehörte wieder ganz ihnen. Gut, mit Ruhe und Dunkelheit hatte sie gerade so ihre Probleme, aber das würde sich hoffentlich bald geben. Ann nippte an ihrem Duckstein. Ein winziger Streifen Bierschaum blieb oberhalb ihrer Lippe hängen, rang dem Typen vom Nachbartisch ein Grinsen ab. Beides blieb von ihr unbemerkt. Sie hatte Kopfhörer in den Ohren und das Notebook vor sich aufgeklappt.

»Dieser Kevin sitzt mächtig in der Scheiße. Die Beweiskette ist nahezu lückenlos, die Beweislage erdrückend«, wusste Fredde zu berichten.

»Erzähl.«

»In seiner Wohnung hat man eine seiner Hosen sichergestellt. An deren Beinen: Spuren eines Brandbeschleunigers –

der Substanz, die man auch am Haus der Tierschs ausmachen konnte. Die Hose lag in der Wäschetonne. Außerdem war sie bis zu den Knien pitschnass, genau wie das Innere der Gummistiefel, die man ebenso in seiner Bude fand. Die Proben ergaben, dass die Wasserrückstände mit dem Gewässer des Süseler Sees übereinstimmen. Aber das ist noch nicht alles: Sie haben zudem ein Foto gefunden.«

»Was für ein Foto?«

»Es zeigt deine tote Freundin. Laut Datum und Uhrzeit, aufgenommen in der Tatnacht, in etwa zum geschätzten Todeszeitpunkt.«

Seit dem Anruf des Reriker Polizisten waren gut zwei Stunden vergangen. Fredde hatte recht, die Beweislage gegen Kevin war erdrückend.

Ann schaute auf ihren Rechner, auf das geöffnete Dokument. Dort waren alle Fakten zusammengetragen, alle Theorien aufgelistet. Vieles war mit Linien verknüpft und mit Ziffern versehen. In Gelb leuchteten die Kästchen, in denen Dinge vermerkt waren, die Ann gern noch abgeklärt hätte. In Hellrot die, über die sie gestolpert war, die sie als Unstimmigkeit mit drei Ausrufezeichen versehen hatte. Der Kurser blinkte ungeduldig. Sie nahm einen Schluck Bier, griff zum Handy und wählte Freddes Nummer.

»Was sagt Kevin zu dem Ganzen?«, begann sie ohne Umschweife.

»Zunächst hat er alles abgestritten, meinte sogar, man hätte ihn reingelegt. Dann änderte er seine Taktik in Schweigen. Seitdem verweigert er die Aussage.«

»Hat er einen Anwalt?«

»Klar.«

»Einen vernünftigen oder irgend so einen Pflichtverteidiger?«

*Was schert es dich?*

»Soviel ich weiß, ist es derselbe, der ihn auch früher schon vertreten hat. Auf seinen eigenen Wunsch hin. Ist wohl so was wie der Familienanwalt. Damals hat es ja geklappt. Dieses Mal, fürchte ich, wird das nicht so einfach.«

»Und das Motiv? Was wissen deine Kollegen darüber?«

»Nichts. Zumindest was die Morde an den Eltern betrifft. Solange er nicht redet, werden wir auch schwerlich etwas darüber erfahren. Der Mord an deiner Freundin soll mit dem Jobwechsel und dem damit zusammenhängenden Umzug zu tun haben.«

»Sagt er das? Hat er den Mord an Denni gestanden?«

»Nein. Das sagt die ermittelnde Beamtin.«

»Laut deinen Angaben und denen, die ich den Medien entnehmen konnte, soll Kevin zunächst seine Mutter erwürgt und dann das Haus angezündet haben. Dann soll er zu seinem Vater raus an den Süseler See gefahren sein und ihn ertränkt haben. Richtig?«

»Richtig.«

»Ist er gesehen worden? Gibt es Augenzeugen?«

»Nein.«

»Warum hat er das Haus angezündet?«

»Keine Ahnung. Wahrscheinlich, um Spuren zu vernichten.«

»Und bei seinem Vater?«

»Ist die Spurenlage aufgrund des Wassers ohnehin schwierig.«

»Hat man welche von Kevin gefunden, an den beiden Tatorten?«

»Reifenspuren seines Wagens auf dem Parkplatz des Süseler Sees.«

»Er vernichtet alle Spuren des – geplanten – Mordes an seiner Mutter, indem er Feuer legt. Geplant deswegen, weil er den Brandbeschleuniger mit sich führt. Dann fährt er raus zu seinem Vater und tötet ihn, indem er ihn ertränkt. Anzunehmen, dass auch hier im Vordergrund stand, möglichst wenig Spuren zu hinterlassen. Wasser kann in solchen Mengen ein guter Verbündeter sein. Und dann fährt er nach Hause, lässt die versiffte Hose, die triefenden Gummistiefel und vor allen Dingen das mit Datum und Uhrzeit versehene Foto für alle sichtbar herumliegen?«

*Ist halt nicht ganz so helle, dein Kevin.*

»Einen Mord planen und ihn durchführen sind zwei verschiedene Dinge. Am Ende sind ihm die Nerven durchgegangen. Immerhin handelt es sich bei den beiden letzten Opfern um seine Eltern!«

»Hm. Laut Presse hat man das Auto zwischen Neusüsel und Stawedder gefunden. Warum dort?«

»Bevor er sich in endloses Schweigen gehüllt hat, hat er ausgesagt, er wäre in Panik davongefahren, als er seinen Vater am See gefunden habe – schon tot. Dann hätte er den Wagen irgendwo stehen gelassen.«

»Er hat also zugegeben, dass er dort war?«

»Ja, auch dass er am Haus seiner Eltern gewesen ist. Doch das hätte schon in Flammen gestanden, die Feuerwehr wäre dort gewesen. Er habe mitbekommen, wie über seine tote Mutter gesprochen wurde. Danach wäre er wie von Sinnen zum Süseler See gefahren, um seinem Vater von der Tragödie zu erzählen. Sei aber nur auf dessen Leiche gestoßen.«

»Warum hat er nicht die Polizei gerufen?«

»Dazu schweigt er.«

»Und keiner hat ihn am Brandort gesehen? Da muss es vor Menschen doch nur so gewimmelt haben. Feuerwehrleute, Nachbarn …«

»Bislang haben sie noch keinen gefunden, der Kevins Aussage bestätigen kann.«

»Wie ging's dann weiter? Wie kam Kevin nach Bremen?«

»Er meint, er wäre in den nächsten Bus nach Lübeck gestiegen und von dort mit dem Zug nach Bremen zu seinem Kumpel.«

»Warum? Warum ist er abgehauen, statt die Polizei zu rufen?«

»Dafür kann es nur einen Grund geben: weil er schuldig ist.«

*Richtig. Hör auf Fredde!*

»Was sagt Kevin?«

»Er hätte unter Schock gestanden und keinen klaren Gedanken fassen können.«

»Vier Tage lang?«

»Er wäre ständig besoffen gewesen, um die Bilder aus seinem Kopf zu kriegen, um zu vergessen.«

*Klar – um zu vergessen, dass er sie alle umgebracht hat.*

»Ist so was möglich? Kann man derart unter Schock stehen, dass man sich so verhält?«

»Keine Ahnung. Ich bin kein Arzt.«

»Der Fundort des Autos. Findest du den nicht auch seltsam?«, fragte Ann.

»Wie meinst du das?«

»Ich hab mir die Strecken in den letzten zwei Stunden mal genauer angeguckt. Der Fundort des Wagens liegt nicht auf dem Weg zwischen Kevins Wohnung und dem Süseler See, auch nicht auf dem von seiner Wohnung Richtung Lübeck. Sondern, und das passt zu seiner Geschichte, zwischen dem Süseler See und Lübeck.«

»Er ist halt ein ganz Schlauer. Er weiß, dass wir seine Geschichte überprüfen werden. Er fährt von seiner Bude nicht direkt Richtung Lübeck, sondern macht einen Schlenker über den See.«

»Und weil er *so* schlau ist, zieht er sich zuvor zu Hause noch die mit Beweismitteln belastete Hose aus und drapiert das Foto so, dass die Spusi es finden muss? Also entweder superschlau und minutiös durchgeplant oder kopflos und dämlich. Beides zusammen geht nicht.«

Fredde seufzte. »Du glaubst also wirklich, jemand anderer hat die Morde begangen, die Beweismittel gefälscht und sie in seiner Wohnung verteilt? Okay: Wie kam derjenige in Kevins Bude? Es gab keine Einbruchsspuren. Und dieser mysteriöse Unbekannte müsste nicht nur einmal drin gewesen sein. Nein, er müsste Kevins Hose und Gummistiefel geklaut haben, beides mit an die Tatorte genommen, sie kontaminiert und dann zurückgebracht haben, ohne dass er oder jemand anderes ihn dabei beobachtet hätte. Er oder sie müsste über Kevins Familienverhältnisse genauestens Bescheid wissen – wann geht der Vater wo angeln? Und zuletzt: Wofür das alles? Nur um Kevin drei Morde anzuhängen? Warum? Aus Hass? Aus Rache?«

»Ich weiß, es klingt verrückt. Aber auch bei Kevin fehlt bislang das Motiv.«

*Manchmal lautet die Diagnose auch einfach nur: durchgeknallt!*

»Ja, aber der Ablauf mit ihm als Täter klingt irgendwie plausibler.«

»Wieso waren auf dem Foto das Datum und die Uhrzeit zu sehen? Wurde das Bild mit einer Digitalkamera gemacht? Weshalb? Warum nicht mit dem Handy? Und wieso gab es überhaupt einen Abzug?« Ann arbeitete hartnäckig alle ihre rot markierten Punkte ab.

»Eine Trophäe. So konnte er sich sein Werk immer wieder anschauen, inklusive der korrekten Zeitangaben. Vielleicht geht im dann einer ab. Möglicherweise gibt es von den ermordeten Eltern auch welche und wir haben sie nur noch nicht gefunden.«

»Wissen die Ermittler, mit welchem Gerät die Aufnahme gemacht wurde? Mit einem Handy oder einer Digitalkamera?«

»Keine Ahnung. Wahrscheinlich gibt es auch bei Handys eine Voreinstellung, bei der man Datum und Uhrzeit zuschalten kann.«

»Kannst du das rauskriegen – mit welchem Gerät das Foto gemacht wurde?«

»Klar.«

»Ich kann nicht glauben, dass jemand zwei Morde plant, Brandbeschleuniger kauft, ihn mit sich führt, vollkommen kaltblütig die Morde begeht, mit dem Wagen eine falsche Spur legt und dann so bescheuert ist, ein derart belastendes Foto mit Datum und Uhrzeit versehen in seiner Wohnung zu vergessen.«

»Es hat schon dümmere Täter gegeben.«

»Tust du mir noch einen Gefallen? Kriegst du für mich raus, welche Staatsanwaltschaft für Kevin zuständig ist?«

»Jep. War's das? Alle Fragen beantwortet?«

»Ja, danke. Das war wirklich gute Arbeit, Herr Polizeioberkommissar Frederik Steinmann.«

Sie hörte ihn lachen. »Schön wär's. Bis dahin. Pass auf dich auf.«

»Ach, Fredde? Wo genau hat man das Foto eigentlich gefunden?«

»Unter seinem Kopfkissen.«

Die Verbindung wurde unterbrochen.

Ann dachte an Kevins chaotische Bude, an die Klamottenberge und das ungemachte Bett. Damals hatte sein Kopfkissen total zusammengeknautscht vor dem Bett auf dem Boden gelegen. Würde man dort eine kostbare Trophäe aufbewahren? Und würde einer wie Kevin die zu waschende Hose in die Wäschetonne bringen, während die restliche Schmutzwäsche in der ganzen Wohnung verteilt lag?

»Ich würde Ihnen dringend raten zu kooperieren. Ich bin Ihr Anwalt. Ich werde nichts tun, was Ihnen schadet. Was zwischen uns gesprochen wird, bleibt vertraulich und verlässt diese Mauern nur, wenn es Ihnen hilft. Es ist von großer Bedeutung, dass Sie mir gegenüber ehrlich sind. Nur so kann ich die besten Bedingungen für Sie aushandeln. Also, was passierte am vergangenen Samstag, dem 11.2.?« Der Anwalt drehte den mit Sicherheit teuren, schwarzen Füllfederhalter zwischen seinen blassen, knochigen Fingern hin und her.

Kevin war froh gewesen, als der unheimliche kleine Mann mit der Ausstrahlung eines Totengräbers bei ihm in der Strafanstalt aufgetaucht war. Nun hatte er Hoffnung, Hoffnung auf ein kleines Wunder. Wenn einer ihm helfen konnte, wenn einer alle Tricks und Kniffe kannte, dann dieses hagere Männlein.

»Ich hab der Polizei alles erzählt. Alles! Und das ist die reine Wahrheit. Als ich beim Haus meiner Eltern ankam, brannte das schon lichterloh. Ich war total geschockt. Ich wollte sofort hinrennen, doch dann hörte ich, wie jemand sagte, sie hätten meine Mutter gefunden, und dass sie tot sei. Ich wusste nicht, was ich machen sollte. Ins Haus konnte ich nicht, die Flammen schlugen aus allen Fenstern, hatten das ganze Gebäude in Beschlag genommen. Sämtliche Feuerwehrleute waren beschäftigt. Keiner nahm Notiz von mir. Mein Vater ... Zunächst dachte ich, er müsste auch dort drin sein, aber nein! Es war doch Samstag! Am Samstagmorgen fuhr er immer früh zum Angeln raus. Ich hatte nur noch eins im Kopf: Ich musste hin zu ihm. Also bin ich losgefahren, zum See. Ich wusste nicht, wie ich es ihm sagen sollte.«

Kevin starrte ins Leere und schwieg einen kurzen Augenblick.

»Seine Sachen standen dort. Wie immer. Aber er war nirgends zu sehen. Ich weiß noch, wie ich mich hektisch umgeschaut, ihn gerufen habe. Ein Stück weiter ... da trieb was im Wasser, hatte sich im Gestrüpp verfangen. Ich bin dann rein, hab ihn an Land gezogen, ihn umgedreht. Ich versteh das alles nicht!«

»Warum haben Sie nicht die Polizei gerufen, oder den Rettungswagen? Haben Sie überprüft, ob Ihr Vater noch gelebt hat?«

»Ich konnte niemanden rufen.« Kevin flüsterte jetzt so leise, dass sich der Anwalt nach vorn beugen musste, um ihn zu verstehen. »Ich war wie gelähmt. Ich hatte Angst. Was, wenn sie kommen und mich auch umbringen würden? Meine Mutter wusste Bescheid. Sie hat es vorausgeahnt. Ich hab es nur nicht verstanden – damals.«

»Wer will Sie umbringen? Wurden Sie bedroht?«

»Nein. Ich weiß nicht. Sie – sie wusste es. Aber sie hatte wieder mal Schnaps getrunken. Ich hab Ihnen doch schon davon erzählt, von ihren ... Problemen, erinnern Sie sich? Also warum hätte ich ihr besoffenes Gelaber ernst nehmen sollen?«

»Was genau hat Ihre Mutter gesagt? Bitte versuchen Sie, sich an jede Einzelheit zu erinnern. Das kann sehr entscheidend sein.«

»Sie hatte Angst, dass ich mich mit den Bullen anlege, dass ich die verklage. Sie ist total durchgedreht, hat mich angefleht, danach sogar bedroht, es nicht zu tun. ›Mit solchen Leuten legt man sich nicht an‹, hat sie gesagt und ›Du wirst uns alle umbringen‹. Damals dachte ich, die spinnt doch. Aber jetzt? Es muss ein Bulle sein. Oder auch mehrere. Ich weiß nicht warum, aber die wollen mich fertigmachen. Es gibt doch auch bei denen korrupte Schweine, welche, die ordentlich Dreck am Stecken haben. So muss es sein. Sie müssen mir helfen!«

Der Anwalt hatte dem Ganzen mit unbewegter Mimik zugehört. Nur einmal kurz war seine Augenbraue nach oben geschnellt. Kevin hatte es nicht bemerkt. Seine körperliche Verfassung war erbärmlich, die psychische unklar. Er stank nach kaltem Schweiß und tagelangen Exzessen. Unter seinen Augen lagen tiefe Schatten, sein Blick glich dem einer verwirrten Seele.

»Und dann sind Sie nach Hause gefahren und haben sich umgezogen?« Die nüchterne Stimme des Anwalts ließ Kevin zusammenzucken. Als hätte er nicht damit gerechnet, dass noch jemand im Raum war.

»Was? Nein! Ich war gar nicht mehr in meiner Wohnung. Das hab ich doch gesagt! Ich bin geflohen. Vor denen!«

»Vor der Polizei?«

»Ja ...«

»Weil Sie Angst hatten, dass die Polizei Sie töten würde?«

»Ja.«

»Genau, wie es die Polizei schon mit ihren Eltern gemacht hatte? Sie glauben also, dass die Polizei Ihre Eltern umgebracht hat?«

Kevin nickte.

»Und Ihre Freundin Denise?«

Kevin beugte den Kopf nach vorn, vergrub das Gesicht in seinen Händen und hauchte leise: »Die auch.«

»Herr Tiersch, ich würde gern ein psychologisches Gutachten erstellen lassen. Keine Angst, das wird nicht zu ihrem Nachteil sein. Es wird uns helfen, Ihre Position zu vertreten.«

# Kapitel 12

*Lübeck*

Ann wartete. Der kleine, karge Raum hatte wenig zu bieten, und das wohl mit voller Absicht. Ein Wunder, dass sie es überhaupt bis hierher geschafft hatte. Wer konnte ahnen, dass es dermaßen schwer sein würde, eine Besuchserlaubnis zu bekommen? Als alle bürokratischen Hürden genommen waren, ihr Leben und Tun bis ins kleinste Detail durchleuchtet worden und das persönliche Gespräch mit der Staatsanwaltschaft – wie sie fand – hervorragend gelaufen war, passierte: nichts. Sie hatte die Hoffnung schon aufgegeben, da trudelte die Bewilligung doch noch ein.

Von Fredde wusste sie, dass Kevin beharrlich schwieg, selbst gegenüber seinen Brüdern.

*Ich weiß wirklich nicht, was wir hier sollen.*

Als er den Raum in Begleitung eines Justizvollzugsbeamten betrat, hielt sie erschrocken die Luft an. Wie schnell Menschen sich verändern konnten! Seine Gesichtsfarbe war aschfahl, unter den trüben Augen lagen tiefe Schatten. Er wirkte gebrochen – ein Mann ohne Hoffnung.

Er wurde ihr gegenüber auf einen Stuhl gesetzt, der Beamte stellte sich zwei Meter entfernt mit dem Rücken zur Wand und wartete beobachtend ab.

Ann wusste, sie hatte nicht viel Zeit. Ihr waren nur zwanzig Minuten zugestanden worden. Und es war fraglich, ob man ihr eine zweite Chance einräumen würde.

»Hey«, sagte sie leise. »Wie geht es dir?«

*Was für eine dämliche Frage. Schau ihn dir doch an!*

Mit gesenktem Kopf saß er da und starrte die Tischplatte an.

»Ich hab mir Sorgen gemacht.«

Mühsam hob er den Kopf. Seine verquollenen Augen suchten ihr Gesicht ab.

»Ich dachte, vielleicht brauchst du mich jetzt. Und hey, es war ganz schön schwierig, bis zu dir vorzudringen!« Sie versuchte ein Lächeln.

»Haben *sie* dich geschickt? Denken sie, ein hübsches, vertrautes Gesicht würde reichen und ich würde zusammenbrechen – alles gestehen?« Seine Stimme klang rau und belegt.

*Besser wäre das.*

»Nein, so ist es nicht. Niemand hat mich geschickt.« Ihre Stimme wurde leise, war im Grunde nur noch ein Flüstern. Sie beugte sich leicht nach vorn. »Obwohl ich mir denken könnte, dass die Bewilligung meiner Besuchserlaubnis einer gewissen Erwartungshaltung geschuldet ist.«

»Ahem ... bitte!« Der Vollzugsbeamte machte einen energischen Schritt nach vorn.

Ann zog ihren Oberkörper wieder zurück.

»Ich würde gern deinen Teil der Geschichte hören. Was ist passiert?«

»Ann, ich hab denen alles erzählt. Aber sie glauben mir nicht. Sie wollen mir nicht glauben!«

*Könnte daran liegen, dass du lügst.*

»Erzähl es mir – bitte.«

Vollkommen in sich zusammengesunken, mit monotoner Stimme fing Kevin an, ihr den Tag der Morde zu schildern. Wie er zum Haus gekommen war, das schon lichterloh brannte, wie er seinen Vater am Süseler See gefunden und ihn aus dem Wasser gezogen hatte und wie er sich tagelang in Bremen versteckt und gehofft hatte, dass das alles nicht wahr sein möge.

»Und du bist direkt vom See aus abgehauen, in Richtung Bremen?«

»Ja.«

»Was denkst du – *wie* sind die Beweise in deine Wohnung gelangt?«

Er schaute hoch, ihr direkt in die Augen. Sein Blick war voller Verachtung. »Du glaubst mir auch nicht, oder? Hältst mich für bekloppt – so wie alle anderen. Mein Anwalt denkt, ich hätte nur eine Chance, wenn ich als gestört durchgehe.«

*Kluger Anwalt.*

»Ich weiß nicht, was ich glauben soll. Ich denke, da stimmt was nicht. Und solange ich noch unbeantwortete Fragen habe, recherchier ich weiter – was immer auch dabei rauskommen mag.«

*Leider – ohne Rücksicht auf mein oder dein Leben.*

Nachdenklich fuhr er mit dem Finger die Tischkante entlang.

»Also, wie denkst du, sind die Beweise in deine Wohnung gekommen?«, wiederholte sie.

»Ich weiß es nicht. Vielleicht waren sie nie dort.«

»Wie meinst du das?«

»Die Polizei behauptet, die Sachen dort gefunden zu haben. Aber die Bullen waren allein da. Es gibt keine Zeugen. Ich war nicht dabei. Und ich weiß, dass meine Hose nie in Berührung mit Brandbeschleuniger gekommen ist und ich auch kein Foto von Denni aus der Tatnacht besitze. Also, was ist nahe liegender, als dass die Polizei selbst …« Seine Stimme war zu einem Flüstern zusammengeschrumpft.

*Ha, na klar! Für wie blöd hält der uns?*

»Du glaubst, die Polizei hat …? Aber warum sollte sie?« Ungläubig zog Ann die Augenbrauen hoch.

Er schlug sich mit den Händen vor die Stirn. »Ich weiß es nicht!«

»Wer hat außer dir Zutritt zu deiner Wohnung?«

»Keiner.«

»Hatte Denni einen Schlüssel?«

»Nein.«

»Deine Eltern, Nachbarn, Freunde? Was, wenn du dich mal ausgeschlossen hättest?«

Er schüttelte den Kopf.

»Aber dein Vermieter. Der hat doch einen.«

»Ja, schon.«

»Was ist das für einer? Könnte der da mit drin hängen?«

»Ich kenn den kaum.«

»Hat er vielleicht jemanden reingelassen?«

»Nein. Laut Polizei hat er das abgestritten.«

»Warum, glaubst du, will dir jemand so was antun? Gibt es offene Rechnungen? Jemanden, den du so verletzt hast, dass er deine Eltern umbringt und dich in den Knast schicken will? Hattet ihr, hatten deine Eltern Feinde?«

Verzweifelt rieb Kevin sich die Stirn.

»Das frag ich mich auch die ganze Zeit.« Sein Oberkörper wippte monoton vor und zurück. »Ich weiß es einfach nicht. Aber meine Mutter, die wusste es.«

»Wie meinst du das?«

»Ich war bei ihr – vor dem Ganzen hier. Ich wollte die Bullen verklagen, weil sie mich ohne Grund so lange festgehalten haben. Da ist sie total ausgeflippt. Und hat so komische Sachen gesagt. Ich hab mir damals nicht viel dabei gedacht. Sie war häufig schräg drauf, vor allem, wenn sie Schnaps gesoffen hatte.«

»Was hat sie denn *Komisches* gesagt?

»›Was hab ich getan? Geld hat uns noch nie Glück gebracht‹ oder ›Mit solchen Leuten legt man sich nicht an!‹. Sie hat mich angefleht, sagte: ›Du bringst uns noch alle um!‹«

Ann runzelte die Stirn. Im betrunkenen Zustand könnte das, wenn auch ein wenig übertrieben, Tatjana Tierschs Art gewesen sein, ihrem Sohn zu sagen, dass er sich nicht noch mehr Ärger mit der Polizei einhandeln sollte.

»Sie hatte panische Angst vor jemandem – und das war nicht ich!« Er sah Ann beschwörend an.

*Nein ... das war der böse Schutzmann!*

»Und noch was. Ist mir erst kürzlich wieder eingefallen. Ist schon Wochen her. Da hat sie Andeutungen gemacht.«

»Was für Andeutungen?«

»Von wegen, jetzt würde ein ganz neues Leben anfangen – für sie und Dad. Und wir Jungs würden auch nicht leer ausgehen. Endlich mal würde sich das Blatt zu unseren Gunsten wenden. Sie war voller Euphorie, strahlte so glücklich, wie ich sie noch nie zuvor gesehen hatte. Und sie war nicht betrunken.«

»Ziemlich normal, oder? Phasen, in denen man sich schwört, dass nun alles anders, besser werden wird. Gerade bei Suchtkranken!«

»Dieses Mal war's anders. Das waren keine dieser leeren Versprechungen oder Vorsätze, die nach einem halben Tag wieder gebrochen werden. Irgendwas war passiert.«

»Und weiter hat sie nichts gesagt?«

»Nein. Ich hab nachgehakt, aber sie wollte nicht rausrücken mit der Sprache, tat geheimnisvoll. ›So viel vorab‹, sagte sie ›du kannst dich jetzt schon freuen‹.«

Der Schnee fiel in dichten, dicken Flocken. Der Bildschirm ihres Notebooks leuchtete. Er ließ die weißen Kristalle hinter der Scheibe magisch schimmern. Im Hintergrund konnte sie Lotte leise schnarchen hören.

Ann saß regungslos im Dunkeln und starrte auf das Treiben vor dem Fenster. Gedankenfetzen fegten durch ihren Kopf.

*Was bedeutet das für den Fall der ermordeten Eheleute Tiersch?*

Wieder betrachtete sie das Foto, auf das sie während ihrer Internetrecherche nach Tatjana Tiersch gestoßen war. Wieder las sie die Bildunterschrift. ›Beim alljährlichen Sommerfest bedankte sich Pastor Benedikt Lenssen bei seinen Mitarbeiter/innen. (v. l. Pastor Benedikt Lenssen, Marietta Jansen, Jule Waluzek, Simon Brege, Tatjana Tiersch ...)‹

Die Tote Tatjana Tiersch hatte für den ebenso toten Pastor Benedikt gearbeitet. Zufall?

»Es ist wirklich außerordentlich freundlich von Ihnen, dass Sie mich empfangen. Ich hoffe, ich komme Ihnen nicht anmaßend vor, aber ich hörte erst vor Kurzem, dass Pastor Benedikt ... Ich lebe nicht mehr in Neustadt, wissen Sie? Er war mir während der Vorbereitungszeit zur Konfirmation extrem wichtig. Auch danach habe wir uns gern ausgetauscht. Man konnte mit ihm – sprichwörtlich – über Gott und die Welt reden. Es hat mich tiefer getroffen, als ich selbst für möglich gehalten hätte.« Ann schüttelte betrübt den Kopf.

Die Küsterin nickte ergriffen und füllte die zweite Tasse mit Kaffee. »Ja, wir stehen alle noch immer unter Schock.«

»Für Sie und Ihre Kollegen muss es besonders schlimm sein. Wo Sie doch täglich mit ihm zu tun hatten.«

Wieder nickte die Küsterin.

»Ich kann Sie gut verstehen. Vor ein paar Wochen erst wurde meine Freundin gewaltsam aus dem Leben gerissen. Es bleiben einem nichts als Fragen und Hilflosigkeit. Hat man Ihnen wenigstens sagen können, warum Pastor Benedikt sterben musste? Hat die Polizei den Täter ausfindig machen können?« Sie nippte an ihrer Tasse.

Diesmal schüttelte die Frau den Kopf.

*Vielleicht ist ihr Kontingent an Worten für heute aufgebraucht?*

»Im Grunde genommen wissen wir nichts«, sagte sie dann. »An einem Tag war er noch da, tat wie gewohnt seine Arbeit, war freundlich und guter Dinge – eigentlich wie immer – und am nächsten Morgen war er weg. Gott allein versteht, was da vorgefallen ist.«

»Ja, obwohl man über jede noch so kleine Antwort dankbar wäre, nicht wahr?«

Wieder dieses Nicken.

»Um so schrecklicher muss es für Sie sein, dass nun auch noch Frau Tiersch einem Gewaltverbrechen zum Opfer gefallen ist. Sie hat doch hier gearbeitet, oder?« Vorsichtig beäugte Ann die Küsterin über den Tassenrand hinweg.

Die zögerte, nahm einen Löffel und fing an, ihren pechschwarzen Kaffee rotieren zu lassen. Dann seufzte sie vernehmlich und ... nickte.

*Vielleicht solltest du Fragen stellen, die man nicht mit ja oder nein beantworten kann.*

»Sie war schon lange bei uns.« Sie hob den Löffel und schauten den Tropfen dabei zu, wie sie auf der Kaffeeoberfläche landeten.

Ann folgte ihrem Blick. »Was war ihre Funktion?«

»Haushälterin. Sie hat für Pastor Benedikt gekocht, hat bei ihm sauber gemacht. Und das schon viele Jahre.«

»Dann muss sie ein ganz besonderes Verhältnis zu ihm gehabt haben – also ein ganz besonderes Vertrauensverhältnis.«

*Ja, und wer weiß, welche unchristlichen Geheimnisse er mit seiner Putze geteilt hat?*

»Er schien zufrieden – er hat sich nie beklagt. Aber das entsprach auch nicht seinem Naturell. Er war den Menschen gegenüber aufgeschlossen, behandelte sie mit Respekt – aber das wissen Sie ja.«

Dieses Mal antwortete Ann mit einem eifrigen Nicken. »Ja, er war wirklich ein besonders feiner Mensch. Wir hätten ihn gern für die Beerdigung meiner Freundin gehabt. Er fand immer die richtigen Worte. Und seine Geschichten erst!« Sie lächelte aufmunternd.

Die Augen der Küsterin fingen an zu leuchten. Dieses Thema schien ihr eindeutig mehr zuzusagen. »Geschichten erzählen, das konnte er wie kein anderer. Eine echte Gabe. Und er hat sie gesammelt. Stundenlang hat er damit verbracht, seine ganze Freizeit geopfert. ›Wenn ich mal im Ruhestand bin, Hilla …‹ So nannte er mich immer.« Sie errötete leicht. »›Wenn ich mal im Ruhestand bin, widme ich mich ganz den alten Geschichten. Ich werde sie zusammentragen und daraus ein Buch machen lassen.‹« Betrübt ließ sie die Schultern hängen.

»Wirklich schade. Was waren das für Geschichten?«

»Ausnahmslos welche über Neustädter Bürger. Pastor Benedikt sammelte alte Zeitungsartikel, Familiengeschichten, Anekdoten, die er von Gemeindemitgliedern erzählt bekam, und pickte sich die besonders amüsanten, ungeheuerlichen, rührenden oder spektakulären heraus, recherchierte die Hintergründe und ordnete alles in seinem kleinen Archiv.«

»Interessant. Was geschieht nun damit?«

Die Küsterin zuckte ratlos mit den Schultern. »Wenn sich nicht irgendwann jemand darüber erbarmt, wird es wohl einer Aufräumaktion zum Opfer fallen.«

»Ich schreibe selbst, liebe Geschichten und bin ja auch ein Kind Neustadts. Meinen Sie, ich dürfte einen Blick auf das Archivmaterial werfen?«

Die Küsterin schien unsicher.

»Ob Pastor Benedikt Gefallen daran fände, dass einer seiner Schützlinge sein Werk vollendet und die eine oder andere Geschichte herausbrächte?«

*Einer seiner Schützlinge?*

»Da müsste ich den Gemeinderat fragen.«

»Es handelt sich doch nicht um kirchliche Belange, oder sehe ich das falsch?«

»Schon, aber …«

»Was halten Sie davon, wenn ich mit einer Geschichte beginne, sie Ihnen präsentiere und erst, wenn sie *Ihnen* und dem Gemeinderat gefällt, wird sie veröffentlicht?«

»Aber alle in der Geschichte genannten Personen, oder deren Nachfahren, müssen um ihr Einverständnis gebeten werden.«

»Das versteht sich von selbst. Wo lagern Sie das Material?«

»Im Keller des Gemeindehauses.«

»Dürfte ich mir das mal ansehen?«

»Warst du heute überhaupt schon an der frischen Luft? Du siehst aus wie ein Geist.« Marc schüttelte missbilligend den Kopf.

»Wenn ich noch lange in diesem Keller hocke, werde ich zu einem mutieren.« Ihr Blick wanderte unruhig durch den mit Kisten, Regalen, Schränken und Krimskrams vollgestopften dunklen Raum. Eine alte Schreibtischlampe und ihr Notebook, auf dem Marcs besorgtes Gesicht zu sehen war, waren die einzigen Lichtquellen, die zur Verfügung standen. Ann hatte die Küsterin überreden wollen, das Material an sie auszuhändigen, damit sie es bei Lotte zu Hause und unter *anderen* Bedingungen sichten konnte. Keine Chance.

Also hatte Ann mit sich gekämpft, hatte um jede Minute gerungen. Sie hasste dunkle, enge Räume. Sie war mehr als einmal panisch rausgerannt, nach oben, nach draußen – nur um Luft zu holen.

Doch sie wollte nicht aufgeben. Mit dem Puls eines Marathonläufers saß sie über den Unterlagen, versuchte sich auf die Schnelle einen Überblick zu verschaffen. War Pastor Benedikt über etwas gestolpert, für das jemand morden würde? Und hatte die Tiersch davon gewusst?

»Verrennst du dich da nicht in etwas?«

»Glaubst du, es ist Zufall, dass sie sich kannten?«

»Er war der Pastor. Und du sprichst von Neustadt. Da kennt doch fast jeder jeden.«

Obwohl sie glaubte, Marcs visuelle Anwesenheit müsste ihr Sicherheit geben, merkte Ann, wie die Beklemmung in ihrem Brustkorb zunahm. Ihre Atemzüge wurden hektischer, ihre Hände zitterten.

»Ich fahr zu Lotte. Melde mich gleich noch mal«, presste sie hervor und knallte das Notebook zu.

Als sich eine Stunde später die Verbindung erneut aufbaute, sah sie Marc zusammen mit Fredde in dessen Wohnung, vor ihnen auf dem Couchtisch zwei Bier und eine Schale Chips.

Ann lag kraftlos auf Lottes Gästebett. Diesem Stress über so lange Zeit ausgesetzt zu sein, die Panikwelle ständig so weit runterdrücken zu müssen, dass sie sie nicht von den Füßen riss, setzte ihren Reserven ordentlich zu.

»Und, du Meisterdetektivin, was hat der Priester für dunkle Geheimnisse?« Fredde lachte gut gelaunt in die Kamera. Er sah gut aus. Sein Akku war mit Sicherheit voll. Wenn sie sich von seiner Energie was abzapfen könnte, das wär's.

»Es ist, wie die Küsterin gesagt hat. Er hat unglaublich viele Dokumente, Familienchroniken, Geschichten aus der Zeitung oder dem Internet gesammelt. Dazu gibt es Unmengen an Fotos. Zugegeben, er hat alles akribisch sortiert, datiert und beschriftet. Sein Ordnungssystem ist gut und leicht nachzuvollziehen. Und er hat jeder Akte eine Art Script vorangestellt: eine Auflistung des Inhalts, wann er was wo gefunden hat, eine abstrakte Zusammenfassung der Geschichte – also maximal drei Sätze – und manchmal einen Vermerk, was er noch recherchieren wollte.«

»Klingt nach perfekten Voraussetzungen. Was Interessantes dabei?«

»Ich hab grade mal eine kleinen Teil überflogen. Das meiste sind lustige kleine Anekdoten aus den 1920ern, den

50er-Jahren oder den 70ern. Eine Kostprobe gefällig? Zwei Männer, Nachbarn, die sich nicht grün waren, sich gegenseitig das Leben mit kleinen Niggeligkeiten schwer machten, sich sogar gegenseitig die Unterhosen von der Wäscheleine klauten, wurden zur Strafe an einem Sonntag, während der heiligen Messe, vor dem ganzen Dorf vom Pastor zur Schau gestellt. Sie mussten sich komplett entkleiden und, obwohl es Winter war, mit ihren blanken Hintern, von der Kirche durch ganz Neustadt bis nach Hause laufen, wo sie über ihre kindischen Streitigkeiten nachdenken sollten.«

»Wenn man den damaligen Pastor tot aufgefunden hätte …« Marc stutzte. »Hat man?«

Ann schaffte gerade so ein müdes Grinsen. »Nee, ich glaub nicht.«

Sie sah Fredde einen Schluck Bier nehmen.

»Gehen wir mal davon aus, du hättest recht. Er stößt auf was Brisantes und zieht los, um jemanden damit zu konfrontieren oder einfach nur Fragen zu stellen. Er wird ermordet. Wann war das?«

»Im letzten Herbst.«

»Lass dir von ihm helfen. Dein Pastor war doch so'n Ordnungsfreak und hat alles mit Datum versehen. Such *die* Akte, an der er zuletzt gearbeitet hat.«

*

Sie hatte sich ein Limit gesetzt. Eine Stunde. Eine Stunde, mehr sollte sie nicht brauchen, um die Akte zu finden, in der der letzte, aktuellste Eintrag vermerkt war. Wie wild klappte sie Aktendeckel auf, warf einen kurzen Blick auf die erste Seite, auf das Script, ließ den Deckel wieder fallen und legte die Akte zur Seite. Alles, was älter als ein Jahr war – also eigentlich bisher alles –, kam direkt zurück in die Kiste. Jeder dritte Blick flatterte durch den Raum, beobachtete die Schatten an den Wänden. Hatten die sich verändert?

Sie hielt inne. Nachdenklich betrachtete sie die geöffnete Kiste. Dann fiel ihr Blick auf den Berg Kartons.

Sie nahm ihr Handy.

Nach kurzem Klingeln hörte sie die Stimme der Küsterin.

»Sagen Sie, waren die Akten eigentlich schon immer in diesen Kisten?«

»Wie meinen Sie das?«

»Hat Pastor Benedikt die Akten so gelagert oder wurde das nach seinem Tod gemacht?«

»Nein, nein, bei ihm zu Hause standen die alle in seinen Regalen.«

»Wissen Sie noch, wer die Kisten gepackt hat?«

»Das wird Frau Tiersch gewesen sein.«

»Wann war das?«

»Vor ein paar Wochen, als wir wussten, dass der Pastor nicht wieder zu uns zurückkehren würde. Bis dahin hatten wir ja noch gehofft ... Sagen Sie, warum wollen Sie das alles wissen?«

Ann ließ ein Lachen ertönen. »Ich hätte gern gewusst, an welcher Geschichte er zuletzt gearbeitet hat. Die würde ich gern schreiben. Nur finden müsste ich sie!«

Sie legte das Handy auf den Schreibtisch und ging zu den Kartons.

Wenn Tatjana Tiersch die Akten nacheinander aus dem Regal genommen und in Kisten verpackt hatte, hatte sie doch sicher vorn angefangen. Gut, Ann wusste jetzt nicht, nach welchem System der Pastor die Akten in den Regalen sortiert hatte, die Chance, dass die neuesten vorn oder gar auf seinem Schreibtisch gelegen hatten, empfand sie jedoch durchaus als hoch. Die neuesten waren also zuerst eingepackt worden, lagen demnach ganz unten und ganz hinten.

Sie seufzte. Wenn die Kisten durch den Transport nicht in eine ganz andere Reihenfolge gebracht worden waren.

Egal. Sie schob das schon gesichtete Material in die eine Zimmerecke, baute den Turm an Kisten so weit ab, bis nur noch die unterste Reihe von vier Kartons übrig blieb, und fing mit dem linken an. Dabei sah sie zu, dass sie nie mit dem Rücken zur Tür agierte. Keiner sollte sie je wieder von hinten angreifen können.

Anderthalb Stunden später stand sie japsend vor dem Gemeindehaus. Den Keller hatte sie dem von ihr verordneten Chaos überlassen. Sie ging davon aus, dass es Wochen dauern würde, bis jemand den Raum betreten und es bemerken würde.

*Wo gehobelt wird, fallen Späne.*

Sie kramte ihre Mütze aus der Tasche und zog sie sich tief ins Gesicht. Während des Gehens knöpfte sie ihren Mantel zu und schob den Schal so weit hoch, bis er ihren Mund bedeckte. Der Wind war eisig. Eine Schneefront nach der anderen hatte sich über dem Land entleert. Die Räumfahrzeuge kamen nicht nach, überließen die Nebenstraßen sich selbst. Als Ann mit vor Kälte zitternden Händen die Handschuhe aus der Tasche zog, fiel ihr Blick auf die Akte. Sie hatte sie gefunden. Die eine Akte, an der der Pastor bis kurz vor seinem Verschwinden gearbeitet hatte.

*

Als Lotte von der Arbeit kam, fand sie Ann im Wohnzimmer.

»Äh ... okay – was ist das alles?«

Der Boden war bedeckt mit DIN-A4-Papieren, Ausdrucken von E-Mails, Wikipedia-Texten, Karten und Zeitungsberichten. Ein Durchkommen so gut wie unmöglich. In der Mitte hockte Ann und grübelte.

»Entschuldige. Ich räum das gleich wieder weg. Ich versuche nur zu begreifen, wie das hier alles in Zusammenhang steht. Dazu muss ich das Material erst mal sinnvoll sortiert kriegen – also so, dass es für *mich* Sinn ergibt!«

»Worum geht's?«

»Um die letzten Kriegsjahre, 1943 bis 45, und das KZ Stutthof«

»Eine dunkle Zeit in der Geschichte.«

»Definitiv.«

»Warum ausgerechnet die?«

Ann guckte verständnislos hoch. »Was?«

»Warum willst du ausgerechnet diese schreiben? Er hatte doch so viel Amüsantes, Lustiges in seinem Archiv. Aber du musst ausgerechnet die nehmen, die einem den Schlaf raubt. Ich versteh dich nicht!«

»Weil es seine Letzte ist.«

*

»Und du hast Lotte nicht erzählt, warum du dich wirklich durch seine Unterlagen kämpfst?«

»Nein. Werd ich auch nicht. Ihr fehlt das Verständnis. Sie hat sich verändert.«

»Oder du dich.«

War das so? Sie hatte wohl bemerkt, dass es häufiger hakte zwischen Lotte und ihr. Ann war oft genervt. Lotte wirkte wie ein idealisiertes Relikt aus ihrer Kindheit: ein liebreizendes Geschöpf, umgeben von rosa Zuckerwatte, das keine Lust hatte, sich mit der konfliktbehafteten rauen Welt da draußen abzugeben. Während sie auf ihrer rosa Wolke davonschwebte, verspürte Ann den Drang, sich mitten reinzuwerfen in den Strudel der Ereignisse. Sie wollte unbedingt mitbekommen, warum etwas passierte.

Marie verstand das. »Ann?«

»Ist wohl so. Ich sollte meinen Besuch hier beenden.«

»Du kommst zurück?«

»Paderborn ist zu weit weg. Ich muss erst Gewissheit haben.«

»Wohin willst du dann? Zu deinen Eltern?«

»Unter die Kontrolle meiner Mutter, um mich von ihr anfrosten zu lassen? Nein danke.«

Ann durchforstete ihr Gehirn nach Optionen. Marie schwieg und wartete am Ende der Leitung geduldig.

»Ich quartier mich bei Kevin ein!«

Zufrieden blickte sie sich um. Das Bett war frisch bezogen, die Waschmaschine lief. Sie schob den Sauger zur Seite, ging zum Kühlschrank und schaute hinein. Ein seltsamer Geruch schlug ihr entgegen. Sie seufzte, holte den Mülleimer und schob den kläglichen Inhalt ohne weitere Kontrolle von den Glasböden aus in den Beutel.

Zuerst war ihr die Idee vollkommen verrückt erschienen. Doch dann glaubte sie, es gäbe keinen besseren Stützpunkt für ihre Ermittlungen.

Sie hatte sich durch Fredde die Nummer von Kevins Anwalt besorgt, hatte den als Vermittler genommen, um von Kevin die Erlaubnis zu erhalten, eine Zeit lang seine Wohnung nutzen zu dürfen. Staatsanwaltschaft und Verteidigung hatten keine Einwände, die Wohnung war von der Polizei freigegeben. Der Schlüssel war ihr vom Anwalt überbracht worden. Ein höchst seltsamer Kerl.

Zunächst hatte sie vorgehabt, das Gerümpel nur zur Seite zu schieben und mit dem zufrieden zu sein, was sich ihr an Platz bot. Doch der Muff, der aus einigen Ecken zu ihr herüberzog, ließ sie umdenken.

Der Einkauf musste allerdings warten. Ungeduldig breitete sie die Unterlagen des Pastors vor sich aus. Sie handelten vom grausamen Schicksal der Häftlinge des KZ Stutthof, von Leid, Unmenschlichkeit und einem unglaublichen Maß an Niedertracht. Ann konnte verstehen, dass der Pastor tief bewegt gewesen war. Wo aber war die Verbindung? Das Konzentrationslager befand sich im heutigen Polen, siebenunddreißig Kilometer östlich von Danzig. Die in der Akte namentlich genannten Personen waren keine Einwohner Neustadts, so viel war aus der ersten Sichtung hervorgegangen. Also warum hatten gerade diese Schicksale Pastor Benedikt so umgetrieben?

Ihr Handy blinkte auf.

Eine Nachricht von David, dem Nerd. »Ihre Speichererweiterung ist da.« Und eine Adresse.

*So ganz sauber tickt der auch nicht.*

Man betrat die Firma durch einen verdeckt liegenden Eingang, musste zuvor den kleinen Parkplatz überqueren. Das überdimensionale Firmenlogo hatte Ann schon von Weitem leuchten sehen. Der Raum, den sie dann betrat, spiegelte nicht im Entferntesten das wider, was sie aufgrund der Leuchtreklame erwartet hatte. Er glich einem dunklen Loch. Ein kleiner Schreibtisch und ein Schrank aus Metall waren die einzigen Einrichtungsgegenstände. Dafür standen überall Kartons herum, lagen aufgerollte Kabel und Kleingeräte wie externe Festplatten da. Hinter den drei Monitoren, deren schmucklose Rückseite Ann zugewandt war, sah sie einen regungslosen Schopf an Haaren. Der dazugehörige, Anns Vermutung nach männliche, Rest schien zu vertieft, um von ihrem Eintreten Kenntnis zu nehmen.

»Äh, hallo. David?«

Der Haarschopf vibrierte leicht. Dann wurde der linke Arm ausgestreckt. Am Ende ein Zeigefinger, der auf einen Türrahmen im hinteren Teil des Raums zeigte.

Ann folgte der überaus herzlichen Einladung, stieg die schmalen Stahlstufen hinunter und betrat einen noch kleineren, fensterlosen, ebenso vollgestopften Kellerraum. Ein schmächtiger Mann drehte ihr den Rücken zu, saß am Schreibtisch und beobachtete Vorgänge, die sich auf diversen Bildschirmen abspielten. Neben ihm standen mehrere Tower, Ann nahm an, dass es sich um Server handelte. Ihr nervöses Blinken zeigte emsige Betriebsamkeit.

»David?«

Der Angesprochene drehte sich um. Er hatte dunkle Augen und ebenso dunkle Haare, die keine Anzeichen einer geplanten Frisur erkennen ließen. Seine Haut sah ungesund aus – das konnte aber durchaus dem schummrigen Licht geschuldet sein.

*Vielleicht braucht sie einfach nur mal etwas Sauerstoff.*

»Ann. Wir hatten telefoniert.« Sie ging einen Schritt auf ihn zu.

Er drehte sich weg, fischte einen Zettel unter einem Wust von Kabeln und kleinen Päckchen hervor und fing an zu lesen.

»Sabrina und Mirko Friers, Natalie Krume und Ben Besterwiek, Aleyna Aydin und Dustin Szenkzi. Die Adressen stehen drunter. Hast du das Geld dabei?«

Sie hielt ihm den Umschlag hin. Der Lohn für die Namen der Frauen, die sich hilfesuchend an ›Frauen contra Gewalt‹ gewandt und die sich heimlich mit Denni getroffen hatten.

»Der Zettel?«

Er reichte ihr einen Block und einen Kuli. »Abschreiben.«

»Wie bitte?«

»Du kannst sie abschreiben.«

»Warum überlässt du mir nicht einfach den Zettel?«

»Aus dem gleichen Grund, warum ich dir die Namen nicht per Mail geschickt habe. Ich kann keinen Ärger gebrauchen. Es wird keine Hinweise darauf geben, dass ich dir bei dieser Angelegenheit geholfen habe. Meinen Zettel werde ich vernichten, du kannst mit deinem machen, was du willst.«

*Der hat doch Paranoia!*

Ann schrieb. »Wie hast du …«

»Computer müssen gewartet werden, Firmencomputer erst recht. Neustadt hat eine kleine, feine und gut vernetzte Szene. Mehr musst du nicht wissen.«

*

»Und jetzt? Was willst du mit den Namen machen?« Marc schniefte.

»Du hörst dich nicht gut an.«

»Nur ein kleiner Infekt. Alles gut. Also?«

»Weiß nicht. Das Internet hat nicht viel hergegeben. Ich glaube, ich muss mir die Schläger in natura ansehen. Vielleicht gelingt es mir, Kontakt zu den Frauen aufzuba...« Ann unterbrach sich.

Aus dem Lautsprecher ihres Handys ertönte ein lautes Niesen.

»Tschuldigung. Die Idee ist fast so bekloppt wie die, sich in der Wohnung eines Mörders einzuquartieren.« Marcs Stimme klang gereizt. »Was hast du eigentlich Lotte erzählt?«

»Dass meine Eltern sauer sind, wenn ich nicht noch ein paar Tage bei ihnen verbringe.«

»Als beste Freundin bist du ne Niete.«

»Ich weiß.«

»Ich find's nicht gut, dass du bei dem Typen in der Wohnung pennst. Kannst du überhaupt schlafen?«

»Kevin ist ausbruchssicher weggeschlossen. Was soll mir hier passieren?«

»Er könnte ein paar schräge Kumpel haben. Oder Brüder, die auch das Massenmörder-Gen in sich tragen.«

»Er war's nicht. Da steckt was Größeres hinter. Nachdem klar ist, dass die Tiersch und der Pastor sich gut kannten, neige ich zu der These, dass alles zusammenhängt.«

»Du glaubst, deine Freundin, der Pastor und die Tierschs wurden von demselben umgebracht und Kevin ist das Bauernopfer? Ziemlich weit hergeholt.«

»Jep. I know. Fakt ist: Alle vier kannten sich.«

Marc schnaubte ungläubig.

»Ich weiß, was du sagen willst – kein Wunder, in einem kleinen Nest wie Neustadt. Aber es geht ja noch weiter. Ich habe die Verbindung zwischen dem Archivmaterial des Pastors und Neustadt gefunden. Irgendwie hatte ich schon geahnt, dass es damit zu tun hat. Wir haben in der Schule oft genug darüber gesprochen.«

»Worüber?«

»Über das schreckliche Ende der Cap Arcona. Aber von vorn: Ein Name, der in der Akte von Pastor Benedikt auftaucht, ist Jitzchak Posner. Er stammte ursprünglich aus dem Großraum Hamburg. Er und seine Frau Mariella wurden 1943 in das KZ Stutthof deportiert. Sie wurden getrennt. Mariella kam in ein Außenlager mit meist weiblichen Häftlingen.« Sie geriet ins Stocken. Die plötzliche Stille hatte etwas Erdrückendes.

»Hey, alles gut bei dir?«

»Ich weiß nicht – mein Verstand streikt jedes Mal aufs Neue. Ich lese die Geschichten, ich sehe die Worte, aber es wird einfach nicht greifbar. Meine Empathie scheitert an der Grenze des Vorstellbaren. Und ich fühle mich schlecht dabei, wie ich die Fakten, zusammengequetscht in ein paar nichtssagenden Zeilen, herunterleiere, als beschriebe ich die Arbeitsweise einer ... einer Verpackungsmaschine.«

Nach Sekunden der Stille hörte sie Marc sagen: »Ich weiß genau, was du meinst.«

Ann schloss die Augen und atmete einmal tief durch. Sie sollte sich zusammenreißen. »Wo war ich? Ah ja: Angesichts anrückender sowjetischer Truppen wurde das Lager Stutthof im Januar 1945 aufgelöst. Einen Teil, zumeist Frauen, trieb man über Königsberg nach Palmicken. Dir sagt der Begriff ›Todesmärsche‹ etwas? Jitzchak Posner und unzählige andere wurden gezwungen, in einem großen Treck die Küste entlang zu ziehen. Diejenigen, die diesen Horror überlebten, verlud die SS auf Schuten, das sind antriebslose Lastkähne. Sie steuerten die Cap Arkona an, ein Schiff, das zu der Zeit in den Gewässern vor Neustadt lag. Dort weigerte man sich jedoch, weitere Häftlinge aufzunehmen. Die Angst vor dem nahenden britischen Vorauskommando ließ die Bewacher schließlich fliehen – die ehemaligen Insassen blieben sich selbst überlassen. Das war am 3. Mai 1945.« Ann stockte erneut. Marc ließ ihr Zeit.

»Und dann passierte etwas, das wohl jeder Einwohner unserer schönen Stadt gern ungeschehen machen würde: Die Flüchtlinge trieben mit ihren Schuten an Land und erreichten das vermeintlich rettende Ufer. Der Empfang war schrecklich. Wieder fielen sie in die Hände der sogenannten Schutzstaffel – der SS. Die trieb die Gestrandeten zusammen und eröffnete das Feuer. Es gab nur wenige Überlebende.«

Marc schwieg betroffen.

»An diesem Erbe hat unsere Region schwer zu tragen.«

»Und Jitzchak Posner war unter den Opfern?«

»Man geht davon aus. Er wurde später für tot erklärt und dem Massaker zugeschrieben.«

»Woran denkst du? Ein Erpressungsversuch derer, die daran beteiligt waren? An Rache?« Marc schwieg nachdenklich. »Nach so langer Zeit? Ich weiß nicht. Für viele Nachfahren ist die Zugehörigkeit ihrer Großväter zur SS ein rotes Tuch. Selbst die Mitgliedschaft in der NSDAP wird totgeschwiegen. Niemand will das in seiner Familienchronik. Aber – würde man zweiundsiebzig Jahre später dafür töten?«

»Ich denke, es kommt immer drauf an, was man zu verlieren hat. Es gibt da einen wichtigen Eintrag im Script des Pastors. Datiert auf den 13. Oktober vergangenen Jahres: ›Termin mit W. Reinberg machen!!!‹ Dahinter eine Telefonnummer.«

»W. Reinberg? Jemand, den ich kennen müsste?«

»Du vielleicht nicht. Hier im Raum Lübeck sind Waltraud Reinberg und ihre Familie durchaus bekannt, fast schon prominent. Die alte Frau Reinberg lebt mit ihrem erstgeborenen Sohn und dessen Familie in einer riesigen Villa direkt am Meer. Das dem Gerücht nach imposante Gebäude kann man allerdings nur erahnen, da es auf einem parkähnlichen Gelände steht und durch einen Zaun und eine hohe, immergrüne Hecke von allen neugierigen Blicken abgeschirmt wird. Die Familie besitzt ein paar überaus finanzstarke Firmen, der älteste Sohn führt die Geschäfte, der zweitgeborene bekleidet ein hohes Amt im Rat von Lübeck. Der jüngste besitzt eine Professur an der renommierten Bernhard-Wilhelms-Universität in München und die Tochter lebt in den USA, leitet dort die geschäftlichen Geschicke der Familie. Alle engagieren sich sowohl politisch als auch in Stiftungen. Eine wurde durch den Firmengründer Walther Reinberg ins Leben gerufen: eine Stiftung zum Schutz vor Antisemitismus und gegen rechte Gewalt.«

»Wie passend. Vielleicht eine Art Wiedergutmachung?«

»Mag sein. Ich weiß nur, dass ich keinen einzigen Hinweis in den unendlichen Artikeln über Walther Reinberg gefunden habe, der ihn in Zusammenhang mit den entsetzlichen Taten von 1945 bringt. Und ich habe Stunden mit der Internet-Recherche verbracht. Sein Name, und natürlich der seiner Nachfahren, taucht auf, wenn es um gute Taten geht, um Stiftungserfolge, um Wachstum der Firmen und Schaffung von Arbeitsplätzen, um Benefizveranstaltungen und Spendengalas, aber nie – ich betone *nie* – im Zusammenhang mit negativer Presse, geschweige denn einer Beteiligung an diesem Nazi-Verbrechen.«

»Lebt er noch – Walther Reinberg?«

»Nein. Er verstarb 1983. Bei Kriegsende war er dreiunddreißig Jahre alt.«

»Belege, wonach er sich 1945 in Neustadt aufgehalten hat, gibt es nicht zufällig in den Unterlagen des Pastors?«

»Nein.«

»Oder einen Grund, warum der Pastor Reinberg damit in Verbindung gebracht hat?«

»Fehlanzeige.«

»Es könnte natürlich sein, dass der Geistliche die Reinbergs nur um Hilfe bitten wollte. Er wird doch von der Stiftung und ihrem Engagement gewusst haben.«

»Möglich. Da es sich aber bei dem Eintrag um einen der letzten im Script des Pastors zu handeln scheint, lohnt es, der Sache nachzugehen. Was, wenn er dabei war? Was, wenn herauskommt, dass der hoch respektierte Walther Reinberg 1945 die Waffe gehalten und mehrere Menschen niederträchtig abgeschossen hat? Das würde dem Ruf der Familie beträchtlichen Schaden zufügen, so viel ist sicher. Meines Erachtens ein starkes Mordmotiv.«

»Bezüglich des Pastors, ja. Geht man davon aus, dass die Tiersch von seinen Vermutungen wusste, dann auch für sie. Und um sicherzugehen, musste auch ihr Mann dran glauben – meinetwegen. Aber Denni? Warum die?«

»Das werd ich rausbekommen. Was mir viel mehr Kopfzerbrechen bereitet: Warum die Recherche über Jitzchak Posner und seine Frau? Warum werden speziell diese beiden namentlich herausgestellt, unter all den anderen Opfern? Den Angriff auf die Schiffe, die Tötung der Stutthof-Häftlinge in der Neustädter Bucht, all das findet man in vielen Quellen – natürlich ohne dass irgendwelche Namen genannt werden.«

»Gute Frage.«

»Eine, die ich Frau Reinberg mit Sicherheit stellen werde.«

# Kapitel 13

Das Gebäude war imposant, das Loft ein Traum und der Ausblick unbeschreiblich. Waltraud Reinberg hatte Ann auf ein Treffen in ihren Firmensitz gebeten, ein modernes, mehrstöckiges Gebäude aus Glas und Metall, lichtdurchflutet, schlicht und teuer eingerichtet. Das Loft war umgeben von einer atemberaubend schönen, weitläufigen Terrasse.

Ann fand es vollkommen irreal, dass sie hier stand, dass es so einfach gewesen war, an die Grande Dame des Reinberg-Clans heranzukommen. Pastor Benedikt hatte tatsächlich ihre Privatnummer gehabt. Und Ann hatte eigentlich nur einen Satz sagen müssen: »Sagt Ihnen der Name Jitzchak Posner etwas?«

»Setzen Sie sich doch.« Waltraud Reinbergs Hand wies auf eine kleine Sitzgruppe, von der man durch die großen, bodentiefen Scheiben unendlich weit aufs Meer hinaus sehen konnte.

»Vielen Dank. Die Aussicht ist wirklich wunderschön.«

»Ja. Ein Privileg, für das ich sehr dankbar bin. Darf ich Ihnen etwas anbieten?«

»Nein, danke.«

Die alte Dame setzte sich. Ihre Erscheinung war gepflegt, die Haare silbergrau und akkurat frisiert. Sie strahlte Ruhe und Souveränität aus. Ihr dezent geschminkter Mund lächelte im Einklang mit ihren hellgrau-blauen Augen, die von vielen kleinen Fältchen umgeben waren. Generell ließen die Zeichen des Alters, die in ihrem Gesicht durchaus zahlreich vertreten waren, keine Verbitterung, nichts Verhärmtes erkennen. Ann hätte absolut nichts dagegen, im Alter so auszusehen. Sollte die Firmenchefin von ihrem Besuch in Nervosität versetzt worden sein, war davon nichts zu erkennen. Auch von Ungeduld oder Neugier, keine Spur. Die alte Dame saß einfach nur da und wartete.

Ann beschloss, in die Offensive zu gehen. »Ich möchte Sie nicht unnötig belästigen, deshalb fange ich einfach an. Ich schreibe Geschichten – für den Gemeinderat. Geschichten, die der verstorbene Pastor Benedikt begonnen hatte und die ich nun zu Ende führen möchte. In einer davon kommt ein Mann namens Jitzchak Posner vor. Er war jüdischer Gefangener des KZ Stutthof.« Ann beobachtete die Reinberg genau, sah, wie deren Lächeln verschwand, wie sie sich zurückzog. »Herr Posner strandete am 3. Mai 1945 mit anderen Flüchtlingen in der Bucht von Neustadt.«

Waltraud Reinberg senkte den Blick und betrachtete ihre weichen, faltenüberzogenen Hände.

»Können Sie mir etwas darüber erzählen? Was ist damals passiert?«

Die Reinberg schüttelte den Kopf. Als sie wieder aufschaute, lag eine tiefe Trauer in ihrem Blick. »Ich weiß wirklich nicht, weshalb Sie damit zu mir kommen. Jeder hier weiß, was damals passiert ist. Die Geschichtsbücher sind voll davon.«

»Ihr Vater war dort, hat das ganze Grauen miterlebt, nicht wahr?« Ann wollte vorsichtig sein mit der Äußerung derart folgenreicher Anschuldigungen.

»Wie kommen Sie darauf? Worauf wollen Sie hinaus?« In Waltrauds traurige Miene mischte sich Zorn.

Anns Herz hämmerte jetzt bis zum Hals, die Anspannung ließ jeden Muskel schmerzen. Sie wusste, wie haltlos ihre Vermutungen waren und wie ungeheuerlich es war, sie offen auszusprechen. Aber sie suchte nach einem starken Motiv, das mehrfachen Mord rechtfertigte, und nach einem finanzkräftigen Auftraggeber, der viel zu verlieren hatte. Sie wusste, dass sie kaum Chancen hatte, durch normale Recherchearbeit, und sei sie noch so akribisch, auf fundierte Beweise für ihre These zu stoßen. Daher sah sie nur eine Möglichkeit: Sie musste die Reinberg aus der Reserve locken.

»Also gut: Wir wissen alle, dass die ausgemergelten, traumatisierten, Schutz suchenden, unbewaffneten Menschen, unter ihnen Jitzchak Posner, nicht herzlich in Empfang genommen wurden. Ihnen wurde kein Obdach gegeben, sie wurden nicht mit Nahrung und warmer Kleidung versorgt – nein, sie wurden wie Vieh zusammengetrieben und von der SS abgeschlachtet. Hinterhältig, feige und grausam begangener Völkermord. Was die Welt aber nicht weiß, ist, dass Ihr Vater, der bis in den Himmel gelobte Wohltäter und Beschützer der Juden, selbst dabei war, selbst eine Waffe in der Hand gehalten hat. War es so? Hat er Jitzchak Posner erschossen?« Anns Atem ging flach. Ihr Puls flatterte, als wolle er ihren Körper verlassen, die Hände zitterten. Oh Gott, sie fühlte sich, als stünde sie vollkommen nackt und schutzlos da, darauf wartend, dass ein Sturm aus Eisregen auf sie niedergehen würde.

Waltraud Reinberg starrte sie fassungslos, mit leicht geöffnetem Mund und aufgerissenen Augen an. »Sie wissen doch gar nicht, was Sie da sagen! Und das wollen Sie in Pastor Benedikts Unterlagen gefunden haben? Nie und nimmer!«

*Hoppla, ich fürchte, der Schuss ging nach hinten los.*

Ann fühlte den starken Drang, Anlauf zu nehmen und durch das blank geputzte Fenster zu springen, die Arme auszubreiten und übers Meer davonzufliegen. Hatte sie sich so geirrt? War sie mit ihrer Schlussfolgerung zu voreilig gewesen? Warum war der Pastor ausgerechnet nach diesem Eintrag, dem Termin mit Waltraud Reinberg, verschwunden?

»Ich will jetzt sofort wissen, was in diesen Unterlagen steht. Wo sind die? Ich will sie sehen. Und wem haben Sie sonst noch von diesen ungeheuerlichen Lügen erzählt?«

»Ich soll Ihnen sagen, was drin steht? Das wissen Sie doch! Der Pastor war bei Ihnen, hat mit Ihnen genau darüber gesprochen. Kurz danach wurde er ermordet!«

Waltraud Reinberg wurde blass unter ihrer Schminke. Ihre Augen glänzten verräterisch. Sie drehte den Kopf weg, atmete ein paarmal tief durch und wandte sich, deutlich gefasster, wieder Ann zu. »Ja, es stimmt. Er war hier. Und er hat mir damals etwas versprochen. Bitte, würden Sie mir sagen, was genau Sie in seinen Unterlagen gefunden haben?«

Anns Gedanken überschlugen sich, versuchten, die Situation richtig einzuschätzen. Sie hatte gehofft, ein paar Andeutungen würden reichen, um die Reinberg zu einer unbedachten Äußerung zu verleiten. »Jitzchaks Weg vom KZ bis nach Neustadt. Dort verliert sich seine Spur. Klar ist, dass das Empfangskomitee alles daran setzte, dass kein Flüchtling überlebt. Und zu dem gehörte auch Ihr Vater.«

*Schon wieder eine Lüge.*

*Ich muss es versuchen, wenn ich nicht mit leeren Händen hier rausgehen will.*

»Sonst nichts?« Waltraud sah sie nachdenklich an.

Ann schüttelte leicht den Kopf. »Hätte ich dort etwas finden müssen? Etwas, das der Pastor praktischerweise für immer mit ins Grab genommen hat?«

Die alte Dame runzelte verständnislos die Stirn. Dann weiteten sich ihre Augen. »Sie glauben ...? Du meine Güte. Sie lesen zu viele Krimis.«

»Sie sind Mitglied einer wohlhabenden, angesehenen Familie.«

»Und das macht uns zu Mördern?«

»Das macht Sie zu einem lohnenden Ziel.«

»Also gut, hören Sie. Ich werde Sie ins Vertrauen ziehen, genau wie ich es mit Pastor Benedikt getan habe. Das wird Ihre Neugier hoffentlich befriedigen und Sie davon abhalten, uns als Mörder zu diffamieren. Das bedeutet allerdings nicht, dass Sie diese Geschichte veröffentlichen dürfen. Das werde ich, wenn nötig mithilfe unseres Rechtsbeistandes, zu verhindern wissen.«

Ann nickte unsicher.

»Ja, mein Vater war dort. Aber nicht, um sich, wie Sie vermuten, an dem Gemetzel zu beteiligen. Er war nie bei der SS. Er war ein guter Mensch.« Sie schüttelte bedauernd den Kopf, ihre Stimme hatte an Kraft verloren. »Es muss die Hölle gewesen sein. Draußen auf dem Meer lag neben der Cap Arcona, dem Schiff, zu dem die Häftlinge gebracht werden sollten, noch die Thielbek. Sie wurden aus der Luft beschossen und sanken – beide. Siebentausend Menschen verloren ihr Leben. Die Briten sagen, sie wussten nichts von den Flüchtlingen, dachten, sie würden feindliche Kriegsschiffe bombardieren. Eine schreckliche Tragödie! Eigentlich konnten die Flüchtlinge auf den Schuten von Glück sagen, dass sie abgewiesen worden waren – eigentlich. Doch dann trafen sie auf die SS, die am Strand auf sie lauerte. Sie haben einfach das Feuer eröffnet. Das muss man sich mal vorstellen! Auf wehrlose, entkräftete, halb verhungerte Menschen.«

Die Worte der alten Frau hingen schwer in der Luft. Selbst das Grau des Himmels schien um einiges düsterer als noch vor Minuten.

Ann schwieg. Die bedrückenden Bilder der unzähligen Opfer passten nicht zu den vielen schönen, unbeschwerten Momenten, die sie an den Stränden ihrer Heimat verbringen durfte.

»Mein Vater hat alles mit angesehen. Und ja, er hat sich Zeit seines Lebens gefragt, ob er nicht mehr hätte tun können, um das zu verhindern. Das lag ihm schwer auf der Seele. Und dann entdeckte er Jitzchak. Der war unter ein umgedrehtes, aufgebocktes Holzboot gekrochen, lag zusammengekauert und zitternd im Sand. Mein Vater stellte sich schützend davor. Er hat mir oft erzählt, wie sehr er gefürchtet hat, die SS-Leute könnten entdecken, was er da tat. Und wie quälend lang es dauerte, bis sie sich davon überzeugt hatten, dass es an dem Küstenabschnitt nichts mehr gab außer Leichen, und sie endlich gingen«, fuhr die alte Dame bewegt fort.

Sie griff nach der mit Wasser gefüllten Karaffe und goss einen kleinen Schluck in das vor ihr stehende Glas. Mit langsamen Bewegungen trank sie es aus. »Er hat ihn mitgenommen. Mit zu uns nach Hause.«

Ann konnte ihr Erstaunen nicht unterdrücken. »Jitzchak hat überlebt?«

Waltraud lächelte leicht und nickte. »Ich war vier Jahre alt damals. Ich kann mich kaum an ihn erinnern. Mein Vater hatte sich vor mich hingehockt und mir eingebläut, dass ich mir das eingebildet hätte, dass der dürre, knochige Mann mit den traurigen, dunklen Augen nie bei uns in der Stube gestanden hätte. Ich habe ihn nie wiedergesehen. Und auch keinem davon erzählt.«

»Was ist aus ihm geworden? Haben Sie mit Ihrem Vater darüber sprechen können?«

»Jahrzehnte später – ja. Vater hatte ihn tatsächlich versteckt, über viele Tage, hat ihn mit Essen und Getränken versorgt.«

»Wo?«

»Bei uns, in unserem alten Haus, in einer kleinen Kammer. Ich weiß noch genau, dass ich dort nicht rein durfte. Vater und Mutter meinten, es wäre zu gefährlich, der Boden sei morsch und es gäbe Ratten. Mit vier Jahren stellt man so etwas nicht infrage. Ich glaubte die Geschichte mit den Ratten. Ab und zu hörte ich sie rascheln. Wäre ich älter gewesen, hätte ich mich sicherlich gefragt, warum die Eltern mit Schalen und Geschirr hinein und mit Nachttöpfen wieder herauskamen. Ich glaubte, sie hätten versucht, die Ratten zu fangen.«

Was für eine Geschichte! Walther Reinberg war ein großes Risiko eingegangen. Fragend schaute Ann der alten Dame ins Gesicht.

»Ob er es geschafft hat? Nein, mit allergrößter Wahrscheinlichkeit nicht. Nachdem er etwas zu Kräften gekommen war, wollte Jitzchak unbedingt los, sich durchschlagen zu seiner Frau, wissen, was aus ihr geworden ist. Vater konnte ihn nicht aufhalten. Wir haben nie wieder etwas von ihm gehört. Und Vater war sich sicher, Jitzchak hätte sich gemeldet. Das hatten sie ausgemacht, dass sie sich wiedersehen wollten, wenn das Ganze endlich ganz und gar vorüber wäre.«

»Warum darf niemand von dieser Geschichte wissen?«

»Vater ist nie darüber hinweggekommen. Er wurde zerfressen von Selbstvorwürfen. Er meinte immer, wenn er Jitzchak nur noch eine Weile bei uns hätte halten können, hätte der überlebt. Die Zeiten waren unruhig, auch nachdem der Krieg vorüber war. Doch seine Chancen wären gestiegen, mit jedem Tag, den Vater ihn am Weggehen hätte hindern können. Vater wollte seine Dämonen nicht nach außen tragen und erst recht nicht, dass er für seine Tat als Held gefeiert wird. Es sollte sein Geheimnis bleiben. Ich musste es ihm versprechen. Und ich würde mein Versprechen gern halten.«

Ihr bittender Blick ließ keinen Raum für Optionen.

»Es ist wie mit einem hinterhältigen Krebsgeschwür. Erst wächst es, unbeobachtet von allen, und dann, wenn man meint, man hätte es rechtzeitig genug entdeckt, um es bis auf die letzte Zelle rauszuschneiden, stellt man fest, dass es sich überall verteilt, seine unerbittlich hungrige Brut ausgesandt hat, um dich zu vernichten.«

Der Mann im schwarzen Anzug schwieg. Er wusste, von ihrem nächsten Schachzug hing viel ab. Was würde sie teurer zu stehen kommen? Eine weitere Leiche – oder einfach abzuwarten?

Sein Gegenüber saß nach wie vor in der Ecke des abgedunkelten Raums. Die Silhouette war nur zu erahnen, das Gesicht nicht zu erkennen. Der Mann entschied, weiter zu schweigen und zuzuhören.

»Bislang ist sie nur eine unbedeutende, nett verpackte Hülle – sie hat nichts, sie weiß nichts. Unglücklicherweise macht sie das nicht weniger gefährlich. Sie könnte aus bloßer Unwissenheit heraus gegen den ersten Dominostein treten.«

Obschon ihm bewusst war, wie prekär die Lage war, fühlte er keine Anspannung, sondern eine tiefe Ruhe, die sie beide umgab. Er wusste, sein Auftraggeber war ein besonnener Mensch. Alles konnte – nichts musste. Er wartete.

»Rücken Sie ihr auf die Pelle. Ich will wissen, was sie weiß. Ich will wissen, mit wem sie was bespricht, wem sie vertraut, wer nachts neben ihr liegt. Und ich will wissen, wo ihre Schwachpunkte sind.«

Der Schnee war geschmolzen, der Wind trieb den eiskalten Regen in Schwaden über das Land. Die Küstenregion war in ein monotones Grau getaucht.

*Spitzenwetter, um miese Kerle zu observieren.*

Ann hockte seit einer gefühlten Ewigkeit hinter einer von dichten, immergrünen Büschen umgebenen Hausecke und starrte auf den Eingang von Hausnummer achtzehn. Die weiß verputzte Doppelhaushälfte wirkte erschreckend normal, obschon sich hinter ihrer Fassade sicherlich einige Dramen abspielten.

Ben Besterwiek hatte vor Stunden das Haus verlassen. Zumindest nahm sie an, dass es sich bei dem kleinen, untersetzten Mann um ihn gehandelt haben müsste. Von seinem Opfer – Natalie Krume – keine Spur.

Eine halbe Stunde nachdem der Mann in seinen bordeauxroten Opel Astra gestiegen und gefahren war, hatte Ann den ersten Versuch einer Kontaktaufnahme gewagt und geklingelt. Leider vergebens.

Unschlüssig hatte sie sich wieder hinter die Hausecke verzogen.

Der Regen tropfte von der Kapuze auf ihre Nase. Sie wischte sich den nassen Pony aus dem Gesicht.

Eigentlich, dachte sie, hatte sie den perfekten Zeitrahmen gewählt: Von sechzehn Uhr an bis in den Abend hinein. Viele Berufstätige kamen in dieser Zeitspanne nach Hause, Einkaufstouren oder Besuche waren beendet. Doch von Natalie Krume war nichts zu sehen. Die Fenster des Hauses blickten Ann düster und trostlos an.

Machte es überhaupt Sinn, hier auszuharren? Was, wenn sie heute gar nicht mehr käme?

*Weil sie zum Beispiel Krankenschwester ist und Spätschicht hat oder für ein paar Tage zu ihrer Mutter gefahren ist oder mit ihrem Kegelklub auf Mallorca oder ...*

»Halt die Klappe«, murmelte Ann.

Sie löste sich von der Hausecke, überquerte die Straße und ging langsam an der Doppelhaushälfte vorbei. Ihr war kalt, der Saum ihrer Pulloverärmel hatte trotz Regenjacke Wasser gezogen, ihre Hose und Schuhe waren pitschnass. Sie wollte nach Hause.

Sie sah einen Wagen die Straße heraufkommen. Er bog in die Einfahrt der Nachbarwohnung ein. Eine Frau stieg aus und beeilte sich, unter das schützende Vordach zu kommen.

»Sagen Sie, Sie wissen nicht zufällig, wann Frau Krume nach Hause kommt?« Ann blieb vor dem Eingang der Nachbarin stehen und blinzelte durch den Regenschleier.

»Die werden Sie hier nicht mehr antreffen.«

»Oh! Ist sie weggezogen? Sie wissen nicht zufällig wohin?«

Unsicher blickte die Frau um sich. Sie fühlte sich sichtlich unwohl.

Ann ging durch den Vorgarten, näherte sich der Nachbarin bis auf einen respektvollen Abstand. »Ich bin eine alte Bekannte. Wir haben uns lange nicht gesehen. Es wäre wirklich schade, wenn ich unverrichteter Dinge wieder fahren müsste.«

Die Frau kam näher und senkte die Stimme. »Ich weiß es nicht mit Sicherheit. Aber ich denke, sie ist untergetaucht.«

»Sie meinen, sie ist weg von Ben? Was ist passiert?«

»Es war ein Drama. Ständig dieses Geschrei – wie wild rumgetobt hat er. Und was er ihr alles an den Kopf geworfen hat. Man weiß ja gar nicht, was man da tun soll, so als Nachbar.«

»Hat er sie geschlagen?«

»Ich weiß es nicht. Kann sein. Gesehen haben wir das nicht! Da wären wir natürlich sofort eingeschritten. Aber es gab Zeiten, da hat sie tagelang das Haus nicht verlassen.«

»Und wie kommen Sie darauf, dass sie jetzt weg ist?«

»Ich war am Küchenfenster. Da hab ich sie gesehen. Sie hatte eine kleine Reisetasche dabei, hat sich permanent ängstlich umgeschaut und ist in ein Taxi gestiegen. Das war vor vier Wochen. Seitdem ist sie verschwunden.«

»Vielleicht ist sie Verwandte besuchen oder im Urlaub?«

»Sie ist nie allein irgendwohin. Außerdem weiß *er* auch nicht, wo sie ist. Er war so wütend. Ich dachte schon: Gleich schlägt er mich.«

»Er war hier und hat nach ihr gefragt?«

Die Frau nickte. »Ich hatte sehr große Angst, aber ich hab nichts gesagt. Ich hab ihm nicht erzählt, dass ich gesehen habe, wie sie weggefahren ist.«

Die heiße Dusche hatte Wunder bewirkt – endlich wieder warme Füße. Der Tee stand dampfend vor ihr auf dem kleinen Tisch. Sie hatte es sich gerade auf Kevins Sofa bequem gemacht, als es klingelte.

Es war das erste Mal, dass sich in der fremden Wohnung Besuch ankündigte. Leise ging sie zur Tür und blickte nachdenklich auf den elektronischen Öffner. Sollte sie überhaupt reagieren? Alle wussten, dass Kevin im Knast saß, dass sie sich hier eingenistet hatte, dagegen kaum einer.

Als es plötzlich vor ihr an der Tür klopfte, schrak sie zusammen. Der Besucher war also schon im Haus, stand hinter der dünnen Schicht aus Holz und Metall. Vorsichtig spähte sie durch den Spion.

Kevins Anwalt!

Die Hand schon an der Klinke, hielt sie inne und sah an sich herunter. Der Einteiler, in dem sie steckte, zählte zu der Kategorie saugemütlich, aber nicht vorzeigbar. Sein weiches, dickes Teddyfell, die Bommel, selbst die Kapuze waren perfekt, um einen kalten Wintertag auf dem Sofa zu überstehen. Für das Treffen mit einem akkurat gekleideten Anwalt schien er ihr ein wenig ...

*... albern?*

Wieder klopfte es. »Frau Arnold? Sind Sie da?«

Zögerlich öffnete sie die Tür. »Entschuldigen Sie bitte meine Aufmachung. Ich hatte nicht mit Besuch gerechnet.« Sie trat zur Seite, ließ ihn eintreten.

Er verzog die Mundwinkel zu etwas, das wohl ein Lächeln darstellen sollte, und folgte ihr.

»Wie ich sehe, hat es der Wohnung nicht geschadet, dass Sie eingezogen sind.« Er setzte sich.

Ann musterte den kleinen, hageren Mann, seinen extrem hellen Teint, die spitze Nase und den winzigen, fast lippenlosen Mund. Sie erwischte sich dabei, wie sie Mitleid für ihn empfand. Mit diesem Aussehen hatte man es sicherlich nirgendwo leicht – erst recht nicht vor Gericht. Dazu kam das seltsam dünne Stimmchen. Ob es überhaupt möglich war,

Stärke und Durchsetzungsvermögen zu vermitteln, wenn sich die Natur derart launisch an einem ausgetobt hatte?

»Mein Mandant bat mich, nach dem Rechten zu schauen und Sie bei der Gelegenheit über den aktuellen Stand seines Verfahrens zu informieren.«

»Gibt es Neuigkeiten? Wie stehen seine Chancen?«

»Wir haben ein psychologisches Gutachten erstellen lassen. Es bescheinigt ihm – sagen wir es mit profanen Worten – eine Art von Verfolgungswahn, gepaart mit unaufgearbeiteten Schuldgefühlen.«

»Verfolgungswahn? Sind Sie sich sicher? Vor wem? Wodurch ausgelöst?«

Die Polizei und die Staatsanwaltschaft glauben, dass Herr Tiersch seine – Ihre – Freundin Denise Brämer getötet hat, weil er es nicht verkraftete, dass sie nach Reutlingen gehen würde.«

»Aber man hat keine Waffe gefunden. Man konnte ihm nicht nachweisen, dass er auch nur versucht hat, sich eine zu besorgen. Man fand keine Spuren von ihm an der Leiche oder dem Fundort.«

»Sie sind gut unterrichtet. Nein, die fand man nicht. Aber man fand ein Foto von ihr aus der Tatnacht – hier, in dieser Wohnung. Nach der Tat, so die Staatsanwaltschaft, hätten ihn die Schuldgefühle zerfressen. Gleichzeitig habe er geglaubt, seine Eltern wären ihm auf die Schliche gekommen. Seine Mutter war schwer alkoholabhängig. Sie hätte für ihn, während einer Trunkenheitsphase, zu einem unkalkulierbaren Sicherheitsrisiko werden können. Herrn Tierschs psychologisches Gutachten scheint der These zu entsprechen. Es geht sogar noch weiter. Die Ärzte können sich vorstellen, dass Herr Tiersch nicht nur uns etwas vormacht, sondern wirklich an das glaubt, was er von sich gibt: dass es einen bösen Unbekannten gibt, dass die Polizei darin verwickelt, ja sogar an den Morden direkt beteiligt ist. Herr Tiersch ist stark traumatisiert. Er hat Dinge getan, zu deren Ausführung er sich selbst wahrscheinlich nie für fähig gehalten hätte. Der Schutzmechanismus seines Körpers lässt ihn eine Parallelwelt aufbauen. Er glaubt fest an seine Wahrheit. Deshalb empfinden wir ihn auch als so glaubwürdig.«

»Sie denken wirklich, er war's? Haben Sie nie Alternativen in Betracht gezogen?«

»Sie meinen, dass jemand die Beweise bei ihm platziert haben könnte? Dass er als Sündenbock dient? Doch. So unwahrscheinlich es auch klingen mag. Ich verfolge jeden noch so kleinen Hinweis, wenn ich denke, er könnte meinen Mandanten nützen. Ich habe akribisch untersucht, welche Möglichkeiten es gegeben haben könnte, in Herrn Tierschs Wohnung zu gelangen, um die Beweismittel dort auszulegen. Der einzige Zugang wäre der Vermieter gewesen. Er allein hat einen Zweitschlüssel. Nun ist es so, dass der Mann zum fraglichen Zeitpunkt bei seiner Schwester in München war. Die Schlüssel befanden sich sicher verwahrt in seiner Wohnung, in die nicht eingebrochen wurde. Der Vermieter konnte glaubhaft versichern, dass er den Schlüssel an niemanden weitergegeben hat. Zudem bestand, bis auf das Mietverhältnis, keinerlei Verbindung zwischen dem Vermieter und Herrn Tiersch. Ich habe das gründlich recherchiert. Wie also soll der Täter in die Wohnung gelangt sein?«

»Es gibt die Möglichkeit, Schlüssel nachmachen zu lassen.«

»Ohne dass es der Besitzer merkt? Ich habe Herrn Tiersch dazu befragt. Er kann sich nicht daran erinnern, seinen Schlüssel irgendwann einmal verlegt, verloren oder überhaupt vermisst zu haben.«

»Aber wozu die Aktion mit dem Panzerband bei Denni? Wenn er sie einfach nur am Weggehen hindern wollte ... Wo hat er die Tat begangen? Mit welcher Waffe? Wie hat er die Leiche in die Kiesgrube schaffen können, ohne Spuren an seinem Auto zu hinterlassen? Wie konnte er bei Denni so akribisch arbeiten und nach den Morden an seinen Eltern so nachlässig sein? Warum fand man sein Auto zwischen Süseler See und Lübecker Bahnhof und nicht auf der Strecke Neustadt-Lübeck?«

Ann bemerkte den anerkennenden Blick des Anwalts nicht. »Es überrascht mich, welche Details Ihnen bekannt sind. Darf ich fragen, wie Sie an die Panzerband-Information gelangt sind?«

»Wir reden hier von Neustadt. Sobald mehr als eine Person beteiligt ist, können Sie Ihr Geheimnis auch gleich auf dem Marktplatz anschlagen lassen.«

»Also, was glauben Sie? Ich lasse mich gern umstimmen, wenn es meinem Mandanten hilft.«

Ann schwieg.

»Wie ist der Täter in Kevin Tierschs Wohnung gekommen? Und was vielleicht noch viel wichtiger ist: Warum das alles? Warum sollte jemand Ihre Freundin Denise Brämer töten, penibel darauf achten, keine Spuren zu hinterlassen, dann die Eltern des Verdächtigen umbringen und erst danach alles Herrn Tiersch anlasten? Wer sollte Interesse an so einer vertrackten Vorgehensweise haben? Wo liegt das Motiv?« Der Anwalt beobachtete Ann, die schweigend zugehört hatte.

»Ich gebe zu, ich weiß es nicht. Vielleicht muss man den Tod von Denni und die Morde am Ehepaar Tiersch getrennt betrachten. Vielleicht handelt es sich um zwei Täter!«

»Und beide belasten Herrn Tiersch?«

»Sie selbst sagten gerade, dass ihm bei Denni nichts nachzuweisen sei.«

»Richtig. Bis auf ein Motiv. Und Sie dürfen nicht vergessen: Kevin Tiersch ist die einzige Verbindung zwischen den drei Morden.«

Er ließ ihr kurz Zeit, seine Worte wirken zu lassen. »Hören Sie, ich denke, wir sind uns einig, dass eine Beteiligung der Polizei als absoluter Quatsch abzutun ist. Das ganze Spurensicherungsteam müsste involviert sein. Es gibt für niemand anderen als Kevin Tiersch ein Motiv, kein anderer steht mit allen drei Opfern in Verbindung. Die Spurenlage, zumindest was die beiden letzten Morde angeht, ist eindeutig. Ich habe keine Wahl. Meine einzige Chance liegt darin, ihm gesundheitliche Probleme nachzuweisen.«

*

»Du siehst scheiße aus. Komm nach Hause!«

»Sagt der, mit der roten Rentiernase und ner Stimme wie Joe Cocker.« Ann schaute auf den Monitor. Marc musste es ordentlich erwischt haben. Prompt drehte er sich weg und nieste zweimal laut.

Fredde kam ins Bild.

»Dass du dich überhaupt in seine Nähe traust«, witzelte sie.

»Ich bin immun. Und? Was gibt's Neues? Konntest du rauskriegen, ob sich eine der Frauen öfter mit Denise getroffen hat?«

Ann bemerkte die Blicke der beiden Männer und seufzte. »Guckt nicht so bemitleidend. Ich bin noch viel fertiger, als ich aussehe. Wenn das Ganze wenigstens was gebracht hätte, aber ich komm einfach nicht weiter. Mit zwei der drei Frauen konnte ich kurz reden. Aufgrund ihrer Schilderungen würde ich deren Partner als Täter ausschließen. Die dritte Frau ist verschwunden. Ob im Frauenhaus oder verscharrt in irgendeinem Keller – ich weiß es nicht. Weihnachts-Grapscher Gregor ist meines Erachtens raus und nachdem ich dem Büro Plaunberg einen so fetten Köder vor die Füße geworfen habe – nix ist passiert, ich lebe immer noch –, werde ich auch das wohl oder übel von meiner Liste streichen müssen.«

»Gegen Kevin Tiersch läuft jetzt eine Anklage wegen dreifachen Mordes. Es gibt ein psychologisches Gutachten«, bemerkte Fredde.

»Ich weiß.« Ann erzählte den beiden vom Besuch des Anwalts.

»Vielleicht solltest du dich ...«

»... damit abfinden, dass Kevin der Täter ist?« unterbrach Ann Fredde. »Vielleicht. Selbst der falsche Fuffziger Walther Reinberg, der vor meinem geistigen Auge Dutzende von Flüchtlingen niedergemetzelt hat, erweist sich schlussendlich als selbstloser Held und wahrer Menschenfreund. Ich hätte selbst drauf kommen können. Pastor Benedikt hat ihn in einer seiner Randnotizen sogar mit jemandem gleichgesetzt: Walther Reinberg = J. Iskariot stand dort, dreimal rot unterstrichen. Wahrscheinlich ein ebenso großer Wohltäter, wenn nicht gar Heiliger!«

»Du bist nicht sehr bewandert in den Texten der heiligen Schrift, oder?«, vernahm sie Marcs kratzige Stimme.

Ann und Fredde sahen ihn erstaunt an.

»Magst du uns erleuchten, o weiser Hüter des heiligen Buches?« Fredde zwinkerte Ann zu.

»Mit J. Iskariot ist kein Geringerer gemeint, als einer der zwölf Apostel, besser bekannt unter dem Namen Judas, der Verräter.«

»Du meinst, der Judas, der die Tempelwache zum Aufenthaltsort Jesu geführt hat und ihn mit einem Kuss identifizierte, sodass er den Römern übergeben und gekreuzigt werden konnte?«

»Jep, genau der.«

Anns Müdigkeit war in Bruchteilen einer Sekunde verschwunden. Was konnte Pastor Benedikt veranlasst haben, einen Helden, Retter und Wohltäter wie Reinberg mit Judas dem Verräter gleichzusetzen?

# Kapitel 14

Der penetrante Gestank von Blut, Urin und feuchter Erde kroch beißend durch das Innere ihrer Nase, breitete sich in Neben- und Stirnhöhle aus und ließ einen widerlichen Brechreiz wellenartig durch ihren Körper fahren. Sie wollte schreien, konnte es aber nicht. Ihre Lungenflügel krampften, ihr Puls hämmerte, während ihre Augen verzweifelt versuchten, die Dunkelheit zu durchdringen.

Als Ann schreiend aufwachte, schweißnass und zitternd, war das Letzte, an das sie sich erinnern konnte, Kevins blutverschmiertes, zu einer hässlichen Fratze verzogenes Gesicht.

Das Kinder-Nachtlicht schien machtlos gegen die Schwärze im Zimmer. Panisch wirbelte sie mit den Armen, bis ihre Hände endlich die Nachttischlampe zu fassen bekamen, sie den Knopf drücken und die Dunkelheit zurückdrängen konnte.

Ihr Blick fiel auf die Uhr. Vier Uhr fünfundfünfzig. Sie horchte, versuchte neben dem lauten Rauschen ihres eigenen Blutes Geräusche auszumachen – Geräusche, die nicht in diese Wohnung gehörten. Aber nein, da war nichts.

Sie fror erbärmlich. Am ganzen Körper zitternd stand sie auf, ging schwankend in Richtung Bad, während sie sich nach und nach ihrer triefend nassen Kleidung entledigte.

Es brauchte zehn Minuten unter der heißen Dusche, dann fühlte sie, wie das Leben langsam zurück in ihren Körper strömte.

*Hast du dich in letzter Zeit mal angeschaut? Du bist so was von fertig!*

Vorsichtig riskierte sie einen schnellen Blick in den vom Wasserdampf benetzten Badezimmerspiegel.

Es stimmte, sie hatte schon frischer ausgesehen. Momentan ging es eher in Richtung ›The Walking Dead‹. Sie sollte sich bewerben, als Wasserleiche für den nächsten Tatort.

*Oder du lässt das Ganze hier hinter dir. Hau ab!*

Marc würde in ein paar Tagen nach Wiesbaden ziehen. Sie könnte mitgehen.

*Bomben-Idee!*

Sie schlug ihre nassen Haare in ein Handtuch, drehte es zu einem Turban, schlüpfte in Kevins viel zu großen Bademantel und ging unschlüssig durch die Wohnung.

Ja, sie sollte endlich raus hier. Was für eine bekloppte Idee, sich bei einem Mörder einzuquartieren.

*Einem mutmaßlichen Mörder!*

Ihr Blick blieb an der Akte des Priesters hängen. Warum war Walther Reinberg für den Pastor Judas, der Verräter?

Marc, Fredde und Ann hatten darüber noch hitzig diskutiert.

Sie hatte gemeint, das könne nur eines heißen: Walther Reinberg, der Jitzchak Posner vielleicht zunächst wirklich helfen wollte, hatte ihn letztendlich doch verraten und ausgeliefert. Fredde hingegen war der Meinung, der Pastor habe genau die gleichen Gedankengänge gehabt wie Ann, bevor sie Waltraud Reinberg besucht hatte. Pastor Benedikt habe gedacht, Walther Reinberg hätte allen nur etwas vorgemacht, sei in Wirklichkeit an dem SS-Verbrechen von 1945 in der Neustädter Bucht beteiligt gewesen. Also schrieb er diese Randbemerkung, ging zu Waltraud Reinberg und wurde eines Besseren belehrt.

»War es so?«, murmelte Ann, schlug die Akte auf und ging sie Seite für Seite noch einmal durch. Zwanzig Minuten später stolperte sie über etwas, das auf dem rechten, unbeschriebenen Streifen einer Seite zu sehen war. Die Notiz war kaum zu erkennen. Sie war mit Bleistift geschrieben, blass und leicht verschmiert.

Ann klappte die anderen Blätter zur Seite weg und hielt den Bogen Papier gegen die Zimmerlampe.

Es handelte sich definitiv um einen Namen. Mit einiger Mühe entzifferte sie: ›Samu Joergensen/Svendborg DK‹.

Sie klappte ihr Notebook auf und gab die Worte in die Suchmaschine ein. Den Namen Jørgensen gab es in Svendborg recht häufig, zwar mit dem für Dänemark so typischen ø statt oe, dennoch ging Ann davon aus, dass es sich lohnen könnte, die beiden mit Vornamen Samu anzurufen und sie zu fragen, ob einer von ihnen, vor noch nicht allzu langer Zeit, Kontakt zu einem Pastor aus Deutschland gehabt hatte.

*

*Svendborg, Dänemark*

»Farfar? Da war eben ein merkwürdiger Anruf aus Deutschland.« Lika Jørgensen strich sich eine der widerspenstigen Locken aus ihrem Gesicht.

»Der Pastor? Endlich! Hat er sich doch noch gemeldet!« Likas Großvater erschien im Türrahmen der kleinen Diele.

»Nein, eine Frau namens ...« Ihre Augen suchten den Zettel nach der richtigen Information ab. »Ihr Name war Johanna Arnold. Sie hat nach ihm gefragt, nach dem Pastor. Und ob du ihn kennen würdest.«

Samu hob auf die ihm ganz eigene Art seine linke buschige, grau-weiße Augenbraue und schaute seine Enkelin fragend an. »Weshalb?«

Lika liebte ihren Farfar, ihren Opa. Zu ihm hatte sie schon als Kind flüchten können, wenn ihre Eltern sie mal wieder drankriegen wollten, nur, weil sie etwas experimentierfreudiger gewesen war als die Kinder anderer Leute. Lika hatte eher zu der Kategorie wild und unberechenbar gehört. Auch jetzt, mit vierundzwanzig, brauchte sie die Extreme. Sie musste mit jeder Zelle spüren, dass sie am Leben war. Ihre dunklen Augen lösten sich vom Zettel und blickten ihn an. »Der Pastor wurde ermordet.«

Lika kannte Samu gut. Sie konnte ihn lesen. Da war kein Erstaunen, kein Mitleid und keine Trauer – nur Schmerz, Wut und Hass.

»Und die Briefe?«

*

*Neustadt in Holstein*

Ann betrachtete ihren Fragenkatalog.

Den richtigen Samu Jørgensen hatte sie zwar gefunden, gesprochen hatte sie aber nur mit einer Frau: Lika – seiner Frau, seiner Tochter? Wie dem auch sei, diese Lika war sehr einsilbig gewesen. Immerhin konnte sie bestätigen, dass Pastor Benedikt Kontakt zu ihnen gesucht hatte.

Ob der Pastor ihnen etwas hinterlassen hätte?

Diese Frage von Lika fand Ann merkwürdig.

»Um was soll es sich dabei handeln?«, hatte sie gefragt.

»Das ist privat. Gibt es ein Erbe?«

»Einen Nachlass? Das weiß ich nicht.«

»Warum rufst du mich an?«

»Ich hoffte, Sie würden mir erklären können, aus welchem Grund der Pastor Herrn Jørgensen kontaktiert hat. Ist er da? Kann ich ihn sprechen?«

»Warum willst du wissen?«

»Es ist kompliziert. Es geht um das Schicksal eines gewissen Jitzchak Posner. Sagt Ihnen der Name etwas?«

Am anderen Ende war es kurz still geworden. »Wer ist das?«

Ann hatte grob den ihr bekannten schweren Gang von Jitzchak und Mariella Posner vom KZ Stutthof bis zu ihrem tragischen Ende in Palmicken, beziehungsweise bis zu den schrecklichen Geschehnissen von Neustadt nachgezeichnet. Walther Reinberg hatte sie unerwähnt gelassen, als sie mit den Worten »Herr Posner galt jahrelang als vermisst, bevor er schlussendlich für tot erklärt wurde« zum Ende gekommen war.

»Ich weiß nicht.«

»Aber vielleicht weiß Herr Jørgensen etwas. Wenn ich ihn sprechen könnte ...?«

»Er ist nicht da. Hat die Pastor nichts gelassen liegen? Ein Paket mit Namen Samu Jørgensen darauf oder ein Konvolut?«

Als Ann ihre Unwissenheit bekräftigt hatte, war das Gespräch ziemlich abrupt beendet worden.

Ann blickte auf die Fragen, die sich nach diesem seltsamen Telefonat aufgetan hatten.

- Wer sind Lika und Samu Jørgensen?
- Was befindet sich in dem ominösen Umschlag, auf den Lika und Samu so erpicht sind?
- Welche Verbindung besteht zwischen Samu Jørgensen und Jitzchak Posner?
- Warum hat der Pastor sich die Mühe gemacht, Jørgensen ausfindig zu machen – wie ist er auf ihn gekommen?
- Und wer hat Pastor Benedikt überhaupt darauf gebracht, das Schicksal von Jitzchak und Mariella Posner zu recherchieren?

*Glaubst du wirklich, der Däne bringt dich dem Mörder von Denni auch nur einen Schritt näher? Wahrscheinlich war es Zufall, dass der Pope den Namen auf dieses Blatt gekritzelt hat und in Wirklichkeit wollten sie ... Briefmarken tauschen.*

»Nur noch diese eine Spur. Sollte die sich auch als Fehlschlag erweisen, gebe ich auf, lasse alle Steuerfuzzis, Weihnachts-Grapscher, Frauen-Schläger und millionenschwere Industrie-Clans in Ruhe und reise ab«, schwor sie sich leise.

Hilla, die Küsterin, war nach ein paarmal Klingeln dran gewesen. Ann konnte sie vor sich sehen, ihren despektierlichen Blick und die leicht geröteten Wangen.

»Wir haben Sie lange nicht gesehen. Sind Sie mit der Recherche im Gemeindehaus schon fertig?«

*The Sexton is not amused.*

Ann ignorierte den säuerlichen Unterton von Hilla. »Fürs Erste ja. Ich habe mir die wichtigsten Dinge notiert und die letzten Tage für weitere Recherchen genutzt. Sie wissen ja, ich würde gern die Geschichte schreiben, an der Pastor Benedikt zuletzt gearbeitet hat. Genau aus diesem Grund rufe ich auch an. Vielleicht können Sie mir helfen. Die Aufzeichnungen Benedikts handeln von jüdischen KZ-Häftlingen, die 1945 in Neustadt strandeten. In diesem Zusammenhang findet sich der Name Reinberg. Wissen Sie etwas darüber?«

»Eine Geschichte über KZ-Häftlinge? Nein, das ist mir neu.« Hillas Stimmfarbe machte keinen Hehl aus ihrer Enttäuschung. Die Küsterin konnte es sicherlich kaum verschmerzen, dass der Pastor Geheimnisse vor ihr gehabt hatte.

»Demnach wissen Sie nicht, wie Benedikt darauf kam, sich diesem Ereignis, diesen Leuten zu widmen?«

In der Leitung blieb es still.

*Wetten, sie schüttelt wieder den Kopf?*

»Haben Sie meine Frage verstanden? Können Sie sich vorstellen, wer zum Thema Konzentrationslager Stutthof, zu den schrecklichen Ereignissen des 3. Mai 1945 in der Bucht von Neustadt und gestrandeten Häftlingen, Informationen mit dem Pastor ausgetauscht haben könnte?«

»Ich weiß nicht. Mir fällt da keiner ein.«

»Auch nicht im Bezug auf die Familie Reinberg?«

»Die Reinbergs kennen sich gut aus. Sie engagieren sich seit Jahrzehnten für die Rechte von Juden, kümmern sich um die Opfer von rechter Gewalt. Aber Kontakt gab es eigentlich nur zu Ernst. Und der ... na ja, der wird damit nichts zu tun gehabt haben.«

»Was für ein Ernst? Ernst Reinberg? Wieso kann er nichts damit zu tun haben?«

Hilla seufzte. »Ernst war Waltraud Reinbergs jüngster Bruder, der letzte Sohn von Walther und Irma Reinberg.«

»War?«

»Er ist im letzten Oktober verstorben.«

»Aber das heißt doch, dass er zum Zeitpunkt von Pastor Benedikts Recherche noch gelebt haben müsste, oder? Warum glauben Sie, dass dieser Ernst nichts damit zu tun haben könnte?«

»Ernst war schon seit Jahren in einer psychiatrischen Anstalt untergebracht. Er lebte sehr zurückgezogen, auch als er noch bei den Reinbergs wohnte. Ich glaube kaum, dass er sich mit Dingen wie dem zweiten Weltkrieg, wahlweise seinen Folgen auseinandergesetzt hat. Dazu wäre er gar nicht in der Lage gewesen.«

»Wieso nicht? Welcher Art war seine psychische Störung?«

»Genaues kann ich Ihnen nicht sagen. Er war wohl depressiv und labil, kam mit dem normalen Leben nicht klar. Wir haben ihn nie zu Gesicht gekriegt. Der Einzige, der zu ihm durfte, war Pastor Benedikt. Einmal die Woche besuchte er ihn. Erst bei den Reinbergs zu Hause, danach in der Anstalt. Als es zu Ende ging, war der Pastor fast täglich dort.«

»Dann war das Verhältnis zum Rest der Familie doch sicher ein besonders enges, oder? Man lief sich häufiger über den Weg, kümmerte sich gemeinsam um das Wohl von Ernst ...«

»Nein. Der Pastor bedauerte immer, wie isoliert und einsam Ernst gelebt hatte. Waltraud und ihr Mann Hermann, Gott hab ihn selig, waren sehr beschäftigt. Sie hatten die Kinder, das Unternehmen, die gesellschaftlichen Verpflichtungen – da war kein Platz für die Intensiv-Betreuung des kranken Bruders. Verstehen Sie mich nicht falsch – es ist nicht so, dass Waltraud und ihre Familie Ernst vernachlässigt hätten. Er war immer gut versorgt. Nur die persönliche Bindung, die hat sehr gelitten.«

»Wie alt war Ernst Reinberg, als er starb?«

»Zweiundsiebzig.«

»Woran ist er gestorben?«

»Sie fragen mich Sachen! Das weiß ich nicht. Herzinfarkt? Schlaganfall? Irgend so etwas wird es wohl gewesen sein. Ist das von Belang?«

»Nein, natürlich nicht. – Hat Ernst Reinberg dem Pastor etwas vermacht?«

Ein paar Sekunden lang blockierte eine ordentliche Portion Empörung die Leitung und hüllte beide Frauen in Schweigen.

*Hühnerhabicht! Erinnerst du dich an diesen schrägen Vogel aus den Zeichentrickfilmen, die wir früher immer geguckt haben? Genauso guckt die jetzt. Da gehe ich jede Wette ein! Wie der durchgeknallte Hühnerhabicht, dem das Hühnchen grad eins ausgewischt hat.*

»Sie möchten wissen, ob Herr Reinberg die Kirche nach seinem Tod bedacht hat? Ich glaube kaum, dass es mir zusteht, Ihnen davon zu erzählen. Selbst, wenn ich es wüsste.«

Ann bemühte sich um einen versöhnlichen Tonfall. »Oh nein, entschuldigen Sie, so war das nicht gemeint. Es geht mir eher um Dinge wie Familienchroniken, zeitgenössische Dokumente – etwas in der Art.«

»Ach so ...« Sie schien nachzudenken. »Ich glaube ehrlich gesagt nicht, dass Ernst Reinberg so etwas besessen hat.«

*Mist!* Ann drehte genervt eine Haarsträhne um ihren rechten Zeigefinger. Wenn der Pastor niemanden eingeweiht, einsam und allein sein Süppchen gekocht hatte, würde sie die Verknüpfungen nie finden!

»Also, jetzt wo sie mich daran erinnern ... Mein Gott, das ist Jahre her. Sie können froh sein, dass ich ein so gutes Gedächtnis habe!«, hörte sie die Küsterin sagen.

Ann ließ die Strähne fallen und horchte auf.

»Ich glaube, das war zu der Zeit, als Ernst bei den Reinbergs auszog und in der Anstalt untergebracht werden sollte. Da kam der Pastor ins Gemeindebüro. Ich weiß noch, wie nachdenklich er wirkte. Er hielt einen kleinen Karton in seinen Händen. Ich erkundigte mich danach. Er sagte, Ernst Reinberg habe ihn darum gebeten, den Karton bis zu seinem Tode aufzubewahren. Ich fragte, was darin sei. Er meinte, er wisse es nicht. Er dürfe erst hineinsehen, wenn Ernst Reinberg verstorben wäre. Dieses Versprechen hätte er ihm geben müssen.«

»Hat er sich daran gehalten?« Ann bereute die Frage augenblicklich.

»Was denken Sie denn?«, schrillte es aus dem Hörer.

»Natürlich hat er. Entschuldigen Sie bitte. Ich war mit meinen Gedanken woanders. Haben Sie das Päckchen je wieder gesehen? Wissen Sie, ob der Pastor nach dem Tod von Ernst Reinberg hineingesehen hat?«

»Nein. Es kann gut sein, dass er gar nicht mehr dazu gekommen ist. Ich weiß die Daten nicht mehr aus dem Kopf, aber das Verschwinden von Pastor Benedikt – der Mord an ihm – das alles muss kurz nach dem Ableben von Ernst Reinberg gewesen sein.«

»Wo hätte er das Päckchen deponiert? Könnte es sich heute immer noch dort befinden?«

»Für materielle Werte haben wir Bankschließfächer. Bei ideellen Werten wird es schwieriger. In diesem Fall müsste der kleine Karton zwischen den Dingen im Keller des Gemeindehauses zu finden sein.«

»Wie sah das Päckchen denn aus? Stand etwas darauf?«

»Es war ein ganz normaler, brauner Pappkarton, zugeklebt mit braunem Paketklebeband – glaube ich. Ich habe keine Aufschrift bemerkt.«

»Größe?«

»In etwa zwanzig mal dreißig Zentimeter. Sind Sie sich sicher, dass das wichtig ist für Ihre Geschichte?«

»Das ist gut möglich. Ich bin gern gründlich. Das ist in Ihrem Sinne, glauben Sie mir. Nichts ist schlimmer, als eine schlecht recherchierte Faktenlage. Ich möchte, dass Pastor Benedikt stolz auf uns wäre.«

*Mann, du weißt echt, an welchen Schrauben du drehen musst!*

»Würden Sie mir einen Gefallen tun?«, fuhr Ann fort. »Würden Sie für mich in Ihren Bankschließfächern nachschauen?«

»Ich weiß nicht, ob ich befugt bin, Ihnen Auskunft über den Inhalt zu erteilen – also, wenn sich das Päckchen dort befinden sollte.«

»Der Eigentümer ist tot. Der, dem es anvertraut wurde, auch.«

»Somit ginge das Päckchen an seine Familie zurück, sollte er nichts anderes bestimmt haben.«

»Er hat es aber nicht seiner Familie, sondern dem Pastor anvertraut. Hätte er gewollt, dass die Familie es bekäme, hätte er es einem Anwalt übergeben.«

»Mag sein. Trotzdem entbehrt es jeder Grundlage, Sie über den Inhalt zu informieren.«

»Aber Sie dürfen mir doch sicher mitteilen, ob sich der kleine Karton in Ihrer Obhut befindet, oder?«

Dem unsicheren Gemurmel entnahm sie eine Art von Zustimmung.

»Ach, und noch eins: Sagt Ihnen der Name Samu Jørgensen etwas?«

Der Wind fegte über den Hafen. Ab und zu schafften es ein paar Sonnenstrahlen durch die schnell ziehenden Wolkenfetzen und ließen winzig kleine Wellenkronen aufleuchten.

Ann saß im *Waterkant* und studierte die Mittagskarte während sie mit Marie telefonierte.

»Gab es noch keinen Besuch von Kevins Brüdern?«, hörte sie ihre Mitbewohnerin fragen.

»Ich denke schon.«

»Ich meine nicht im Gefängnis, sondern bei dir, in Kevins Bude! Mich – an deren Stelle – würde brennend interessieren, wer sich da bei meinem Brüderchen eingenistet hat, während er im Knast um seine Zukunft bangt.«

»Ach so, nee, ich glaube, die haben im Moment andere Sorgen.«

»Hast du vor, ihn noch mal zu besuchen? Ich meine Kevin, im Gefängnis.«

»Ich werd keine Genehmigung mehr bekommen. Eigentlich dürfen nur Familienangehörige hin.«

Ann klappte die Karte zu und hielt Ausschau nach einer Bedienung. Ihr Blick blieb an einem der anderen Tische hängen. »Na, aber Hallo! Wen haben wir denn da?«, murmelte sie.

»Was hast du gesagt?«, fragte Marie.

»Ach, ich hab gerade entdeckt, dass zwei Anzüge aus dem Hause Plaunberg hier wohl ihre Mittagspause verbringen«, flüsterte Ann leiser, als notwendig gewesen wäre.

»Du meinst diese aalglatten Steuerberater aus Dennis altem Büro?«

»Jep. Und sie schielen erstaunlich oft in meine Richtung. Auch, wenn sie sich um Unauffälligkeit bemühen.«

*Das Waterkant liegt nicht gerade in der Nähe ihrer Wirkungsstätte.*

»Da haben die beiden aber einen langen Spaziergang gemacht …«, wisperte Ann.

»Glaubst du, das ist kein Zufall? Denkst du, sie beobachten dich? Ann, du weißt, du hast dich diesem Fiete gegenüber ziemlich weit aus dem Fenster gehängt. Im Grunde genommen hast du ihnen die Pistole auf die Brust gesetzt.«

Ann dachte fieberhaft an die letzten Tage. Gab es Anzeichen dafür, dass ihr jemand folgte, dass sie beschattet wurde?

»Das ist lange her. Sie hätten mich längst ausschalten können, wenn sie das für nötig empfunden hätten. Also wollen wir mal nicht paranoid werden, richtig?« Sie versuchte, Härte und Entschlusskraft in ihre Stimme zu legen. »Die beiden verbringen hier lediglich ihre Mittagspause, gönnen sich ein gutes Essen und einen schönen Spaziergang. Wahrscheinlich sind sie die Lokalitäten im Umfeld ihres Büros leid.«

*Oder sie beschatten dich. Und das schon länger. Wenn sie es waren, die die Beweise in Kevins Bude platziert haben, haben sie einen Schlüssel – können jederzeit rein und raus. Wahrscheinlich kennen sie alle Eintragungen deines Computers, haben Wanzen verteilt und dein Handy angezapft. Sie wissen, dass du bis jetzt nichts hast, bis auf einen kläglichen Anfangsverdacht! Nur deshalb lebst du noch.*

Ann erschauderte. Schlagartig war ihr Hals wie ausgetrocknet. Das Kribbeln, das unaufhaltsam ihre Beine hochkroch, war der verhasste, unheilvolle Vorbote. Sie musste hier raus, bevor ihr Körper sie wieder von allem ausschloss.

*Ganz ruhig. Jetzt nur keinen überhasteten Abgang.*

Um aus dem Restaurant zu kommen, musste sie direkt am Tisch der beiden vorbei. Ihr Herzschlag hämmerte unbarmherzig, sie zwang sich, langsam und ruhig einen Fuß vor den anderen zu setzen. Als sie den Tisch passierte, wurde das Gespräch zwischen den beiden plötzlich laut: »Ja, ein unglaublich guter Film. Selten so abgefahrene Computeranimationen gesehen.«

»Na dann werd ich mir den Streifen wohl auch mal reinziehen«, war die Antwort, bevor das Gespräch erstarb. Oder war sie einfach nur schon zu weit entfernt? Im Spiegelbild der Fensterscheibe riskierte sie einen Blick. Beide hatten den Kopf gedreht, schauten ihr hinterher.

Draußen holte sie tief Luft und ging eilig Richtung Fußgängerzone.

»Ann?« Maries Stimme drang besorgt aus dem Handy.

»Bin noch da. Hol mir doch lieber ein Brötchen vom Bäcker.«

»Was willst du jetzt tun?«

»Zunächst warte ich, bis die Küsterin mir mitteilt, ob sich dieses ominöse Päckchen in einem der Schließfächer befindet. Wenn nicht, muss ich noch mal in den Keller des Gemeindehauses.«

»Du glaubst wirklich, es ist der Schlüssel, oder?«

»Es ist die einzige Spur, die ich habe. Ernst Reinberg händigt Pastor Benedikt einen Karton aus, mit der Bitte, ihn erst nach Reinbergs Ableben zu öffnen. Im Oktober letztes Jahr stirbt Ernst Reinberg. Ungefähr zur gleichen Zeit recherchiert Benedikt die Geschichte von Jitzchak Posner und seiner Frau. Wie die Daten genau zusammenpassen, muss ich noch abgleichen. Benedikt trifft sich mit Waltraud Reinberg. Danach verschwindet er spurlos, wird, wie wir heute wissen, ermordet. Wochen später, nachdem klar ist, dass er nie wiederkommen wird, packt die Haushälterin Tatjana Tiersch seine Sachen in etliche Kartons, um sie im Gemeindehauskeller einzulagern. Dabei findet sie etwas ... vielleicht den Inhalt des Päckchens? Etwas, das erklärt, warum Benedikt Walther Reinberg für einen Verräter hielt. Oder irgendetwas anderes, das die Familie Reinberg belastet. Die Frage ist: Hat Tatjana Tiersch das Päckchen an sich genommen? Hat sie den Inhalt nur fotografiert oder kopiert? Sicher scheint mir, sie möchte durch dieses neu erlangte Wissen zu Geld kommen. Kevin berichtete von ihrer Zuversicht, von der Hoffnung auf ein bisschen Glück und finanzielle Sorglosigkeit. Ich glaube, sie hat jemanden erpresst. Doch dann kommt alles anders. Sie und ihr Mann werden ermordet, Kevin zum Sündenbock gemacht. Und ob Ernst Reinberg eines natürlichen Todes gestorben ist, darf definitiv angezweifelt werden. Bleibt, denke ich, aber ungeklärt. Ich kann den ja schlecht ausbuddeln und einen Gerichtsmediziner zwingen, ihn zu obduzieren.«

»Und Denni? Wie soll sie in all das hineinpassen? Sie wurde lange vor den Tierschs ermordet.«

Ann drehte ihren Kopf, beobachtete die wenigen Menschen, die die Fußgängerzone entlangliefen. Sie konnte keine verdächtigen Verfolger ausmachen. Warum auch sollte das Büro Plaunberg sie beschatten lassen, wenn der Schlüssel für das alles bei den Reinbergs lag?

*Weil deine schöne Theorie aus einer Unmenge zarter Luftblasen besteht?*

»Das ist der Punkt! Ich weiß nicht, wie Denni da mit reingezogen werden konnte. Kevin hat nie etwas von einem Päckchen, üblen Geheimnissen der Reinbergs, geschweige denn einer Erpressung erzählt. Und wenn Kevin keine Ahnung hatte, wie sollte Denni an die Infos gelangt sein?«

»Vielleicht durch Zufall? Sie hat was mitgekriegt, ein Gespräch, ein Telefonat ... Da musste sie schnell verschwinden, bevor sie Kevin davon erzählen konnte!«

»Sie wurde aber nicht überstürzt und kopflos umgebracht. Im Gegenteil. Da hat sich jemand viel Mühe gemacht, die Tat genau geplant und sich Zeit in der Vorbereitung und Umsetzung gelassen. Ich bin mir immer noch sicher: Sie sollte eine Warnung darstellen – damit andere schweigen. Verdammt! Ich weiß es auch nicht.«

»Es kann ...« Der Rest von Maries Satz wurde übertönt vom Ruf eines Namens.

»Johanna?«

Ann blieb wir angewurzelt stehen. »Du Marie, ich muss Schluss machen. Ich melde mich wieder.« Sie beendete das Gespräch und drehte sich langsam um.

Ihre Mutter kam auf sie zu und blieb mit verschränkten Armen vor ihr stehen. »Was machst du hier?« Ihr Blick durchbohrte Ann. Ihre Miene: starr, wie die einer Steinmaske.

»Ich ... ähem, ich bin auf Besuch.«

»Auf Besuch! So, so – bei wem?«

*Lächerlich! Was soll das? Du bist keine drei mehr. Du bist ihr keine Rechenschaft schuldig.*

Da Ann schwieg, fuhr ihre Mutter fort: »Ich habe Lotte getroffen. Sie hat mich gefragt, ob du immer noch bei uns nächtigst oder schon wieder abgereist wärst. Irgendwelche Erklärungsversuche?«

Ein Dutzend Lügen schossen ihr durch den Kopf. Viele durchaus brauchbar. Aber wofür? Ann schwieg einfach weiter.

»Keine? Dachte ich mir. Lotte meinte, du würdest wieder irgendwelchen wirren Theorien hinterherjagen.« Sie kam näher, so nah, dass Ann ihren Atem an der Wange spüren konnte. »Glaubst du nicht, deine Psychiaterin hat auch ohne diese neuen fixen Ideen genug damit zu tun, deine alten Baustellen abzuarbeiten?«, flüsterte sie, trat einen Schritt zurück und hob ihre Stimme. »Wenn du nur einmal an andere denken würdest, statt wie ein Bluthund im Dreck zu wühlen. Aber nein! Das kannst du nicht, oder? Du gibst erst dann Ruhe, wenn alles kaputt ist – oder Leichen deinen Weg pflastern. Merkst du nicht, dass du immer nur Unheil anschleppst, bei dem, was du tust? Es gibt Dinge, die sollte man besser im Verborgenen lassen. Sie sind nicht umsonst unter so vielen Schichten begraben worden. Sie sind dort, damit sie keinen Schaden mehr anrichten können. Begreif das endlich!«

Das Schloss machte beim Rumdrehen des Schlüssels das zu erwartende, beruhigende Geräusch. Während sie eintrat, schaute Ann sich noch einmal zu allen Seiten um. Ihr Unterbewusstsein registrierte die Farben Schwarz und Rot, die langsam am Wohnblock vorbeifuhren. Und die typische, gedrungene Form eines Minis. Oben in Kevins Wohnung angekommen, warf sie ihre Jacke über den Haken, streifte Mütze und Boots ab, ging ins Wohnzimmer und ließ sich und ihre Laptop-Tasche aufs Sofa fallen.

Ein rot-schwarzer Mini?

Sie sprang auf, eilte zum Fenster und blickte auf die Straße runter.

Fiete Maas hatte so einen!

Ihre Augen scannten das einsehbare Areal ab. Nichts.

»Jetzt ist es so weit. Ich werde paranoid«, murmelte sie, während sie sich langsam abwandte – nicht ohne ein letztes Mal die Straße abzusuchen.

*Du hast dich verändert!*

Hatte sie das? Ja, sie war ängstlicher, konnte manche Situation nur schwer aushalten – aber sonst? Sonst war sie noch immer die Alte.

*Du verlierst sie!*

»Ich weiß nicht, was du meinst.« Wieder murmelte Ann leise.

*Deine besondere Art, die Welt zu sehen. Die fantastischen Bilder, die unser Dasein so viel bunter und erträglicher gemacht haben. Deine Angst frisst sie auf!*

Ann dachte nach. Tatsächlich war es Tage, gar Wochen her, dass sie Dinge gesehen hatte, von denen sie wusste, dass sie nicht existierten, dass sie nur ihrem Gehirn entsprungen waren.

Was soll's? Gut so! Manchmal war sie sich wie der letzte Freak vorgekommen. »Ich sollte mich lieber fragen, warum *du* noch immer da bist!«

Sie drehte sich um die eigene Achse. Ihr Blick streifte Einrichtungsgegenstände, Kleidungsstücke, dreckiges Geschirr und all den Kram, der in den meisten Wohnungen zu finden war. Ihre Augen blieben an dem in der Nische abgestellten Koffer hängen und ließen sie innehalten. Alles, was sich Tatjana Tiersch an Beweisen für ihren Erpressungsversuch angeeignet hatte – wenn es überhaupt etwas in der Art gegeben hatte -, war durch den Brand ihres Hauses vernichtet worden. Die Reinbergs würden schweigen, so viel war sicher. Genauso sicher wie der Umstand, dass die Küsterin kein geheimnisvolles Päckchen in den Schließfächern und Ann keines im Gemeindekeller finden würde.

Und der Däne? Sie konnte ihn wohl kaum dazu zwingen, mit ihr zu sprechen.

Sie ging auf den Koffer zu, nahm ihn, warf ihn aufs Sofa und fing an zu packen.

Zufrieden blickte sie auf das Ergebnis: Koffer und Rucksack, Laptop-Tasche – alles fertig.

Sie kramte die Nummer des Anwalts raus, wählte und wartete. Wenn er Verständnis zeigte, würde Ann noch ein letztes Mal mit Kevin sprechen können. Und tatsächlich war der keine zwei Stunden später in der Leitung.

»Ich werde abreisen. Danke, dass ich so lange in deiner Bude pennen durfte«, begann sie, unsicher, was sie einem potenziellen Dreifach-Mörder sagen sollte.

»Das war's also?« Seine Stimme klang fremd.

»Ich wüsste nicht, was ich noch tun könnte.«

»Das Steuerbüro? Die gewalttätigen Ehemänner? Nichts?«

»Es tut mir leid.«

Beide schwiegen für einen Moment.

»Wenn deine Mutter, wenn deine Eltern etwas verwahrt haben, das ihnen kostbar war – wo haben sie das gemacht?«

Ann wusste selbst nicht, warum sie die Frage stellte, was das jetzt noch bringen sollte.

»Wie meinst du das: kostbar? Meine Eltern hatten keine Knete. Im Gegenteil. Ständig gab's deswegen Probleme.«

»Hatten sie ein Schließfach? Bei der Bank oder der Post?«

»Das glaube ich kaum. Wofür auch?«

»Wer regelt ihren Nachlass?«

»Ja, wer ...?«

Im Besucherzimmer der Justizvollzugsanstalt hob Kevin den Kopf und blickte fragend in das Gesicht seines Anwalts.

# Kapitel 15

*Rerik*

Sie hatte es getan. Sie war abgereist. Von Lübeck aus mit dem Zug bis Rostock, von dort in die 121 nach Rerik. Einerseits spürte sie, dass sie den ganzen Ballast, die ganzen irrwitzigen Theorien, denen sie nachgegangen war, unbedingt loswerden musste, dass es eine Befreiung war, das alles hinter sich zu lassen – andererseits wurde mit jedem Kilometer der bittere Beigeschmack ein wenig stärker. Das Versprechen, das sie Denni am Grab gegeben hatte – es hing über ihr wie eine hartnäckige Schlechtwetterfront.

Der Empfang in Rerik war unbeschreiblich und hätte alles Dunkle wegfegen müssen. Doch die Front blieb. Etwas zurückgedrängt, aber dennoch im Anschlag.

Die Stunden mit Marc waren wie ein Kurzurlaub für ihren gestressten Körper und ihren übermüdeten, gehetzten Geist. Sie konnten jedoch nicht darüber hinwegtäuschen, dass sie beide gerade in ganz unterschiedlichen Welten lebten. Er war mit dem Kopf schon in Wiesbaden, freute sich auf die nächsten drei Monate beim BKA. Sie hörte zu, ließ sich auf seinen Worten treiben und genoss den Moment, in dem ihr auffiel, wie anstrengend die letzten Wochen gewesen waren.

Aber schon am Abend waren sie wieder da, die Gedanken, die durch ihr Hirn hetzten, die immer wieder alle Optionen durchgingen, sich fragten, ob sie allem nachgegangen war oder ob sie nicht doch etwas übersehen hatte.

Marc hatte sie minutenlang beobachtet. Er fand, sie wirkte wie ein getriebenes Wildtier, das, eingepfercht in einen kleinen Käfig, immer wieder wie von Sinnen gegen dieselben Gitterstäbe sprang. Er zog sie an sich.

»Erzähl!«

»Was meinst du?«

»Es arbeitet. Hier drin.« Er strich ihr die Ponyfransen aus der Stirn. »So laut, dass ich mich frage, ob ich heute Nacht schlafen werde.«

»Ich weiß auch nicht. Eigentlich gibt es nicht mehr viel, über das man nachgrübeln könnte. Kevin scheint ohne Zweifel überführt – seine Motive schlüssig. Das gesundheitliche Gutachten erklärt vieles. Der Verdacht der schmutzigen Geldgeschäfte im Steuerbüro Plaunberg hat sich nicht bewahrheitet. Alles nur eine riesige Fantasieblase einer durchgeknallten Möchtegern-Journalistin.«

»Was ist mit diesem Schlägertyp, Ben Sowieso?«

»Besterwiek. Na, seine Freundin hat er jedenfalls nicht umgebracht. Die erfreut sich bester Gesundheit. Ich nehme an, sie ist in einem Frauenhaus untergekommen. Ich habe die Porzellanfrau angerufen.«

Marc lachte. »Die was?«

»Die Frontfrau von ›Frauen contra Gewalt‹. Sie sieht echt aus wie eine Porzellanpuppe aus vergangenen Zeiten. Egal, ich hab so getan, als würde ich mich unheimlich um die – mir *natürlich* unbekannten – Frauen sorgen, die mit Denni Kontakt hatten. Weil Denni doch ermordet worden war. Ich würde so gern wissen wollen, ob es allen gut ginge. Das hat sie mir bestätigen können. Sie stehe – so wörtlich – mit allen in ständigem Kontakt.«

»Was nicht heißt, dass er Denni nicht umgebracht hat.«

»Wohl wahr. Bislang weiß ich aber nicht mal, wie viel er von Denni und der Hilfsorganisation wusste. Und da ich den Aufenthaltsort seiner Ex nicht kenne und der nicht so leicht herauszubekommen ist, endet diese Spur ziemlich genau hier.«

»Du könntest David, den Nerd noch mal bitten …«

»Marc! Wie hoch ist die Wahrscheinlichkeit, dass der Besterwiek wirklich der Täter ist? Er soll Denni umgebracht haben, nur weil die sich mit seiner Freundin getroffen hat? Und dann hat er sie in die Kiesgrube gelegt und wie im Theater inszeniert? Und jetzt ist Natalie Krume weg, hat ihm Hörner aufgesetzt – und er lässt das, wenn auch wütend, einfach so stehen? Wenn er von Denni wusste, dann doch höchstwahrscheinlich auch von der Organisation. Und was würde so'n Freak da machen? Doch sicher nicht die Hände in den Schoß legen. Er würde losziehen und das Porzellanpüppchen so lange in die Mangel nehmen, bis es ihm den Aufenthaltsort seiner Liebsten verraten würde, richtig?«

»Wahrscheinlich.«

»Und bevor du fragst: Die Spur von Judas, dem Verräter, löst sich auch immer mehr auf. Das Treffen gestern mit der Küsterin war ernüchternd. Das ominöse Päckchen von Ernst Reinberg hat sich weder in einem Bankschließfach der Kirche noch im Gemeindekeller gefunden. Sollte es sich um brisantes Material gehandelt haben, ist es wahrscheinlich beim Brand des Tiersch-Hauses vernichtet worden – falls das eine überhaupt was mit dem anderen zu tun hat. Du siehst: Ich befinde mich inmitten eines riesigen Meeres selbstangehäufter Fake News.«

»Bleibt noch der Däne.«

»Samu Jørgensen. Tja, was immer Pastor Benedikt von ihm wollte, ich werde es wohl nie erfahren. Ich habe mehrfach versucht, ihn telefonisch zu erreichen. Es nimmt keiner ab. Ich denke, ich werde die Spur aufgeben. Denn mal ehrlich: Was soll dieser Jørgensen mit dem Tod von Denni zu tun haben?«

»Mit dem von Denni vielleicht nicht. Aber die Geschichte des Reinberg-Clans und dessen Erpressung durch die Tierschs finde ich nicht uninteressant.«

»Und der Däne soll *was* sein? Der Auftragskiller, dessen Spur Benedikt verfolgt hat, noch bevor er selbst ihm zum Opfer fiel?« Ann lachte.

Marc schwieg. Sie liebte diesen Gesichtsausdruck, wenn sein Gehirn angestrengt über etwas nachgrübelte, er mit ernstem Blick vor sich hin starrte und seine Kiefermuskeln minimalistische Konzentrationsübungen vollführten. Seine Augen lösten sich von der gegenüberliegenden Wand und fixierten sie. »Schon mal darüber nachgedacht, dass *er* Jitzchak Posner sein könnte – dass Samu Jørgensen und der überlebende Häftling ein und dieselbe Person sein könnten?«

Sie hatte Marc zum Bahnhof gebracht. Nun schlenderte sie langsam durch die leeren Straßen des beschaulichen Örtchens, mit dem sie so viel Schicksalhaftes verband. Sie wählte ganz unbewusst den Weg zum kleinen Jachthafen. Der Himmel strahlte in kaltem Blau, die Sonne schickte ihr grelles Licht, ohne Wärme abzugeben. Sie spürte, wie sich Muskel auf Muskel anspannte, wie ein kaltes Kribbeln wellenartig von den Beinen über ihren Rücken bis hin zum Nacken zog. Als sie den Platz betrat, auf dem sich im Sommer so viele Menschen tummelten, der umgeben war von Restaurants, Boutiquen und Souvenirshops, hatte sich ihr Gangbild längst in das einer unsicher schwankenden Greisin verwandelt. Ihr Blick fand das *Casa del Mare*. Unbewusst hielt sie den Atem an. Plötzlich war alles so nah. Alles, was im letzten Sommer passiert war.

Gott – was tat sie hier?

Wie ein zugedröhnter Junkie torkelte sie weiter. Die Wache von Rerik war nur ein paar Hundert Meter entfernt. Dort wäre sie sicher.

Als sie die Tür aufdrückte und in das erstaunte Gesicht von Fredde blickte, hätte sie sich am liebsten einfach fallen lassen.

Eine halbe Kaffeelänge später kehrte langsam Farbe in ihr Gesicht zurück.

»Geht's?« Fredde sah sie besorgt an.

»Ja, kein Problem. Ich hätte mehr essen sollen.« Ann versuchte ein selbstsicheres Grinsen.

Der Zweifel in Freddes Blick zeigte, dass es den erwünschten Effekt verfehlt hatte. »Warum bist du nicht mitgegangen, nach Wiesbaden?«

*Ja, warum eigentlich nicht?*

»Ich glaube, wir kennen Marc beide gut genug, um zu wissen, dass er achtzig Prozent seiner Zeit im, um und mit dem BKA verbringen wird. Was soll ich da? Sie haben angekündigt, ihn auch abends in Beschlag zu nehmen – mit ein paar Leuten die Szenekneipen von Wiesbaden unsicher machen zu wollen, so was in der Art. Nee, ich hatte vor, währenddessen seine Bude zu hüten. Irgendwer muss ja den einsamen Schnittlauch auf seiner Küchenbank gießen, oder?«

»Du bist jederzeit herzlich willkommen!«

»Danke.« Sie kramte in ihrer Handtasche, fand, was sie suchte, und hielt Fredde einen USB-Stick hin. »Hier ist alles drauf, was ich an Informationen sammeln konnte: der Film von Kalle, die Recherchen über das Steuerbüro Plaunberg, die Geschichte der Reinbergs, von Mariella und Jitzchak Posner, die bekannten Umstände der vier Morde nebst Kevins Verhaftung, die Sache mit dem Weihnachtsgrapscher, die Daten der Frauenschläger und das Gesprächsprotokoll vom Telefonat mit Lika Jørgensen. Vielleicht magst du dir alles noch mal durchsehen? Kann ja sein, dass dir was auffällt, für das ich zu blöd war.«

»Klar.« Fredde nahm den Stick entgegen und ließ ihn in seiner Hosentasche verschwinden. »Konnte Kevin klären, wer den Nachlass seiner Eltern regelt?«

»Jep. Natürlich der Familienanwalt – wie praktisch. Hätte ich auch selbst drauf kommen können.«

»Du meinst, derselbe, der auch Kevin vertritt? Geht das? Besteht da nicht ein kleiner Interessenskonflikt.«

»Das habe ich auch gefragt. Er meinte, er wäre ja nicht allein, sondern hätte eine ganze Kanzlei hinter sich. Den Nachlass würde einer seiner Kollegen regeln. Immer im Sinne der Mandanten.«

»Konnte er euch sagen, ob seine Eltern ein Post- oder Bankschließfach gemietet hatten?«

»Seiner Meinung nach gab es nichts derartiges.«

»Also meine Oma, die hat den Banken nie getraut. Und weil es ihr in der Wohnung zu unsicher war – es könnte ja jemand einbrechen –, hat sie ihr Erspartes gebündelt, in Gefrierbeutel verpackt, in eine Metalldose gestopft und hinten an der Gartenlaube verbuddelt. Wir haben nicht schlecht geguckt, als wir fünf Jahre nach ihrem Tod die morsche Laube abgerissen und dort alles umgegraben haben, und dabei auf die verrostete Dose gestoßen sind.«

»Wie viel war drin?«

»12.575 Ostmark.«

Ann pfiff leise. »Nicht schlecht. War sparsam, deine Oma.«

»War halt für schlechte Zeiten.«

»Du meinst also, ich sollte mich auf dem Grundstück der Tierschs nach einer Laube – oder was in der Art – umsehen?«

»Ja?«

»Spreche ich mit Herrn Jørgensen – Samu Jørgensen?« Ann hörte ihn atmen. Der Kugelschreiber in ihrer Hand fuhr immer wieder die Konturen der Telefonnummer nach, die sie in den letzten Stunden und Tagen so oft vergeblich gewählt hatte.

»Können Sie mich verstehen? Er du Samu Jørgensen?«

»Hvad vil du?«

»Entschuldigung, sorry – do you speak english?«

»Was willst du?«

*Du hast ihn! Das ist Samu Jørgensen!*

»Mein Name ist Johanna Arnold. Sie kannten Pastor Benedikt Lenssen aus Neustadt in Holstein?«

»Warum?«

»Er ist tot.«

»Und?«

*Der Däne an sich scheint nicht von der gesprächigen Natur …*

»Er wurde ermordet.«

»Ich kennte ihn nicht.«

»Aber er hat Sie kontaktiert, hat Sie angerufen, nicht? Im letzten Herbst … Warum?«

»Er hatte etwas, was er mich wollte geben. Ich warte immer noch.«

»Was?«

»Breve.«

»Briefe? Von wem?«

Samu schwieg. Ann ließ ihm Zeit.

»Fra et tidligere liv.«

*What?*

»Entschuldigung?«

»Alte Briefe von Familie.«

*Familie? Welche Familie? Deine, seine, meine? Mein Gott, drück dich doch mal klar aus …* Eigils Stimme hallte schrill in Anns Kopf. Ihre Gedanken sprangen von einer Idee zur nächsten. Wie kam Benedikt an alte Briefe von der Familie

Jørgensen? Und: Konnte das etwas mit den Morden zu tun haben?

Einer Intuition folgend fragte sie: »Sie sind mit den Reinbergs verwandt?« Vielleicht hatte Ernst Reinberg diese Briefe geschrieben. Vielleicht waren sie der Inhalt des mysteriösen Päckchens. Einen Versuch war es Wert.

»Reenberg? Hvem skulle det være?«

»Sie kennen sie nicht?«

»Nej.«

Ann holte tief Luft. »Kennen Sie einen Jitzchak Posner? Oder eine Frau namens Mariella Posner?«

Wieder hörte sie den Mann am anderen Ende atmen. Er ließ sich Zeit, bevor er sie mit seiner Antwort überraschte.

»Forældre – Das sind meine Eltern.«

»Samu ist der Sohn von Jitzchak und Mariella Posner! Natürlich! Das wir da nie dran gedacht haben! Sie waren zu dritt. Er war damals drei. Er kam mit Mariella in das Außenlager von Stutthof. Als das im Januar 1945 aufgelöst wurde, mussten die Frauen, und mit ihnen etliche Kinder, den Horrormarsch über Königsberg nach Palmicken auf sich nehmen. Ich habe recherchiert: Allein dabei sollen Viertausend von ihnen ums Leben gekommen sein. Mariella und Samu waren unter den dreitausend Überlebenden des Treks. Der perfide Plan war, die Frauen im Bernsteinbergwerk Anna verschwinden zu lassen. Man wollte sie dort einmauern! Einmauern! Das ist doch irre!« Ann durchströmte ein eiskalter Schauer. »Doch als sie am 27. Januar in Palmicken eintrafen, gingen die Einheimischen auf die Barrikaden. Sie vereitelten die Pläne der SS-Wachleute.«

»Sie haben sie freigelassen? Und wie kamen Mariella und Samu nach Dänemark?« Fredde verfolgte gebannt Anns Ausführungen.

»Freigelassen? Nein. Trotz all der Qualen – das Grauen wollte einfach nicht enden! Die meisten der Häftlinge starben im Kugelhagel der Maschinengewehre. Genau wie in Neustadt trieben die Wachleute die Gefangenen nachts an den Strand von Palmicken und eröffneten das Feuer auf sie. Nur fünfzehn von ihnen sollen überlebt haben.«

»Mein Gott! Fünfzehn – von insgesamt siebentausend! Wie schafft man es, mit so einer Schuld weiterzuleben?«

»Mir unvorstellbar.«

»Mariella?«

Ann schüttelte betrübt den Kopf.

»Aber Samu gehörte zu denen, die es geschafft haben.«

»Ja. Über Umwege kam er nach Dänemark, wurde dort von einem kinderlosen Ehepaar adoptiert. Aus Posner wurde Jørgensen.«

»Hat er jemals etwas von seinem Vater gehört?«

»Nein. Jørgensen geht davon aus, dass Jitzchak in der Neustädter Bucht das gleiche Schicksal ereilt hat wie seine Mutter am Strand von Palmicken.«

»Hast du ihm von der Rettung seines Vaters durch Walther Reinberg erzählt?«

Ann schüttelte den Kopf. »Ich weiß, er sollte es wissen. Aber bislang gibt es nur die Version von Waltraud Reinberg, die selbst noch zu klein war, um sich zweifelsfrei erinnern zu können, und die von einer Geschichte berichtet, die sie von ihrem Vater erzählt bekam. Was, wenn ihre Erinnerungen falsch sind? Was, wenn der Mann, den sie meint gesehen zu haben, gar nicht Jitzchak Posner war?«

»Hm ... was ist mit den Briefen? Wie kamen sie in Pastor Benedikts Besitz? Waren sie in dem Päckchen, das Ernst Reinberg ihm anvertraut hatte?«

»Das weiß Samu nicht. Der Name Reinberg war ihm neu. Der Pastor hat ihn nie erwähnt. Benedikt wollte am Telefon nicht so recht raus mit der Sprache, drängte auf ein Treffen.

Er wollte sich melden, um die genauen Umstände abzusprechen.«

»Wozu es nicht mehr gekommen ist?«

»Richtig. Nach dem kurzen Erstkontakt per Telefon im Oktober letztes Jahr will Samu nichts mehr vom Pastor gehört haben.«

»Von wem waren die Briefe?«

»Von Samus Vater – von Jitzchak.«

»An wen adressiert?«

Ann zuckte hilflos mit den Schultern.

»Und der Pastor hat keine Andeutungen über den Inhalt gemacht?«

»Leider nicht. Aber es war ihm wohl enorm wichtig, dass Samu sie bekam. Der Däne meinte, Benedikt wäre unglaublich aufgeregt gewesen am Telefon. Was, wenn man den Geistlichen gekannt hat, überhaupt nicht seinem Wesen entsprach. Er war der ruhende Pol – egal, was passierte.«

»Okay ...« Fredde rieb sich gedankenversunken die Stirn. »Wie sollte Benedikt an die Briefe des toten Häftlings Posner gekommen sein, wenn der zu den Erschossenen der Neustädter Bucht gehört hätte? Klar, er könnte sie bei der Flucht bei sich getragen haben. Wobei fraglich ist, ob so etwas überhaupt geduldet worden wäre. Egal, gehen wir mal davon aus, es wäre so gewesen. Posner stirbt am 3. Mai am Strand von Neustadt. Bei der Leiche findet man die Briefe. Warum sollte jemand solch wertloses Zeug an sich nehmen?«

»Vielleicht waren sie eben nicht wertlos?«

»Was glaubst du, hat eine geschundene Seele wie Jitzchak Posner zu erzählen, außer grauenvolle Erlebnisse und den unbändigen Wunsch, der Hölle zu entkommen und seine Liebsten wiederzusehen? Nein – ich bin geneigt, den Erinnerungen von Waltraud Reinberg Glauben zu schenken. Posner landet irgendwie im Hause Reinberg. Und dort gelangen die Briefe in Ernst Reinbergs Besitz.«

»Warum ausgerechnet Ernst?«

»Wie meinst du das?«

»Ernst Reinberg wurde 1944 geboren, das heißt, er war gerade mal ein Jahr alt, als Jitzchak Posner von Walther Reinberg versteckt wurde. Kaum vorstellbar, dass Posner einem Einjährigen seine persönliche Korrespondenz zur Aufbewahrung gegeben hat.«

»Gut. Wie auch immer Ernst in den Besitz der Briefe gekommen ist – er hat sie im Haus, auf dem Dachboden oder im Keller gefunden, oder vor dem Wegschmeißen gerettet – er beschließt, dass diese Briefe posthum an die Nachfahren gehen sollen, und bittet den Pastor, sich zu kümmern.« Fredde setzte sich kerzengerade hin und strahlte sie mit den Augen der Erkenntnis an.

»Aber warum erst nach dem Tod von Ernst? Warum durfte der Pastor die Briefe nicht eher einsehen? Die Chance, Angehörige zu finden, wird mit der Zeit nicht einfacher. Nein! Ich glaube, in diesen Briefen stand irgendetwas, das die Reinbergs belastet. Denk daran: Benedikt verglich Walther Reinberg mit Judas, dem Verräter. Ernst wollte sich zu Lebzeiten dem Druck nicht stellen, konnte es aber auch nicht auf sich beruhen lassen.«

»Das hieße aber, die Briefe müssten entstanden sein, während Posner bei den Reinbergs gelebt hat.«

»Das heißt es wohl. Und es muss eine solche Tragweite haben, dass es sich lohnt, siebzig Jahre später dafür zu töten.«

Ann betrachtete die länglichen Pillen in ihrer Hand. Wochenlang hatte sie das Päckchen als Notnagel in ihrer Tasche herumgetragen. Sie wollte dieses Zeug nicht nehmen, hatte gehofft, die Albträume und Angstattacken würden mit zunehmendem Abstand verschwinden. Die Wirklichkeit sah anders aus.

Sie schob sich zwei in den Mund, füllte das Glas unter dem Wasserhahn und spülte sie runter.

Das Schlimmste waren nicht die Dunkelheit, die Albträume oder Flashbacks – das Schlimmste war die Angst vor der Angst. Weil sie die nicht kontrollieren konnte, sie konnte ihr nicht aus dem Weg gehen. Die Panik kam selbst in den alltäglichsten Situationen, riss sie von den Füßen und ließ eine erbärmlich hilflose Kreatur zurück. Sie hasste das. Sie wollte so nicht sein.

Nachdem sich ihre Augen von der blassen Gestalt im Badezimmerspiegel gelöst hatten, steuerten ihre Beine zielstrebig den kleinen Küchentisch an. Sie griff nach dem Handy, schloss die Augen, holte tief Luft und wartete, bis die Verbindung zu Waltraud Reinberg stand.

»Ich weiß von den Briefen. Ihr Bruder Ernst hatte sie Pastor Benedikt anvertraut. Von wegen Wohltäter! Ihr Vater war niederträchtig, hat das Schicksal selbst in die Hand genommen! Was wollte Benedikt von Ihnen? Erpressung scheidet aus, so war er nicht. Wollte er Sie zur Rede stellen? Wollte er Gerechtigkeit? Wiedergutmachung für den Sohn – Samu Jørgensen? Aber das konnten Sie nicht zulassen, richtig? Was wäre dann aus dem tadellosen Familienansehen geworden? Was aus der politischen Karriere ihres Sohnes? Die Presse hätte Sie zerrissen, Geschäftspartner sich distanziert! Also musste der Pastor weg! Dumm nur, dass Tatjana Tiersch Bescheid wusste. Andererseits hatten Sie mit Kevin den perfekten Sündenbock. Gezeichnet vom Verdacht des Mordes an seiner Freundin, war es ein Leichtes, ihm noch zwei weitere anzuhängen.«

Einen Moment war es beängstigend still in der Leitung.

»Sie sind ja irre! Ich weiß von keinen Briefen. Und weswegen Pastor Benedikt bei mir war, habe ich Ihnen erzählt. Ich möchte Sie nun inständig bitten, diese Farce zu beenden. Rufen Sie nicht mehr an! Ich bin an Ihren wilden Fantasien nicht interessiert. Sollte etwas von diesen infamen Lügen den Weg an die Öffentlichkeit finden, hoffe ich sehr, Ihre finanzielle Lage erlaubt eine Verleumdungsklage größeren Ausmaßes.«

»Samu Jørgensen weiß Bescheid. Wir stehen in Kontakt.«

»Wer soll das sein? Ach, hören Sie, es interessiert mich nicht. Lassen Sie uns einfach in Ruhe! Leben Sie wohl, Frau Arnold.«

»Eins noch: Sollten Sie glauben, ich wäre so naiv, Sie anzurufen, ohne mich abzusichern, haben Sie sich getäuscht. Alle Rechercheergebnisse, alle Beweise liegen sicher verwahrt unter Verschluss. Sollte mir irgendetwas passieren – und sei es nur ein tragischer Unfall –, gehen die Unterlagen sowohl an die Presse als auch an die Polizei.«

»Mein Gott, Sie sind wirklich vollkommen irre! Was versprechen Sie sich eigentlich von dieser Aktion?«

»Ich gebe Ihnen die Chance, reinen Tisch zu machen. Gehen Sie zur Polizei und erstatten Sie Selbstanzeige!«

»Du hast *was?*« Freddes fassungsloser Blick ließ das zerbrechliche Gebilde namens Mut, auf dem Ann stand, nicht gerade stabiler erscheinen.

»Ich hatte keine Wahl.«

*Das sehe ich anders.*

»Ann, weißt du eigentlich, wie viel Kohle die haben? Ich habe mir deine Aufzeichnungen angeguckt und danach mal ein bisschen recherchiert. Diese Reinbergs scheißen Geld! Die können dich am langen Arm verhungern lassen!«

»Sollen sie einfach davonkommen? Die haben den Pastor und die Tierschs umgebracht!«

»Das kannst du nicht beweisen.«

»Das wissen die aber nicht. Sie glauben, ich kenne den Inhalt der Briefe und habe Beweise ihrer Existenz.«

»Die werden dich fertigmachen! Im besten Fall hetzen sie dir ihre Anwälte auf den Hals. Und solltest du mit deinem

Verdacht richtig liegen, wird das nicht dein einziges Problem sein.«

»Was hätte ich denn tun sollen? Die Briefe haben sie sich längst unter den Nagel gerissen – wahrscheinlich gleich vernichtet. Unmöglich, da dranzukommen! Es gab nur eine Chance: Ich musste sie unter Zugzwang setzen.«

*Wir hätten einfach gehen und das Leben genießen können. Ich hätte diese Option durchaus reizvoll gefunden.*

»Weiß Marc davon?«

Ann schüttelte den Kopf. Ihre grünen Augen fixierten Fredde. »Lass ihn vorerst da raus – bitte! Er soll sich voll und ganz auf seine neue Aufgabe konzentrieren können. Ich will nicht, dass er meint, er müsste herkommen, nur weil ich in Schwierigkeiten stecke.«

Hatte sie in den vergangenen Nächten schon kaum schlafen können, weil sie sich den Kopf zerbrochen hatte, wie sie den ganzen Dreck ans Licht zerren könnte, waren die letzten Stunden eine zermürbende Katastrophe gewesen. Sie hatte den Abstand zwischen der Pilleneinnahme um ein gefährliches Maß verringert, sich mit Beruhigungstee abgefüllt und das Ganze mit ein paar Rescue-Tropfen gekrönt. Sie fühlte sich müde und ausgelaugt und gleichzeitig wie unter einer Überdosis Adrenalin. Ihr Puls flatterte, ihr Kopf kam einfach nicht zur Ruhe. Die Nachtstunden krochen nur so dahin. Zum wiederholten Mal fanden ihre Augen die Leuchtziffern des Weckers. Vier Uhr dreiundfünfzig.

Was würde die Reinberg jetzt tun?

*Was würdest du in ihrer Situation tun?*

»Ich würde versuchen, mich zu stoppen. Ich würde versuchen, an die Beweise ranzukommen«, murmelte Ann.

*Und wie würdest du das tun?*

»Ich würde jemanden schicken. Geld habe ich genug. Jemanden, der so lange dranbleibt, bis er weiß, wo die Beweise versteckt sind. Jemanden, der keine Spuren hinterlässt – und keine Zeugen«, flüsterte sie.

Oh mein Gott, hatte sie wirklich geglaubt, die Reinberg ließe sich einschüchtern, würde zur Polizei gehen und den Mord an drei Menschen gestehen?

*Du bist am Arsch!*

Draußen war es immer noch stockdunkel, als sie ihr Notebook aufklappte und auf die Datei klickte, die alle Informationen enthielt, die sie über die Morde hatte zusammentragen können. Die Uhr auf dem Monitor drehte sich und drehte sich und drehte sich ...

*Was zum Geier ist jetzt wieder los mit der Kiste?*

Entnervt klickte sie auf den Desktop, versuchte, das Textverarbeitungsprogramm zu öffnen. Die Uhr fror ein. Auch der Pfeil ließ sich nicht mehr bewegen.

Na super! Abgestürzt!

*Wie passend!*

Ann versuchte einen Neustart über die Tastatur. Nichts. Der Bildschirm blieb unverändert, der Rechner ließ sich nicht mal herunterfahren.

*Ein Sinnbild unserer Lage: gefangen in der Schockstarre!*

# Kapitel 16

Sie hatte alle Karten ausgespielt. Es gab nichts mehr, das sie tun konnte. Ann stand am Fenster und sah den Sonnenstrahlen dabei zu, wie sie, auf dem Weg, den Winterhimmel zu erklimmen, über die Dächer krochen. Das zarte Blau am Horizont versprach einen schönen Tag.

Ihr Rechner weigerte sich weiterhin, seine Arbeit aufzunehmen. Während sie überlegte, wem sie dieses Problem aufs Auge drücken könnte, blinkte ihr Handy-Bildschirm auf.

Eine Nachricht von Marie.

›Guck mal, der ist heute Morgen gekommen. Sieht amtlich aus. Aufmachen?‹ Darunter das Foto eines Briefumschlags aus braun-grauem Papier.

Ann tippte das Bild an und zog den Ausschnitt größer. In dem kleinen Feld über ihrer Adresse stand der Name einer Anwaltskanzlei.

Sie tippte: ›Ja, bitte.‹

Nervös wartete sie auf die Bildnachricht.

Als ihr Handy stattdessen klingelte, zuckte sie zusammen.

»Was steht drin?«

Die Stimme, die ihr antwortete, klang so gar nicht nach Marie. »Frau Arnold? Spreche ich mit Frau Johanna Arnold?«

Erschrocken guckte sie auf das Display. Die Nummer war ihr unbekannt. Dafür sah sie, wie Maries Nachricht eintraf.

»Wer will das wissen? Woher haben Sie diese Nummer?«

»Mein Name ist Thorsten Vesterbeck von der Polizeidienststelle Neustadt.«

»Ach ja? Worum geht es?«

»Sie sind Johanna Arnold?«

*Kommt drauf an ...*

»Ja.«

»Wir möchten Sie bitten, sich bei der Dienststelle einzufinden. Wir können Sie natürlich gern schriftlich vorladen. Da Frau Ehrenfeld im Besitz Ihrer Nummer war, hatten wir jedoch die Hoffnung, die Aufforderung auch telefonisch unterbreiten zu dürfen.«

»Warum? Also, ich meine, worum geht es denn?«

»Wo befinden Sie sich derzeit? In Paderborn oder in Neustadt?«

»Keins von beidem! Hören Sie, was wollen Sie von mir?«

»Gegen Sie ist Anzeige erstattet worden.«

Ann rannte nervös vor Freddes Schreibtisch auf und ab. »Die Reinberg hat mich angezeigt! Ich fass es nicht!«

»Was hast du erwartet? Dass sie brav zur Polizei stiefelt und drei Morde gesteht?« Fredde las sich erneut den Brief der Anwaltskanzlei durch, den Ann von Marie bekommen hatte. »Wie lautet der Vorwurf?«

»Stalking! Angeblich hätte ich sie belästigt – und sogar bedroht.«

»Die macht keine halben Sachen. Ihre Anwaltskanzlei schickt dir ein Kontaktverbot. Du darfst dich ihr nicht weiter als zweihundert Meter nähern. Wann ist die Befragung?«

Ann blieb verwirrt stehen. »Was?«

»Wann musst du auf die Neustädter Wache?«

»Morgen Nachmittag um vier.«

»Hast du einen Anwalt?«

»Brauch ich nicht! Ich hab nichts gemacht! Die spinnt doch!«

»*Die* – wird dich fertigmachen! Sei nicht so naiv! Nimm dir einen Anwalt und versuch, so gut wie möglich vorbereitet zu sein.«

»Ich habe keinen. Ich kenne auch keinen. Und ich werd mir bestimmt nicht irgendeinen aus den Gelben Seiten suchen. Ich habe alle Kontakte, die die Reinberg und ich hatten, dokumentiert. Die können mir gar nichts!«

*Ja, auf einem Notebook, das sich nicht mehr starten lässt!*

»Fredde, kannst du mir die Dokumente ausdrucken – die von meinem Stick?«

»Klar, das wird dir aber nicht viel helfen. Was sollen die beweisen?«

»Beweisen. Richtig! Erst mal muss die Reinberg beweisen, dass ich sie belästigt habe! Ich wüsste nicht, wie sie das anstellen sollte.«

*

*Neustadt in Holstein*

Es war seltsam, wieder hier zu sein. Ann saß in demselben Raum wie ein paar Wochen zuvor, als sie mit Renata die ersten Ermittlungsergebnisse im Mordfall Denni präsentiert bekommen hatte. Der Vernehmungsraum der Neustädter Wache hatte seitdem an Schönheit nicht dazugewonnen. Ihr gegenüber: die Lübecker Kommissarin Petra Ehrenfeld. Deren Klamotten – waren das nicht sogar die vom letzten Mal?

*Wahrscheinlich besteht ihr Kleiderschrank ausschließlich aus ausgeleierten Schlabberpullis.*

»Frau Arnold. Wie geht es Ihnen?«

»Ehrlich gesagt, weiß ich nicht, weswegen ich hier bin.«

»Waltraud Reinberg hat Anzeige gegen Sie erstattet.«

»Weswegen?«

»Sie sollen sie mehrfach belästigt, beschimpft, ja sogar bedroht haben.«

»Wann soll das gewesen sein?«

Die Kommissarin schob ihr einen Zettel mit einer Auflistung zu. Der Tag, an dem Ann im Loft der Reinbergs gewesen war, war darauf genauso verzeichnet wie die Telefonate, die sie geführt hatten.

»Wir haben uns lediglich unterhalten.«

»Frau Reinberg schilderte uns, sie hätten sich unter einem Vorwand einen Termin verschafft, hätten sie dann sehr schnell mit unglaublicher Aggressivität beschimpft und ihr gedroht.«

»Das stimmt nicht! Wissen Sie eigentlich, dass der Tote Pastor Benedikt kurz vor seinem Verschwinden bei Frau Reinberg war? Er hatte belastendes Material, das die komplette Familie in den Ruin gestürzt hätte!«

»Ach ja, die Briefe. Frau Reinberg meinte, Sie würden diese Geschichte bringen.«

»Geschichte? Glauben Sie, ich habe mir das ausgedacht? Ernst ...«

»Ernst Reinberg hat diese Briefe geschrieben. Ja, das ist richtig. Er hatte eine sehr innige Beziehung zu Pastor Benedikt. Darum hat er ihm dieses Gedankengut vermacht. Darin ging es ausschließlich um Ernst Reinbergs religiöses Befinden und seine Dankbarkeit gegenüber dem Pastor.«

»Behauptet sie das? Lassen Sie sich die Briefe zeigen! In Wahrheit ging es um einen Häftling namens Jitzchak Posner, der durch Walther Reinbergs Zutun zu Tode kam. Pastor Benedikt hat das herausgefunden! Es steht alles in den Akten.«

»Sie meinen die Akten aus dem Gemeindekeller?«

Anns Augen wurden groß. »Sie haben sie gelesen? Aber wenn Sie davon wissen ...«

»Wir haben mit der Küsterin gesprochen. Sie hat uns erzählt, wie fixiert sie auf diese eine Geschichte waren und auf das Päckchen von Ernst Reinberg. Sie meinte, sie hätten ihre Gutgläubigkeit ausgenutzt, indem sie behauptet hätten, Sie und der Pastor hätten sich gut gekannt. Sie hätten den Gemeindekeller durchwühlt und wären dann einfach verschwunden. Dabei hätten Sie ständig den Eindruck einer Getriebenen auf sie gemacht.«

»Sie müssen sich die Akte von Jitzchak und Mariella Posner anschauen. Pastor Benedikt hat bis kurz vor seinem Tod an ihr gearbeitet. Ich weiß, wo sie liegt, in dem Gemeindekeller. Ich habe sie selbst dort abgelegt, bevor ich abgereist bin. Dann werden Sie begreifen ...«

»Dort gibt es nichts mehr, was man sich anschauen könnte. Es gab einen Rohrbruch, der ganze Raum wurde geflutet. Die Kirchengemeinde hat die unbrauchbaren Überreste entsorgt.«

»Was?« Ann konnte die Frage nur hauchen.

»Wissen Sie, was ich die ganze Zeit überlege? Wie weit Sie gehen würden ...«

»Ich verstehe nicht ...«

»Wir wissen von Ihrem engen Kontakt zu Kevin Tiersch, seines Zeichens Mordverdächtiger in drei Fällen. Wir wissen, dass Sie sogar eine Zeit bei ihm gewohnt haben. Und Sie waren bei ihm im Gefängnis. Was ist das zwischen Ihnen beiden?«

»Ich ... was soll da sein? Ich habe lediglich versucht, die Wahrheit ...«

»Die Wahrheit ist, Sie haben Mitarbeitern der Firma Plaunberg nachgestellt, sind ihnen mittags in Restaurants gefolgt, haben sie sogar auf dem Parkplatz bedroht. Sie haben Herrn Maas daran gehindert, in sein Auto zu steigen. Und jetzt dieses unerklärliche Verhalten gegenüber einer Familie, die zu den angesehensten der Region gehört. Warum das alles? Warum versuchen Sie, mit allen Mitteln Kevin Tierschs Taten jemand anderem anzuhängen? Und das alles für einen Mann, der Ihre beste Freundin kaltblütig umgebracht hat?«

»Es geht hier nicht um Kevin. Außerdem ist er unschuldig. Mein Gott, schauen Sie doch mal hin! Die Beweise ...«

»Wurden ihm untergeschoben? Wir wissen, warum *er* das sagt. Aber warum *Sie*? Wie hat er das geschafft? Und was würden Sie für seine Wahrheit tun?«

»Wie meinen Sie das? Ich ...« Anns Kopf dröhnte. Sie suchte nach Formulierungen, die dieses Szenario endlich in die richtigen Bahnen rücken würden.

»Frau Arnold. Wie ich das sehe, ist bislang noch nichts Strafrelevantes passiert. Ich bin mir sicher, dass Frau Reinberg – auch im Hinblick auf Ihre Vergangenheit – mit sich reden lässt. Wenn Sie sich zukünftig darauf konzentrieren, Ihre psychischen Probleme in den Griff zu bekommen, statt unbescholtene Bürger anzugreifen, kann das Ganze hier noch ein gutes Ende nehmen. Sie sind doch noch in psychiatrischer Behandlung? Ich habe mit Ihrer Mutter gesprochen. Sie macht sich ernsthaft Sorgen. Weiß sie von Ihrer Tablettensucht?«

»Sie haben was?« Ann hatte das Gefühl, als befände sie sich im freien Fall.

»Traumatische Erlebnisse, wie die, die Sie durchstehen mussten, können verheerende Auswirkungen auf das Urteilsvermögen haben. Kevin Tiersch hat es irgendwie geschafft, Sie von seiner Wahrheit zu überzeugen. Kümmern Sie sich um sich, um Ihre Gesundheit. Halten Sie sich fern von ihm. Fahren Sie mit Ihrer Therapie fort. Und überlassen Sie uns die Aufklärung von Straftaten.«

Fassungslos starrte Ann vor sich hin. Was jetzt? Was konnte sie überhaupt noch tun? Sie hörte Freddes Worte: »*Die* – wird dich fertigmachen!« Nein. Da hatte er falsch gelegen. Das hatte sie ganz allein geschafft.

Die Kommissarin saß ihr gegenüber und beobachtete sie mit einem demütigend mitleidigen Blick.

Sie hasste diese Frau. Sie hasste ihr Aussehen, ihre Stimme, ihre nervtötende Langsamkeit und am meisten hasste sie ihre Unfähigkeit. Am liebsten wäre sie ihr ins Gesicht gesprungen.

»Frau Arnold. Das war ein wirklich gut gemeinter Rat. Sollten Sie sich anders entscheiden, sollten Sie damit fortfahren, unbescholtene Bürger zu behelligen, werden Sie die Konsequenzen schneller zu spüren bekommen, als Ihnen lieb sein dürfte. Ihre labile Verfassung ließe dann nur eine Möglichkeit zu!«

Hatte sie ihr gerade mit einer Zwangseinweisung gedroht?

Kahle Wände, eine Deckenlampe, die keiner mehr wollte, ein hässlicher Zweitürer in Eiche rustikal, das Ikea-Gästebett in Weiß und ein selbst geknüpfter, runder Teppich aus der Makrameezeit ihrer Mutter: Wie lieblos ihr altes Kinderzimmer aussah.

Es hatte genau zwei Optionen gegeben: ein vollkommen überteuertes Hotelbett – als mittellose Studentin im Selbstzerstörungsmodus nicht wirklich machbar – oder bei den Eltern unterkriechen.

Ann stellte sich ans Fenster und schaute in den Nachthimmel, beobachtete die dunklen Schatten des Gartens.

Nach dem vollkommen verkorksten Auftritt auf der Neustädter Wache war sie zu David gegangen, hatte ihm das Notebook auf den Tisch geknallt und gebeten, die Kiste irgendwie wieder zum Laufen zu bringen.

Danach hatte sie Marc angerufen, mit dem festen Vorsatz, ihm alles zu erzählen. Doch dann hatte sie seine Stimme gehört – die so viel Enthusiasmus in sich trug – und hatte ihn einfach reden lassen. Er sprach von den Abläufen im chemischen Labor, von den Arbeitskollegen, die längst schon zu Freunden geworden waren, und den beneidenswert amüsanten Abendveranstaltungen.

*Wenigstens einer, dem die Sonne aus dem Arsch scheint.*

Ein Auto fuhr am Zaun des Gartens entlang. Das Licht seiner Scheinwerfer blitzte durch die immergrünen Büsche, fiel grell auf das Grundstück, wenn es auf kahles Geäst traf.

Warum hatte die Reinberg sie angezeigt? Mit allem hatte Ann gerechnet – nur damit nicht! Wäre die Frau wirklich in drei Morde verwickelt, wäre sie das Risiko niemals eingegangen! Ann hätte Beweise haben und sie ans Messer liefern können.

*Hattest du aber nicht!*

»Das konnte sie nicht wissen!«

*Das heißt dann wohl, sie ist unschuldig und du hast dir alles nur zusammenfantasiert!*

Ann seufzte. »Das heißt es wohl.«

Als sie etwas hinter ihrem Rücken spürte, schnellte sie erschrocken herum.

Ihre Mutter stand im abgedunkelten Raum. »Mit wem redest du?«

Ann hob die Hand, drückte den Power-Knopf ihres Handys, das nach dem Telefonat mit Marc immer noch in ihrer Hand ruhte, und ließ das Display aufleuchten.

Susanne drehte sich um und steuerte auf die Tür zu. »Wir essen.«

Jürgen, Anns Vater, versuchte ziemlich verkrampft, eine halbwegs normale Unterhaltung in Gang zu bringen, sprach von schlechten Straßen, Bürgerbegehren, Flüchtlingspolitik, dem Bau von Windkraftanlagen und davon, dass im nächsten Jahr ein paar neue Winterreifen fällig seien.

Ann und Susanne aßen schweigend.

Nach seinem zehnminütigen Monolog gingen auch Jürgen die Themen aus.

Ann legte das Besteck weg. Ihre Augen tasteten das Gesicht ihrer Mutter ab, auf der Suche nach etwas Vertrautem, etwas, das sie an die vielen liebevollen Umarmungen und tröstenden Worte erinnern würde. Sie fand nichts. Diese

Frau wurde ihr immer fremder. »Was hast du der Polizei erzählt?«

»Die Wahrheit.«

»Und was ist deine verdammte Wahrheit?«

Jetzt blickte auch Susanne auf. »Dass du vollkommen außer Kontrolle bist. Dass du Phantomen nachjagst, überall Verbrechen und Mord siehst und nicht merkst, wie du immer weiter abrutschst, in eine Welt voller Wahnvorstellungen.«

»Sag mal, spinnst du? Willst du mich in die Klapse bringen? Ist es das?«

»Das schaffst du ganz allein.«

»Du hast doch keine Ahnung. Du weißt nichts von dem, was ich in Erfahrung gebracht habe.«

»Ich weiß genug. Du wirst langsam zum Stadtgespräch.«

War das so? Hatte sie die Menschen ihrer Heimat gegen sich aufgebracht?

»Ich hab gehört, du bist mit diesem Mörder zusammen, hast sogar bei ihm gewohnt! Dein Ernst? Dieses Monster hat Denni umgebracht! Das Mädchen, mit dem du aufgewachsen bist. Das ist doch krank! Du bist krank! Was fasziniert dich so an diesen Männern? Verschafft es dir einen Kick, nicht zu wissen, ob du morgen noch wach wirst?«

»Susanne!« Anns Vater hielt den immer aggressiver werdenden Schlagabtausch nicht mehr aus.

Ann war aufgesprungen – beugte sich über den Tisch. »Es ist so typisch für dich, alles zu glauben, was andere dir erzählen, statt sich die Version deiner Tochter wenigstens mal anzuhören. Aber was soll's: Immerhin ist es ehrlicher, als jahrelang die vertrauensvolle, liebende Mutter zu mimen.«

»Ann, es reicht!« Auch Jürgen war aufgestanden und stellte, grober, als für das Geschirr gut sein konnte, die Teller zusammen.

»Keine Angst, morgen früh seid ihr mich wieder los!«

»Dabei hätten Sie ständig den Eindruck einer Getriebenen auf sie gemacht.« Ann lag im Bett ihres Kinderzimmers und starrte an die Decke. Das hatte die Küsterin zur Ehrenfeld gesagt. Wie war die überhaupt dazu gekommen, die Kirchenfrau nach Ann zu befragen?

*Die gute Hilla hat mit Sicherheit halb Neustadt von dir erzählt!*

»Auch, dass ich bei Kevin gewohnt habe, hat sich scheinbar gut verbreitet.«

Der Lichtkegel eines vorbeifahrenden Autos tanzte durch den dunklen Raum.

*Dem sensationsgeilen Mob hast du ordentlich Zündstoff geliefert.*

»Der Rohrbruch im Gemeindekeller …«

*Ein unglaublicher Zufall!*

»Dann noch mein Rechner! Auch Zufall? Wenn ich die Daten – inklusive der eingescannten Akte des Pastors – nicht auf diesen Stick gespeichert hätte, gäbe es das alles nur noch in meinem Kopf.«

*Richtig. Aber sei doch mal ehrlich! Selbst wenn die Dokumente noch existierten, was würden sie beweisen? Es gab dort nichts, was deine Theorie auch nur ansatzweise belegt hätte.*

»Ich muss was übersehen haben!«

Ann wälzte sich hin und her. Sie war so unendlich müde. Aber in ihrem Kopf ratterte es unaufhörlich. Die Gedanken schossen nur so darin herum – wie unter Strom stehende Avatare. Sie meinte sogar, das Bitzeln spüren zu können, wenn sie an ihrer Schädeldecke abprallten.

Sie setzte sich auf, tastete im schummrigen Licht der Nachtleuchte nach der Schachtel. Sie hatte gehofft, die Pillen würden ihr helfen, Ruhe zu finden. Das Ergebnis war nicht gerade überzeugend. Ohne jedoch, glaubte sie, bald wahnsinnig zu werden.

Sie drückte zwei aus dem Blister und ließ sie in ihrer Hand hin und her rollen. Die Finger der anderen fanden das Glas auf dem Nachtschrank. Sie nahm eine in den Mund und trank etwas Wasser. Als ihre Lippen die kühle Hülle der zweiten spürten, ließ sie ein bedrohlicher Gedanke zusammenzucken. Wasser schwappte auf die Bettdecke.

»Weiß sie von Ihrer Tablettensucht?« Die Worte der Ehrenfeld lagen bleischwer auf Anns Brust. Ihr Hals wurde eng, ihr Atem schnell und flach.

Woher wusste die Kommissarin von den Tabletten? Niemand wusste davon – nicht einmal Marc.

»Konntest du was finden?« Ann drehte nervös an ihren Haaren. Ihr Blick sprang rastlos zwischen Davids chaotischem Arbeitsplatz und seinem blassen Gesicht hin und her.

»Gut, dass du angerufen hast. Dass ein Virus deinen Computer geschrottet hat, das war nicht zu übersehen. Hätte aber nicht gedacht, dass der Angriff so zielgerichtet auf dich abgestimmt gewesen ist.«

»Wie meinst du das?«

»Na ja, es gibt Viren, die verbreiten sich übers Internet oder über ne E-Mail. Das betrifft dann Hunderte von Usern. Manchmal, um Geld zu erpressen – Zahle, dann kriegst du wieder Zugang zu deinen Daten –, manchmal nur, um größtmöglichen Schaden anzurichten. Dachte, bei dir wär's auch so. Hätte auch eigentlich nicht weiter geforscht. Nach deinem Anruf aber …«

Ann rutschte unruhig hin und her. »David bitte!«

»Du bist gehackt worden. Sie haben deine interne Kamera angezapft, hatten vollen Zugriff auf deinen Rechner, auf alle Daten. Und wie's aussieht, waren sie zusätzlich mit externen Kameras verbunden. Es sei denn, du lässt ein Überwachungssystem über deinen Rechner laufen?«

Ann schüttelte apathisch den Kopf. »Wann? Ich meine, wie lange?«

Das Datum, das er ihr nannte, war wie ein harter Schlag ins Gesicht. Die Zeit in Kevins Bude! Jemand musste die Wohnung präpariert haben. Man hatte sie die ganze Zeit beobachtet, beim Schlafen, beim Duschen, beim …

»Konnten die mich auch hören?«

»Möglich.«

»Wer? Kannst du sie zurückverfolgen?«

Die Warmfront, die in der Nacht hereingezogen war, brachte mit einem Schlag zwölf Grad mehr. Es war windig, aber viel zu lau für Anfang März. Ann fror trotzdem.

*Kein Wunder! Wie lange hast du nicht mehr richtig geschlafen?*

»Und er sieht keine Chance?« Freddes Stimme wurde von ihrem gerade erstandenen, neuen Prepaid-Handy an ihr Ohr getragen, von wo aus der Wind sie wegriss.

»Richtig. Er war froh, überhaupt noch Spuren des Hackerangriffs gefunden zu haben. Ihr Virus hat ganze Arbeit geleistet«, schrie sie.

»Wen vermutest du dahinter? Die Reinberg?«

Ann stemmte sich gegen den Wind, entfernte sich immer weiter vom Marina Ancora. Sie brauchte Luft! Der malerische Weg nach Sierksdorf war da genau richtig.

»Das war mein erster Gedanke.«

»Ich finde, es macht so dermaßen Sinn! Sie konnte dich nur deshalb anzeigen, weil sie wusste, dass du keine Beweise gegen sie in der Hand hattest. Und woher wusste sie das so genau? Weil sie dich ausspioniert hat.«

»Sicher! Aber wie ist sie in die Wohnung gekommen? Keiner konnte ahnen, dass ich auf die Idee kommen würde, mich bei Kevin einzuquartieren – nicht mal ich selbst. Und als ich erst mal da war, war ich die Einzige, die einen Schlüssel zur Wohnung hatte.«

»Du und der Vermieter.«

»Richtig. Der Vermieter ... Was, wenn die Kameras schon vorher installiert waren und Kevin ebenfalls ausspioniert wurde?«

»Du meinst, um den richtigen Zeitpunkt abzupassen, ihm die Beweismittel unterschieben zu können?«

»Zum Beispiel. Obwohl, hätten deine Kollegen die Spione bei der Hausdurchsuchung nicht entdecken müssen?«

»Kommt drauf an. Handelt es sich nur um ein einziges Aufnahmegerät, noch dazu sehr klein und gut versteckt, könnten sie es übersehen haben. Mehrere hätten sie sicherlich gefunden.«

»Könntest du die Berichte deiner Kollegen daraufhin noch mal durchsehen?«

»Ich versuch's. Außerdem sollten wir den Vermieter checken. Vielleicht findet sich eine Verbindung zu den Reinbergs.«

»Oder zu irgendjemand anderem auf meiner Liste.«

»Name und Adresse des Vermieters stehen in den Polizeiakten. Das kriege ich hin. Interessant wäre, zu erfahren, wer den Kollegen die ganzen Details verraten hat: das Abpassen von Maas an seinem Auto, die Begegnung mit den Anwälten im Restaurant, dein Aufenthalt im Gemeindekeller ...«

*... deine Tablettensucht.*

»Derjenige, der das alles weiß, war an deinem Rechner«, schloss Fredde.

»Kevin meinte damals, die Polizei selbst würde mit drin stecken.«

»Halte ich für unwahrscheinlich. Selbst wenn es unter den Kollegen jemanden mit derart kriminellem Potenzial geben sollte, wie hätte er, vor den Augen des ganzen Spusi-Teams, die Beweise auslegen sollen? Nur weil du Polizist bist, hast du nicht automatisch Zugang zu den Wohnungen von Verdächtigen.«

*Es dreht sich immer um die eine Frage: Wer konnte bei Kevin ungehindert ein und aus gehen?*

»Also doch der Vermieter!«

Den ganzen Nachmittag lang hatte sie sich in der Nähe des Stadthafens rumgetrieben, hatte Fredde mit Nachrichten zugetextet. Nachrichten wie: »Könntest du bei deinem Lübecker Kollegen zusätzlich nachforschen, ob die die Ursache des Rohrbruchs im Gemeindekeller untersucht haben?« Sie hasste das, aber was sollte sie machen? Man hatte sie kaltgestellt. Für die Neustädter war sie eine traumatisierte Irre mit Stockholm-Syndrom, die in ihrem Wahn jeden noch so rechtschaffenen Bürger verdächtigte, nur um einen Mörder freizubekommen. Ihre Mutter hielt sie für besessen, für einen Störfaktor, der nichts als unliebsame Fragen stellte, und Lotte …?

Sie zog den Reißverschluss ihrer Jacke zu. Es war zwar zu warm für Anfang März, um ruhig dazusitzen jedoch nicht warm genug. Ihr übliches Pensum an Strandspaziergängen hatte sie weit überschritten und die stündlich wiederkehrenden Cafébesuche gingen ins Geld, aber sie wusste einfach nicht wohin. Ihre Klamotten befanden sich nach wie vor bei ihren Eltern – aus Mangel an Alternativen.

Sie hockte sich in den menschenleeren, windgeschützten Außenbereich eines Cafés, kramte ihr Notebook raus, das seit Davids Radikalmaßnahmen von den Toten auferstanden war – jungfräulich und erschreckend aufgeräumt – und fing an, im Internet zu stöbern. Zum wiederholten Mal gab sie die Namen Walther Reinberg, Waltraud Reinberg und Ernst Reinberg ein, recherchierte über die Anfänge der Reinberg-Dynastie. Wann waren sie zu dem geworden, was sie heute darstellten? Und wie?

Zwischendurch äugte sie immer wieder nervös auf ihr Handy. Immer noch keine Nachricht von Fredde.

Sie klickte sich durch Bilder meist repräsentativer Art: Walther Reinberg mit A- B- oder C-Prominenz regionaler wie überregionaler Art, oft aus der Politik und Wirtschaft, manchmal aber auch aus Kunst und Kultur. Dasselbe galt für Waltraud Reinberg. Ihr Ehemann, laut Untertitel ein gewisser Hermann, stand immer etwas hinter ihr, wirkte deplatziert und ein wenig verloren.

»Tja, Hermann, du hattest wohl nicht viel zu sagen, musstest vor dem Traualtar alles abgeben – selbst deinen Familiennamen«, murmelte Ann.

›Nun ist es amtlich! Reinberg Käufer der Industriebrache‹, las sie. Darunter ein Bild von Waltraud Reinberg und dem Bürgermeister beim Unterschreiben eines Vertrags. Zufrieden lächelnde Gesichter, ein seriöses Ambiente, gut gekleidete Menschen und teure Füllfederhalter – solvente Investoren waren gern gesehene Gäste. Ann überflog den Artikel. ›Notariell beglaubigt ... die Anwaltskanzlei Dr. Hagen von Lauenbach & Partner ...‹

*Lauenbach & Partner? Emsige kleine Anwalts-Bienchen! Sie scheinen die Region fest im Griff zu haben.*

Kevins Anwalt arbeitete für Lauenbach & Partner. Und ...

Anns Handy unterbrach ihre Gedankengänge. Fredde – endlich!

»Ich bin aufgeflogen!«, hörte sie den Polizisten sagen.

»Was?«

»Mein Interesse war wohl doch ein wenig zu auffällig. Der Lübecker Kollege hat deinen Namen wiedererkannt, hat sich die Ermittlungsergebnisse von Rerik aus dem letzten Jahr angesehen und so rausgekriegt, dass wir beide uns gut kennen.«

»Kriegst du Ärger?«

»Nee, das nicht. Da es sich aber um ein laufendes Verfahren handelt, möchte er mir keine Informationen mehr zur Verfügung stellen.«

»Mist!«

»Den Namen des Vermieters konnte ich noch rausbekommen. Hab ihn gleich überprüft. Ich glaube, die Spur können wir vergessen. Er ist sechsundachtzig, hört kaum noch was und ist geistig leicht verwirrt. Zur besagten Zeit war er bei seiner Schwester in München. Die wurde achtzig. Sein Enkel hat ihn gefahren. Ziemlich unwahrscheinlich, dass der Greis die Beweismittel ausgelegt und dich abgehört haben soll.«

»Sehe ich auch so. Wer hat der Polizei verraten, was ich so getrieben habe? Dass ich den Maas auf dem Parkplatz abgepasst habe, im Gemeindekeller gewesen bin ...?«

»Keine Ahnung. Solche Sachen kann ich von Rerik aus nicht einsehen und der Lübecker Kollege ... diese Informationsquelle ist versiegt.«

»Die Ursache des Rohrbruchs? Die Kameras in Kevins Wohnung?«

»Dito. Tut mir leid.«

»Verdammter Mist!« Während ihrer Unterhaltung hatte Ann sich weiter durchs Internet geklickt, war gerade auf den Seiten der Anwaltskanzlei Dr. Hagen von Lauenbach & Partner.

Das schicke bordeauxrote Logo ...

»Moment! Das kenne ich doch! Wart mal eben, Fredde! Ich ruf dich gleich zurück.«

Hektisch ging sie die Bilder auf ihrem Handy durch. Da! Das Kontaktverbot. Der Brief, den Marie ihr via Social-Media-Kanal geschickt hatte. Das Schreiben, in dem sie aufgefordert wurde, sich von Waltraud Reinberg und ihrer Familie fernzuhalten. Sie zog den Ausschnitt größer. Tatsächlich! Auch das kam von Lauenbach & Partner.

*Die haben ja überall ihre Finger drin!*

Sie zog das Notebook näher an sich ran, rieb sich die kalt gewordenen Finger und tippte ›Kanzlei Lauenbach & Partner Reinberg Industries‹ in die Suchmaschine.

Eindeutig! Die Kanzlei vertrat die Familie Reinberg seit Jahren in so ziemlich allen Belangen.

Ann tippte auf ›Bilder‹.

»Na guck mal einer an! Das Männlein kenn ich doch.« Kevins Anwalt! Wie Ann wusste und ihr die Bildunterschrift bestätigte, ein gewisser Silvio Balistreri. Er war etliche Male zu sehen, zusammen mit der Reinberg – wenn auch oft nur am Rande oder im Hintergrund.

Ann lehnte sich zurück, hauchte sich in die Hände und fing an, sie gegeneinander zu reiben.

*Fassen wir also mal zusammen:*

Sie verdächtigte Waltraud Reinberg des Mordes an Pastor Benedikt und den Eheleuten Tiersch. Festgenommen aber wurde Kevin Tiersch, und zwar nur aufgrund der Beweise, die man in seiner Wohnung gefunden hatte.

Vertreten wurde Kevin ausgerechnet von der rechten Hand der Reinbergs, nämlich Silvio Balistreri – und zwar schon seit dem Mordverdacht an Denni.

Demselben Anwalt, der Ann die Schlüssel von Kevins Wohnung überbracht hatte!

Mit zitternden Fingern rief sie Freddes Nummer auf.

»Ich weiß jetzt, wie sie's gemacht haben!«

# Kapitel 17

Die Lichter der Straßenlaternen warfen bizarre Schatten an die Zimmerdecke. Anns Blick folgte ihnen, wenn vorbeifahrende Autos Bewegung in das Schauspiel brachten.

Mit einem Mal passte alles zusammen!

*1945 bringt Walther Reinberg Jitzchak Posner mit in sein Haus, versteckt ihn dort. Was während dieser, nennen wir es ›Unterbringung‹ passiert, wird von dem Geflüchteten in Form von Briefen niedergeschrieben.*

*Dann verschwindet Jitzchak. Angeblich, so Waltraud Reinberg, um sich auf die Suche nach seiner Frau zu machen. Seitdem ist er spurlos verschwunden.*

*Die Briefe bleiben im Hause Reinberg.*

*Warum eigentlich? Warum lässt Jitzchak diese Briefe dort zurück? Wenn sie etwas wirklich Wichtiges beinhaltet hätten, hätte er sie dann nicht mitgenommen? Oder war er einfach nicht mehr in der Lage dazu, weil man ihn in Handschellen abgeführt hatte? Und an wen waren die Briefe gerichtet?*

*Was wir wissen ist: Irgendwann fallen sie in die Hände des psychisch gestörten Ernst Reinberg. Der muss sie gelesen und erkannt haben, dass der Inhalt nicht gut war für seine Familie. Dass sie viel Schaden anrichten konnten. Aus nicht geklärten Gründen vernichtet er sie nicht, sondern gibt sie Pastor Benedikt, mit der Bitte, sie erst zu lesen, wenn er, Ernst Reinberg, tot sei.*

*Jahre vergehen. Ernst stirbt. Eines natürlichen Todes? Oder war er der Erste, der beseitigt wurde? Das liegt im Dunkeln. Klar scheint: Pastor Benedikt studiert die Briefe, beginnt zu re-*

*cherchieren und macht den einzigen (bekannten) Überlebenden Samu Jørgensen ausfindig. Er ruft ihn an, will ein Treffen vereinbaren, um Samu die Briefe seines Vaters auszuhändigen. Dann stellt der Pastor Waltraud Reinberg zur Rede, präsentiert ihr den Inhalt der Briefe. Ob sie von deren Existenz wusste? Ob ihr die Geschehnisse, die dort niedergeschrieben waren, bekannt waren? Wie sie dem Pastor gegenüber reagiert hat? Wir wissen es nicht. Fakt ist: Kurz nach diesem Treffen stirbt Pastor Benedikt. Ich wette, sie hat einen Profi beauftragt. Sie oder dieser kleine fiese Anwalt. Damit ist die Sache erledigt – glauben die beiden. Doch nun tritt Tatjana Tiersch auf den Plan. Beim Ausräumen der Regale stolpert sie über die Recherchen des Pastors, vielleicht auch über die Briefe, Auszüge davon oder Kopien derselben. Tatjana merkt sofort, dass sie echtes Gold in den Händen hält. Sie startet einen Erpressungsversuch. Dummerweise ist sie nicht sehr geschickt. Und jetzt wird es undurchsichtig!*

»Warum bringen sie gerade Denni um? Wie passt sie in das Bild?«, murmelte Ann. Es konnte sich eigentlich nur um ein tragisches Versehen handeln. Vielleicht war Denni zur falschen Zeit am falschen Ort? Oder aber die Fälle hatten gar nichts miteinander zu tun.

*Damit befasse ich mich später. Fakt ist, der Erpressungsversuch schlägt fehl, Tatjana und ihr Mann werden zum Schweigen gebracht. Zu der Zeit ist der Anwalt Silvio Balistreri längst ein Vertrauter Kevins, weiß, dass Tiersch Junior keine Ahnung hat. Reinberg und Balistreri haben den perfekten Sündenbock gefunden. Als Anwalt genießt Silvio einen Sonderstatus, kommt an alle Informationen, kann seinen Mandanten manipulieren, ihn als krank und geistesgestört dastehen lassen und – hat freien Zutritt zu dessen Wohnung.*

»Und ich dusselige Kuh habe ihn auch noch um Kevins Schlüssel gebeten.«

*Balistreri hat die gefälschten Beweise in Kevins Wohnung platziert, deinen Rechner hacken lassen und – wahrscheinlich, während du im Gemeindekeller Akten durchforstet hast – die Abhöranlage installiert.*

»Ganz schön viel Aufwand! Sie hätten mich auch einfach beseitigen können.«

*Ein Aufwand, der sich gelohnt hat! Sauberer konnten die Reinberg und ihr Lakai nicht aus der Geschichte herauskommen: Für die drei Morde wird Kevin den Kopf hinhalten müssen. Der Tod von Pastor Benedikt findet keinerlei Beachtung. Dein Ableben indes würde zu viel Staub aufwirbeln. Kevin sitzt im Gefängnis, hat das perfekte Alibi, kommt für eine weitere Leiche als Sündenbock daher nicht in Frage. Also stellen sie dich auf andere Art kalt, indem sie deine Glaubwürdigkeit untergraben.*

»Und ich habe ihnen in die Hände gespielt, habe es ihnen so verdammt einfach gemacht!«

Tja, und jetzt? Was nutzte dieses ganze Wissen, wenn sich nichts davon beweisen ließ? Sie kannte ja nicht einmal den Grund für das alles! Was war das große Geheimnis um Jitzchak Posner, das Waltraud Reinberg Jahrzehnte später zur Mörderin werden ließ? Was hatte Walther Schreckliches getan, das eine Dynastie ins Wanken bringen konnte? Die Schlüsselfrage war immer dieselbe: Was stand in den Briefen?

Die Polizei würde ihr nicht helfen, es sei denn, man bekäme sie dazu, genauer hinzuschauen – zusammenzubringen, was ihrer Meinung nach nicht zusammengehörte. Wenn man die Spusi dazu bekäme, das Kaliber der Waffe, mit der der Pastor erschossen wurde, mit dem aus Dennis Wunde abzugleichen …

»Jede Wette, sie sind identisch!«

Sie setzte sich auf, griff nach ihrem Handy und wählte Marcs Nummer.

Nach längerem Warten ging die Mailbox an. Sie schaute auf die Uhr. Ein Uhr fünfundvierzig. Egal. Sie brauchte seinen Rat. Erneut tippte sie die Nummer an.

Die gut gelaunte Frauenstimme, die zwei Klingeltöne später zu hören war, ein fröhliches: »Moment! Marc, Telefon!« rief und damit die laute Hintergrundmusik und das Stimmengewirr zu übertönen versuchte, versetzten Ann in Erstaunen.

*Na, da geht's ja ab.*

Das folgende dumpfe Geräusch ließ vermuten, dass die Frau das Telefon abgelegt hatte. Ann lauschte noch einige Minuten der ausgelassenen Stimmung, versuchte, Marc herauszuhören, bevor sie irgendwann die Verbindung beendete.

Unruhig wälzte sie sich hin und her. Es musste doch zu verhindern sein, dass Kevin unschuldig hinter Gitter ging. David hatte gesagt, es sei aussichtslos: Man könne den Hackerangriff nicht mehr zurückverfolgen. Zur Polizei konnte Ann nicht gehen. Es war zu befürchten, dass man sie für psychisch gestört hielt und einweisen ließ.

Sie setzte sich auf und strich sich die Haare aus dem Gesicht. Zwei Uhr fünfundzwanzig. Sie tippte Marcs Nummer an. Es dauerte eine Weile, aber dann: »Ja?«

*Lallt der?*

Die musikalische Untermalung war diesmal leise, ruhig, fast schon romantisch. Auch das Hintergrundgemurmel war verschwunden.

»Ann? Bist du's?«

Oje, er hatte wirklich Probleme, die Worte sauber rauszubringen.

»Ja. Wo bist du? Musst du morgen nicht los?«

»Doch. Zu Hause.«

»Hey ...! Wo is 'n der Korkenzieher?« Eine Stimme aus dem Hintergrund durchbrach das leise Gedudel. Das darauffolgende Poltern wurde mit einem hellen, ausgelassenen Kichern kommentiert.

»Ups! Vorsicht!«, war Marcs mühsam herausgebrachter Kommentar.

*Na, zumindest eine Partyleiche hat noch nicht genug! Und die ist eindeutig weiblich.*

Ann konnte nicht anders: »Wer ist das?«

»Sam.«

Dann war die Verbindung tot.

Das Meer schäumte unruhig. Ann war eine der Wenigen, die sich dem kalten Wind aussetzte. Die Warmfront war durchgezogen und hatte Temperaturen um den Gefrierpunkt Platz gemacht. Allein ganz hinten am Horizont konnte sie noch zwei Verrückte ausmachen, die sich die Köpfe freipusten ließen.

Ihre abgefrorenen Finger hielten zitternd das Handy, auf dessen Display die Nummer von Samu Jørgensen zu sehen war.

Wie so oft war es Lika, die sich meldete. »Hast du Breve?«

»Die Briefe? Schön wär's. Nein, die habe ich leider nicht.«

»Was dann?«

»Sie müssen mir zuhören. Samu, Ihr Mann ...«

»Nicht Mann. Großvater!«

»Oh.« Ann stockte. »Vielleicht sollte ich doch besser mit ihm selbst ...«

»Er will nicht. Mag nicht Deutsche.«

»Na gut. Dann bitte ich Sie, ihm Folgendes mitzuteilen.« Ann erzählte Samus Enkelin alles. Von der Recherche des Pastors, über die Morde und Verwicklungen der Reinberg und ihres Anwalts, bis hin zu Anns verzweifelten Versuchen, das Unrecht aufzudecken. Lika hörte schweigend zu. »Ich weiß nicht mehr weiter! Ohne diese Briefe habe ich nichts in der Hand. Ein Unschuldiger wird verurteilt werden! Hat Pastor Benedikt Ihnen oder Ihrem Großvater gegenüber wirklich nichts über den Inhalt erwähnt?«

»Du sagst, die Frau Reinberg schlägt die Leute tot? Weil die Breve?«

»Ich fürchte ja.«

»Der Pastor sagt, Jitzchak war gefangen gehalten bei die deutsche Familie.«

»Ja, sie haben ihn versteckt.«

»Der Pastor sagt: gefangen gehalten!«

»Sie meinen eingesperrt?«

»Ja. Holdt fanget.«

»Hat er noch was gesagt?«

»Der Pastor sagt, Jitzchak ist immer noch da, aber die Familienerbe ist weg. Wir können das lesen in die Breve. Wir warten. Aber nichts kommen.«

»Was bedeutet das: Jitzchak ist immer noch da?«

»Das hat er nicht geklärt. Er sagt, alles in die Breve zu lesen. Er will uns die geben. So wir haben gewartet.«

»Was ist das für ein Familienerbe?«

»Ich weiß nicht. Dinge mit Erinnerung.«

»Hören Sie, ich kann hier nicht mehr viel tun. Die Polizei hat sich auf den Sohn der Ermordeten als Täter versteift. Mich halten sie für verrückt. Keiner wagt es, dieser einflussreichen, angesehenen Familie ans Bein zu ... äh, ich meine, sie zu verdächtigen. Verstehen Sie das?«

»Ja.«

»Ich würde gern herausfinden, was in den Briefen steht. Ich würde gern herausfinden, was mit Ihrem Urgroßvater geschehen ist. Ja?«

»Ja.«

»Dazu brauche ich Ihren Großvater, dazu brauche ich Samu! Er muss nach Deutschland kommen. Er muss Fragen stellen. Am besten schalten wir die Presse ein. Wir sagen nichts von den Morden. Wir suchen nur nach den Briefen. Ich bleibe außen vor. Pastor Benedikt hat Ihrem Großvater von den Briefen erzählt, hat ihm versprochen, dass er die letzten Zeilen seines Vaters bekommt. Das sollte er nun einfordern.«

»Geht nicht.«

»Warum nicht? Das ist unsere einzige Chance! Oder ist er krank?«

»Nein. Er geht nie wieder nach Deutschland.«

»Bitte! Es wäre so wichtig. Es geht um das Schicksal seines Vaters! Sie müssen ihn überzeugen!«

»Nein. Er geht nicht.«

Zerknirscht nannte Ann Lika ihre Kontaktdaten. Die wirkte nicht sonderlich interessiert.

»Ich weiß, das ist viel verlangt!«

David starrte sie mit weit aufgerissenen Augen an und gab einen Laut von sich, der irgendwo zwischen Lachen und Panik lag. »Viel? Das ist Selbstmord! Das kannst du vergessen!«

»Ein Unschuldiger wird die nächsten Jahre, vielleicht gar Jahrzehnte, im Knast verbringen!«

»Sagst du! Außerdem ist das nicht mein Problem.«

»Stell dir vor, die hätten so was mit dir gemacht!«

»Haben sie aber nicht. Hör zu – das ist eine Anwaltskanzlei! Die haben garantiert mehr als nur das kleine Standart-Sicherheitspaket. Da spaziert man nicht einfach so rein und wieder raus.«

Ann blies sich frustriert die Ponyfransen aus dem Gesicht. »Aber du selbst hast gesagt, dass jede Firma einen hat, der die Server, Rechner und Sicherheitssysteme wartet. Ihr Nerds kennt euch untereinander. Lass deine Kontakte spielen. Das merkt doch keiner, wenn der Fachmann beim Warten des Systems ein paar zusätzliche Blicke riskiert.«

»Du weißt doch gar nicht, wovon du redest! Wenn du bei so was erwischt wirst, bist du erledigt. Dann kannst du umsatteln, auf Taxifahren oder Zeitung austragen. Ich weiß auch gar nicht, wer für Lauenbach & Partner zuständig ist. Die haben garantiert einen von außerhalb. Also: Vergiss es!«

»Du könntest natürlich auch eine Anweisung zum Abgleich zweier Projektile faken. Sie müsste so aussehen, als käme sie von dem Rechner der ermittelnden Kommissarin Petra Ehrenfeld ...« Ann hatte die Worte leise und bedächtig ausgesprochen.

»Du machst mich echt fertig! Glaubst du wirklich, es ist einfacher – und gesünder –, sich in einen Polizeirechner zu hacken, sich als eine Kommissarin auszugeben und in ihrem Namen Befehle zu erteilen? Nee, echt nicht, nicht mit mir. Du wirst auch niemanden finden, der so bescheuert wäre.«

Sie hatte sich das klapprige, alte Fahrrad, das ihre Eltern noch immer hinten in der Garage stehen hatten, geschnappt und war zur Seebrücke geradelt. Der Wind schlug ihr in Böen entgegen, machten das Treten schwer bis unmöglich. Egal. Das entsprach genau ihrer derzeitigen Situation: Sie bemühte sich nach Kräften – kam aber einfach nicht vorwärts. Sie ließ den Parkplatz Strandbad links liegen und fuhr wie eine Besessene Richtung *Fischer's Ostsee Lounge* und dann in die der vielen Campingplätze, die sich wie Perlen aneinanderreihten. Sie musste raus! Weg vom Kern, weg von allem. Sie fuhr, obwohl ihre Beine schmerzten. Immer weiter. Bis zu dem Gitter. Ein Schild machte unmissverständlich klar, dass die Uhren in dem dahinter liegenden Areal langsamer tickten. Die Gedenkstätte der Cap Arcona. Mit mulmigem Gefühl schob sie ihr Fahrrad bis auf die Höhe des Gedenksteins. ›7000 K-Z 3.5.1945‹ war in den mittleren und größten Stein eingemeißelt. Links und rechts von ihm jeweils zwölf Namen der Länder, aus denen die Opfer stammten, verfasst in ihrer Landessprache. Mit dem Wissen um Jitzchak und Mariella Posner fühlte es sich plötzlich noch beklemmender an, hier zu stehen. Sie verließ den Platz und stieg wieder auf. Es dauerte einen Moment, bis der Widerstand ihrer steifen Beine aufgab und sie an Geschwindigkeit zulegte. Der dicht bewölkte Himmel veränderte sein Gesicht. Lücken taten sich auf, ließen zartes Blau durchblitzen. Während sich ihre eiskalten Finger um das abgenutzte Gummi des Lenkers krallten, strömte Hitze durch ihren Oberkörper, ließ sie unter der dicken Winterjacke vor Anstrengung schwitzen. Der Strand von Pelzerhaken kam in Sichtweite. Sie sah kleine Schaumkronen auf den Wellen tanzen. Die zunehmenden Blau-Anteile des Himmels brachten das Meer an einigen Stellen auf wundersame Art zum Leuchten. Doch Ann blieb nicht stehen, trat unerbittlich in die Pedale. Ihr Kopf sollte, verdammt noch mal, Ruhe geben! Ihre Gedanken aufhören, sich im Kreis zu drehen! Sie ahnte, konnte ihn beinahe fühlen: den Ursprung des Wortes ›durchdrehen‹. Es war so frustrierend, besonders, weil alles Denken, Grübeln und Abwägen zu nichts führte. Ihr fehlten die Mittel. All ihre Energie verpuffte im Nichts. Sie hätte am Liebsten laut geschrien.

Als sie die Bucht von Pelzerhaken hinter sich gelassen hatte und in die Nähe des Leuchtturms kam, schlug ihr der Wind mit einer solchen Wucht ins Gesicht, dass sie nach ein paar Metern entkräftet aufgeben musste. Sie schob das Fahrrad bis zum kleinen Wäldchen, den Trampelpfad hinunter bis es im Sand zu mühsam wurde. Dort ließ sie das Rad liegen und wankte über den Strand. Ein paar Meter vor der Wasserlinie plumpste sie rücklings in den Sand, ließ ihren Oberkörper nach hinten fallen und beobachtete japsend die vorbeieilenden Wolken.

Als Ann das Fahrrad an die Wand der Garage lehnte, war es längst dunkel. Für die geschätzten fünf Kilometer bis zum Pelzerhakener Leuchtturm hatte sie mindestens drei Stunden gebraucht, wenn nicht mehr. Zurück hätte es leichter gehen müssen, größtenteils fuhr sie mit dem Wind, der zudem allmählich nachließ. Doch ihre Beine wollten nicht mehr. Die Muskeln waren vollkommen übersäuert, jede Bewegung schmerzte. So zog sich jeder Meter des Rückwegs ins Unendliche. Dafür hatte auch ihr Kopf aufgegeben. Endlich! Sie fühlte sich auf eine stumpfe, aber friedliche Weise leer. Es gab keine Reserven – für rein gar nichts mehr. Sie hätte vollkommen ausgehungert sein müssen. Planlos, wie sie losgefahren war, hatte sie weder was zu essen noch Getränke dabeigehabt. Aber selbst fürs Magenknurren fehlte Energie.

Es brannte kein Licht im Haus. Ann beließ es dabei, ging durch die Küche, ergriff eine Flasche Wasser und mühte sich, mit unangenehm verhärteten Beinmuskeln, die Treppe zu ihrem alten Kinderzimmer hoch. Lautlos schloss sie die Tür, drehte den Schlüssel zweimal nach rechts.

Die Augen geschlossen, die Ruhe um sich herum und in sich drin genießend, lag sie auf dem Bett. Sie hätte nichts dagegen gehabt, wenn dieser Moment noch Stunden angedauert hätte.

Das Klingeln ihres Handys setzte dem Wunsch ein schnelles Ende.

Ihre Finger tasteten müde nach dem Störenfried. Als das Gerät endlich in ihrer Hand lag, sie einen Blick auf das Display erhaschen konnte, erstarb das Klingeln. Im Dunkeln leuchteten ihr vier Buchstaben entgegen: Marc.

Dennis gesichtsloser Kopf starrte sie aus dem Dunkel heraus an. Neben ihr hockte eine abgemagerte Gestalt. Ann brauchte einen Moment, um Kevin zu erkennen. Er wimmerte intervallartig vor sich hin, hielt seine gefesselten Hände in die Höhe, seinen Kopf gesenkt. Blut lief von den Handschellen aus an seinen Armen hinunter. Ein ganz kurzes, kaum sichtbares Aufblitzen lenkte Anns Blick in die Dunkelheit oberhalb der beiden. Da – da war es wieder. Als schwebe ein im Sonnenlicht schimmernder Spinnenfaden vorbei. Sie kniff die Augen zusammen. Tatsächlich. Es wurden immer mehr und sie wurden immer deutlicher. Sie schwebten nicht vorbei, sondern zogen sich von Dennis und Kevins Körper aus senkrecht in die Höhe. Ann hörte eine Stimme ihren Namen rufen. Sie erkannte sie sofort: Es war das schaurig helle Stimmchen von Silvio Balistreri. Sie sah, wie sich seine blasse Haut aus dem Schwarz herauslöste, wie er hinter Denni und Kevin trat und seine Hand über den Kopf ihrer Freundin streckte. Mit Schrecken erkannte sie, dass einer der schimmernden Fäden um Dennis Handgelenk gebunden war. Dieser spannte sich, als der Anwalt den Arm nach oben bewegte, zeitgleich mit ihm wurde auch Dennis Arm hochgezogen. Wie der einer Marionette! Sie hielt etwas in ihrer Hand. Da es sich um einen schwarzen Gegenstand handelte, konnte Ann zunächst nicht erkennen, was es war. Doch dann blitzte die metallische Kontur auf und ließ Ann vor Schreck erstarren. Denni zielte mit einer Waffe auf sie. Das dünne Stimmchen verfiel in hässliches Gelächter, bevor es ein, für seine geringe Lautstärke erstaunlich deutliches: »Schieß!« hervorbrachte.

Ein lauter Knall durchbrach die Stille. Ann schrie. Fast zeitgleich erfasste sie die Schmerzwelle.

»Ann? Ann! Was soll das? Mach sofort die Tür auf!« Es knallte und donnerte.

Verwirrt schaute sie um sich. Sie saß in ihrem Bett. Es war taghell. Und irgendwer hämmerte mit aller Macht gegen ihre alte Kinderzimmertür. Mit ein bisschen Abstand erkannte sie die Stimme ihrer Mutter.

Stöhnend schob sie ihren Körper über die Bettkante. Da war sie wieder, die Schmerzwelle. Die Muskeln ihrer Beine protestierten lautstark, ihre Handgelenke fielen ein und selbst ihr Rückgrat schien wenig Lust daran zu finden, seine Arbeit zu tun.

»Warum schließt du dich ein wie eine pubertierende Fünfzehnjährige? Was machst du da drin? Ann – mir reicht's langsam! Ach, egal. Sollte es dich interessieren … dein Freund steht unten.«

*Marc? Unten?*

»Ich komme! Gib mir ein paar Minuten.«

Sie sah an sich runter. Sie steckte immer noch in denselben Klamotten wie am Vortag. Sie ging zur Tür, drehte den Schlüssel zweimal und schleppte sich ins Bad.

Gott, sah sie scheiße aus. Ihr Spiegelbild zeigte tiefe, schwarze Schatten unter ihren müden, glanzlosen Augen. In ihrem Haar knisterte es und wenn sie es schüttelte, rieselten kleine Sandströme heraus. Sie griff nach der Bürste, um wenigstens das Gröbste zu entfernen. Dabei fiel ihr jeder Handgriff schwer. Als sie die Bürste weglegen wollte, blieb ihr erstaunter Blick an einem Strang getrockneten Seetang hängen, der sich zwischen den Noppen verfangen hatte. Die Zähne gesäubert, das Gesicht erfrischt und die leicht abgewrackte Aura mit einer Note Deospray aufgepeppt – trotz dieser Maßnahmen war sie so weit von den Attributen frisch und gepflegt entfernt wie schon lange nicht mehr.

Langsam, wie eine Neunzigjährige mit schwerer Arthritis, schleppte sie sich die Treppe runter, schlich durch das Wohn- ins Esszimmer und blickte in das fragende Gesicht von Marc.

Susanne war nirgends zu sehen. Dafür saß ihr Vater Jürgen neben Marc am Tisch und schüttelte erschrocken seinen Kopf. »Mein Gott, welcher Lkw hat dich denn erwischt?«

Marc rollte auf sie zu. In seinem Blick lag echte Sorge. »Alles in Ordnung?«

*Da fragt der, ob alles in Ordnung ist! Sieht das so aus? Während der sich in Wiesbaden vergnügt, hetzt man uns die Bullerei auf den Hals und erklärt uns für nicht zurechnungsfähig. Aber na klar ist alles in Ordnung!*

»Was machst du hier?«

»Ich hab dich nicht erreicht. Ich dachte, du wärst noch bei mir in der Bude. Fredde hat mir dann gesagt, wo du steckst.

Und er hat mir von der Anzeige erzählt und …« Marc schielte zu Jürgen hinüber. »Na ja, von allem anderen auch.« Er lächelte. »Ich dachte, du könntest etwas Unterstützung gebrauchen.«

Ann zog einen Stuhl heran und setzte sich vorsichtig und mit leicht schmerzverzerrtem Gesicht.

»Was ist passiert?«

*Erzähl uns lieber, was bei dir so los ist!*

»Och, nichts Spektakuläres. Ich hab ne kleine Fahrradtour hinter mir. Der Wind war gegen mich. War wohl ein bisschen viel. Jetzt zicken die Muskeln.« Anns Blick fiel auf die Uhr über dem Sideboard. Vierzehn Uhr siebzehn! Sie hatte tatsächlich zwanzig Stunden am Stück geschlafen. Kein Wunder, dass sich zu dem flauen Gefühl im Magen Übelkeit breitmachte. »Wie lange bleibst du?«

»Nur übers Wochenende, also bis morgen Mittag.«

Jürgen war aufgestanden und in die Küche gegangen.

Ann suchte nach den richtigen Worten. »Wo wirst du … ich meine, wo bist du untergekommen?«

Marc runzelte die Stirn.

»Vielleicht wäre eine Pension gut.« Ann flüsterte fast.

Als sie seinen verständnislosen Blick sah, fügte sie schnell hinzu: »Für uns beide, meine ich.«

Warum hingen in Hotelzimmern eigentlich immer die gleichen Kunstdrucke? Ann löste ihren Blick vom blauen Pferd von Franz Marc, hängte ihren Arm über die Bettkante, fischte nach ihrem Hoodie, setzte sich auf und ließ ihn über ihren Kopf und die Schultern gleiten.

Der Samstagabend war weit fortgeschritten. Unten hörte man eine Gruppe Nachtschwärmer lachend vorbeiziehen.

Sie hatten ausgiebig geduscht, hatten sich die Bäuche vollgeschlagen und geliebt, als seien sie monatelang getrennt gewesen. Nur geredet, das hatten sie kaum.

»Erzähl mir von deiner Arbeit.« Ann schob sich die Kissen so zurecht, dass sie sich bequem an die Kopfseite des Bettes lehnen konnte.

»Die Labors des BKA, die sind der Wahnsinn! Die sind irre gut ausgestattet. Es wird Monate dauern, bevor ich mich mit den ganzen Maschinen auskennen werde und sie bedienen kann. Die meiste Zeit schaue ich Bert, Franka und John über die Schulter oder erledige kleine Handlangerarbeiten. Es ist nicht ohne. Du musst extrem sauber arbeiten, damit du nichts verunreinigst oder verpfuschst. Wenn dir nur eine winzig kleine Menge einer Probe zur Verfügung steht, ist der Druck verdammt hoch. Der kleinste Fehler, und du bist geliefert!«

*Nun frag ihn schon, ob die Partymaus mit dem wohlklingenden Namen Sam, auch dort arbeitet!*

»Wie lange bist du noch in der Abteilung?«

»Zwei Wochen. Dann geht's zu den Analysten.«

»Ihr versteht euch gut, da im Labor, oder?«

*So gut, dass sie bei dir gepennt hat?*

Marc strahlte. »Nicht nur die vom Labor. Das ist ne echt verrückte Truppe. Du würdest sie mögen.«

*Und Sam? Jetzt schleich nicht rum wie die Katze um den heißen Brei!*

Aber Ann hatte keine Lust, darüber zu reden. Marc würde nur noch ein paar Stunden in ihrer Nähe sein. Sie wollte das nicht kaputt machen. Scheiß was auf die alte, hässliche, glücklich verheiratete, vollkommen uninteressante Sam!

*Sicher!*

Sie drückte sich an ihn, legte ihr Gesicht auf seinen nackten Oberkörper. Sanft strich er ihr ein paar ihrer langen braunen Strähnen aus dem Gesicht. »Und du? Wie geht's jetzt weiter? Was hast du vor?«

Sie atmete tief ein. Sie mochte den Geruch seiner Haut.

»Am liebsten würde ich bei Silvio Balistreri einsteigen und mich durch seine Unterlagen wühlen. Auf seinem Rechner finden sich bestimmt einige interessante Videos von mir.«

»Bei dem Anwalt?«

Ann murmelte ein bejahendes »Hmm.«

»Glaubst du, er hat sie bei sich privat versteckt?«

»Ich kann mir nicht vorstellen, dass er so etwas in der Anwaltskanzlei rumliegen lässt.«

»Wenn er der Einzige aus der Kanzlei ist, der involviert ist, dann nicht. Weißt du, wo er wohnt?«

»Noch nicht. Aber das lässt sich rauskriegen.«

»Ziemlich riskant. Sein Rechner ist sicher passwortgeschützt. Und die Briefe – falls sie überhaupt noch existieren und sich in seinem Besitz befinden – werden nicht einfach rumliegen. Wahrscheinlicher ist, dass er brisantes Material, egal welcher Art, in einem Tresor aufbewahrt. Gehen wir mal davon aus, du schaffst es, bei ihm einzubrechen. Was dann?«

Nachts war es noch verdammt kalt. Aber darauf war sie vorbereitet, die Gestalt, die sich im Schatten des Eingangs eines modernen Einfamilienhauses versteckt hielt. Gut getarnt ließ ihre schwarze Kleidung sie mit dem Hintergrund verschmelzen. Ihr Blick war auf die Jugendstilvilla gerichtet, die auf der anderen Straßenseite dieses idyllisch gelegenen Viertels von nostalgisch anmutenden Laternen gekonnt in Szene gesetzt wurde. Ihr Interesse galt einer der beiden Doppelhaushälften – genauer gesagt, der von ihr aus auf der linken Seite gelegenen. Ein paar Meter neben der Villa, umgeben von einem kunstvoll geschmiedeten hohen Zaun, befand sich ein sauber geharkter Kiesplatz. Das passende Ambiente für den dort abgestellten alten Jaguar.

Er war da. Seit ungefähr einer Stunde.

Die Gestalt zog sich die schwarze Kapuze tiefer ins Gesicht. Dann glitten ihre Hände in die seitlichen Taschen der

Lederjacke. Trotz der dünnen Handschuhe drang die angenehme Kühle des Metalls der kleinkalibrigen Waffe an ihre tastenden Finger.

»Was machst du denn hier?« Ann war gerade in die Jacke geschlüpft, hatte die Klinke schon in der Hand, als es klingelte. Die geöffnete Haustür präsentierte ihr einen grinsenden Fredde.

»Überraschung! Freust du dich?« Erwartungsvoll trat er einen Schritt auf sie zu.

»Äh ja ... na klar.« Stirnrunzelnd erwiderte sie seine Umarmung.

Dann musterten ihre hellen grünen Augen argwöhnisch Freddes Gesichtsausdruck. »Also?«

»Ja ... ich hatte noch so viel Resturlaub. Den musste ich jetzt nehmen. Und da dachte ich, ich schau mal auf nen Sprung vorbei.«

Anns Verwirrtheit wurde nicht weniger. »Du meinst, du hast in deinem Urlaub nichts Besseres zu tun, als von einem Ostseedörfchen einhundertfünfzig Kilometer weit zu fahren, um ein anderes zu besuchen? Und was ist mit Isabelle?«

Sein Grinsen wurde noch breiter. »Warum nicht? Die Ostsee hat viele schöne Ecken. Meine süße Isabelle – die konnte leider nicht mit. Bekommt in der nächsten Zeit keinen Urlaub. Und was soll ich Armer, so ganz allein? Da dachte ich mir, ich rutsch mal vorbei und versüße dir deinen Tag mit meiner Anwesenheit!«

*Nachtigall ick hör dir trapsen!*

Ann zog skeptisch die Augenbrauen hoch. »Das kannst du deiner Großmutter erzählen! Marc hat dich geschickt, oder? Er will sicherstellen, dass ich keine Dummheiten mache, richtig?«

Freddes breites Grinsen wich einem entschuldigenden Lächeln. »Nun ja, er macht sich ein klein wenig Sorgen, du könntest dich zu etwas hinreißen lassen, in etwas reinschlittern, dessen Konsequenzen noch nicht ganz absehbar sind. Und da er doch jetzt wieder in Wiesbaden ist …«

»Ich brauche kein Kindermädchen.« Sie zog die Tür hinter sich zu, ging die Straße entlang Richtung Bushaltestelle.

»Wer sagt denn was von Kindermädchen? Ich hab halt grade Zeit und wollte mal sehen, was es bei dir so Neues gibt und was du jetzt vorhast. Vielleicht kann ich helfen?« Er beeilte sich, mit ihr Schritt zu halten.

»Ich werde nicht dabei zusehen, wie Kevin unschuldig im Gefängnis verrottet, wie diese Bonzenfamilie alle so manipuliert, dass es für sie passt. Ich werde hinter das dreckige Geheimnis kommen!«

»Du willst also wirklich bei diesem Anwalt einbrechen, obwohl wir das, was wir finden, also falls es überhaupt was zu finden gibt, nicht gegen sie verwenden könnten? Diebesgut wird vor Gericht nicht berücksichtigt, wie du weißt!«

Ann verlangsamte ihren Schritt. Ihre Augen funkelten zornig. »Manchmal bleibt einem nichts anderes, als sie mit ihren eigenen Waffen zu schlagen. Und der Presse ist es egal, woher das Zeug stammt. Hauptsache es ist was dran und macht was her!«

# Kapitel 18

Es war trocken, windstill und fast schon ein wenig lau, ganz im Gegensatz zu den vergangenen Tagen. Fredde und Ann schlichen im Schutz der Dunkelheit um das elegante Gebäude. Sie hielt nach dem Wagen des Anwalts Ausschau, konnte ihn aber nirgends entdecken. Die Fenster seiner Wohnung blickten sie dunkel an. Es gab keinen Hinweis auf die Anwesenheit seines Bewohners.

Fredde hatte mit aller Macht versucht, es ihr auszureden. Mit dem Erfolg, dass er just dabei war, seine Polizeikarriere an die Wand zu fahren. Aufrecht hielt ihn die vage Hoffnung, dass Ann vor Ort einknicken würde, wenn sie feststellten, dass ihnen beiden schlichtweg das Know-how fehlte, um das hier erfolgreich und unerkannt durchzuziehen.

Sie hatten bis ein Uhr warten müssen, dann erst war die stimmungsvolle Fassaden- und Wegbeleuchtung ausgegangen, sodass sie nun wenigstens nicht alle paar Meter im Rampenlicht standen, sondern sich unauffällig um die schicke Villa herumbewegen konnten. Das schmucke Mäuerchen, das den Vorgarten vom Rest des Grundstücks trennte, war schnell überwunden. Der Garten war weitläufig und bot viel Schutz durch große, geometrisch geschnittene Gehölze.

Zunächst hieß es, unbemerkt durch den Teil der Grünanlage zu gelangen, der zur Nachbarwohnung gehörte. Fredde hoffte, dass die Bewohner auf Bewegungsmelder und andere Sicherheitsmaßnahmen verzichtet hatten. Kameras hatten sie während des Checks bei Tageslicht keine erkennen können. Kaum hatte er den Gedanken zu Ende gedacht, da tauchte die Flutlichtanlage den vorderen Teil auch schon in gleißend helles Licht. Fredde fluchte, tauchte hinter einer großen kegelförmigen Eibe ab und riss Ann mit sich.

»Was für eine scheiß Idee! War doch klar, dass so ne Hütte über ein Sicherheitssystem verfügt!«, zischte er.

»Und jetzt?«

»Wir warten. Wenn keiner kommt und das Licht wieder aus ist, ziehen wir uns in den hinteren Teil des Gartens zurück, machen einen großen Bogen und schleichen uns an der Seite wieder raus. Dann verschwinden wir!«

»Auf keinen Fall!«, wisperte Ann und riskierte einen vorsichtigen Blick. Die Rollläden der Nachbarwohnung waren nach wie vor geschlossen, alles blieb ruhig. Auch in der des Anwalts regte sich nichts, die Räume waren so dunkel wie zuvor.

»Bei drei rennen wir so schnell es geht zum Kellereingang«, befahl sie.

»Was? Nein!«

»Das Licht ist an! Der Garten taghell! Und: Siehst du irgendwen, den das interessiert? Nein! Die in der Nachbarwohnung kriegen nix mit und der Anwalt scheint nicht da zu sein. Außerdem möchte ich nicht wissen, wie oft Katzen dieses Ding auslösen. Also, komm schon!

»Das bringt doch nichts! Selbst wenn wir es bis zum Haus schaffen. Was dann? Willst du ne Scheibe einschmeißen? Was, wenn er eine Alarmanlage hat?«

Ann verdrehte die Augen. »Das haben wir doch jetzt schon tausendmal durchgekaut. Meine Antwort ist immer noch dieselbe: Wir gehen erst mal hin und gucken uns um. Aufgeben können wir immer noch.«

In diesem Moment ging das Licht aus – Garten und Villa waren wieder in friedliche Dunkelheit gehüllt.

Ann blinzelte. Mann, dieses Flutlicht hatte sie echt geblendet. Gelbe und grüne Punkte tanzten aufgeregt vor ihren

Augen. Sie wartete, bis die sich den neuen Lichtverhältnissen angepasst hatten.

»Und wenn wir …«, begann Fredde, wurde aber von Anns geflüstertem Ausruf: »Drei!« unterbrochen. Im gleichen Moment sprintete die auch schon los.

Fredde stolperte hinterher.

Das Licht ging an – machte ihre dahineilenden Körper weit und nach allen Seiten sichtbar.

Keine sieben Sekunden später sprangen sie die fünf Stufen zum Kellereingang hinunter, hockten sich auf den Boden und warteten. Ann schlug das Herz bis zum Hals. Trotzdem war sie so entschlossen wie schon seit Wochen nicht mehr.

Fredde presste sich mit dem Rücken an die Wand und ließ seinen Blick aufmerksam hin und her gleiten. Keine alarmierenden Geräusche – das war gut.

Mit Ungeduld warteten sie auf die schützende Dunkelheit. Endlich, nach einer gefühlten Ewigkeit erloschen die Strahler. Die beiden richteten sich vorsichtig auf, pressten ihre Körper dabei so dicht wie möglich an das Gebäude. Nichts passierte, das Licht blieb aus. Sie schienen sich außerhalb der Reichweite des Bewegungsmelders zu befinden.

Ann zog ihre Taschenlampe heraus und beleuchtete die Kellertür, immer darauf bedacht, dass der Lichtkegel den Eingangsschacht nicht verließ. Die Tür war weiß, hatte im oberen Teil vier kleine quadratische Fenster, zwei übereinander, zwei nebeneinander. Das Schloss sah aus wie das einer normalen Haustür. Es gab keine Klinke, sondern nur einen Knauf.

Fredde zeigte auf das Schloss. »Und jetzt? Eine Klotür, eine Zimmertür, die würde ich vielleicht – nach langem Stochern – aufbekommen, das Sicherheitsschloss einer Haustür aber garantiert nicht«, flüsterte er.

Er hatte recht. Das konnten sie vergessen.

»Dann müssen wir wieder hoch und es an der Terrassentür versuchen«, wisperte sie zurück.

Er stöhnte leise. »Unter vollem Flutlicht, wie auf nem Präsentierteller?«

Ann leuchtete mit der Taschenlampe langsam die Tür ab. Hier unten hatten sie keine Chance.

Plötzlich stutzte sie. Was war das?

Sie ließ den Strahl zurückgleiten. Drei der kleinen Scheiben reflektierten das Licht. Die vierte aber, die dem Knauf am nächsten lag, tat das nicht. Ann schickte einen fragenden Blick zu Fredde. Der schob sich vorsichtig näher, fuhr mit seinem Arm die Tür entlang bis seine in Handschuhen steckenden Finger oben an der Scheibe angekommen waren und ... fasste ins Leere.

Ann leuchtete den Rand des Fensterrahmens ab. Die Scheibe war fein säuberlich entfernt worden – als sei dort nie eine gewesen.

Sie richtete den Strahl auf den Boden. Bei genauem Hinsehen bemerkte sie das leichte Glitzern kleinster Glassplitter. Definitiv zu wenig für die gesamte Scheibe.

Fredde streckte sich auf die Zehenspitzen, ließ seinen Arm vorsichtig durch das Loch des Fensterrahmens gleiten, tastete nach der innen liegenden Klinke und drückte sie herunter. Zu seinem großen Erstaunen sprang die Tür auf.

»Wieso fehlt hier eine Scheibe? Und wieso ist die Tür nicht abgeschlossen? Das gibt's doch nicht!« Ann war so aufgeregt, dass es ihr schwerfiel, leise zu sprechen.

Vorsichtig zog Fredde seinen Arm wieder zurück.

Hier stimmte was nicht! Dass man eine Gartentür, die von außen – mangels Klinke – nicht ohne Weiteres zu öffnen war, nicht abschloss, aus Bequemlich- oder Vergesslichkeit, das konnte er ja noch verstehen. Spätestens aber, wenn eine Scheibe fehlte (warum auch immer), würde doch jeder Mensch darauf achten, die Tür verschlossen zu halten. »Es hatte doch nicht vor uns schon einer so eine glorreiche Idee?«

»Glaubst du, derjenige ist noch da drin?« Ann merkte, wie ihre Entschlusskraft einen merklichen Dämpfer erhielt.

»Das wäre ein ziemlich aberwitziger Zufall!« Trotzdem blieb Fredde unschlüssig stehen.

»Hast du deine Waffe dabei?« Ihr Blick hangelte sich unruhig an der Kante des Türblatts entlang.

»Soll das ein Witz sein?«, raunte er.

Ann drückte vorsichtig dagegen. »Ein überzeugendes Argument im Halfter könnte uns hier drinnen noch von Nutzen sein.«

Ein unangenehm knirschendes Geräusch ließ sie inne halten. Sie leuchtete den Boden im Innern ab. Dort lag er also, der Rest der zerbrochenen Scheibe.

»Damit zum Einbruch noch bewaffneter Überfall hinzukommt?« Fredde schob sich widerwillig hinter Ann durch den schmalen Spalt.

Der Kellerraum war nichtssagend. Ein paar weiße Wände, ein großes Waschbecken – blitzsauber – und ein schmaler weißer Schrank. Ann öffnete behutsam die gegenüberliegende Tür. Sie führte in einen kleinen Flur. Ein weiterer, ebenso leerer Kellerraum befand sich hinter einer Tür links von ihnen. Sie gingen weiter, stießen auf die Treppe, die ins Erdgeschoss führen würde. An der letzten Stufe angekommen, blieben sie stehen.

Ann schaltete die Taschenlampe aus und holte tief Luft. Sie durfte nicht zögern. Vor allem durfte sie nicht darüber nachdenken, was es bedeuten würde, hier und jetzt eine dieser verhassten, unkontrollierbaren Panikattacken zu bekommen, die ihr jede Möglichkeit der Selbststeuerung nahmen! Schon der Gedanke daran, setzte Prozesse in Gang. Das leichte Kribbeln, das sich schnell zu einem heftigen Strom ausbreiten würde. Aufhören! Sie musste es schaffen, sich mit allen Sinnen auf ihr Vorhaben zu konzentrieren! Sie ignorierte den aufkommenden Schwindel.

Möglichst leise, Millimeter für Millimeter drückte sie die Kellertür so weit wie nötig auf. Gott, wie sie solche Momente hasste! Was, wenn sie plötzlich in das blasse Gesicht des Anwalts blickten? Horchend hielt sie inne. So geräuschlos wie möglich schob sie sich in den quadratischen Raum, der eindeutig die Diele darstellte. Fredde schlüpfte hinterher. Die Wohnung lag nach wie vor im Dunkeln. Da jedoch alle Zimmertüren offen standen und die Rollläden vor den Fenstern hochgezogen waren, drang ein wenig des spärlichen Umgebungslichts der Straßenlaternen durch die Scheiben. Ihre Augen hatten sich schnell an die Bedingungen gewöhnt. Immerhin reichte es, um sich, ohne anzuecken, durch die untere Etage bewegen zu können.

Ann wandte sich nach links, kam durch ein modernes Esszimmer in die Küche. Sie sah teuer aus – und neu. Der Anwalt schien nicht oft zu kochen. Sie machte kehrt und kam auf der anderen Seite der Diele in das Wohnzimmer. Auch hier: alles modern und chic. Ihr fiel auf, dass so gut wie nichts herumlag. Die Flächen waren blank und steril. Es gab keinen Krimskrams. Der Typ lebte augenscheinlich allein, hatte höchstwahrscheinlich eine Putzfrau und schien entweder ein extrem ordentlicher Mann zu sein oder aber selten daheim. Wahrscheinlich sogar beides.

Ann öffnete ein paar der sehr aufgeräumten Schubladen, denen es eindeutig an persönlichem Charme fehlte, schob Schranktüren auf und warf einen kurzen Blick in die gut gefüllte Bar. Dafür hatte sie jeweils für einen kurzen Moment ihre Taschenlampe aufblitzen lassen müssen. Sie hoffte inständig, dass sich draußen kein Spätheimkehrer über die seltsame Lichtshow wundern würde.

Fredde deutete mit dem Finger nach oben. Ann nickte. Wenn sein Schlafzimmer genauso geleckt aussah, entwickelte sich das Ganze hier zu einem echten Reinfall.

Trotzdem verbuchte sie diese Aktion als ihren ersten großen Erfolg seit Langem. Sie hatte das erhebende Gefühl, wieder Kontrolle über ihren Körper zu haben. Nicht nur in der Schlange beim Bäcker, sondern sogar in einer Ausnahmesituation wie dieser! So weit, so gut. Es musste nur so bleiben!

An der untersten Stufe blieb sie kurz stehen und horchte. Es gab keine Wohnung, kein Haus ohne Geräusche. Jedes hatte seine ganz eigenen.

Als sie vor ein paar Minuten die Kellertür zur Diele geöffnet hatten, hatte Ann vor Schreck den Atem angehalten, da sie dachte, es wäre noch jemand in der Wohnung. Das leise Brummen des Kühlschranks, das Knacken des Gefrierschranks, das penetrante Ticken irgendeiner Uhr ... ganz still war es nie. Dann hatte sie sich an die Laute dieser Wohnung gewöhnt.

Nun versuchte sie, etwas zu hören, was nicht in das Geräuschmuster hineinpasste. Doch da war nichts.

Einigermaßen beruhigt schlich sie weiter.

*Seltsam, dass ich in der Lage bin, als Einbrecher durch fremde Wohnungen zu schleichen, es dagegen im Gemeindekeller der Kirche kaum aushalte,* dachte sie. Vielleicht waren das heute Nacht wirklich die ersten Anzeichen? Vielleicht bekam sie ihren Körper endlich zurück?

Als sie oben angekommen war, sah sie, dass Fredde vor einer, einen Spaltbreit geöffneten Tür stehen geblieben war und sie hilflos anschaute.

Wenn das Balistreris Schlafzimmer war – und wenn er, allen Vermutungen zum Trotz, dort im Bett lag? Was dann?

Das unangenehme Kribbeln war wieder da, nur stärker! Es erfasste ihren Körper. Ihr Herz schlug bis zum Hals und ihre Hände zitterten. Der Drang umzudrehen wurde unbändig stark. Noch war nichts passiert. Noch hatte man sie nicht entdeckt. Sie sollten verschwinden, raus hier! Vielleicht war das ihre letzte Chance? Was hatte sie sich nur dabei gedacht?

Sie versuchte es mit tiefen Atemzügen. W*ir werden das jetzt durchziehen. Es ist die einzige Möglichkeit, an Beweise zu kommen.*

Dann schob sie Fredde beiseite, hielt ihr Ohr an die Öffnung und lauschte angestrengt. Sie konnte kein Schnarchen und auch kein Atemgeräusch wahrnehmen. Dafür hörte sie ihr eigenes Blut rauschen und ihren Puls hämmern. Mist! Sie war viel zu aufgeregt. Sie schloss die Augen. Das fies lachende Gesicht Silvios aus ihrem Traum sprang ihr entgegen. Schnell öffnete sie die Augen wieder. *Reiß dich endlich zusammen und bring das hier zu Ende,* dachte sie.

Sie nahm all ihren Mut zusammen und drückte mit ihren zitternden, eiskalten, behandschuhten Händen sehr vorsichtig gegen das Türblatt.

Die Scharniere gaben einen qualvoll lauten Seufzer von sich. Ann schreckte zurück und musste einen Schrei unterdrücken. Fredde schaute hektisch um sich, als erwarte er einen direkten Angriff von allen Seiten.

Doch wieder geschah nichts. Sekundenlang verharrten die beiden in einer Art Schockstarre.

Dann wandte sich Ann wieder der Tür zu und quetschte sich durch den gerade passenden Schlitz.

Das Bett war zerwühlt, aber dem Himmel sei Dank leer. Die Schiebetüren des riesigen Schranks standen so, dass man die im Inneren hängenden, meist leeren Kleiderbügel sehen konnte. Auch einige der Schubladen waren zur Hälfte oder gänzlich geöffnet worden. Ein paar Socken, Hemden und ein Gürtel lagen verstreut auf dem Boden herum.

Das Ganze passte so gar nicht zu dem penibel aufgeräumten Untergeschoss. Ann sah Fredde in den benachbarten Raum gehen. Das Badezimmer. Die Flügel des futuristischen Aliberts standen ebenfalls geöffnet von der Wand ab. Im Innern fanden sich noch ein Päckchen Handseife und ein Duschgel. Keine Zahnbürste, keine Zahnpasta, keine Pflegeprodukte, nichts, um sich die Haare zu kämmen. Ann war schon wieder zurück ins Schlafzimmer gehuscht, wollte das letzte Zimmer inspizieren, das vom oberen Flur aus zu erreichen war. Immerhin könnte es sich um einen Büroraum handeln. Doch dann blieb sie wie angewurzelt stehen! Neben der Tür, durch die sie das Schlafzimmer betreten hatten, gab es eine Nische, in die ein Tresor eingelassen worden war. Auch dessen Tür stand offen. Ann hob ihre Lampe, schaltete sie ein und machte das Unfassbare sichtbar: Er war leer!

»Ich verstehe das nicht!« Nachdem sie auch den letzten Raum von Silvio Balistreris Wohnung inspiziert hatten – er gab genauso wenig her wie die anderen –, waren die beiden zurückgeschlichen, hatten die Wohnung verlassen und sich in Freddes Hotelzimmer verschanzt. Hier saßen sie auf dem Bett, sich gegenüber, und versuchten zu begreifen, was sie in dieser Nacht gesehen hatten. Die Uhr auf Freddes Handy zeigte vier Uhr sechs. Ann schlang die Arme um ihre hochgezogenen Knie. »Es scheint so, als würde er gar nicht dort wohnen.«

»Wahrscheinlich ist der Typ 'n Workaholic und haust mehr in seinem Büro als bei sich zu Hause, hat ne Liege in der Kanzlei, sein Waschzeug und die Ersatzanzüge da deponiert …«

»Möglich. Trotzdem seltsam. Der Kleiderschrank war so gut wie leer. Und warum standen alle Türen offen? In dem Bett schien er doch vor Kurzem noch geschlafen zu haben.«

»Wer weiß, möglicherweise überlässt er das Bettenmachen seiner Putze. Und wenn die nur ein- bis zweimal die Woche kommt, könnte die Unordnung auch schon älter sein.«

»Aber der Tresor! Entweder gibt es etwas, das es lohnt, weggeschlossen zu werden, oder aber es gibt nichts. In beiden Fällen würde man die Tür geschlossen halten. Warum sich den Kopf an einer geöffneten Tresortür stoßen?«

»Da gebe ich dir recht. Wir können davon ausgehen, dass er vor nicht allzu langer Zeit geöffnet und etwas herausgenommen wurde.«

»Und zwar in ziemlicher Eile.«

»Oder da war jemand einfach nur schlampig.«

»Bleibt die Kuriosität des zerbrochenen Kellertürfensters in Kombination mit einer nicht abgeschlossenen Tür. Noch einfacher kann man es Dieben nicht machen.«

Fredde runzelte nachdenklich die Stirn. »Ein Einbruch wäre natürlich eine Option.«

»Du meinst, jemand ist vor uns eingestiegen, hat die Wohnung nach Wertgegenständen durchsucht, den Tresor geöffnet und den Inhalt mitgenommen? Unten sah es nicht aus, als hätten Einbrecher gewütet.«

»Den Typen geht es zu allererst um schnelle Beute, nicht darum, etwas zu verwüsten.«

»Der riesige Flachbildschirm im Wohnzimmer?«

»Lässt sich wohl kaum unauffällig unter ner Jacke verstecken.«

»Der Tresor sah nicht beschädigt aus.«

»Das ist der Knackpunkt. Ich habe keine Ahnung, wie leicht oder schwer es ist, so ein Teil aufzubekommen, wenn man den Code nicht kennt. Ich werde morgen die Kollegen vom Einbruch interviewen. Dann wissen wir mehr.«

»Und Balistreri?«

»Also, für mich sieht es so aus, als wäre er verreist. Wahrscheinlich ahnt der nicht mal, dass bei ihm eingebrochen wurde.« Fredde gähnte herzhaft.

*Umso wichtiger wäre es, dass uns keiner dabei gesehen hat, wie wir in seine Wohnung eingestiegen sind,* dachte Ann.

Das verhaltene Klopfen war mehr eine Ahnung gewesen, als dass Ann es wirklich gehört hatte. Sie drehte sich zur Seite und knallte mit dem Arm gegen einen Bettpfosten. Als sie sich aufrichtete, sah sie, dass sie quer im Bett gelegen hatte.

Wieder klopfte es leise. »Zimmerservice. Hallo?«

Sie sprang auf, erhaschte einen kurzen Blick auf Freddes Arme und Beine, die aus einem Wust von Bettzeug herausguckten, und lief zur Tür. »Entschuldigung. Können Sie später noch mal wiederkommen?«

Das Gemurmel auf der anderen Seite hörte sich nach Zustimmung an.

Ann sah an sich runter. Bis auf die Schuhe steckte sie noch in denselben Kleidungsstücken wie am Vortag, war, so wie sie war, einfach eingeschlafen.

Sie huschte ins Bad, kramte in Freddes Kulturbeutel nach der Zahnpasta, drückte ein wenig davon auf ihren Finger und rieb die Paste über ihre Zähne. Dann nahm sie die Hotelseife, schnupperte daran, befand den Duft als einigermaßen akzeptabel, zog ihren Pulli aus und fing an, sich zu waschen. Als sie aus dem Bad trat, wurde sie von Freddes gleichmäßigem Schnarchen empfangen. Sie griff nach ihrem Handy – zehn Uhr siebenundvierzig – und schrieb ihm ein paar Zeilen: »Bin nach Hause, sehen uns später. LG Ann.«

Auf dem Weg zu ihrem Elternhaus suchte sie die Nummer von Lauenbach & Partner raus. Nach kurzem Warten hörte Ann eine weibliche Stimme, die sie betont freundlich begrüßte und nach ihrem Anliegen fragte.

»Ich würde gern Herrn Balistreri sprechen.«

»Das tut mir leid, der ist momentan nicht im Haus. Worum geht es denn?«

»Wann ist er wieder zurück?«

»Bedaure, das kann ich Ihnen nicht sagen. Darf ich Ihnen unseren Herrn Kerstenfisch empfehlen? Die Kollegen sind sehr versiert darin, die Belange von Herrn Balistreri zu vertreten, solange er abwesend ist.«

»Nein, danke. Ich müsste Silvio Balistreri persönlich sprechen. Es geht um die Vertretung von Herrn Tiersch.«

»Oh, da sind Sie bei uns verkehrt. Kevin Tiersch wird von uns nicht mehr vertreten. Das Mandat wurde zurückgegeben.«

»Was? Wie zurückgegeben? Von wem? Und warum?«

»Hören Sie, das weiß ich wirklich nicht. Ich weiß nur, dass der Fall nicht mehr bei uns liegt.«

»Und wer hat ihn übernommen? Wer vertritt Kevin jetzt?«

»Auch das entzieht sich meiner Kenntnis. Die Staatsanwaltschaft weiß da sicher mehr. Oder die Familie des Mandanten.«

»Wann haben Sie Silvio Balistreri das letzte Mal gesprochen?« In Anns Magen machte sich ein unangenehm flaues Gefühl breit.

»Wie bitte? Was hat diese Frage denn zu bedeuten?«

»Herr Balistreri und ich hatten einen sehr wichtigen Termin«, log Ann. »Er ist nicht erschienen, er hat sich nicht gemeldet und erreichen kann ich ihn auch nicht. Dabei hatte ich ihn als sehr zuverlässig in Erinnerung.«

»Das stimmt. Das sieht ihm wirklich gar nicht ähnlich.

Aber noch mal: Vielleicht kann jemand anderes …«

»Also wann? Wann haben Sie ihn das letzte mal gesehen oder gesprochen?«, unterbrach Ann die Frau.

»Gesehen letzte Woche und gesprochen vor zwei Tagen.«

»Heute noch nicht? Ist das nicht ungewöhnlich?«

»Nun ja, nein – eigentlich nicht. Herr Balistreri ist viel unterwegs und meist sehr beschäftigt. Warum er Sie allerdings vergessen hat, ist mir ein Rätsel. Das tut uns sehr leid. Wir möchten Ihnen …«

»Schon gut. Wann wollte er zurück sein?«

Ihre Gesprächspartnerin zögerte.

»Bitte, es wäre sehr wichtig.«

»Die Geschäftsleitung hat uns mitgeteilt, dass Herr Balistreri bis auf unbestimmte Zeit nicht mehr zur Verfügung steht. Das ist aber kein Problem. Wir können Ihnen ...«

Doch da hatte Ann schon aufgelegt.

Als sie das Haus betrat, ihre Winterjacke im Gehen öffnend, wäre sie beinahe gegen ihre Mutter geprallt. Die ließ stirnrunzelnd ihren Blick über Anns Körper wandern. »Hattest du diese Sachen nicht gestern schon an? Wo warst du die ganze Nacht?«

*Geht dich das was an?*

»Ich muss dir jetzt keine Rechenschaft ablegen, oder? Aus dem Alter dürfte ich doch wohl raus sein.« Ann versuchte, an Susanne vorbei zur Garderobe zu gelangen. Die aber stellte sich ihr in den Weg.

»Guck dich doch mal an. Du musst doch einsehen, dass du so nicht weitermachen kannst!«

»Das ist meine Sache.«

»Ist es nicht! Man muss dich ja vor dir selbst schützen.«

*Fragt sich, wer hier vor wem geschützt werden sollte!*

Ann war jetzt wirklich sauer. Sie war müde und hatte gerade definitiv Besseres zu tun, als sich mit ihrer Mutter zu duellieren. »Du willst mich beschützen? Du glaubst, mir helfen zu müssen? Wie denn? Indem du mir an meinem Krankenhausbett vorwirfst, dass ich schuld sei am Tod dieser Menschen, weil ich es nicht lassen kann, meine Nase in fremde Angelegenheiten zu stecken?« Ann dachte an die dramatischen Ereignisse, an die Toten des letzten Sommers in Rerik. »Das ist wirklich sehr fürsorglich von dir. Das baut so ne angekratzte Psyche richtig auf! Oder hilfst du mir, indem du der Neustädter Polizei erzählst, ich sei psychisch gestört und vollkommen unglaubwürdig? Auch eine wunderbare Art, mütterliche Liebe zu demonstrieren!«

*Treffer, versenkt!*

»Wenn andere Eltern gefragt werden, was ihre Kinder machen, dann antworten sie in der Regel etwas wie: Die studieren dieses oder jenes, die haben gerade ihre Ausbildung beendet, die gründen eine Familie, die haben sich eine Wohnung gekauft, ein Haus gemietet oder genießen ihren Urlaub auf Sylt. Was glaubst du, könnte ich antworten?«

*So ist das also. Es geht ihr gar nicht um dein Wohl. Die Gute schämt sich für dich! Schön, dass wir drüber gesprochen haben.*

Ann starrte ihre Mutter fassungslos an. »Ich bin dir also nicht normal genug? Ich entspreche nicht dem Maßstab einer Vorzeigetochter?« Ihre Stimme überschlug sich fast. »Kein Wunder! Ich wäre fast in so'm scheiß Erdloch verreckt! Entschuldige bitte, dass ich das nicht so einfach beiseite schieben, mein Studium beenden und dir ein paar niedliche Enkelkinder schenken kann!«

»Das ist es ja! Das hätte alles nicht passieren müssen! Du wärest nie in diesem Loch gelandet, wenn du, wie alle anderen auch, einfach Urlaub gemacht hättest. Aber nein! Du wühlst im Dreck – so lange, bis Leichen deinen Weg pflastern! Das ist doch nicht normal! Und statt dich zu bemühen, in ein normales Leben zurückzufinden, machst du einfach weiter so, jagst Phantomen hinterher, beschuldigst die angesehensten Bürger der Stadt und lebst sogar mit dem Mörder deiner besten Freundin unter einem Dach! Deine Gesichtsfarbe ähnelt der eines Geists, als hättest du tagelang nicht geschlafen. Isst du überhaupt noch? Nimmst du Drogen? Seit wann warst du nicht mehr bei der Therapeutin? Unsere Freunde, die Leute auf der Straße fragen mich, was mit dir los ist, denken, du seist krank. Und das bist du auch, Ann: krank!« Auch Susannes Stimme war um einiges lauter geworden.

Ann spürte, wie ihr Puls gegen ihren Hals hämmerte. Sie hatte so wahnsinnig viel Wut in sich und war es gleichzeitig so über alle Maßen leid. Trotzdem zwang sie sich, ihre Stimme in den normalen Bereich runterzudrücken. »Gewöhn dich dran. Du wirst nie eine Tochter haben, die du stolz herumzeigen kannst. Ich werde immer dort drücken, wo's wehtut. Und meine Klappe halten werde ich auch nicht. Wenn du das Gerede der Leute nicht aushalten kannst: dein Problem.«

Susanne schüttelte bestürzt den Kopf. »Du machst alles kaputt. Du zerstörst dein Leben und unseres gleich mit.«

*Ach, halt doch die Klappe!*

Ann riss sich die Boots von den Füßen, warf ihre Jacke über einen Garderobenhaken und rannte die Treppe hoch. Auf der Mitte machte sie erbost kehrt, rannte wieder runter und funkelte ihre Mutter zornig an. »Wo wir gerade so ein gutes Mutter-Tochter-Ding haben: Du hast mir nicht zufällig noch was Wichtiges zu erzählen? Etwas, was deine einzige Tochter wissen sollte?«

*Ich glaube nicht, dass jetzt der richtige Zeitpunkt ist, um mit deiner Mutter über Unangenehmes aus der Vergangenheit zu plaudern.*

Susanne atmete tief und geräuschvoll aus. »Ich weiß echt nicht, was ich noch machen soll. Du steigerst dich in Dinge rein, die gar nicht existieren.«

»Was hat Papa damals gemeint, als er sagte, du hättest mit dem Kapitel abgeschlossen? Mit welchem Kapitel?«

»Mein Gott, Ann, das waren nur Worte! Das hat er so dahingesagt. Es gibt in unserer Familie keine Verschwörung, keine Leichen, nichts, was du ans Licht zerren könntest. Lass es einfach gut sein!«

»Und die fehlenden Fotos?«

Susanne fuhr sich müde mit der linken Hand über die Stirn. »Nicht schon wieder! Das hatten wir doch schon so oft! Du kennst die Antwort.«

»Der Wasserschaden! Na klar! Der seltsamerweise alle Familienfotos von 1991 bis 1995 zerstört hat, die davor und danach aber in perfektem Zustand verschonte. Lustigerweise ist das Album von 1991 zu einem Drittel beklebt, die restlichen Seiten sind leer.«

»Auch das hab ich dir erklärt. Bis dahin war ich gekommen. Die Alben waren oben im Schrank gelagert, die Taschen mit den Fotos unten. Die hat's leider erwischt. Da der Wasserschaden 1995 war, sind die Alben aus den späteren Jahren *natürlich* verschont geblieben.«

»Die Fototaschen hat's also erwischt. Inklusive der Negative!«

»Wie schon tausendmal erklärt: ja!«

*Negative lassen sich durch Wasser nicht zerstören!*

»Ihr hättet sie trocknen und neu abziehen lassen können.«

»Willst du uns deswegen verhaften lassen?«

»Wo waren wir 1992 im Urlaub? Oder 1993 – wo waren wir da?«

»Nirgendwo. Wir waren zu Hause.« Susanne seufzte.

»Warum? Wir waren jedes Jahr im Urlaub. Warum nicht in diesen Jahren?«

»Wir fanden, du wärst noch zu klein. Und wir wohnen dort, wo andere Urlaub machen.«

Ann merkte plötzlich, wie erschöpft ihre Mutter aussah.

»Können wir dieses Thema bitte jetzt ein für alle Mal ad acta legen?«, bat sie und machte einen Schritt auf ihre Tochter zu.

Ann wich zurück, drehte sich um und ging hinauf in ihr altes Zimmer.

Es mochte sich alles noch so logisch anhören. Aber irgendwas stimmte nicht. Das Gefühl beschlich sie schon seit Jahren und es war immer stärker geworden. Ihre Eltern hatten den Zeitraum von 1991 bis 1995 immer aus ihren Erzählungen ausgeklammert. Es war, als existierte er nicht. Aus anderen Zeiten gab es Geschichten – sie wurden gern zum Besten gegeben. Nicht aber aus diesen vier Jahren. Bei Nachfragen nach konkreten Ereignissen gab es belanglose Antworten. Weihnachten und das Osterfest waren wie immer.

Es gab das traditionelle Weihnachtsessen und die für die Zeit üblichen Besuche der Großeltern. 1991 war Ann gerade ein Jahr alt gewesen. Es gab keine Fotos erster Gehversuche, keine vom ersten Kindergartentag und auch keine von Geburtstag zwei, drei, vier oder fünf. Unwiederbringlich weg! Hätte man nicht alles versucht, um solche kostbare Erinnerungen zu erhalten?

»Wenn ich aus der Geschichte mit den Reinbergs raus bin, werde ich mich unbedingt eingehender mit dieser Epoche unserer Familiengeschichte befassen müssen«, murmelte sie.

»Wir müssten wissen, um was für einen Typ Tresor es sich handelt.« Fredde räusperte sich. »Wenn es kein billiges Blechding aus dem Baumarkt ist, sondern ein hochwertiger mit Sicherheitsstufe II, schwerer als tausend Kilo, ohne Schlüssel aber mit Code – und eingelassen in der Wand ist er ja auch – dann ist das nicht ganz so leicht, den zu knacken, sagen die Kollegen vom Einbruch.«

»Der sah schon ziemlich massiv aus.« Ann hielt sich das Handy ans Ohr und starrte in den elterlichen Garten.

»Ich glaube nicht, dass wir Laien den Unterschied ohne Weiteres sehen würden. Die Billigdinger kriegt ein Profi innerhalb von zwei Minuten geknackt – manchmal sogar schneller.«

»Gut, in dem Fall wäre davon auszugehen, dass vor uns jemand eingestiegen ist und sich bedient hat.«

»Während der Anwalt weg war. Wo ist der eigentlich?«

»Keine Ahnung. Die Kanzlei meinte, er stünde bis auf Weiteres nicht zur Verfügung. Die laufenden Fälle würden von den Kollegen übernommen. Kevin wird nicht mehr von Lauenbach & Partner vertreten.«

»Na hoppla! Wieso das?«

»Gute Frage.«

»Glaubst du, der Balistreri ist abgehauen?«

»Dann könnte er es auch selbst gewesen sein, der den Tresor geleert hat. Er hat es eilig, packt seinen Kram zusammen und verschwindet. So überstürzt, dass er sämtliche Schranktüren offen stehen lässt.«

»Aber warum? Warum sollte er das tun?«

»Richtig. Außerdem bleibt immer noch die Sache mit dem Kellerfenster.«

»Also doch Einbruch. Na, der wird sich freuen, wenn er von seiner Dienstreise zurückkommt.«

»Hauptsache, uns hat keiner gesehen!«

»Wir hatten schwarze Kapuzenpullis an, haben Handschuhe getragen und so gut wie nichts angefasst!«

»Ja und standen eine Ewigkeit unter Flutlichtbeschuss. Wahrscheinlich konnten die Nachbarn jeden Pickel in unserem Gesicht erkennen.«

»Hey ... *wer* wollte da unbedingt einsteigen?«

Ann schwieg. Sie hatten immer noch nichts in der Hand.

»Bevor du gleich auf die nächsten karrierefördernden Ideen kommst: Ich glaube nicht, dass wir es schaffen würden, in die Anwaltskanzlei oder aber bei dieser Bonzen-Familie einzusteigen. Die haben mit Sicherheit ne ordentliche Alarmanlage, wahrscheinlich noch Sicherheitsleute und Wachhunde.«

»Keine Angst«, log Ann, »das würde mir nie in den Sinn kommen. Bin ja nicht lebensmüde.«

»Lass uns Essen gehen. Unsere Gehirnzellen brauchen Futter!«

Die dunkle Gestalt löste sich aus dem Schatten der Garageneinfahrt, um sich nur einen Augenblick später in dem der angrenzenden hohen Eibenhecke zu verlieren. In sicherer Entfernung folgte sie der jungen Frau bis zu dem Hafenrestaurant, sah, wie sie es betrat, einen etwa gleichaltrigen Mann begrüßte und sich zu ihm an den Tisch setzte. Den

Mantelkragen höher ziehend, begab sich der Beobachter auf einen Posten, an dem er ungestört warten und doch alles im Blick haben konnte.

»Du siehst müde aus.« Freddes kritischer Blick wanderte über ihr Gesicht. Nachdem sie die Bestellung aufgegeben hatten, hatten beide minutenlang geschwiegen und waren ihren Gedanken nachgehangen.

*Hat er gerade gesagt, dass du scheiße aussiehst?*

»Kann ja nicht jeder so lange schlafen wie du!« Ann versuchte ein Lächeln.

»Du sahst schon vor unserem nächtlichen Ausflug müde aus.«

Ann wich Freddes Blick aus. Sie wusste, sie konnte ihm nur schwer etwas vormachen. Die Albträume, die Panikattacken, ihre innere Unruhe, der kontinuierliche Schlafmangel, die Tabletten, all das zeichnete sich zunehmend in ihrem Gesicht ab. »Es ist wie ein Kaugummi, den man nicht mehr los wird. Ich hab alles versucht: Verdrängen, Konfrontation, Gleichgültigkeit. Hab es mit ›darüber reden‹ versucht, mit Anschreien, mit Verspotten und mit Ignoranz. Leider meint mein Körper immer noch, er müsse am Dasein einer traumatisierten Nahtod-Erfahrenen festhalten. Ich kann einfach nicht glauben, dass ein paar lächerliche Stunden solche Auswirkungen haben können! Dass sie alle anderen eines, bis dahin vollkommen akzeptablen Lebens, überschreiben – ruinieren können. Warum ist es so schwer, sich von diesem einen Ereignis zu lösen?«

»Weil die normalen Sicherheitssysteme deines Körpers diese kranke Tat nicht vorhergesehen haben – nicht vorhergesehen konnten. Und nun ist alles durcheinander. Unser Gehirn ist darauf geeicht zu lernen. Fühlen wir uns bedroht, bietet es uns verschiedene Möglichkeiten: Flucht, verstecken, Hilfe holen, Angriff oder Verteidigung. Fühlt es sich aber sicher und durchlebt dann eine so einschneidende Erfahrung, verliert es die Bezüge. Wonach soll es sich richten, wenn jeden Moment überall die Gefahr lauern kann? Du brauchst Zeit. Dein Gehirn muss lernen, den Alarmmodus wieder runterzufahren und zu vertrauen.«

*Gute Analyse. Ich weiß nur nicht, ob nach all der Zeit noch viel von mir übrig ist,* dachte Ann und sagte lachend: »Wow, Dr. Fredde. Du solltest über einen Werdegang als Polizeipsychologe nachdenken.«

»Nee, lass mal. Die menschliche Psyche ist mir viel zu kompliziert. Für dich persönlich mach ich aber gern eine Ausnahme! Also: Falls du Dr. Fredde brauchst, klingel einfach durch – ich bin da. Tag und Nacht! Es sei denn, ich soll wieder irgendwo einbrechen ...«

Das Essen wurde gebracht und ein paar Minuten aßen sie schweigend.

»Telefonierst du oft mit ihm?« Ann warf Fredde einen kurzen Blick über den Rand ihres Bierglases zu.

»Mit wem?«

»Marc.«

»Ja, schon.«

»Und wie klingt er so für dich?«

»Wie meinst du das?«

»Glaubst du, er ist glücklich?«

»Keine Frage! Der sprudelt doch nur so vor Begeisterung. Wieso – hast du Zweifel?«

»Nein, gar nicht. Das ist schon genau sein Ding! Und die Leute? Er kommt klar mit denen, oder?«

»Hey, machst du dir wirklich Sorgen? Das brauchst du nicht. Der ist voll angekommen. Hat schon so was wie 'n Freundeskreis. Ich hör immer dieselben Namen: John, Bert, Rhani, Sam, Theresa ... Die sind ständig unterwegs. Da kann man glatt neidisch werden!«

*Sam, die kleine Partymaus.*

»Ja, besser kann's nicht laufen.«

»Die haben sich echt gefunden. Wenn Marc erzählt, was da so alles abgeht …«

»Ach ja?«

Und dann lauschte sie einem völlig begeisterten Fredde, der eine Menge lustige Geschichten zu erzählen wusste, von Marc und seinen Arbeitskollegen. Der Name Sam fiel unverhältnismäßig oft, oder …?

Es war spät und es war frisch, als der Mann, der so viel redete und ständig dabei lachte, Ann zurück nach Hause brachte. Fuck, die beiden hatten echt Sitzfleisch bewiesen! Die Gestalt war hart im Nehmen, nun aber hatten auch ihre Gelenke an Geschmeidigkeit eingebüßt – sie stakste mit eingefrorenen Gliedmaßen hinter den beiden her.

Aber nicht mehr lange!

Gleich war es so weit! Gleich kam ihre Chance!

Sie beobachtete, wie der Mann Ann in den Arm nahm, noch etwas sagte, dem Ton nach etwas Nettes, sich umdrehte und dann über den Bürgersteig davonging.

Ann kramte in ihrer Tasche.

Wahrscheinlich suchte sie den Schlüssel. Gut so. Der Mann hatte sich nämlich noch nicht weit genug entfernt. Immer wieder flatterte ihr Blick zwischen der sich entfernenden, kleiner werdenden Person und der vor dem Eingang stehenden jungen Frau hin und her. Es war wichtig, den richtigen Moment abzupassen! Es durfte keiner aufmerksam werden, es durfte niemand mitbekommen.

»Na endlich! Da bist du ja«, hörte sie die junge Frau murmeln, bevor das charakteristische Klingeln eines Schlüsselbunds zu hören war.

Ann drehte der Gestalt den Rücken zu und steckte den Schlüssel ins Schloss. Ein leises Klacken kündete vom Erfolg des Öffnens.

Als sie die Tür aufschob und ihren linken Fuß in den Flur setzte, spurtete die Gestalt los, überwand vollkommen lautlos und in einer erstaunlichen Geschwindigkeit die Distanz zwischen ihrem Versteck und dem Eingangsbereich, griff dabei in das dichte Gebüsch rechts neben der Haustür, zog etwas hervor und sprang.

# Kapitel 19

»Was soll das heißen, Herr Balistreri ist momentan nicht abkömmlich?« Waltraud Reinberg achtete eigentlich sehr darauf, ruhig und würdevoll aufzutreten. Ihre Klasse verbot es, hysterisch zu werden, herumzuschreien oder einem gackernden Huhn gleich durch den Raum zu springen. Langsam jedoch merkte sie, wie ihr die Gesichtszüge zu entgleiten drohten.

»Es tut mir außerordentlich leid, sehr geschätzte Frau Reinberg.« Der Chef von Lauenbach & Partner, Dr. Hagen von Lauenbach höchstselbst, hatte sich bemüht, einer seiner besten und solventesten Kundinnen, die mehr als unrühmliche Botschaft möglichst schonend beizubringen, nämlich, dass die Reinbergs von nun an einen anderen Rechtsbeistand – hoffentlich aus dem Hause Lauenbach – zur Seite gestellt bekämen (weil dieser dämliche kleine Wichser Silvio wie vom Erdboden verschluckt war).

»Ein tragischer Unglücksfall in der Familie hat unseren guten Herrn Balistreri zu dieser drastischen Maßnahme gezwungen. Er musste sozusagen über Nacht in seine alte Heimat eilen«, log er. »Und es ist ungewiss, wann wir ihn wieder hier begrüßen dürfen. Wir sind untröstlich. Seien Sie aber versichert, wir werden den perfekten Ersatz für Sie finden, liebe Frau Reinberg.« Dr. Hagen von Lauenbach setzte sein gewinnendstes Lächeln auf.

»In seine alte Heimat?« Wäre sie nicht so gut erzogen, hätte Waltraud Reinberg sich Lauenbach geschnappt und so lange geschüttelt, bis nicht nur die gebleachten Kacheln aus seinem Mund, sondern auch noch der Aufenthaltsort Balistreris aus ihm herausgepurzelt wäre. So aber nahm nur ihre Stimme einen bedenklich schrillen Ton an.

»Äh ja: Sizilien«, antwortete er kleinlaut.

»Aber dort werden Sie ihn doch sicherlich erreichen können!«

Lauenbach nuschelte etwas, das Waltraud in ihrer Aufregung nicht verstand.

»Was?«, schrie sie aufgebracht.

»Liebe Frau Reinberg, es tut mir außerordentlich leid, aber er ist dort nicht zu erreichen«, murmelte er unterwürfig. »Es ist ein einsam gelegenes Dorf ohne vernünftige Netzanbindung. Uns sind die Hände gebunden. Aber ich versichere Ihnen ...«

Den Rest bekam Waltraud nicht mehr mit – kerzengerade, mit zusammengekniffenen Lippen und im Stechschritt verließ sie erbost die Kanzlei.

Vor dem Gebäude wartete ihre Limousine. Der Fahrer ließ sie einsteigen.

»Nach Hause«, befahl sie und starrte auf ihr Handy.

»Ich rate Ihnen, zu verschwinden. Es lässt sich nicht mehr aufhalten«, stand dort in der Nachricht von SB.

Keiner ihrer Versuche, Silvio zu erreichen, war von Erfolg gekrönt gewesen. Was dachte sich dieser Mann eigentlich? Und was soll das heißen: »Es lässt sich nicht mehr aufhalten«?

Entschlossen tippte sie auf Silvios Nummer.

*

Ann fuhr erschrocken herum. Die Tür fiel gerade ins Schloss, da rumste es dahinter laut. Mit fragendem Blick und leicht verunsichert, griff sie vorsichtig nach der Klinke, drückte sie herunter und linste durch den schmalen Spalt nach draußen. Dabei stand sie so, dass sie vermeintliche Angreifer mit dem Türblatt zurückschieben konnte – so weit die hoffnungsvolle Theorie.

Doch da war nichts, nichts, das dieses eigentümliche Geräusch erklärt hätte.

»Fredde?«

Langsam öffnete sie die Tür ein Stückchen weiter, bis irgendwann ihr Kopf hindurchpasste. Währenddessen hastete ihr Blick durch den Vorgarten, lauschten ihre Ohren auf jedes Geräusch. Der Weg zum Haus war leer. Auch auf dem Stück Bürgersteig, das sie von hier aus einsehen konnte, war niemand. Direkt vor der Tür: nichts!

*Und in den Büschen? Du siehst doch gar nicht, ob sich da einer versteckt!*

»Hey! Was ist das denn?« Ann schaute hinunter auf die Fußmatte. Sie war aus Kokosfasern und begrüßte Eintretende mit den weißen Lettern ›Welcome‹. Darauf: ein kleines Päckchen. Als Ann Sekunden zuvor dort gestanden hatte, ihren Schlüssel suchend, war das definitiv noch nicht da gewesen. Wieder schickte sie einen prüfenden Blick durch den Vorgarten und Eingangsbereich. Alles schien ruhig.

*Und wenn der Schein trügt?*

Sie hatte ein mulmiges Gefühl. Die wahnsinnig kurze Zeitspanne zwischen ihrem Eintreten ins Haus und dem Geräusch vor der Tür, also dem Ablegen des Päckchens, musste bedeuten, dass der Absender direkt hinter ihr gewesen war, sie beobachtet hatte. Tat er das eventuell immer noch?

Wollte er sehen, was sie damit machte? Ob sie es mit rein nahm? Und dann?

*Eine Bombe! Das ist ne Bombe! Rühr das Ding nicht an! Geh rein, mach die Tür zu!*

Ann holte tief Luft. Eine Bombe? Warum zum Teufel sollte jemand eine Bombe ... Mit weichen Knien ging sie langsam in die Hocke, das Türblatt immer noch mit ihrer linken Hand umgriffen, und betrachtete aus sechzig Zentimetern Entfernung das Päckchen. Es war braun und bestand aus Wellkarton, eine Aufschrift war nicht zu erkennen – und es war nicht zugeklebt. Die Deckellaschen waren nur ineinander gesteckt worden. Vorsichtig schob sie sich näher, drehte ihre rechte Gesichtshälfte und somit ihr rechtes Ohr zum Karton. Ticken taten Bomben nur in Filmen, oder? Dieses Paket hier machte keinen Mucks. Sie stöhnte, stand wie in Zeitlupe auf, ließ dabei den Vorgarten und das Päckchen nicht aus den Augen und nahm mit ihrem rechten Bein Maß.

*Was wird das denn jetzt?*

Sie rutschte noch ein wenig zurück ins Haus, umklammerte das Türblatt, holte aus und – trat einmal kurz gegen das Paket. Fast gleichzeitig ließ sie sich nach hinten fallen und schlug die Tür zu.

Die Stimme in ihrem Kopf lachte hysterisch. *Du glaubst aber nicht wirklich, dass dich diese dämliche Aktion gerettet hätte, wäre dort draußen tatsächlich eine Bombe explodiert, oder?*

*Ich bin nicht Mac Gyver! Wie sonst hätte ich auf die Schnelle testen sollen, ob das Ding hochgeht?*

Ann kam auf die Beine, öffnete behutsam die Tür und blickte auf die unversehrte, nun etwas schief stehende, braune Kiste.

Wieder hockte sie sich davor und zog langsam an den Laschen.

*Der Auslöser war mit den Laschen verbunden! Ahhh … zu spät!*

Ann ignorierte den Wahnsinn in ihrem Kopf und bog die nun geöffneten Pappflächen nach außen.

Ihr Blick fiel auf die Seite eines Umschlags. Große, schwarze Buchstaben starrten sie an: ›Presse! Polizei!‹

Anns Finger hatten die Hotelzimmertür kaum berührt, als Fredde sie auch schon aufriss. »Das gibt's doch nicht. Komm rein! Und du hast keinen Schimmer, wer dir das Zeug vor die Tür gelegt hat? Also ich hab niemanden gesehen, als ich von dir weg bin.« Aufgeregt begleitete Fredde sie ins Zimmer, ließ den Karton in Anns Händen nicht aus den Augen.

»Es ist alles da.« Sie legte das Päckchen so behutsam in die Mitte des Betts, als bestünde es aus unbezahlbarem, leicht zerbrechlichen Porzellan. Dann warf sie ihre Jacke über einen Stuhl und schlüpfte aus den Boots.

Sie krabbelte auf das Bett, öffnete den Karton, nahm jedes Teil vorsichtig heraus und verteilte alles auf der Decke. Fredde zog einen Stuhl heran und schaute gespannt zu.

»Das hier«, Ann hielt einen weißen, fensterlosen DIN-A5-Umschlag hoch, »sind Ausdrucke von E-Mails, die Waltraud Reinberg an Silvio Balistreri geschickt hat – und umgekehrt. Quelle: der Rechner von Balistreri. Und hier«, Ann tippte auf einen USB-Stick, »sind Überwachungsvideos drauf, aus Kevins Bude.«

Freddes Augen wurden groß. »Auf denen du zu sehen bist? Sie haben dich also wirklich observiert?«

Ann nickte.

»Und jetzt kommt's: Das hier«, ihr Zeigefinger und Daumen umschlossen den äußersten Zipfel eines weiteren DIN-A5-Umschlags und zogen ihn behutsam zu sich ran, »sind die Briefe!«

Fredde fuhr sich fassungslos mit den Händen durch die Haare. »Du meinst: *die* Briefe?«

Ann holte tief Luft. »Genau die! Die Briefe von Jitzchak Posner – geschrieben übrigens an seine Frau Mariella. Es sind keine Originale, nur Kopien. Dreiundzwanzig. Dreiundzwanzig Briefe voller Hoffnung, Verzweiflung und Liebe. Sie zu lesen war echt …« Ann rang nach Worten.

»So heftig?«

»Aufwühlend! Ich glaube, wir können uns nicht im Entferntesten vorstellen, was die Häftlinge in den Konzentrationslagern oder auf der Flucht durchgemacht haben. Und trotzdem sind die Zeilen von Jitzchak an seine Mariella unglaublich liebevoll, erwähnen die schrecklichen Ereignisse von Stutthof und seinen Todesmarsch mit keiner Silbe.«

»Das war auch nicht nötig. Sie wird ähnliches erlebt haben. Er wusste das.«

Ann nickte. »Er spricht ihr Mut zu, glaubt, dass sie sich wiedersehen und dass alles gut enden wird. Das zu lesen, ist schwer zu ertragen, es macht was mit einem. Denn trotz seiner positiven Worte spürt man das Grauen in jeder Zeile.«

»Schreibt er etwas über die Reinbergs?«

Wieder nickte Ann. »Hier.« Sie nahm einen Brief, suchte nach einer bestimmten Stelle und fing an zu lesen.

*›Erst dachte ich, er würde mich töten. Ich habe gebetet, dass sie mich nicht entdecken. Doch der Ewige hatte andere Pläne, meine geliebte Mariella. Jetzt wird alles gut! Wir werden bald wieder zusammen sein! Ich bin in Sicherheit. Es gibt doch noch gute Menschen unter den Deutschen. Er versteckt mich und ich bekomme Essen.‹*

»Also stimmt die Geschichte, dass Walther Reinberg Jitzchak gefunden hat, ihn mitnahm und versteckte?«

Anns Gesichtsausdruck zeigte Fredde, dass das nur die halbe Wahrheit war.

»Wie gesagt, aus den ersten Briefen spricht die Hoffnung. Reinberg schien Jitzchak gut zu behandeln. Er beschreibt die kleine Kammer, in der er untergebracht war, als Zufluchtsort, als ein karges, einfaches, aber wunderbares Geschenk. Ein paar Briefe später, ändert sich der Ton. Jitzchak bittet Mariella um Verzeihung.«

*›Ich habe dich belogen. Es tut mir leid. Walther wollte mir nicht helfen. Er hatte mich gesehen und ich hatte Angst, er würde mich verraten. Ich habe ihn bestochen, habe ihm erzählt, dass wir nicht mittellos sind, dass ich ihn bezah-*

*len kann, wenn er mir hilft. Er stimmte zu, bot mir Unterschlupf und Essen – gutes Essen. Seit Tagen versteckt er mich, kümmert sich und hat mich kein einziges Mal auf den versprochenen Lohn angesprochen. Ich glaube, er tut es doch aus Nächstenliebe. Ich bin so dankbar und glücklich. Ich komme langsam zu Kräften. Bald schon werde ich versuchen können, mich auf die Suche nach dir und Samu zu machen. Walther meint, noch sei es zu gefährlich. Der Krieg sei im vollen Gange und die Nazis wieder auf dem Vormarsch.‹*

»Wie bitte? Die Kapitulation von Nazi-Deutschland fand am 8. Mai 1945 statt, oder? Sind die Briefe datiert?«

»Ja, alle. Dieser stammt vom 9. Mai«

»Vielleicht hatte sich die Neuigkeit noch nicht bis Neustadt rumgesprochen?«

»Wohl eher eine Hinhaltetaktik, wie auch Jitzchak bald befürchtete. Er bekam in seinem Versteck zwar nichts mit, trotzdem begann er zu zweifeln:«

*›Walther betont immer häufiger, wie schwer es ist, mich zu verstecken, und dass er jederzeit auffliegen könne. Das begrenzte Angebot an Lebensmitteln sei ein großes Problem, besonders wenn man keine wertvollen Dinge besäße, um sich einen Vorteil zu verschaffen. Er wäre arm und müsste Frau und Kinder ernähren. Und dann ein zusätzlicher Esser – er wüsste nicht, wie lange er das noch durchhalten würde. Ich sagte ihm, dass ich gehen und ihnen nicht länger zur Last fallen werde. Seine großzügige Hilfe würde ich entlohnen, sobald es mir möglich sei. Ich würde ihn nicht vergessen, versprach ich ihm. Aber er ließ es nicht zu, sagte, es wäre zu meinem Besten. Wenn ich wirklich helfen wolle, sollte ich ihm verraten, wo ich es versteckt hätte. Mariella, ich trau ihm nicht. Ich glaube,*

*das Wissen um das Wenige, das ich retten konnte, um unser kleines Erbe ist mein einziges Pfand.‹*

»Dann spricht er ihr wieder Mut zu, schreibt, dass seine Hoffnung stark sei wie nie, sie und Samu bald wiederzusehen. Mit jedem weiteren Brief schwindet die allerdings. Jitzchak berichtet, dass die Essensrationen immer kleiner werden, Walther ihn bedrängen würde, das Versteck der Güter preiszugeben. Jitzchak seinerseits habe Walther angefleht, ihn gehen zu lassen. Doch der habe den Flüchtling eingeschlossen und zwei Tage sich selbst überlassen. Walther behauptete später, er sei zu einer Vernehmung mitgenommen worden. Die Nazis hätten ihn nicht gut behandelt. Und die Essensvorräte gingen ihnen auch aus, sie hätten nichts, um die horrenden Preise zu bezahlen. Wenn Jitzchak ihnen nicht langsam helfen würde, so Walther, würden sie alle bald verhungern.«

»Stimmt das? Waren die Lebensmittel damals wirklich so knapp?«

»Definitiv. Und die Neustädter mussten ja auch noch mit den Folgen der Plünderung klarkommen.«

»Plünderung?«

»Die Geschichte sagt, dass, als der britische Stadtkommandant von der Erschießung der Flüchtlinge in der Neustädter Bucht hörte, er die Stadt zur Plünderung freigab. Seine Wut kann ich gut verstehen, trotzdem: ein Wahnsinn! Es wird so viele Unschuldige getroffen haben, die auch ohne diesen Racheakt schon ums Überleben gekämpft haben.«

»Das Schicksal ist ein mieser Verräter!« Die tiefen Furchen auf Freddes Stirn ließen keinen Zweifel, dass er seinen Zorn gern an entsprechender Stelle ausgelassen hätte.

Ann sah ihn fragend an.

»Was für eine Chance für Jitzchak! Die Briten gehen plündernd von Haus zu Haus! Sie hätten ihn finden müssen! Sie hätten ihn retten können! Warum kam es anders? Haben sie ausgerechnet dieses Haus ausgelassen?«

Ann zuckte hilflos mit den Schultern. »Klar ist, Walther erhöhte den Druck auf Jitzchak weiter, gab ihm kaum noch zu Essen – selbst Wasser wurde rationiert. Jitzchak schreibt immer wieder von der Angst, Mariella und Samu nie wiederzusehen. Er ist verzweifelt. Er will aus seinem Gefängnis fliehen, weiß aber nicht wie.«

»Glaubst du, Walther hat ihn mit Absicht hungern lassen? Oder war schlichtweg nicht genug da für sie alle?«

»Die Zeiten waren schwer, die Lebensmittel knapp – so viel ist klar. Unglaubliche Flüchtlingsströme ergossen sich über die Region nördlich von Hamburg. 1946 wurde gezählt: Auf vier Einheimische kamen drei Hinzugezogene. Obwohl außerhalb der Großstädte wenig zerbombt worden war, gab es nicht genug Wohnraum, Nahrung und Arbeit. Hunger gehörte zum Alltag, da die Rationen auf den Lebensmittelkarten nicht reichten. Besser hatte es nur, wer selbst etwas anbauen konnte. Ob Walther Reinberg zu denen gehörte, die sich um das leibliche Wohl der Familie sorgen mussten? Anzunehmen. Aber warum hat er Jitzchak nicht freigelassen? Dessen Überlebenschancen wären draußen viel höher und Walther einen Esser los gewesen.«

»Weil er Jitzchak beerben wollte! Es ging ihm von Anfang an nur um ... ja, um was eigentlich? Hatte er wirklich ein Vermögen vergraben? In seinen Worten hört es sich eher nach kleinen, sentimentalen Erinnerungsstücken an.«

»Genaue Angaben dazu fehlen. Aus heutiger Sicht waren es bestimmt keine großen Reichtümer. Es schien aber zu reichen, um Walthers kriminelle Energie zu beflügeln. Die letzten Briefe zeigen, irgendwann musste Jitzchak sich entscheiden: in Gefangenschaft sterben oder das Geheimnis preisgeben und hoffen, dass Walther ihn wenigstens freilassen würde.«

»Wie lange war er da schon weggesperrt?«

»Dieser Brief hier ist vom 16. Mai, da waren es dreizehn Tage. Er schreibt, dass er keinen Ausweg mehr sieht, dass seine Kräfte ihn verlassen. Er bete jeden Tag, dass die Prüfung, die Adonai, was eine Umschreibung von Gottes Namen darstellt, ihm auferlegt habe, bald erfüllt sei.«

*›Ich habe ihm die Stelle genannt, ihm eine genaue Wegbeschreibung gegeben. Mach dir keine Sorgen, Mariella. Es wird alles gut. Er hat, was er will. Er wird mich freilassen. Auch wenn der Verlust der geliebten Stücke wehtut, wir werden es auch ohne schaffen.‹*

»Was meinst du – hat er?«

Ann seufzte gequält. »Nein, ich glaube, er hat ihn einfach verhungern lassen. Jitzchaks letzter Brief ist vom 26. Mai. Seine Schrift ist unleserlich, der Druck des Bleistifts auf dem Papier so schwach, dass die Buchstaben kaum zu erkennen sind. Die Kopie macht es nicht besser. Er berichtet, dass Walther ihm die Familienerbstücke der Familie Posner, darunter vergoldete Kerzenleuchter, Bilderrahmen, Kelche und Schalen sowie ein paar Schmuckstücke gezeigt habe. Dann habe er ganz fürchterlich gelacht, ihn beschimpft und gedemütigt. Walther habe gemeint, dass Jitzchak es nicht wert sei, solche Schätze zu besitzen, sie nun eh nicht mehr brauchen würde. Dann habe sich die Tür für immer geschlossen. Danach folgen noch ein Gebet und ein paar letzte Worte des Abschieds an Mariella und Samu.« In Anns Augen schimmerte ein verräterischer, feuchter Glanz.

Fredde schüttelte entsetzt den Kopf. »Hätten die Briten ihn nur da rausgeholt! Dass Reinberg es überhaupt geschafft hat, bis an die Stelle zu kommen, wo Jitzchak die Sachen vergraben hatte! Und dass er das Zeug nach Neustadt bringen konnte, ohne geschnappt zu werden!« Er hielt inne. »Glaubst du wirklich, Walther konnte mit den paar Habseligkeiten sein Firmenimperium gründen? Da muss doch mehr gewesen sein als ein paar vergoldete Bilderrahmen und Kerzenleuchter! Und selbst das Zeug wollte nach dem Krieg keiner – davon wurde man nicht satt!«

»Stimmt! Zunächst waren Lebensmittel das Kostbarste und Begehrteste, später aber, als die Wirtschaft sich langsam erholte, kehrte auch das Verlangen nach Luxusgütern, nach schönen Dingen zurück. Man wollte sich von den Armen, vom einfachen Mann abheben, wieder etwas darstellen. Er musste nur lang genug warten. Ich kann mir gut vorstellen, dass Walther mit Jitzchaks kleinem Erbe einen guten Schnitt gemacht hat. Zumindest hatte er nun Startkapital.«

Fredde stutzte. »Aber warte: Wie kam Jitzchak überhaupt an Papier und Bleistift? Und warum hat Walther zugelassen, dass er das alles aufschreibt? Und wieso hat er die Briefe nicht vernichtet? Und wie kamen sie in die Hände von ...«

»Stopp! Nicht so ungeduldig! Wie er an Papier und Bleistift kam, kann ich dir nicht sagen.« Sie schniefte. »Vielleicht lag beides in der Kammer, in der Jitzchak untergebracht war. Vielleicht hatte Walther es ihm gegeben, damit er aufzeichnen konnte, wo der Schatz versteckt war. Keine Ahnung. Eins ist sicher: Walther wusste nichts von der Existenz dieser Briefe. Er hätte es sofort unterbunden und sie vernichtet.«

»Klingt logisch. Aber irgendwann hätte er sie finden müssen – spätestens nachdem sein Gefangener verstorben war.«

Ann hielt triumphierend einen weiteren Brief in die Höhe. »Dieses Schreiben wurde von Ernst Reinberg verfasst. Auch hier haben wir ein Datum: den 17. April 1983. Da war Ernst neununddreißig, sein Vater Walther war gerade verstorben – er selbst zog zu Waltraud und Hermann.«

»Ernst hat in dem Alter noch bei seinen Eltern gewohnt?«

»Ja, er galt als depressiv und schwer zugänglich. Als Walther starb, seine Frau Irma lebte schon seit Längerem in einem Seniorenheim, nahmen Waltraud und Hermann Ernst bei sich auf. Der Adressat dieses Briefes war übrigens Pastor

Benedikt. Hier schließt sich der Kreis.« Ann hielt Fredde den Brief hin. »Möchtest du?«

Er warf einen Blick darauf. »Mein Gott, was für eine Sauklaue. Konntest du was entziffern?«

»War nicht einfach. Hat man erst ein paar Worte entschlüsselt, wird es besser. Da Ernst aber zudem sprunghaft und unzusammenhängend schreibt, hat es ein bisschen gedauert, bis ich alles verstanden hab. Ich fasse mal zusammen: Ernst Reinberg hatte genau in der kleinen Kammer sein Zimmer, in der Jitzchak Posner seinerzeit gefangen gehalten wurde. Ernst fand die Briefe unter einer Verkleidung hinter der Heizung. Er schreibt: *›Ich weiß, mein Vater war der Teufel, aber der Herr wird ihn richten.‹* Er war sich also sehr wohl bewusst, was sein Vater getan hatte. Er bittet Pastor Benedikt für ihn, Ernst, zu beten, dass Gott ihm verzeihen möge, weil er geschwiegen habe. Er habe Angst vor seiner Schwester, *›auf die der Teufel nun übergesprungen ist‹*. Ferner bittet Ernst Pastor Benedikt, nach seinem Tod *›das Richtige zu tun, auf dass Gott ihm verzeihen möge und er nicht zu seinem Vater in die Hölle komme.‹*«

»Für Waltraud Reinberg muss es ein schwerer Schock gewesen sein, als der Pastor ihr die Briefe präsentiert hat. Ob sie von den Taten ihres Vaters wusste?«

»Sehr gut möglich. Ernst glaubte, dass sie ebenso vom Teufel besessen war wie sein Vater. Er hat bestimmt einiges mitgekriegt, das nicht für seine Ohren bestimmt war. Ich denke, Ernst hatte es nicht leicht bei Hermann und Waltraud. Wahrscheinlich war die Zeit von 2006 an, als er in die psychiatrische Einrichtung eingewiesen wurde, bis zu seinem Tod, die einzige, in der er sich wirklich frei fühlen konnte. Pastor Benedikt durfte ihn nun so oft besuchen, wie er wollte, und Ernst schien Halt im Glauben zu finden.«

Fredde stand auf, ging ein paar Schritte durch den Raum und rieb sich die Augen. »Wir haben hier also den Beweis, dass Walther Reinberg ein Nazi und Mörder war, der nicht davor zurückschreckte, die Not eines Geflüchteten auf brutalste Weise auszunutzen, um an dessen Hab und Gut zu gelangen. Das ist die absolute Bombe!«

»Das bedeutet unwiederbringliche Schäden für das Ansehen der ganzen Familie. Für den Rat in Lübeck wird der Enkel untragbar werden, die Geschäfte von Reinberg Industries werden einbrechen. Wollten die nicht dieses Jahr sogar an die Börse? Nada! Zum Scheitern verurteilt! Die Presse wird sie zerfleischen! Reinberg Industries wurde mit Blutgeld gegründet. Diese Schlagzeilen überleben sie nicht!«

»Kein Wunder, dass Waltraud alles dafür getan hat, das Geheimnis ein für alle Mal zu begraben.«

»Wieso war sie dann so dämlich und hat zugelassen, dass diese Kopien existieren?«

»Hier kommen wir zu den Unterlagen des Herrn Silvio Balistreri.« Triumphierend hielt Ann einen weiteren Umschlag hoch. »Daraus geht hervor, dass der Anwalt sämtliche Anweisungen Waltrauds als datierte Telefonprotokolle, Audiomitschnitte oder schriftliche Korrespondenz dokumentiert hat, sozusagen als Lebensversicherung. Er wollte etwas in den Händen halten, falls die Reinberg sich gezwungen fühlen würde, ihn ans Messer zu liefern. Er war es auch, der die Kopien der Briefe erstellt hat – mit Sicherheit ohne Waltrauds Wissen.«

»Also stimmt unsere Vermutung, dass der Anwalt die Beweise gefälscht und sie in Kevins Wohnung ausgelegt hat?«

Ann nickte. »Genau wie die, dass er mich ausspioniert hat.« Sie schauderte, als sie daran dachte, bei welchen Tätigkeiten ihr der ekelige kleine Kerl zugeschaut hatte.

»Aber umgebracht hat der Typ keinen, oder?« Freddes Augen weiteten sich bei dieser Frage.

»Nein. Dafür hat sie tatsächlich einen Profi angeheuert.«

»Wen?«

»Steht dort nicht. Balistreri verweist darauf, dass sie die Aufträge erteilt hat, nennt aber keinen Namen. Wahrscheinlich kennt er den selbst nicht.«

Fredde ging vor dem Bett auf und ab. Ann konnte ihn gut verstehen. Sie war die ganze Nacht durch ihr Zimmer getapert, um all die Informationen zu verdauen.

Abrupt blieb er stehen. »Das heißt, er hat ganz genau festgehalten, wann die Reinberg wen wie töten ließ?«

Ann nickte.

Fredde ging vor dem Bett in die Knie, griff nach Anns Händen und schaute ihr in die Augen. »Und deine Freundin Denise?«

Die Pressemitteilungen überschlugen sich. Auf allen Kanälen, in allen Medien wurde über die sensationelle Wendung im Mordfall Tiersch und die dunklen Machenschaften von Waltraud Reinberg und ihrem Vater berichtet.

Ann und Fredde hatten zunächst Kopien von allen Beweisen gezogen, waren dann mit einer Ausgabe zu den *Lübecker Nachrichten* gegangen, die ihre erste Seite prompt zur Verfügung stellte. Einzige Bedingung von Anns Seite: Sie mussten ein paar Stunden warten und Ann vorläufig ungenannt lassen.

Dann waren Fredde und sie mit einem zweiten Schwung zur Polizei gegangen. Es hatte mehr als drei Stunden gedauert, bis Kommissarin Petra Ehrenfeld endlich begriffen hatte, was sie da in den Händen hielt.

Und dann nahm alles seinen Lauf.

Sie saß mit Fredde im *Waterkant*, vor ihnen das Tablet, und schaute die neusten Nachrichten. Gerade blendeten sie ein Foto von Denise ein. Ann fühlte ein unangenehmes Kribbeln entlang ihrer Wirbelsäule. Sie würde sich nie daran gewöhnen. Die Stimme der Sprecherin war kühl und distanziert: »Denise Brämer, siebenundzwanzigjährige Steuerberaterin aus Neustadt und Freundin des ehemals Verdächtigen Kevin Tiersch, wurde nach Pastor Benedikt das zweite Opfer der mordenden Großindustriellen Waltraud Reinberg und ihres Anwalts Silvio Balistreri. Ersten Erkenntnissen nach, sollte das Opfer als Abschreckung dienen, um Tatjana Tiersch, Haushälterin des besagten Pastors, und ihren Ehemann zum Schweigen zu bringen. Die junge Steuerberaterin war allem Anschein nach vollkommen ahnungslos, genauso wie ihr neunundzwanzigjähriger Freund, der über Wochen für die Morde an seinen Eltern und seiner Freundin von der Polizei festgehalten wurde. Mittlerweile ist er wieder auf freiem Fuß. Die Chefin von Reinberg Industries hat seine Stelle eingenommen. Sie wurde vor einer Stunde dem Haftrichter vorgeführt. Sie schweigt bislang zu den Vorwürfen. Nach Balistreri wird weiterhin gefahndet. Unser Reporter Carsten Binsenhofer hat für uns versucht, Dr. Hagen von Lauenbach, von der Kanzlei Lauenbach & Partner, zu einer Stellungnahme zu bewegen. Leider war dort niemand bereit, sich den Fragen unseres Kamerateams zu stellen. Schriftlich wurde uns mitgeteilt, Lauenbach & Partner würden Frau Reinberg sowie Reinberg Industries seit Kurzem nicht mehr vertreten. Von den Machenschaften ihres Anwalts Silvio Balistreri hätten sie keinerlei Kenntnis gehabt. Sie möchten sich von seinem ›Doppelleben‹ deutlich distanzieren und verurteilen seine Taten aufs Schärfste.« Während die Moderatorin weitersprach, stellte Ann den Ton des Tablets ab.

»Ich versteh das nicht! Warum Denni? Warum haben sie nicht Kevin umgebracht? Oder gleich das Ehepaar Tiersch?«

»Sie wollten Tatjana und ihren Mann dazu bringen, ihnen alle Beweise auszuhändigen und nie wieder ein Wort über die Sache zu verlieren. Hätten sie ihren Sohn Kevin umgebracht, wären der Schmerz und die Wut so groß gewesen, dass die Tierschs zu einer tickenden Bombe geworden wären. Und warum zwei töten lassen, wenn es reicht, für eine Leiche zu bezahlen? Tut mir leid.« Freddes Blick drückte echtes Bedauern aus. »Deine Freundin war für sie das perfekte Opfer. Nicht zu nah dran, aber nah genug, um die Wirkung nicht zu verfehlen.«

»Und dann lassen sie die Tierschs doch umbringen? Warum nicht gleich? Dann würde Denni jetzt noch leben.« Ann fühlte sich mies bei dem Gedanken, meinte es aber genau so, wie sie es sagte.

»Sie haben Tatjanas Trinkgewohnheiten unterschätzt. Kevin war für Balistreri zu einer lohnenden Informationsquelle geworden. Andersherum war der Anwalt zu dieser Zeit Kevins einziger Vertrauter.«

»Neben mir!«, warf Ann ein. »Weißt du, was das Ganze noch unfassbarer macht? Wie gut die Reinberg das alles von Anfang an unter ihrer Kontrolle hatte! Sie war es, die Kevin ihren Anwalt untergeschoben hat. Und die Tierschs konnten nur hoffen und hilflos zusehen. Schon während Kevins erster U-Haft nach Dennis Ermordung müssen Silvio und Waltraud sich die Schlüssel zu seiner Wohnung nachgemacht haben. Als Anwalt kam der Balistreri da ohne Weiteres ran. Sie waren von Beginn an auf alles vorbereitet. Kevin hatte keine Chance. Er war der perfekte Spielball in ihren Händen!

Fredde fuhr fort: »Balistreri wird ihn auf Herz und Nieren ausgehorcht haben, allein um auszuschließen, dass er Mitwisser war. Ich denke, Kevin hat ihm von dem vermeintlich irren Geplapper seiner betrunkenen Mutter erzählt, genau wie er es dir anvertraut hat. Die Reinberg und ihr Anwalt konnten nicht riskieren, dass Tatjana ihr brisantes Wissen, aus einer Schnapslaune heraus, weitertratschte. Was ich nicht verstehe, ist, warum dein Pastor Benedikt nicht gleich zur Polizei gegangen ist. Warum konfrontiert er eine derart einflussreiche Familie mit solch brisanten Anschuldigungen, ohne sich abzusichern? Er musste doch wissen, was das für Reinberg Industries bedeuten würde!«

Ann lächelte. »Du hast ihn nicht gekannt. Er sah in allen immer nur das Gute. Ich könnte wetten, dass er mit den Originalen in der Hand vor Waltraud gestanden hat, beschämt darüber, was er der armen Frau damit antun würde. Er hat mit Sicherheit geglaubt, sie hätte von all dem nichts gewusst und wäre genauso erschüttert wie er. Wahrscheinlich hat er ihr sogar erzählt, dass er den einzigen Sohn von Jitzchak und Mariella ausfindig gemacht hat, und ihr vorgeschlagen, sie solle sich seiner und seiner Nachfahren annehmen und Wiedergutmachung leisten.«

»Und sie tat erschrocken, geschockt und von der Schwere der Schuld vollkommen niedergeschlagen. Sie ging zum Schein auf die Vorschläge des Pastors ein, versprach, alles nur Erdenkliche zu tun, um Abbitte zu leisten. Dann bat sie ihn, die Briefe bei ihr zu lassen, um das Unfassbare mit eigenen Augen zu lesen, um zu begreifen, sie vielleicht prüfen zu lassen oder mit dem Versprechen, sie persönlich an den überlebenden Sohn auszuhändigen.« Fredde schnaufte ungehalten. »So hätte ich's gemacht.«

»Gutgläubig, wie er war, ließ er sie da und ging mit einem etwas leichteren Herzen nach Hause. Das war sein Todesurteil.«

Fredde nickte. »Sie haben ihn aus dem Weg geräumt, bevor er sich ein weiteres Mal mit Samu Jørgensen in Verbindung setzen konnte.«

»Doch Benedikt muss zumindest von einigen Briefen Kopien gezogen und sich Notizen gemacht haben. Denn Tatjana Tiersch hat etwas gefunden, das so eindeutig war, dass sie die Reinberg damit erpressen konnte.«

»Tja, bleibt nur noch eins: Wer hat mir das Paket vor die Tür gelegt? Und warum ausgerechnet mir? Warum nicht der Polizei oder der Presse, wie es ja wohl der Wunsch des Überbringers war?«

Fredde knetete nachdenklich seine Unterlippe, zog die Augenbrauen hoch und zuckte mit den Schultern.

»Balistreri? Schließlich ist es sein Zeug!« Ann klang nicht überzeugt.

»Kann ich mir nicht vorstellen! Warum sollte er? Er ist doch mit dran, von jetzt an ständig auf der Flucht. Das ist kein Leben, das man sich aussucht. Die Chance, dass sie ihn kriegen, bevor er vollends untertauchen kann, ist groß. Und es gab keine Veranlassung dafür. Keiner konnte ihm oder der Reinberg irgendwas nachweisen.«

»Also doch der, der bei ihm eingestiegen ist. Die Beweise lagen mit Sicherheit gut verwahrt im Tresor. Der Unbekannte nutzt einen günstigen Moment Silvios Abwesenheit, bricht bei ihm ein und knackt den Geldschrank.«

»Als der Anwalt nach Hause kommt, den Einbruch bemerkt, weiß er, dass er geliefert ist. Er packt in aller Eile und flieht.«

»Möglich. Vielleicht wurde er auch gezwungen, den Tresor zu öffnen!«

»Und dann laufen gelassen? Oder glaubst du …?«

»Keine Ahnung. Bislang wissen wir nur, dass er verschwunden ist.«

Minutenlang saßen sie schweigend voreinander, bevor Ann die Stille durchbrach: »Mir fällt einfach niemand ein, der für so eine Aktion infrage käme!«

# Kapitel 20

»Du hast es geschafft! Du hast Dennis wahren Mörder dingfest gemacht. Also zumindest die, die ihn beauftragt hat. Eine tolle Leistung!« Maries Stimme klang gerührt.

Ann hörte sie schniefen. »Sag mal, weinst du?« Sie wechselte die Hand, mit der sie sich das Handy ans Ohr hielt.

»Warum, glaubst du, hat dieser arme Mann damals all die Briefe geschrieben? Er konnte doch unmöglich glauben, dass sie den Weg zu seiner Frau finden würden.«

»Du meinst Jitzchak? Es wird ihm Trost gegeben haben. Er war mehrere Wochen in dieser kleinen Kammer eingesperrt, vierundzwanzig Stunden am Tag. Das Einzige, was er hatte, waren ein paar Bögen Papier und ein Bleistift – und die Liebe zu seiner Frau und seinem Sohn.«

»Kommst du zurück nach Paderborn?«

»Ich würde gern. Noch möchte die Polizei, dass ich in der Nähe bleibe – falls noch Fragen auftauchen. Vielleicht nächste Woche.«

»Haben sie dir die Geschichte mit dem Päckchen vor deiner Tür echt abgenommen?«

»Es blieb ihnen nichts anderes übrig. Sie haben mich zwar immer und immer wieder gefragt, aber was soll ich ihnen anderes erzählen? So war's nun mal.«

»Und der Anwalt? Haben sie den inzwischen finden können?«

»Nein, und ich hab da ein ganz mieses Gefühl.«

»Glaubst du, er wurde umgebracht – von dem unbekannten Einbrecher?«

»Ich weiß nicht. Die Möglichkeit besteht.« *Wer wäre in der Lage dazu? Wer würde mir die Unterlagen vor die Tür legen und sie nicht selbst zur Polizei bringen? Wer wollte Waltraud Reinberg hinter Gitter sehen?,* dachte Ann

»Weiß die Polizei, dass ihr bei dem Anwalt eingestiegen seid?«

»Bist du des Wahnsinns? Nein! Und ich hoffe inständig, dass das so bleibt.«

»Aber sie werden doch Spuren gesichert haben, in seiner Luxus-Bude.«

»Fredde sagt, die sind zu Silvios Wohnung, um ihn festzunehmen. Aus den geöffneten Schränken und den fehlenden Kleidungsstücken haben sie geschlussfolgert, dass der Anwalt abgehauen ist. Die Wohnung haben sie ausschließlich auf Hinweise untersucht, die seinen Aufenthaltsort verraten könnten. Die defekte Kellertür haben sie nicht mal bemerkt.«

»Oh, ist dein Freund wieder aufgenommen, im Kreis derer, die an Informationen teilhaben dürfen?«

Ann grinste. »Ja. Da ich nicht mehr verdächtig bin, mein psychischer Gesamteindruck von unzurechnungsfähig auf kriminalistisch wertvoll katapultiert wurde und Fredde maßgeblich an den Enthüllungen um die vier Morde beteiligt war, gewähren sie ihm freien Zugang.«

»Wenn sie Balistreris Wohnung auf Spuren untersuchen würden, könnten sie rausbekommen, wer der unbekannte Einbrecher war. Könnte Fredde da nicht was anstoßen?«

»Ha! Na klar. Bei unserem Glück finden sie nur welche von Fredde und mir. Nee, lass mal.«

»Und du hast wirklich keine Ahnung, um wen es sich handeln könnte? Es müsste jemand sein, der die Reinberg und Balistreri hasst. Er oder sie müsste von der Geschichte um Jitzchak Posner wissen und von deiner Recherche diesbezüglich. Und er oder sie hätte wissen müssen, dass der

Anwalt im Besitz dieser Beweise ist. Das schränkt den Kreis der Verdächtigen doch ziemlich ein, oder?«

»Schon. Der Einzige, der mir dazu einfällt, ist Samu Jørgensen. Er war einer der Wenigen, der außer Fredde, Marc, dir und mir über alle Zusammenhänge Bescheid wusste, mal abgesehen von Silvio Balistreri und der Reinberg selbst. Die Theorie hat nur einen Haken: Samu ist meiner Rechnung nach fünfundsiebzig. Und er scheint eine Aversion gegen alles Deutsche zu haben. Seine Enkelin glaubt nicht, dass man ihn dazu bekäme, noch einmal einen Fuß in dieses Land zu setzen. Glaubst du wirklich, der alte Mann wäre in der Lage, bei Balistreri einzubrechen, den Tresor zu knacken oder gar den Anwalt umzubringen?«

»Du kennst den Typen doch gar nicht! Wer weiß, wie rüstig der noch ist. Vielleicht hat er eine Kampfausbildung, war bei einer Spezialeinheit des dänischen Militärs? Und er hasst die Deutschen – insbesondere die Reinberg.«

»Die dänischen Streitkräfte sind nicht gerade eine Weltmacht. Glaubst du, die haben da überhaupt so was wie ne militärische Spezialeinheit?« Ann dachte an die in die Jahre gekommenen Schauspieler Sylvester Stallone, Bruce Willis und Arnold Schwarzenegger. Auch mit knapp siebzig bombten sie sich noch durch diverse US-Action-Streifen. Abgesehen davon, dass sie Anns Meinung nach dabei eine jämmerliche Figur abgaben, hatte das wohl wenig mit der Realität zu tun. »Derjenige, der mir das Päckchen vor die Tür gestellt hat, muss sehr geschickt in der Observation, lautlos und schnell gewesen sein. Er muss ganz in meiner Nähe gewesen sein, ohne dass ich ihn bemerkt habe. Es fällt mir schwer, mir einen fast Achtzigjährigen mit der Geschmeidigkeit einer Raubkatze vorzustellen.«

»Und wenn er es geworfen hat? Vielleicht war er früher Zeitungszusteller oder Basketballer? Die können über weite Entfernungen präzise werfen.«

Ann verdrehte die Augen. Das war so typisch Marie. »Vom Eingang bis zur Straße sind es gut acht Meter. Außerdem stand das Päckchen ordentlich und gerade, mit der Öffnung nach oben auf dieser Fußmatte. Und ich denke nicht, dass die Dänen ihre Zeitung geworfen bekommen …«

»Vielleicht rufst du diese Lika noch mal an und erkundigst dich nach dem gesundheitlichen Zustand ihres Großvaters. By the way: Wissen sie es eigentlich schon? Jørgensen sollte die Kopien der Briefe erhalten.«

»Ich hab versucht, ihn anzurufen. Noch habe ich keinen erreicht. Die Duplikate für Samu liegen hier. Ich hatte ein schlechtes Gefühl dabei, sie ihm einfach so zu schicken. Ich hätte zunächst gern mit Lika gesprochen. Sie sollte in seiner Nähe sein, wenn er sie liest. Nicht dass er vor lauter Schmerz und Wut noch was Unüberlegtes tut.«

»Ha! Natürlich ist er nicht zu erreichen! Wie auch? Er ist ja hier in Deutschland und sorgt für Gerechtigkeit!«

*Ein im schwarzen Tarnanzug lautlos springender, weißhaariger Senior-Ninja mit einem scharfen Messer zwischen den Zähnen …* Ann schüttelte den Gedanken ab. »Glaub ich nicht! Wer bleibt noch? Ein Familienmitglied der Reinbergs? Ein Bruder von Waltraud, der nur darauf gewartet hat, ihr und dem Unternehmen zu schaden, weil er vernachlässigt wurde und nichts vom großen Kuchen abgekriegt hat? Ein Familienmitglied könnte am ehesten über alles informiert gewesen sein.«

»Ein verstoßener Spross von Walther? Weiß man, wie viele Geschwister Waltraud neben Ernst noch hatte?«

»Ich hab so viel über diese Familie recherchiert, du kannst mich alles fragen! Der Erstgeborene, traditionell bekam er den Namen des Vaters, also Walther, geboren im Jahr neununddreißig, starb nur sechs Jahre später an Lungenentzündung. Einundvierzig kam Waltraud zur Welt, ein Jahr später Gerhard und dann, 1944, das Nesthäkchen Ernst.«

»Was hast du über diesen Gerhard?«

»Nicht viel. Er soll hier in Neustadt leben. Hat innerhalb der Firma anscheinend keine Funktion.«

»Und ist ebenfalls fünfundsiebzig! Da scheint mir Jørgensens Motiv glaubwürdiger.«

Ann seufzte. Auf der einen Seite standen Waltraud Reinberg und ihr Anwalt Silvio Balistreri, die alles dafür taten, Reinberg Industries vor dem Untergang zu bewahren. Auf der anderen Seite sie selbst und Fredde, die nichts unversucht ließen, die beiden zu überführen und alles aufzudecken. Wer war die dritte Kraft, die das Spiel entscheidend beeinflusst hatte? »Eines der Kinder?«

»Welche Kinder?«

»Waltraud und ihr verstorbener Gatte Hermann haben vier Kinder, drei Söhne und eine Tochter.«

»Inwiefern würden sie davon profitieren, dass ihre Mutter wegen Mordes verurteilt wird und ihre Firma den Bach runtergeht? Mal abgesehen davon, dass es ganz schön heftig ist, sich derart gegen seine eigene Mutter zu stellen.«

»Nicht weniger heftig, als zu erkennen, zu was die Mutter und der Großvater fähig sind. Damit muss man erst mal leben können. Dann noch die Gewissheit, dass ein unschuldiger, junger Mann dafür verurteilt werden wird. Vielleicht gibt es unter den Sprösslingen der Familie Reinberg einen mit einem Gewissen?« Je mehr Ann darüber nachdachte, desto besser gefiel ihr der Gedanke. Das Vermögen der Reinbergs würde sich ja nicht in Luft auflösen, nur weil Mutti in den Knast wanderte. Sicher, der Schaden für die Firma war immens, ein Auftragsrückgang wahrscheinlich. Trotzdem war das Verbliebene viel wert: Grundstücke, Firmengebäude, Maschinen, Kunden ... Die alles entscheidende Frage lautete also: Wer würde Waltraud beerben? Derjenige könnte mit dem Verkauf einen großen Reibach machen. Interessenten gäbe es genug. Die Konkurrenz könnte sich Teile einverleiben oder die Firma zerschlagen und stückweise verscherbeln. Der unrühmliche Name Reinberg wäre

Geschichte, die Mitwettbewerber gestärkt und der Erbe um ein paar Millionen reicher.

Ann notierte die letzten Ergebnisse ihrer Recherche. Der erstgeborene Sohn von Waltraud und Hermann, Jens-Uwe Walther Reinberg, achtundvierzig Jahre alt, studierter Betriebswirt, verheiratet, zwei Kinder, leitete die Firma seit elf Jahren. Zumindest offiziell und auf dem Papier. Das Vermögen von Reinberg Industries war breiter aufgestellt, als gedacht. Es gab diverse Immobilien, darunter Luxus-Ferienhäuser, und Aktienbeteiligungen an anderen Unternehmen. Selbst wenn es zu gleichen Teilen an die vier Erben ausgezahlt würde, könnten alle auf ein kleines Vermögen hoffen. Söhne Nummer zwei und drei hätten durch den Verrat wohl am meisten zu verlieren. Der Zweitgeborene, Klaus-Peter Reinberg, sechsundvierzig, verheiratet, drei Kinder, lebte mit seiner Familie in Lübeck. Er bekleidete ein hohes Amt im Rat. Die Presse sprach jetzt schon von Rücktritt. Seine politische Partei hatte ihn von allen Ämtern enthoben. Auch wenn er glaubhaft versichern könnte, von all dem nichts gewusst zu haben, wäre seine Karriere ruiniert. Ebenso düster sah es bei Sohn Nummer drei aus: Karl-Friedrich. Er war fünfundvierzig, ledig und bekleidete eine Professur an der renommierten Bernhard-Wilhelms-Universität. Der Makel seines Großvaters – von dem alle dachten, er wäre ein Verfechter von Recht und Gesetz, ein Kämpfer gegen den Antisemitismus – und die schrecklichen Taten seiner Mutter würden ihn für die international angesehene Bildungseinrichtung untragbar machen. Arbeitsverträge bei anderen Unis zu bekommen, war nun schwer bis unmöglich. Ann hielt es für ausgeschlossen, dass Klaus-Peter und Karl-Friedrich sich dieser Schmach selbst gewählt ausgesetzt hätten. Das letzte Mitglied der Geschwisterriege hieß Maria-Antonia Waltraud Turner, lebte zusammen mit ihrem amerikanischen Mann und zwei Kindern in den USA. Sie war sechs Jahre jünger als Karl-Friedrich und Inhaberin von zwei Firmen mit Sitz in Philadelphia und Chicago. Ferner besaß sie Anteile an ein paar deutschen Unternehmen.

»Sieht nicht so aus, als sei die Dame knapp bei Kasse«, murmelte Ann. Es sollte möglich sein herauszufinden, wie gesund die Unternehmen wirklich waren. Auch an die Bilanzen sollte heranzukommen sein. Vielleicht gab es Probleme und die Ausgewanderte opferte ihre Familie, um sich selbst gesundzustoßen?

In diesem Augenblick klopfte es an ihrer Zimmertür.

»Ja?«

Der Kopf ihres Vaters schob sich durch den Türspalt. »Hast du einen Moment?«

Ann klappt ihr Notebook zu. »Klar.«

»Würdest du bitte mit runterkommen? Deine Mutter und ich möchten dir gern etwas sagen.«

*Es geschehen noch Zeichen und Wunder! Sie will sich doch nicht etwa bei dir entschuldigen?*

Susanne saß am Esstisch, sah aus dem Fenster und betrachtete in aller Ruhe den Familiengarten, der, jetzt im März, so spannend war wie ein abgemähtes Maisfeld.

Jürgen setzte sich neben Ann. In seinem Blick lag Bedauern. »Es tut uns wirklich leid, dass wir dir nicht geglaubt haben. Wir dachten ...« Er rang nach Worten, schaute sie verzweifelt an. »Wir waren so in Sorge. Es ist nicht mal ein halbes Jahr her, da hätten wir dich beinahe verloren. Wir wollten nicht, dass du dich schon wieder in eine derart gefährliche Sache stürzt! Wir haben einfach Angst um dich, verstehst du?«

Während sie den Erklärungsversuchen ihres Vaters zuhörte, war Anns Blick von seinem besorgten Gesicht zu der versteinerten Miene ihrer Mutter gewandert. Die schaute nach wie vor in den Garten.

*Vergiss es, von der wirst du keine Worte des Bedauerns hören.*

Ann wandte sich wieder ihrem Vater zu, legte versöhnlich ihre Hand auf seine. »Schon gut, Papa. Ein bisschen mentale Unterstützung wäre toll gewesen, aber wer weiß, vielleicht verlange ich da auch schon zu viel.« Ihr Blick sprang zu ihrer Mutter.

»Ja – nein, natürlich hätten wir dich unterstützen sollen. Du sollst wissen, wie unsagbar stolz wir auf dich sind! Die Küsterin lobt dich in den höchsten Tönen, schwärmt von deiner Beharrlichkeit und deinem Glauben an Gerechtigkeit. Sie ist so dankbar, dass der Tod von Pastor Benedikt nun aufgeklärt ist und wenigstens der Auftraggeber gefasst werden konnte. Ganz Neustadt ist beeindruckt von deinen Fähigkeiten, den Dingen, trotz widriger Umstände, auf den Grund zu gehen.« Während seiner eifrig gesprochenen Lobeshymne tätschelte Jürgen ihre Hand.

*Ist Lügen nicht auch eine Todsünde? Hilla wird noch in die Hölle kommen! Erst schwärzt sie dich bei den Bullen an und jetzt macht sie einen auf beste Freundin!*

Ann stand auf, fixierte ihre Mutter und bemühte sich um eine feste, durchsetzungsstarke Stimme. »Es ging um Denni, um meine beste Freundin. Ich hab es ihr am Grab versprochen: Ich werde ihren Mörder finden. Den wahren Mörder – nicht irgendeinen Sündenbock! Und wenn das heißt, unangenehme Fragen zu stellen oder entgegen der Meinung vieler das Saubermann-Image einer Neustädter Vorzeigefamilie anzuzweifeln, dann ist das eben so! Man kann nichts aufdecken, wenn man nicht dort hinlangt, wo's wehtut! Ohne Leute, die im Dreck wühlen, gibt es keine Gerechtigkeit!«

Susannes Miene wurde noch verschlossener. Jürgen wackelte ganz leicht und ziemlich hilflos mit dem Kopf.

*Sieht aus wie ein Zwischending zwischen Nicken und Kopfschütteln. Ein aus der Bahn geworfener Wackeldackel! Was stimmt nicht mit den beiden?*

»Immerhin kann man mir diesmal kaum vorwerfen, die Menschen wären meinetwegen gestorben.« Ann seufzte und wandte sich ab, um zu gehen. »Sollte die Polizei keine Einwände haben, werde ich übermorgen nach Hause fahren.«

»Ich könnte dich bringen. Wir ...«

»Psst!« Zischend unterbrach Ann ihren Vater und machte drei schnelle Schritte auf das Radio zu, das ihr Gespräch mit leiser Musik untermalt hatte. Sie drehte den Knopf und erhöhte die Lautstärke. »... Der Haftrichter sieht keine Fluchtgefahr. Eine Kaution in unbekannter Höhe wurde hinterlegt. Die Verdächtige hat allerdings einige Auflagen zu erfüllen. Sie darf Neustadt nicht verlassen und muss zu den angesetzten Terminen pünktlich erscheinen. Die Bevölkerung reagiert gespalten auf Waltraud Reinbergs Freilassung. Viele kritisieren sie als ›Reichenbonus‹ und verlangen, die Industrielle so zu behandeln wie jeden anderen.« Die Stimme eines aufgebrachten Neustädter Bürgers wurde eingespielt. »Das ist doch wieder typisch! Hätte ich vier Menschen auf dem Gewissen, dürfte ich schmoren bis zum Sankt-Nimmerleins-Tag! Aber *die*, *die* kann sich freikaufen! Die können doch machen, was sie wollen!«

Ein letztes Mal vor seiner Abreise traf sie sich mit Fredde im *Waterkant*. Ann drehte das Tablet zu ihm rum und ließ den Nachrichtenfilm laufen. Er zeigte, wie Waltraud Reinberg das Justizgebäude verließ. An ihrer Seite sah man ihre drei Söhne und die Tochter Maria-Antonia.

»Glaubst du, sie kommt davon?« Fredde nahm einen großen Schluck Bier.

»Mit Sicherheit nicht. Dazu sind die Beweise zu eindeutig. Sie wissen, dass die Welt, nebst allen Organisationen gegen Rechts und der jüdischen Glaubensgemeinschaft, ganz genau hinsehen werden. Zuerst hatte ich ein wenig Sorge, dass sie untertauchen könnte. Geld genug hat sie ja. Dann aber wurde mir klar: Die Frau ist bekannt wie ein bunter Hund. Spätestens durch die aktuelle Berichterstattung ist sie gebrandmarkt. Der Fall hat internationale Medienpräsenz. Wer würde sie aufnehmen?« Ann hielt das Video an.

Fredde nickte zustimmend, während er das Standbild betrachtete. »Du meinst also, die Tochter war's? Sie ist bei dem Anwalt eingestiegen, hat die Beweise aus dem Tresor mitgehen lassen und dir vor die Tür gelegt? Woher wusste sie von dir?«

»Waltraud muss ihr von allem berichtet haben, auch von mir. Andernfalls ergibt es keinen Sinn. Großvater Walther erzählt es seiner Tochter Waltraud, die erzählt es ihren Kindern – dreckige Geheimnisse schweißen zusammen. Es gilt, die Familie zu schützen. Dumm nur, wenn sich die Familie gegen einen wendet.«

»Klingt logisch. Deshalb durfte sie auch nicht riskieren, gesehen zu werden, als sie das Päckchen vor deiner Tür abgelegt hat. So kann sie ihren Brüdern gegenüber ihr Gesicht wahren. Gleichzeitig wusste sie, dass du garantiert das Richtige machen würdest.« Freddes Augen verfolgten ein vorbeigehendes Pärchen, hefteten sich an die entgegenkommende Bedienung und fanden den Weg zurück zu Ann. »Aber du belässt es dabei, oder? Die Reinberg wird einfahren und den Anwalt kriegen sie auch noch – falls er noch lebt. Du hast fünf schreckliche Verbrechen aufgedeckt!«

Ann lächelte. »*Wir*! Ohne dich hätte ich das nie geschafft!«

Er beobachtete, wie sie nachdenklich mit ihrem Glas spielte. »Also?« Er zog das Wort bedeutungsvoll in die Länge.

Sie seufzte und sah ihn entschuldigend an. »Mich reizt es total, rauszukriegen, ob es wirklich Maria-Antonia war, die mir das Päckchen vor die Tür gelegt hat! Es wäre ganz einfach. Man müsste nur wissen, wann sie eingereist ist. Sollte ihr Name auf der Passagierliste eines Überseeflugs auftauchen, der *vor* unserem Einbruch bei Balistreri stattgefunden hat, wäre sie unser ›Mann‹. Ist sie erst *nach* Bekanntwerden der Vorwürfe gegen ihre Mutter eingereist ... dann weiß ich auch nicht. Polizeioberhauptkommissar Frederik Steinmann sieht da nicht zufällig eine Möglichkeit, das Einreisedatum von Maria-Antonia Turner zu überprüfen?«

Lachend schüttelte er den Kopf. »Ich versuch's. Unter der Bedingung, dass du die Füße still hältst und von Einbrüchen und anderen dubiosen Aktionen absiehst. Ab Montag sitze ich wieder auf der Reriker Wache, da kann ich nicht mal eben vorbeikommen und dich retten!«

»Das Versprechen kannst du gern haben. Für mich geht's übermorgen zurück. Marie schickt mir ständig neue Fotos von einem gut bestückten Kühlschrank, riesigen Süßigkeitendepots und Unmengen an Sekt und Mixed-Getränken. Ich glaube, sie vermisst mich ein klein wenig.«

Der Wind war eisig, die regenschweren Wolken fegten über den Himmel und wirkten weit hinten über der bewegten Ostsee so schwarz, als seien sie Vorboten eines Weltuntergangs. Ann drückte den Schal enger an ihren Hals und zog den Reißverschluss der Jacke höher. Sie eilte in Richtung Innenstadt. Das ferne Grollen verhieß nichts Gutes. Minuten später betrat sie den Drogeriemarkt, ging zügig durch die Gänge und griff nach den auserwählten Produkten. Vielleicht schaffte sie es noch bis zu ihrem Elternhaus, bevor sich die Schleusen des Himmels öffneten.

Ihr Handy meldete sich. Eine Sprachnachricht von Fredde: »Sie kann es nicht gewesen sein. Laut Passagierliste landete die Maschine mit Maria-Antonia Turner an Bord einen Tag, nachdem Waltraud Reinberg festgenommen wurde. Sorry! Entweder hat sie jemanden beauftragt oder wir liegen falsch!«

*Da zerplatzt sie, die schöne Theorie! Wen sollte sie hier schon beauftragt haben – einen alten Kindergartenfreund? Vergiss es!*

»Das gibt's doch nicht!« Ann steckte das Handy weg und eilte auf die Kasse zu. Ein greller Blitz und ein direkt folgender, gewaltiger Donner ließen sie und die Kassiererin zusammenfahren.

»Vielleicht sollten Sie hierbleiben und das Unwetter abwarten«, riet die Drogerie-Fachverkäuferin und schielte ängstlich in Richtung Schaufenster.

*Jetzt bleib mal ganz ruhig. Weißt du, wie hoch die Chance ist, von einem Blitz getroffen zu werden?*

»Geht schon. Ich hab's nicht weit.« Ann stopfte die Produkte in ihre Tasche, verließ den Laden, zog die Kapuze über ihre Wollmütze und lief über die Straße. Die ersten dicken Tropfen trafen ihre Jacke.

*Ich würde mal ein bisschen Gas geben.*

Sie erhöhte das Tempo, passierte die Apotheke, bog nach links, ließ den Supermarkt liegen, lief am Rathaus vorbei und auf das Hotel zu. Die Anzahl und Dichte der Tropfen erhöhte sich spürbar. Wieder zischte ein greller Blitz durch die Luft, gefolgt von einem ohrenbetäubenden Knall. Ann fing an zu laufen. Kurz vor dem Hotel blieb sie abrupt stehen.

*Denkst du, was ich denke?*

In diesem Moment brach das Unwetter los. Die peitschenden Regentropfen prasselten auf sie nieder, einige trafen schmerzhaft ihr Gesicht. Innerhalb von Sekunden war sie vollkommen durchnässt. Doch Ann stand wie eingefroren vor dem Hotel und starrte auf das Auto mit dem dänischen Kennzeichen.

*Sie muss ein enges Verhältnis zu ihm haben. Selbst, wenn sie unter einem Dach wohnen – welche Enkelin wäre ständig in der Nähe ihres Großvaters? Jedes Mal, wenn ich Samu Jørgensen anrufe, habe ich Lika am Apparat. Zufall? Ich habe Lika alles erzählt. Lika – nicht Samu! Und ich habe ihr die Adresse meiner Eltern gegeben. Was, wenn sie beschlossen hat, ihrem Großvater späte Gerechtigkeit zuteil werden zu lassen?* Während dieser Gedankengänge war Ann langsam auf den Eingang des Hotels zugegangen. Sie wusste selbst, dass es schon mit dem Teufel zugehen müsste, wenn der Wagen draußen auf dem Parkplatz wirklich Lika gehören würde. Sie wäre mit Sicherheit nicht der einzige dänische Gast in Neustadt. Trotzdem: Ann brauchte Gewissheit.

Sie bemerkte die nasse Spur nicht, die sie über den frisch gebohnerten, hochglänzenden Hotelboden zog. Oder den kleinen See, den sie hinterließ, wenn sie kurz stehen blieb. Genauso wenig wie das schmatzende Geräusch, das bei jedem ihrer Schritte durch die vornehme Lobby hallte oder die irritierten, mitleidigen Blicke der wenigen Gäste, die erstaunt stehen blieben und sie beobachteten.

Ann wischte sich mit dem durchnässten Ärmel übers tropfende Gesicht und versuchte, die Empfangsdame gewinnend anzulächeln. »Entschuldigen Sie bitte. Ich bin mit Lika Jørgensen verabredet. Sie ist Gast Ihres Hauses. Wären Sie so nett und würden ihr mitteilen, dass ich da bin?« Sie wusste zwar nicht, ob Lika denselben Nachnamen trug wie ihr Großvater, aber was anderes hatte sie nicht.

Die rechte Augenbraue der Dame hob sich als Zeichen ihres Unmuts. Dennoch sah sie auf ihren Monitor und suchte mit geübtem Blick die Gästeliste durch. »Sie irren sich. Unter unseren Gästen befindet sich niemand dieses Namens.«

Ann versuchte einen überrascht-erschrockenen Gesichtsausdruck. »Wirklich? Das kann nicht sein! Ah, warten sie. Lika hat kürzlich geheiratet. Entschuldigung, ich werde mich nie an ihren neuen Namen gewöhnen. Und so was Dummes: Ich vergesse ihn ständig!«

Das Gesicht der Empfangsdame blieb eingefroren. Nur die Augenbraue hob sich tatsächlich noch ein paar Millimeter höher. »Wir haben niemanden mit dem Vornamen Lika unter unseren Gästen.«

»Sie wird doch nicht abgereist sein?« *Mit Sicherheit ist sie schon wieder weg. Was soll sie noch hier?*, dachte Ann.

»Hören Sie, ich glaube, Sie sind hier falsch.« Missbilligend und ein wenig angewidert nickte die Frau in Richtung Ausgang. »Vielleicht versuchen Sie Ihr Glück bei ein wenig einfacheren Etablissements.«

Ann drehte sich um. Erst jetzt bemerkte sie die Pfütze unter sich und sah die feuchte Spur, die quer durch das Foyer bis zum Empfangstresen führte. Jeder Schritt hörte sich nicht nur so an, sondern war es auch: ekelig. In den blank geputzten Scheiben bemerkte sie ihr Spiegelbild und erschrak. Sie sollte froh sein, dass noch niemand die Polizei gerufen hatte.

*Das kann dir vollkommen egal sein. Kopf hoch, Brust raus! Die Lackaffen siehst du eh nie wieder.*

So schnell es ging, immer darauf bedacht, nicht auszurutschen, versuchte sie, dem vornehmen Ambiente und den verständnislosen Blicken zu entkommen.

Es war Stunden her, seit sie geduscht hatte. Trotzdem saß sie noch immer in Bademantel und mit in einem Handtuch eingeschlagenen Haaren auf dem Bett und telefonierte die Übernachtungsmöglichkeiten Neustadts ab.

*Glaubst du wirklich, sie ist noch hier?*

»Das vielleicht nicht, aber so kann ich mir Gewissheit verschaffen, dass sie es war«, murmelte Ann.

Sie konzentrierte sich dabei auf Pensionen. Sollte Lika den Anwalt wirklich umgebracht haben, wollte sie sicher nicht, dass man nachvollziehen konnte, wo sie abgestiegen – geschweige denn, dass sie überhaupt in der Gegend gewesen war. Die Überwachungs- und Sicherheitssysteme der großen, teuren Hotels brauchte sie in kleinen, familiengeführten Pensionen nicht zu fürchten.

*Warum sollte sie unter ihrem richtigen Namen eingecheckt haben?*

»Weil es – entgegen der Meinung vieler Hollywood-Streifen – nicht so einfach ist, eine fremde Identität anzunehmen. Auch private Vermieter verlangen eine glaubwürdige Legitimation. Und ich gehe mal nicht davon aus, dass Lika Jørgensen zu den Meisterfälschern zählt«, nuschelte sie.

Viele Mitarbeiter weigerten sich zwar zunächst, Ann Auskunft zu erteilen, taten es am Ende aber doch. Die meisten konnten mit dem Namen nichts anfangen, bis Ann plötzlich hörte: »Frau Jørgensen ist momentan nicht auf ihrem Zimmer. Kann ich ihr etwas ausrichten?« Die freundliche Stimme des Mannes sagte so unglaubliche Worte, dass es Ann die Sprache verschlug.

Ihr Name war tatsächlich Jørgensen. Und sie war in Neustadt. Sie war *immer noch* in Neustadt! Warum? Warum war sie noch nicht zurück in Dänemark? Was hatte sie hier noch zu tun?

»Hallo? Sind Sie noch dran?«

»Äh, ja, entschuldigen Sie bitte«, sagte Ann. »Sie brauchen ihr nichts auszurichten, danke. Ich weiß dann schon, wo ich sie finden kann.«

*Weißt du?*

Wusste sie nicht. Aber sie brauchte Zeit, um nachzudenken. Was würde Lika tun, wenn Ann sie zur Rede stellte? Sie bitten, nichts zu sagen, oder sie gar bedrohen? Vielleicht lebte der Anwalt noch und Lika würde sich freuen, Ann zu sehen?

*Und wozu dann das Versteckspiel?*

Weil die Dänin bei Balistreri eingebrochen war – worüber Ann definitiv Stillschweigen bewahren würde.

*Du wärst auch die Letzte, die das verurteilen dürfte.*

»Danke, dass du mich daran erinnerst. Ich hatte fast geschafft, es zu verdrängen.« Ann knetete ihre Unterlippe und bat ihr Gehirn inständig um einen Geistesblitz. Warum war

Lika noch hier? Den Prozess gegen die Reinberg konnte sie auch in den Medien verfolgen. Der würde sich eh noch hinziehen. Warum also? Hatte es was mit dem Verschwinden von Silvio zu tun? Gab es noch Spuren, die sie verwischen musste? Oder versuchte sie, ihn zu finden?

Ann stöhnte. Verdammt! Ihr lief die Zeit davon. Eigentlich wollte sie übermorgen abreisen. Das würde nichts werden, bevor sie nicht wusste, weshalb die Dänin noch immer hier war und ob sie den Anwalt ermordet hatte. Das würde ihr keine ruhige Minute lassen.

*Du könntest dich vor der Pension auf die Lauer legen. Dumm nur, dass du nicht mal weißt, wie Lika aussieht, geschweige denn, wie alt sie ist.*

Ann griff nach ihrem Notebook, ging ins Internet und gab als Suchbegriff ›Lika Jørgensen Svendborg Dänemark‹ ein. Das hätte sie längst machen sollen.

Die Bilder zeigten alles mögliche: Gruppen von jungen Menschen vor unterschiedlichsten Hintergründen – mal unter Bäumen, mal vor Gebäuden –, etliche Aufnahmen eines Motorcross-Fahrers (oder einer Fahrerin?) und einige, auf denen ausschließlich Männer zu sehen waren. Ob sich unter dem Helm des Motorradfahrers Lika versteckte? Oder zwischen den Leuten auf den Gruppenbildern? Keine Chance, das herauszufinden!

Um sich abzulenken, rief sie die Neuigkeiten im Fall Reinberg auf. Der Moderator berichtete, dass Waltrauds Kinder sich nach Kräften bemühten, das desaströs angeschlagene Image der Familie zu retten. Alle vier waren zu mehrtägigen Rettungsmissionen ausgezogen. Der Älteste besuchte Unternehmen in Süddeutschland, Sohn Nummer zwei war nach Berlin geschickt worden, um hochrangigen Politikern und Abgesandten der jüdischen Gemeinde Rede und Antwort zu stehen, und der Professor und Maria-Antonia trafen in Frankfurt auf ihre Stiftungsratsmitglieder. Für alle ein Tanz auf dem Vulkan. Ann beneidete sie nicht. Der Sprecher berichtete ferner davon, dass die Partner und Kinder der Reinberg-Sprösslinge ins Ausland gereist seien. Sie versuchten, dem unangenehmen Rummel, so gut es ging, zu entfliehen. Die Aufnahmen zeigten, dass das nur bedingt von Erfolg gekrönt war. Waltraud Reinberg hingegen hatte sich auf ihren Familiensitz zurückgezogen, der tagsüber von Paparazzi belagert wurde, und wartete dort auf ihr Verfahren. Ab und zu sah man Anwälte kommen und gehen – ansonsten tat sich wenig. Es wurde spekuliert, so der Moderator, dass selbst die engsten Mitarbeiter, wie Köchin, Haushälterin und Chauffeur nach Hause geschickt worden waren. »Das alte, dem Tod geweihte Tier, verlässt die Herde, schottet sich ab, um in Ruhe und in aller Abgeschiedenheit zu sterben«, vernahm sie die pathetisch klingende Stimme des Sprechers.

*Na klar, Dummschwätzer! Die Reinberg will nur nicht, dass die Wände Ohren haben und irgendetwas nach draußen dringt.*

Ann schob das Notebook zur Seite und fing an, sich für eine lange, kalte Nacht zu rüsten.

Lika war noch nicht zurück, als Ann Position bezog. Unweit des Hauses, mit Sicht auf den Eingang, setzte sie sich auf eine Bank. Um sie herum war es dunkel, die nächste Straßenlaterne stand einige Meter entfernt und war von Tannen derart zugewachsen, dass ihr Schein nicht viel ausrichten konnte. Sie hatte der Pensionswirtin einen Zettel für Lika hinterlassen, mit der Bitte, ihn ihr sofort zu übergeben, es sei dringend.

*Ein cleverer Schachzug! Sollte sie den Anwalt wirklich umgebracht haben, wird sie deine Nachricht ordentlich ins Schwitzen bringen.*

Auf dem Zettel stand: ›Wir müssen reden. Vor der Pension, bei den Containern. S. Balistreri‹ Ann hatte versucht, die Schrift männlich aussehen zu lassen. Sie nahm nicht an, dass Lika die Handschrift des Anwalts kannte. Selbst wenn die Pensionswirtin Lika mitteilte, dass die Überbringerin der Nachricht weiblich gewesen war, hoffte Ann, dass die Neugier siegen würde.

Jedes Mal, wenn ein Auto vorfuhr, jemanden aussteigen ließ oder sich einen Parkplatz suchte, verzog Ann sich hinter den schützenden Tannen. Das passierte jedoch nicht oft. Die Pension war klein. Es gab nicht viele Gäste. Sie rieb sich mit beiden Händen über die Oberschenkel. Trotz der mehrlagigen, dicken Kleidung kroch die Kälte an ihr hoch und ließ die Gliedmaßen steif werden. Sie warf einen Blick auf ihre Armbanduhr. Einundzwanzig Uhr sechzehn. Was zum Teufel machte die Dänin so lange? Sightseeing wohl kaum.

Zwei Autos fuhren vorbei, gefolgt von dem tiefen Geknatter eines Motorrads. Das bremste, bog ab und hielt vor der Unterkunft. Im Schein der Parkplatzleuchten blitzte kurz das Kennzeichen auf. Hatte es eine rote Umrandung? Mist! Es war einfach zu weit weg. Sicherheitshalber drückte Ann sich eng an die Tannen, ließ den Motorradfahrer und Eingang dabei nicht aus den Augen.

*Hundertprozentig eine Frau!*

Richtig. Die Fahrerin stieg ab und löste den Kinngurt ihres Helms. Leider ging sie währenddessen auf den Eingang der Pension zu und Ann konnte sie nur von hinten sehen. Kurz bevor die Tür ins Schloss fiel, erhaschte sie noch einen Blick auf ein paar dunkle Locken.

*Güldenes Haar hätte irgendwie besser gepasst.*

»Was für ein dummes und rassistisches Klischee-Gelaber! Schweden sind immer blond, Polen klauen wie die Raben, Moslems sind Terroristen, Deutsche Nazis und die Dänen …«, murmelte sie.

*… lügen nicht.*

# Kapitel 21

Ihr war so verdammt kalt, dass sie sich immer wieder für ihre Neugier verfluchte. Die Frau, die für Dennis Tod verantwortlich war, war gefasst, nebenbei hatte sie noch die Fälle von Pastor Benedikt und den Eheleuten Tiersch gelöst und Kevin zu seiner Freiheit verholfen. Was interessierte sie, warum Lika Jørgensen noch immer in der Stadt war? Und ob sie diesen fiesen Anwalt auf dem Gewissen hatte?

Es war Lika, die vor ein paar Stunden dort hinten vom Motorrad abgestiegen war, so viel stand fest. Die Dänin war nur Sekunden später wieder in der Tür erschienen – die zierliche Figur, die Motorradklamotten, es passte alles! Sie hatte ihre Locken unter einer Kapuze versteckt, war zunächst im Eingang stehen geblieben und hatte sich aufmerksam umgeschaut. Dann war sie vorsichtig hinüber zu den Müllcontainern gegangen. Etwas an ihrer Haltung hatte Ann irritiert. Der eine Arm war seitlich an den Körper gepresst, als wolle Lika etwas verstecken, das in ihrer rechten Hand ruhte. Eine Waffe? Ann hatte den Atem angehalten und sich noch weiter in die Tanne gedrückt. Irgendwann war die allem Anschein nach junge Frau aus dem Schatten der Container getreten, hatte sich erneut aufmerksam umgesehen, etwas in ihre Motorradjacke gesteckt und war zurück in die Pension gegangen. Als sie nach einer halben Stunde nicht wieder aufgetaucht war, war Ann demonstrativ ruhig und lässig auf den Parkplatz gegangen und hatte so getan, als wolle sie zu einem der geparkten Wagen. Dabei hatte sie wie zufällig, einen Blick auf die Maschine und das dänische

Kennzeichen geworfen. Die Buchstaben- und Zahlenfolge hatte sich sofort in ihrem Gehirn festgesetzt. Dann war sie zurück zur Bank geschlendert.

Das war nun drei Stunden her.

*Willst du hier übernachten? Was glaubst du, macht diese Frau mitten in der Nacht – außer schlafen?*

Ann wusste selbst nicht, warum sie immer noch auf dieser bescheuerten Bank hockte, obwohl ihre Gliedmaßen taub waren vor Kälte. Noch dazu hatte Lika ein Motorrad, sie nur einen alten Drahtesel. Eine Verfolgungsfahrt schied also aus.

*Ich warte noch eine Stunde. Wenn bis dahin nichts passiert, gehe ich schlafen, komme morgen früh wieder und stelle sie zur Rede,* dachte sie.

Es war Viertel vor eins, als die Pensionstür von innen geöffnet wurde. Die Dänin war nur kurz zu erkennen, als sie den mit einem Bewegungsmelder ausgestatteten Eingangsbereich des Hauses durchschritt. Soweit Ann sehen konnte, steckte sie in einer Lederkombi, ihr Kopf war vom Helm verdeckt, auf ihrem Rücken trug sie einen kleinen, flachen Rucksack. Sie ging zielstrebig auf ihre Maschine zu. Der Parkplatz lag mittlerweile im Dunkeln, die Abendbeleuchtung war abgeschaltet.

Ann fluchte und schaute auf ihr klappriges Fahrrad, das hinter den Bäumen versteckt auf dem Rasen lag.

*Läuft ja super! Erst frierst du dir hier die halbe Nacht den Arsch ab, dann passiert tatsächlich was – und du lässt dich abhängen!*

Ann sah, wie Lika den Parkplatz verließ und nach links wegfuhr, griff nach ihrem Rad und befahl ihren eingefrorenen Beinen, alles aus sich herauszuholen, auch wenn es aussichtslos schien. Die Fahrradlampe ließ sie vorsichtshalber ausgeschaltet. Außer ihnen beiden war eh niemand mehr unterwegs.

Das war es auch, was ihr zunehmend zu schaffen machte. Es war unheimlich, durch die nächtlichen, menschenleeren Gassen Neustadts zu fahren. Solange sie im Schutz der Tannen gehockt hatte, war sie sich seltsamerweise sicher vorgekommen. Sie war diejenige gewesen, die andere beobachtet hatte. Sie war diejenige gewesen, die unsichtbar war und in das Tun der anderen – plötzlich und unerwartet – eingreifen konnte. Jetzt aber war sie für alle sichtbar. Jetzt waren es die anderen, die sie aus den dunklen Schatten heraus anstarrten. Ann drehte sich hektisch um.

*Hör auf damit. Wer ist so blöd und hockt sich mitten in der Nacht bei Eiseskälte hinter einen Busch, in der Hoffnung, dass zufällig jemand wie du vorbeikommt. Die Leute haben besseres zu tun.*

Sie sah wieder nach vorn. Das Rücklicht der Maschine war kaum noch zu erkennen. Sekunden später bog die Dänin ab und verschwand aus Anns Blickfeld. Als die endlich an der Stelle ankam, war von dem Motorrad nichts mehr zu sehen. Schnaufend hielt sie an.

*Was hast du dir denn gedacht? Dass sie zu Fuß irgendwo hinschlendert und vor deinen Augen den Anwalt aus dem Dickicht zieht, um ihn heimlich zu begraben?*

»Wo kann man um diese Uhrzeit hinfahren? Geschäfte, Lokale, öffentliche Einrichtungen, das alles hat geschlossen. Freunde und Bekannte wird sie hier keine haben. Und zum Sterne gucken ans Meer, dazu ist es viel zu kalt und ungemütlich«, murmelte Ann.

*Vielleicht hält sie den Anwalt irgendwo gefangen?*

Nervös schaute Ann sich um, behielt jedes Detail ihrer Umgebung im Blick. »Wofür denn, bitte? Sie hat alle Infos, die sie braucht. Er kann ihr nichts mehr geben. Nein. Ihr Hass richtet sich nicht gegen ihn. Er war nur Mittel zum Zweck. Lika und Samu hatten keine emotionale Bindung zu Pastor Benedikt, Denise oder den Eheleuten Tiersch. Es waren nicht die jüngsten Morde, die Lika antrieben. Es war der Hass auf … *die Reinberg*!« Anns Magen krampfte.

Sie schwang sich auf ihr Fahrrad und fuhr, so schnell sie konnte. In den Medien wurde sich das Maul zerrissen. Viele waren der Überzeugung, das Vermögen der Reinberg würde ihr den Aufenthalt im Knast ersparen. Aus der U-Haft hatte sie sich schon freikaufen können. Mit Geld, das es nur gab, weil Walther Reinberg Jitzchak Posner bestohlen und ihn danach umgebracht hatte. Der gesamte Reichtum der Neustädter Familiendynastie gründete auf dem versteckten Erbe des Häftlings. Vor dem Fund waren die Reinbergs nichts, lebten in einfachsten Verhältnissen und wären in den kargen Nachkriegsjahren wahrscheinlich sogar in die Armut abgerutscht. So aber hatten sie die Mittel gehabt, sich etwas aufzubauen.

Die Dänin wollte Gerechtigkeit, Wiedergutmachung … Rache.

Und Waltraud Reinberg war allein in ihrer Riesenvilla! Ann trat wie eine Wahnsinnige in die Pedale.

Lika hätte nie gedacht, dass es so einfach sein würde. Sie hatte ja nicht einmal gewusst, ob die Alte noch wach wäre, ob sie sie zu der späten Stunde hereinlassen würde. Sie hatte sogar damit gerechnet, an einem anderen Tag, zu einer früheren Stunde wiederkommen zu müssen. Aber dann war das Glück mit ihr gewesen. Sie war vor die Kamera getreten, hatte ihre Locken geordnet – soweit das möglich war –, hatte ihr harmlosestes Lächeln aufgesetzt, ihren Ausweis in die Kamera gehalten und geklingelt. »Ich heiße Lika Jørgensen. Jitzchak Posner ist mein Urgroßvater gewesen. Ich will gerne hören deine Meinung.«

Waltraud Reinberg war zutiefst geschockt, als sie registrierte, wen es vor die Tore ihrer Villa verschlagen hatte. Auf keinen Fall würde sie diese Person hineinlassen! Dann aber stutzte sie. Was hatte dieses Mädchen eben gesagt? Sie würde gern ihre Sicht der Dinge hören? Vielleicht gab es doch noch die Möglichkeit, einiges geradezurücken! Wenn sie sich mit der Urenkelin aussprach, ihr glaubwürdig vermitteln konnte, dass sie damals unschuldige vier Jahre alt gewesen war und für die Taten an Jitzchak Posner nicht verantwortlich gemacht werden konnte ... Wenn ihr die Urenkelin verzieh, das könnte sich positiv auswirken und medienwirksam zu ihren Gunsten einsetzen lassen. »Es ist spät«, antwortete sie.

»Da waren Fotografen und Fernsehmenschen«, kam es zurück.

Waltraud betrachtete das zarte Wesen auf dem Monitor der Gegensprechanlage. Sie sah alles andere als gefährlich aus. Sie war ja noch ein halbes Kind.

Dann drückte Waltraud auf den Öffner.

Ein paar Minuten später hielt Ann vor dem Grundstück an, warf japsend das Fahrrad zur Seite und rannte den imposanten Metallzaun entlang. Das Anwesen lag ruhig und dunkel da. Den Eingang zur Auffahrt schmückte ein prächtiges Tor. Ein paar Meter dahinter machte der Kiesweg eine Biegung nach links. Außer einem riesigen Baum und ein paar Sträuchern war von außen nichts zu erkennen. Neugierige Blicke hatten auch an anderer Stelle keine Chance. Hinter dem Zaun versperrte eine hohe, immergrüne Hecke die Sicht. Ann wusste nicht einmal, wo auf diesem garantiert gigantischen Gelände das Wohngebäude zu finden war. Sie rannte weiter, in der Hoffnung, irgendein Indiz zu finden, dass ihr verraten würde, dass Lika hier war. Ihr Adrenalinspiegel war jetzt so hoch, dass er ihre Ängste ausblendete und sie nur noch funktionieren ließ.

Als sie an der linken Ecke des Zauns angelangt war, blieb sie stehen. Ein kleines Waldgebiet grenzte an das Areal. Die Bäume standen dicht an dicht und würden sicherlich von der Straße aus, auf der sie sich befand, bis runter zum Strand reichen.

*Was willst du tun?*

Sie blickte an einem der Stämme hoch. Raufklettern, um einen Blick über den Zaun und die Hecke werfen zu können?

Sie schüttelte den Kopf. Da käme sie niemals hoch.

Also ging sie wieder zurück, um sich die andere Grundstücksseite anzuschauen.

Sekunden später standen sie sich gegenüber. Lika wusste, dass man sie oft unterschätzte. Sie war klein, zierlich, hatte ein kindlich, niedliches Gesicht mit großen dunklen Augen und süße Löckchen und – sie war eine Frau. Genau dieses Image ließ sie nun wirken.

»Kommen Sie doch herein, bitte.« Die alte Frau wirkte nett und harmlos, keineswegs überheblich oder gar skrupellos.

*Genauso harmlos, wie ich niedlich*, dachte die junge Dänin.

Sie folgte der Alten in den großzügigen Wohnraum. Holz knisterte im Kamin, das Feuer verbreitete eine warme, gemütliche Atmosphäre. Große Fenster gaben den Blick frei auf die Terrasse und einen beleuchteten Holzweg, der zum Meer hinunterführte. Das war nur zu erahnen. Eine schwarz schimmernde Fläche, in der sich ab und zu eines der Beleuchtungselemente spiegelte. Es gab bestimmt einen großen, vor allen Blicken geschützten Privatstrand.

»Danke, dass ich reinkommen kann.« Lika lächelte schüchtern. »Es ist schön hier.«

Ann ließ die Pforte links liegen und lief zur anderen Grundstücksseite. Auch hier grenzte ein Waldstück an den Besitz der Familie Reinberg. Nur dass in der Schneise zwischen Bäumen und Zaun, eine Reihe dichter Büsche gewachsen war.

Keine Spur der Dänin.

Ob sie sich irrte? Wie sollte Lika hineingelangt sein?

»Wollen Sie nicht ablegen? Sie können Ihre Jacke und die Handschuhe einfach auf das Sofa legen«, sagte Waltraud. Plötzlich fiel ihr Blick auf den kleinen schwarzen Rucksack, den das Mädchen bei sich trug. Erschrocken weiteten sich ihre Augen. Hatte sie einen großen Fehler gemacht? Was war da drin? Eine Bombe? Eine Waffe?

Lika registrierte den ängstlichen Ausdruck im Gesicht der Alten, ließ ihren Rucksack achtlos fallen und schaute begeistert nach draußen.

Waltraud atmete erleichtert aus. Keine Bombe! So sacht, wie der Beutel auf dem Boden aufgetroffen war, hatte er kaum Gewicht. »Setzen Sie sich doch!« Sie wies auf die edle Couch.

Doch die Dänin ging weiter bis zur Fensterscheibe und sah hinaus. »Meer?« fragte sie, drehte ihren Kopf herum und sah Waltraud mit unschuldigen Augen an.

Die Hausherrin räusperte sich. »Ja, das Haus liegt direkt an der Ostsee. Möchten Sie etwas trinken? Was darf ich Ihnen anbieten?«

Das Gesicht der jungen Frau wandte sich wieder der Terrasse zu. »Hast du Boot?«

Waltraud runzelte die Stirn. Wo sollte das hinführen? Wollte diese Person wissen, welche Besitztümer die Familie ihr Eigen nannte? »Wollen wir uns nicht setzen? Sie haben sicherlich viele Fragen an mich. Dafür sind Sie doch gekommen, oder?«

»Hast du Boot *hier*?« Lika ignorierte Waltrauds Worte und zeigte mit dem Finger auf den Strandweg.

Die alte Dame seufzte. Sie fing an zu bereuen, die Dänin hereingelassen zu haben. »Ja, es liegt unten am Steg.«

»Gut!«, sagte die junge Frau und drehte sich ruckartig um. Die Waffe in ihrer Hand zielte direkt auf Waltrauds Kopf.

Warum konnte nicht einmal irgendetwas einfach und eindeutig sein? Ann blickte um sich. Von Lika war nichts zu sehen.

*Vielleicht ist sie nur zur Tanke: Bier holen.*

Oder sie war gerade da drinnen, bei Waltraud Reinberg, und übte Rache an ihr.

*Du könntest klingeln.*

Ann stöhnte. Die Uhr zeigte zehn vor zwei. Was, wenn Lika gar nicht hier war? Sie lief nervös vor den Bäumen und Büschen auf und ab.

*Oder du rufst gleich die Bullen.*

*Das kann ich nicht. Wenn ich mich irre, muss ich die Aktion vor den Beamten rechtfertigen. Soll ich denen etwa erzählen, dass ich denke, Lika hätte den Anwalt auf dem Gewissen, mir das Päckchen vor die Tür gestellt und hätte vor, die Reinberg umzubringen? Und wenn der Anwalt untergetaucht ist? Und Lika aus einem ganz anderen Grund in Neustadt ist? Dann reite ich diejenige rein, die mir geholfen hat, Dennis Mord aufzuklären. Sie müsste erläutern, wie sie an die Unterlagen gekommen ist ... Nein, das geht nicht,* dachte Ann.

Zunächst war Waltraud vor Schreck verstummt. Entsetzt sah sie der jungen Frau dabei zu, wie die sich mit ein paar geschickten Bewegungen ihrer schwarzen Lederjacke und ihres Pullis entledigte. Dabei ließ die Dänin sie nicht einen

Moment aus den Augen, hielt die Mündung entschlossen in Waltrauds Gesicht. Als die Urenkelin dabei war, ihre schwarzen Stiefel abzustreifen, fing die alte Dame an zu reden – wie ein Wasserfall. Sie bat um Entschuldigung, fragte, was nun aus ihr würde, erklärte, gab Gebote ab, flehte, bettelte, weinte und wimmerte.

Lika sagte nichts. Als sie fertig war, griff sie nach ihrem Rucksack und bedeutete der alten Dame, durch die Terrassentür nach draußen zu gehen.

Waltraud schlug das Herz bis zum Hals. Was hatte sie vor? Wollte sie sie wirklich umbringen oder ihr nur einen Riesenschreck einjagen? Das Äußere der jungen Frau löste bei Waltraud noch mehr Verwirrung aus. Die Hose entpuppte sich als Teil eines Neoprenanzugs. Auch die Handschuhe waren, bei näherer Betrachtung, aus diesem Stoff. Ihre Füße waren nackt.

»Motorboot, oder? Schlüssel ist wo?« Likas Stimme hatte nichts Niedliches oder Süßes mehr an sich.

»Ich weiß nicht. Ich fahre das Ding nicht. Kann ich gar nicht. Es gehört meinem Sohn«, stotterte Waltraud und hoffte inständig, ihr Gegenüber würde sich überzeugen und von dem Vorhaben abbringen lassen.

Lika trat einen energischen Schritt auf Waltraud zu, ließ die Mündung der Waffe über deren Stirn bis hin zur Schläfe gleiten und drückte sie dagegen. »Mir egal. Du kannst auch Kugel haben. Du entscheidest.«

*Okay, das war's – ich geh nach Hause,* dachte Ann und machte sich auf den Weg zurück zu ihrem Fahrrad. Das Anwesen lag nach wie vor friedlich in Dunkelheit gehüllt, nirgends war ein Laut zu hören, ihr war schweinekalt und die Einsamkeit und die dunklen Wälder ließen die Angst in ihrem Nacken spürbar anwachsen. Das Adrenalin war verpufft. Sie musste hier weg.

Lika ließ den Rucksack am Steg zurück und befahl der Seniorin, ins Boot zu klettern. Die sträubte sich, fing wieder an zu wimmern. Doch Lika ließ sich nicht beirren. Sie hatte die Briefe gelesen. Jedes Wort hatte sich in ihrem Gehirn eingebrannt. Das Leid ihres Uropas war so unglaublich groß gewesen. Diese alte Frau verdiente es nicht zu leben!

Dann startete Lika den Motor und brachte das jammernde Bündel raus aufs Meer.

In diesem Moment hörte sie es. Ein schnurrendes Geräusch, das sich schnell entfernte. Irritiert drehte Ann sich nach allen Seiten. Das kam nicht von hier, von der Straße, es kam vom Meer. War das ein Boot?

*Wir befinden uns vis à vis der Ostsee. Da soll so etwas durchaus vorkommen.*

Mitten in der Nacht?

*Warum nicht? Die fahren doch eh mit Radar.*

Leider war die Straße so weit vom Meer entfernt und das Gelände der Reinbergs so groß, dass Ann den Ursprung des Geräuschs nicht genau ausmachen konnte. Ein Geräusch, das Sekunden später Geschichte war.

Das war weit genug. Sie befahl der Alten aufzustehen, aufs Deck zu klettern, an die kleine Reling zu treten und zu springen. Doch sie sperrte sich, wollte einfach nicht loslassen. Sie hockte auf allen vieren auf den Planken und klammerte sich an das Metall der niedrigen Reling. Es war das eine, jemanden auf ein Boot zu zwingen, aber etwas ganz anderes, ihn dann auch über Bord gehen zu lassen, ohne selbst Hand anzulegen. Waltraud wusste nun, dass sie sterben würde. Die Waffe hatte ihre Wirkung verloren.

Ann horchte noch eine Weile, nahm ihr Rad und schob es unschlüssig zurück zur Pforte des Anwesens. Nachdenklich betrachtete sie den Klingelknopf.

*Die Reinberg liegt längst im Bett und schläft. Selbst wenn du schellst – glaubst du, sie macht dir auf, mitten in der Nacht?*

»So ist, wenn du Todesangst hast! Nicht schön?« Die Dänin legte all ihre Verachtung in die Worte.

Waltraud zitterte am ganzen Körper. Sie wollte nicht sterben – nicht so! Ängstlich blickte sie hoch zu der jungen Frau. »Ich weiß, ich habe schreckliche Dinge getan und das mit Ihrem Urgroßvater tut mir leid – wirklich! Ich kann das nicht rückgängig machen, aber ich kann Ihnen und Ihrem Großvater helfen. Sie bekommen Ihr Erbe um ein Vielfaches zurückgezahlt … und Schmerzensgeld! Das ist das Mindeste, was ich tun kann. Bitte! Ich werde den Rest meines Lebens im Gefängnis verbringen. Der Prozess, die Abneigung der Öffentlichkeit, das allein wird fürchterlich«, jammerte sie und fügte schnell noch hinzu: »Eine mehr als gerechte Strafe für das, was meine Familie Ihnen angetan hat.«

Lika senkte die Waffe.

In Waltraud flackerte Hoffnung auf. Hatte sie doch noch eine Chance? Oh mein Gott, sie würde alles dafür tun!

»Aufstehen. Du kannst runterkommen wieder. Tod ist zu gut für dich.« Die junge Frau stand unbeweglich vor Waltraud und beobachtete, wie diese die dreißig Zentimeter hohe Reling losließ und sich unsicher zitternd erhob. Tränen der Erleichterung liefen über ihr faltiges Gesicht.

»Danke«, hauchte sie ergriffen. »Danke, Sie werden es nicht bereuen. Ich werde niemandem erzählen, dass Sie hier waren. Ich werde alles tun, was in meiner Macht steht …«

In diesem Moment machte Lika einen schnellen Schritt nach vorn. Es bedurfte nur eines ganz sanften Schubses. Waltraud gab einen überraschten, spitzen Laut von sich, taumelte, verlor das Gleichgewicht und verschwand. Die Dänin hörte den Aufprall, dann war es für circa drei Sekunden still, bevor das Japsen und Platschen davon zeugte, dass Waltraud wieder aufgetaucht war. Lika ignorierte die dumpfen Schläge gegen den Rumpf, ging in aller Ruhe zum Cockpit, startete den Motor und fuhr das Boot drei bis vier Meter weit weg von der Ertrinkenden. Es würde nicht lange dauern. Die Ostsee hatte maximal vier Grad, und die Frau war alt und in keiner guten Verfassung.

Ann schwang sich auf ihr Rad und zwang sich, langsam das Grundstück entlangzufahren. Sie hatte beschlossen, den Heimweg anzutreten, beobachtete dabei aufmerksam alles, was sich ihrem Blick zu erkennen gab – auch weil ihr Alarmsystem kurz davor stand, aufgrund der gruseligen Baumschatten, die Warnstufe Rot auszurufen.

Der Zaun endete hier, vor ihr lag die Straße, die zurück in die Stadt führte, links und rechts gesäumt von dichtem Wald und Büschen. Sie löste ihren linken Fuß von dem Pedal und drückte während der Fahrt auf den Schalter des Dynamos. Neben dem scharrenden Geräusch produzierte dieser nun einen ungleichmäßig scheinenden Lichtkegel, der über Asphalt und Bäume flackerte und das Gefühl des hilflosen Ausgeliefertseins irgendwie noch verstärkte.

Plötzlich blitzte es rechts vor ihr kurz auf.

Die Dänin war eine gute Schwimmerin. Es hatte nicht lange gedauert, bis sie am Strand der Reinbergs aus dem Wasser stieg. Sie pellte sich aus dem Neoprenanzug, zog ein kleines Handtuch aus dem Rucksack, trocknete sich ab, schlüpfte in ein Unterhemd, eine schwarze Leggins und ein paar Socken, stopfte die Waffe, den Neo und die Handschuhe in den Beutel und ging zurück zur offen stehenden Terrassentür. Ihren ausgekühlten Körper spürte sie kaum. Dafür war sie zu konzentriert. Sorgsam achtete sie darauf, dass sie weder Sand noch Nässe hineintrug. Drinnen zog sie Pulli, Jacke und Stiefel an und vergewisserte sich, dass sie nichts vergessen hatte.

Ann stutzte, hielt an und ließ das Fahrrad zu Boden sinken. Dann nahm sie ihr Handy, schaltete das Licht an und ging noch mal zurück. Da, da war sie wieder: die rote Reflexion. Sie ging näher ran, schob mit der rechten Hand die Zweige zur Seite und starrte auf die Rückleuchte eines Motorrads. Das Nummernschild war weiß. Eine dünne, rote Linie zog sich um das Buchstaben- und Zahlenfeld.

Ann drehte sich abrupt um und rannte zurück zur Villa.

Lika setzte sich den Rucksack auf, öffnete die Tür mit dem Ellbogen, zog ihren Pulloverärmel über ihre eiskalte Hand – die nassen Handschuhe hatte sie in den Rucksack gestopft, damit es keine Tropfspuren in der Wohnung gab – und drückte auf den Knopf. Das große Tor zu öffnen, verschaffte ihr die benötigte Zeit für die enorme Distanz zwischen Straße und Hauseingang. Vorsichtig zog sie die Tür zu und rannte den Kiesweg entlang durch das Tor auf die Straße. Perfekt wäre, wenn sich dieses nach ein paar Minuten automatisch schließen würde. Wenn nicht, musste sie das so hinnehmen. Wenn sie nichts übersehen hatte, würde niemand merken, dass Waltraud Reinberg heute Nacht Besuch gehabt hatte.

In dem Moment spuckte das Tor eine schwarze Gestalt aus.

Ann und Lika stoppten fast zeitgleich und blieben stehen. Zwischen ihnen lagen vielleicht fünfzehn Meter. Es war so dunkel, dass beide nur die Silhouette des anderen erkennen konnten. Ann wusste, wen sie vor sich hatte – aber wusste Lika das auch?

Die junge Deutsche war klug. Lika hatte sie unterschätzt. Das hier war sicher kein Zufall. Doch die Arnold konnte unmöglich wissen, was sich gerade auf dem Wasser abgespielt hatte. Lika starrte auf Ann und setzte sich ganz langsam wieder in Bewegung. Sie steuerte direkt auf sie zu.

Ann war wie blockiert, war nicht in der Lage, sich zu bewegen – hielt stattdessen nur die Luft an. Sie hatte tausend Fragen, bekam aber nicht ein Wort heraus.

Als Lika auf ihrer Höhe angekommen war, bemerkte Ann das feucht glänzende Haar der Dänin. Für einen kurzen Moment sahen sich beide in die Augen.

Dann war sie vorbei.

*Verdammt! Was stehst du hier blöd rum? Du kannst die doch nicht einfach ziehen lassen!*

Ann empfand ihre Hilflosigkeit als erschreckend. Was, wenn Lika die Reinberg tatsächlich umgebracht hatte? Was, wenn die gerade jetzt in ihrer Villa um ihr Leben kämpfte?

In dem Moment vernahm sie ein leises Surren, konnte in ein paar Metern Entfernung erahnen, wie sich das Tor zum Anwesen schloss.

Hinter ihr durchbrach das Geräusch einer startenden Maschine die Stille. Sie drehte sich um und sah, wie die Dänin davonfuhr.

*Na toll, weg ist sie!*

Ann rannte zum Tor, holte tief Luft und klingelte. Sie klingelte immer wieder. Eine Panikwelle kündigte sich an. Nicht jetzt! Das Bild einer sterbenden, in ihrer eigenen Blutlache liegenden Waltraud Reinberg war stärker als ihr Hass gegen diese Frau. Sie musste die Polizei rufen.

Und dann?

Sie wollte nicht schuld sein an allem, was dann kam.

Sie rannte zu ihrem Fahrrad, fuhr so schnell es ging in die Innenstadt, hielt an einer der wenigen Telefonsäulen, wählte die 110, verstellte ihre Stimme und setzte einen anonymen Notruf ab.

Die altbekannten Albträume hatten Konkurrenz bekommen. Ann sah immer wieder, wie die blau angelaufene, vor Schmerzen stöhnende Waltraud Reinberg in der eiskalten Ostsee versank. Ihre blutunterlaufenen Augen starrten sie aus dem blassen, violett schimmernden, faltigen Gesicht anklagend an. Ann hätte sie retten können, bestimmt! Ihr Notruf bei der Polizei hätte einfach viel früher eingehen müssen! Sie hätte Lika Jørgensen aufhalten können.

*Du weißt doch nicht mal, welche Rolle die Jørgensen bei der Sache gespielt hat. Vielleicht war die alte Dame längst nicht mehr, als die Dänin ankam. Oder das Gespräch mit Jitzchaks Urenkelin war so aufrüttelnd, dass die Reinberg keinen Ausweg mehr gesehen hat.*

Fest stand: Die Polizei hatte das Motorboot der Reinbergs auf der Ostsee gefunden. Es trieb führerlos umher. Von Waltraud keine Spur. In der Villa hatte es keine Anzeichen gegeben, dass außer der Firmenchefin noch jemand zugegen gewesen war. Sie hatte zwar keinen Abschiedsbrief hinterlassen, trotzdem ging die Polizei davon aus, dass es sich um eine Selbsttötung handelte. Die Alarmanlage war nicht aktiv gewesen, die damit gekoppelte Kameraüberwachung hatte somit nichts aufzeichnen können. Anns Notruf war in den Medien nicht erwähnt worden. Es wurde jedoch berichtet, dass es zu etlichen, meist anonymen Meldungen seitens der Bevölkerung gekommen sei, was die Machenschaften der einstigen Neustädter Vorzeigefamilie betraf, und das hätte schon seit Tagen unnötig Ressourcen der Polizei gebunden. Auch nach Waltraud Reinbergs Suizid gab es immer wieder Anrufe, wollte man sie noch an diversen Stellen gesichtet haben. Die Polizei jedoch hegte keinen Zweifel: Waltraud Reinberg hatte sich umgebracht, war in den kalten Fluten der Ostsee ertrunken. Es könne, so der Polizeisprecher, Tage, Wochen oder Monate dauern, bis die Leiche gefunden würde. Denkbar sei auch, dass das nie der Fall sein würde. Die Temperatur des Wassers sei so niedrig, dass die Bildung von Faulgasen nur sehr langsam oder gar nicht vonstatten ginge. Die wiederum wären von Nöten, um dem Körper Auftrieb zu verleihen.

Wieder ein Bild, das einen Raum in Anns Träumen verdient hatte.

Nun gab es für sie nur noch zwei Dinge: Renata und Kevin einen Besuch abstatten. Das Erste erwies sich als unmöglich. Dennis Mutter war in eine geschlossene Einrichtung gebracht worden. Sie durfte keinen Besuch empfangen, schon gar nicht von jemandem, der sie an ihre Tochter erinnerte. Ihr Zustand war alles andere als stabil.

Also blieb nur Kevin. Er sah immer noch ziemlich fertig aus. Die Fassungslosigkeit über das skrupellos kalkulierte Vorgehen von Waltraud Reinberg spiegelte sich in seinen hilflosen Gesten und abgehackten Sätzen wider. Er kam einfach nicht damit klar, dass er, ohne es zu merken, zu deren Spielball geworden war, dass sich der Anwalt, dem er zweiundsiebzig Stunden nach seiner ersten Verhaftung sein Leben anvertraut hätte, noch vor der ersten Vernehmung – und ohne dass er seinen Mandanten auch nur einmal aufgesucht hätte – die Schlüssel seiner Wohnung hatte aushändigen lassen, um sein hinterhältiges Werk zu verrichten.

Ann und Kevin hatten sich in den Arm genommen und kurz gehalten. Unter Tränen hatte er sich immer wieder bei ihr bedankt. Er würde wohl vorerst in Neustadt bleiben. Sein alter Ausbildungsbetrieb hatte ihn wieder eingestellt. Ann glaubte, es wäre besser für ihn wegzugehen. Lange hatte sie es in seiner Wohnung nicht ausgehalten. Sie war das Gefühl nicht losgeworden, dass die Wände Augen hatten.

Vier Tage nach Waltrauds Verschwinden gab es endlich etwas, das Anns Gewissen ein wenig zur Ruhe kommen ließ. Silvio Balistreri war in Rom am Fiumicino aufgegriffen worden. Er hatte unter einem falschen Namen einchecken wollen, um sich nach Mexiko abzusetzen. Das aufmerksame Sicherheitspersonal des Flughafens hatte den auf der Fahndungsliste stehenden skurrilen Anwalt erkannt und festgesetzt. Die erdrückenden Beweise hatten ihn ein umfängliches Geständnis ablegen lassen. Fredde wurde Einblick gewährt. So konnte er auch Anns letzte Fragen beantworten: Balistreri und Waltraud Reinberg waren sich damals sicher gewesen, mit den Briefen – den Originalen, die Pastor Benedikt Waltraud bereitwillig ausgehändigt hatte – die einzigen noch existierenden Beweismittel aus dem Verkehr gezogen zu haben. Sie hatten sich darauf konzentriert, den Pastor so schnell wie möglich verschwinden zu lassen. Keiner der zwei hatte damit gerechnet, dass Benedikt von zwei sehr aussagekräftigen Briefen und dem von Ernst Kopien angefertigt hatte. Davon erfuhren sie erst, als Tatjana Tiersch die Reinberg zu erpressen versuchte.

Hätte die Haushälterin die Hinterlassenschaften des Pastors einfach in die Kisten gepackt – Denni würde heute noch leben. Hätte die Tiersch die belastenden Kopien zur Polizei gebracht, statt die Reinberg zu erpressen – Denni wäre noch da. Gedanken, die Ann in den Wahnsinn trieben.

Und dann war da noch Lika. Immerhin hatte sie den Anwalt nicht umgebracht. Ann wollte mit aller Macht glauben, dass sie auch beim Tod der Reinberg keine aktive Rolle gespielt hatte. So vermied sie, dass das Wissen um Likas Anwesenheit ihr Gewissen erdrückte. Und noch eine weitere Unbekannte bereitete Ann Kopfzerbrechen: Sollte die Dänin den Anwalt gezwungen haben, die Dokumente aus seinem Tresor und Rechner an sie auszuhändigen, sollte sie sich dabei zu erkennen gegeben oder ihr Äußeres nicht verdeckt haben, könnte Balistreri sie auffliegen lassen und mit sich reißen.

*Sollte, hätte, könnte ... Ich glaube nicht, dass sie so dumm gewesen ist. Ich wette, er hat bis heute keinen Schimmer, wer der Einbrecher war.*

*

*Wiesbaden, zwei Wochen später*

Der Schlaf kam zurück. Nicht jede Nacht, nicht immer ohne Albträume, aber er kam. Es gab sogar Nächte, die sie ohne Tabletten und angenehm traumlos überstand. Ann spürte, wie mit jedem Tag die Spuren, die die anstrengenden Wochen auf ihrem Körper hinterlassen hatten, mehr verblassten. Marc steckte sie mit seiner gnadenlos guten Laune an, die Tage wurden länger und die ersten Frühlingsboten bedeckten die Landschaft mit lustigen, kleinen Farbtupfern.

Als sie sich am Abend auf den Weg machten, um einige Arbeitskollegen des BKA zu treffen, hätte ihre Laune nicht besser sein können. Endlich: Das Leben hatte sie wieder! Denni, Lika, die Reinberg – all das war so unendlich weit weg. Jetzt gab es nur noch Marc und sie!

Die Kneipe war gut besucht. Sie drängelten sich durch und hielten auf eine Gruppe gut gelaunter Menschen zu. Nicht alle hatten ihr Eintreffen bemerkt. Marc fing an, sie vorzustellen, zeigte auf jeden Einzelnen und nannte die Namen. »... und Sam«, schloss er und strahlte so, dass es Ann einen Stich versetzte.

Die Frau, die sich daraufhin zu ihnen umdrehte, war augenblicklich Anns schlimmster Albtraum.

Noch nie war sie jemandem begegnet, der einen Raum so effektiv mit seiner besonderen Aura und schlichten Schönheit flutete wie diese beschissene, verhasste, allem Anschein nach von allen geliebte Sam.

# Epilog

Mit einem letzten routinierten Blick prüfte er die Liste. Alle Punkte waren mit einem kleinen Häkchen versehen. Das Prepaid-Handy hatte er längst entsorgt. Der Mietvertrag für die spärlich eingerichtete Wohnung war, über schwer nachvollziehbare Umwege, durch eine Zeitarbeiterfirma gekündigt worden. Die Räume rochen nach Desinfektionsmittel. Über was der Nachmieter sich auch beschweren mochte – mangelnde Sauberkeit war es mit Sicherheit nicht.

Seine linke Hand griff nach dem kleinen Müllbeutel, die rechte nach dem Bügel des Koffers. Das Gewicht des schwarzen Rucksacks auf seinem Rücken kam trügerisch leicht daher. Das Wissen um seinen Inhalt hinterließ bei ihm ein wohliges Gefühl der Zufriedenheit. Er würde ihm ein luxuriöses Leben außerhalb der deutschen Grenzen ermöglichen, so lange, bis der nächste Job ihn weitertreiben würde.

Waltraud Reinberg war Geschichte. Doch das war nicht sein Problem. Er hatte saubere Arbeit geleistet. Für alles andere waren seine Kunden selbst verantwortlich.

Er setzte sich die Sonnenbrille auf, trat auf den Flur, blickte auf seine, in einem weichen Lederhandschuh steckende Hand, die die Haustür hinter ihm ins Schloss zog.

Sein System hatte sich bewährt. Er war der Mann ohne Namen, der Mann ohne Gesicht.

Bevor er die Mülltüte, die ihn noch einige Kilometer begleiten würde, wieder aufnahm, fixierte er die kleinen Stöpsel des Wireless Headsets in seinen Ohren und drückte auf seinem Handy den ›Play‹- Button. Er liebte dieses Ritual, am

Ende eines Jobs, am Ende eines Arbeitsverhältnisses diesem unglaublichen Stück zu lauschen: der Symphonie ›Fantastique‹ von Hector Berlioz.

# Das Nachwort der Autorin

Die Geschichte neu schreiben! Das wollte ich ein ums andere Mal, war kurz davor, die Historie des Plots zu verlegen, weg von den Schrecken Nazi-Deutschlands, weg von den Gräueltaten des zweiten Weltkriegs. Ein Vorteil beim Schreiben fiktiver Romane: Man kann jederzeit alles ändern.

In der Realität geht das nicht. In ihr müssen wir mit der Vergangenheit leben. Die Handlungsorte meiner Romane sind real. Und sie haben alle ihre ganz eigene Geschichte.

Doch: Darf man das Leid, das tragische Schicksal von so vielen Menschen als Grundlage nehmen, um schnöde Unterhaltung, um einen Krimi zu konstruieren? Diese Frage hat mich lange umgetrieben. Und die Antwort lautete immer häufiger: »Nein, das darf man nicht. Es wäre respektlos, es würde den Opfern nicht gerecht werden!«

Doch das Grauen verblasst und mit ihm die Angst. Die nachfolgenden Generationen können sie nicht mehr fühlen, wähnen sich in trügerischer Sicherheit. Mit Erstaunen und Unverständnis registrieren wir die deutliche Zunahme menschenverachtender Gesinnungen, sehen, wie sich, auch bei uns in Europa, politische Kräfte durchsetzen, die nicht nur unsere demokratischen Werte mit Füßen treten, sondern eine gefährliche Lunte ausgelegt haben.

Also entschied ich mich dafür, diesen geschichtlichen Hintergrund als Basis meines Romans beizubehalten.

Die umfangreichen Recherchen über die schicksalhafte Nacht des 3. Mai 1945 in der Neustädter Bucht haben mich sehr bewegt. Ein Krimi ist wahrhaft kein ehrenhafter Grund, sich mit der Vergangenheit zu beschäftigen. Aber es *ist* einer. Dies mag auch der/die eine oder andere Leser*in denken, sich daraufhin auf Spurensuche begeben und dazu beitragen, dass die Erinnerung wach gehalten wird.

Auch die kleine Küstenstadt Neustadt in Holstein setzt mit viel Engagement alles daran, dass ein wiederkehrendes Gedenken stattfindet. Ob im Cap Arcona Museum oder bei den jährlich stattfindenden Gedenkveranstaltungen.

Alle im Roman genannten Personen sind frei erfunden. Sollte es trotz intensiver Recherchen zu einer ähnlichen oder gar gleichen Namensgebung gekommen sein, so ist das dem Zufall geschuldet und war auf keinen Fall beabsichtigt.

Ich danke Dr. Christiane Ruhmann für ihre kritischen Anmerkungen, insbesondere zur regionalen Namensforschung. Ein großer Dank geht auch an Lilian Matthes, die Lika und Samu zu ihrer Authentizität verholfen hat. Dank an meine Testleser*innen, allen voran Claudia Pahlenkemper, für ihre Begeisterung und ihr Interesse. Einen gewohnt kritischen Blick auf das Werk hatte meine Lektorin Sandra Lode und dafür gebührt ihr großes Lob. Meiner Literaturagentur Peter Molden und meinem Verlag danke ich für die Unterstützung und ihr Vertrauen. Zu guter Letzt gilt mein Dank meiner großartigen Familie, die mich geduldig erträgt, egal welchen wirren Gedankengängen ich gerade nachgehe.